suhrkamp taschenbuch 2299

Schauplatz des Romans ist ein märchenhafter Sumpfwald, eine Wildnis voller rätselhafter Erscheinungen und Wesen. Der Leser sieht den »Wald« sowohl von innen wie von außen. Von innen durch die Augen Kandids, eines abgestürzten Piloten, der sich zu einer Stadt durchschlagen will, die er nie erreicht. Von außen durch den Blickwinkel Pfeffers, der, ebenso wie Kandid, durch die biologische Wildnis irrt, sich mit der noch verblüffenderen und fremdartigeren sozialen Wildnis einer Verwaltung herumschlägt, die den Wald widersprüchlicherweise sowohl erhalten wie beseitigen soll.

In bildhaft dichter, phantastisch verschlüsselter Sprache erörtern die Autoren Probleme wie den Konflikt zwischen der Erhaltung menschlicher Werte und rein technologisch verstandenem Fortschritt.

Arkadi und Boris Strugatzki sind die führenden sowjetischen Science-fiction-Autoren. Arkadi (geb. 1925) absolvierte die Hochschule für Fremdsprachen in Moskau und arbeitete als Lektor und am Institut für Information als Übersetzer für Englisch und Japanisch, er starb 1991 in Moskau. Boris (geb. 1933) studierte Astronomie in Leningrad und war als Astronom an der Sternwarte Pulkovo tätig. Seit 1964 arbeiteten sie als freie Schriftsteller, Boris in Leningrad und Arkadi in Moskau. Viele ihrer Erzählungen wurden verfilmt, *Picknick am Wegesrand* von Andrej Tarkowski (*Stalker*) z.B. und *Es ist nicht leicht ein Gott zu sein* in einer deutsch-sowjetischen Produktion. Die meisten Texte der Strugatzkis liegen in der »Phantastischen Bibliothek« vor, darunter *Picknick am Wegesrand* (st 670), *Die zweite Invasion der Marsianer* (st 1081), *Ein Käfer im Ameisenhaufen* (st 1160), *Die häßlichen Schwäne* (st 1275), *Das lahme Schicksal* (st 1766) und *Die bewohnte Insel* (st 1946).

Arkadi und Boris Strugatzki
Die Schnecke am Hang

Aus dem Russischen
von H. Földeak
Mit einem Nachwort
von Darko Suvin

Phantastische Bibliothek
Band 309

Suhrkamp

Redaktion und Beratung: Franz Rottensteiner
Text der Originalausgabe: *Ulitka na sklone.*
Der »Kandid«-Teil erschien bei Lenizdat, Leningrad 1966,
der »Pfeffer«-Teil in der Zeitschrift *Baikal*, Nr. 1 und 2, 1968.
Umschlagillustration: Hans-Jörg Brehm

suhrkamp taschenbuch 2299
Erste Auflage 1994

Druck: Nomos Verlagsgesellschaft, Baden-Baden
Printed in Germany
Umschlag nach Entwürfen von
Willy Fleckhaus und Rolf Staudt

1 2 3 4 5 6 – 99 98 97 96 95 94

Arkadi und Boris Strugatzki
Die Schnecke am Hang

Hinter der Biegung, in den Tiefen
der Waldesschlucht
liegt meine Zukunft besiegelt
gleich einem Pfand.

Kein Feilschen gibt es mehr
und kein Beschwören,
weit hat sie sich geöffnet,
uferlos wie ein Wald.

B. Pasternak

Langsam, langsam krieche,
du Schnecke, die Hänge des Fuji
empor bis zur Höhe!

Issa, Sohn des Bauern

Kapitel 1
Pfeffer

Von dieser Höhe aus erschien der Wald wie Schaum, gefleckt und üppig treibend; wie ein riesengroßer, mürber Schwamm, wie ein Tier, das sich irgendwann einmal verborgen hatte, in Erwartung verharrend, dann eingeschlafen und von struppigem Moos überwuchert worden war. Wie eine formlose Maske, die ein Gesicht verdeckt, das niemand je gesehen hat.

Pfeffer schüttelte die Sandalen ab, setzte sich und ließ die nackten Füße über die Schlucht hängen. Ihm schien, als ob seine Fußsohlen mit einem Mal feucht würden, als hätte er sie in Wirklichkeit in den warmen, lila Nebel getaucht, der im Schatten unter dem Felsvorsprung hing. Er holte aus der Tasche aufgelesene Kieselsteinchen hervor und legte sie sorgfältig neben sich auf die Erde. Dann wählte er das kleinste von ihnen und warf es lautlos hinab, in das lebendige und schweigende, schlafende, gleichgültige, ewig in sich hineinschlingende Etwas, und der weiße Funken erlosch, und nichts geschah – kein Zweig bewegte sich, kein Auge öffnete sich auch nur einen Spalt, um ihn anzublicken.

Wenn man alle anderthalb Minuten ein Steinchen wirft, und wenn das richtig ist, was die einbeinige Köchin erzählte, die mit Spitznamen Casalunia hieß, und wenn Madame Bardot, die Leiterin der Gruppe ›Hilfe für die ortsansässige Bevölkerung‹, richtig vermutete, und wenn es falsch ist, worüber der Kraftfahrer Trumpf und der Unbekannte aus der Gruppe ›Technische Erschließung‹ die Köpfe zusammensteckten, und wenn menschliche Einbildungskraft etwas vermag, und wenn sich wenigstens einmal im Leben Erwartungen erfüllen, dann öffnet sich beim siebenten Steinchen knackend das rückwärtige Gestrüpp, und auf die Lichtung mit ihrem zertrampelten, vom Tau grau scheinenden Gras tritt der Direktor mit nacktem Oberkörper, in grauen Gabardinehosen, mit lila Seitenstreifen; geräuschvoll schnaufend, schweißglänzend, rosarot-gelb, haarig;

ohne irgend etwas ins Auge zu fassen, weder den Wald unter noch den Himmel über sich, beugt er den Oberkörper vornüber und taucht die breiten Handflächen ins Gras. Dann richtet er sich wieder auf und die breiten Handflächen entfachen Wind. Dabei wälzt sich die dicke Bauchfalte von oben auf den Hosenbund hinab, und mit Kohlenstoff und Nikotin angereicherte Luft entweicht unter Zischen und Gurgeln aus dem aufgerissenen Mund.

Das Gestrüpp hinter Pfeffer bog sich knackend auseinander. Er blickte sich vorsichtig um, aber das war nicht der Direktor, sondern ein guter Bekannter, Claudius Octavian Heymbacken aus der Gruppe ›Vernichtung‹. Langsam kam er näher und blieb zwei Schritte hinter Pfeffer stehen, wobei er ihn mit seinen durchdringenden, dunklen Augen von oben bis unten musterte. Irgend etwas wußte oder ahnte er, irgend etwas Bedeutsames, und dieses Wissen oder diese Ahnung hatte sein längliches Gesicht erstarren lassen; es war das versteinerte Gesicht eines Menschen, der hierher zur Schlucht eine seltsame, beunruhigende Nachricht zu überbringen hatte; niemand auf der Welt kannte bis jetzt diese Nachricht, aber es war bereits klar, daß sich alles entscheidend verändern würde, daß alles bisher Gewesene von nun an bedeutungslos sein und daß schließlich jeder bis zum Äußersten gefordert würde.

»Wem gehören diese Schuhe?«, fragte er und blickte sich um.

»Das sind keine Schuhe«, sagte Pfeffer. »Das sind Sandalen.«

»Ach so?« Heymbacken lachte kurz auf und zog aus der Hosentasche einen großen Notizblock hervor. »Sandalen sind das. Sehr-r gut. Aber wem gehören diese Sandalen?«

Er näherte sich dem Rand der Schlucht, blickte vorsichtig hinunter in die Tiefe und trat sogleich zurück.

»Da sitzt ein Mensch an der Schlucht«, sagte er, »und neben ihm liegen Sandalen. Unvermeidlich erhebt sich da die Frage: wessen Sandalen sind das, und wo ist ihr Besitzer?«

»Das sind meine Sandalen«, sagte Pfeffer.

»Ihre?« Heymbacken warf einen zweifelnden Blick auf seinen Notizblock. »Sie sitzen also barfuß hier? Weshalb?«

»Weil es nicht anders geht«, erklärte Pfeffer. »Gestern ist mir der rechte Schuh hinuntergefallen, und da habe ich beschlossen, in Zukunft nur barfuß hier zu sitzen.« Er beugte sich vor und blickte zwischen seinen Knien hindurch. »Dort liegt er. Ich werde ihn jetzt mit einem Steinchen...«

Geschickt fing Heymbacken Pfeffers vorschnellende Hand auf und nahm ihm das Steinchen weg.

»Tatsächlich, ein gewöhnlicher Stein«, sagte er. »Aber vorläufig ändert dies nichts an den Tatsachen. Es ist mir unverständlich, Pfeffer, warum Sie mich belügen. Der Schuh ist doch von hier aus unmöglich zu sehen, selbst wenn er tatsächlich dort sein sollte. Ob er aber überhaupt dort ist oder nicht, das ist eine ganz andere Frage, auf die wir später eingehen werden. Sobald aber der Schuh nicht zu sehen ist, können Sie auch nicht damit rechnen, ihn mit einem Stein zu treffen, mögen Sie auch über die entsprechende Zielsicherheit verfügen und es tatsächlich einzig und allein darauf anlegen, ich meine auf das Treffen ... Aber wir werden das sofort klären.« Er zog seine Hose etwas hoch und ging in die Hocke.

»Also, Sie waren auch gestern hier?«, sagte er. »Weshalb? Warum sind Sie schon zum zweitenmal hier an der Schlucht, wo doch die übrigen Mitarbeiter der VERWALTUNG, ganz zu schweigen von den außerplanmäßigen Spezialisten, höchstens dann hierher kommen, wenn sie ihre Notdurft zu verrichten haben?«

Pfeffer schrak zusammen. Das kommt nur von der Dummheit, dachte er. Nein, nein, das ist keine Herausforderung, und das geschieht auch nicht aus Wut. Man darf das nicht so ernst nehmen. Das ist einzig und allein die Dummheit. Der Dummheit darf man keine Beachtung schenken, niemand macht das. Die Dummheit verrichtet ihr Geschäft im Wald. Die Dummheit findet immer einen Ort, wo sie ihr Geschäft verrichtet.

»Ihnen gefällt es wohl, hier zu sitzen«, fuhr Heymbacken einschmeichelnd fort. »Sie lieben den Wald wahrscheinlich sehr. Lieben Sie ihn? Antworten Sie!«

»Und Sie?«, fragte Pfeffer.

»Vergessen Sie sich nicht«, antwortete Heymbacken beleidigt

und schlug den Notizblock auf. »Sie wissen ganz gut, wo ich beschäftigt bin; ich gehöre doch zur ›Gruppe für Vernichtung‹, und deshalb ist Ihre Frage, d. h. Ihre Gegenfrage, absolut unsinnig. Ihnen ist völlig klar, daß meine Beziehung zum Wald durch meine dienstlichen Obliegenheiten bestimmt wird. Ich verstehe nur nicht ganz, wie es sich mit Ihrer Beziehung zum Wald verhält. Das ist nicht gut, Pfeffer, Sie müssen sich darüber unbedingt Gedanken machen, ich rate Ihnen das in Ihrem Interesse, nicht in meinem. Wie kann man sich nur so unverständlich geben. Sitzt barfuß über der Schlucht, wirft mit Steinchen... Wozu das alles, fragt man sich. An Ihrer Stelle würde ich einfach alles erzählen. Und Klarheit in die Sache bringen. Woher wollen Sie wissen, ob nicht mildernde Umstände vorliegen, so daß Sie letztlich nichts zu befürchten haben? Na, Pfeffer?«

»Nein«, sagte Pfeffer, »das heißt natürlich, ja.«

»Sehen Sie. Plötzlich ist die ganze Natürlichkeit dahin, und zu Gesicht bekommen wir sie nicht mehr. Wessen Hand? – fragen wir. Wohin wirft die Hand?, oder aber, wem wirft sie zu? Oder, auf wen zielt sie? Und wozu?... Und überhaupt, wie können Sie am Rand einer Schlucht sitzen? Können Sie das von Natur aus, oder haben Sie das etwa richtig trainiert? Ich zum Beispiel kann nicht am Rand einer Schlucht sitzen. Und mir wird angst bei dem Gedanken, das aus irgendeinem Grund trainieren zu müssen. Mir wird schwindlig. Und das ist ganz natürlich. Der Mensch hat am Rand einer Schlucht überhaupt nichts zu suchen. Besonders dann, wenn er keinen Berechtigungsausweis für den Wald hat. Zeigen Sie mir doch bitte Ihren Ausweis, Pfeffer.«

»Ich habe keinen Ausweis.«

»Soso. Sie haben keinen. Und warum haben Sie keinen?«

»Ich weiß es nicht... Man gibt mir keinen.«

»Richtig, man gibt Ihnen keinen. Das ist uns bekannt. Warum gibt man Ihnen denn keinen? Mir hat man einen gegeben, einem anderen auch, vielen anderen ebenfalls, aber Ihnen, warum auch immer, gibt man keinen.«

Pfeffer schielte vorsichtig zu ihm hinüber. Die lange dürre Nase Heymbackens zuckte, die Augen blinzelten fortwährend.

»Wahrscheinlich deswegen, weil mir keiner zusteht«, gab Pfeffer zu bedenken. »Wahrscheinlich deshalb.«

»Ich bin doch nicht der einzige, der sich für Sie interessiert«, fuhr Heymbacken vertraulich fort. »Wenn nur ich es wäre! Es sind ja viel wichtigere Leute an Ihnen interessiert. Hören Sie, Pfeffer, vielleicht setzen Sie sich etwas von der Schlucht weg, damit wir uns unterhalten können? Mir wird ganz schwindlig, wenn ich Sie anschaue.«

Pfeffer erhob sich und zog sich, auf einem Bein hüpfend, die Sandale an.

»Jetzt gehen Sie doch um Gotteswillen von der Schlucht weg!«, rief Heymbacken gequält und fuchtelte vor Pfeffer mit seinem Notizblock herum. »Sie bringen mich noch ins Grab mit Ihren Dummheiten.«

»Bin schon fertig«, sagte Pfeffer und stapfte mit dem Schuh auf. »Ich tu's nicht mehr. Gehen wir?«

»Gehen wir«, sagte Heymbacken. »Aber ich möchte feststellen, daß Sie auf keine einzige meiner Fragen geantwortet haben. Sie enttäuschen mich schwer, Pfeffer. So geht es doch auch nicht, oder?« Er warf einen Blick auf seinen großen Notizblock, zuckte mit den Achseln und klemmte den Block unter den Arm. »Höchst seltsam sogar. Da bekommt man keinerlei Eindrücke, geschweige denn Informationen.«

»Also, was soll ich denn antworten?«, sagte Pfeffer. »Ich mußte hier ganz einfach mit dem Direktor sprechen.«

Heymbacken erstarrte in seinen Bewegungen, als hätte er sich im Gestrüpp verfangen.

»Ach, so wird das bei euch gemacht«, sagte er mit veränderter Stimme.

»Was wird gemacht? Nichts wird gemacht...«

»Nein, nein«, flüsterte Heymbacken und blickte sich suchend um. »Schweigen Sie. Sie brauchen gar nichts zu sagen. Ich habe bereits verstanden. Sie hatten recht.«

»Was haben Sie verstanden? Womit hatte ich recht?«

»Nein, nein, ich habe nichts verstanden. Nichts – und damit Schluß. Sie können ganz ruhig sein. Ich habe ganz einfach nichts verstanden. Und überhaupt war ich nicht hier und habe Sie nicht gesehen.«

Sie kamen am Bänkchen vorbei, stiegen die abgebröckelten Stufen hinauf, bogen in die Allee ein, die mit feinem, rotem Sand bestreut war, und betraten das Gelände der VERWALTUNG.

»Völlige Klarheit kann nur auf einer bestimmten Stufe herrschen«, führte Heymbacken aus. »Und jeder muß wissen, worauf er Anspruch erheben kann. Ich bestand auf Klarheit auf meiner Stufe; das ist mein Recht, und ich habe es ausgeschöpft. Aber dort, wo die Rechte aufhören, beginnen die Pflichten.«

Am Weg lagen kleine Wohnhäuschen, deren Fenster mit Tüllvorhängen verkleidet waren; sie passierten die Garage, überquerten den Sportplatz, kamen am Lagerschuppen und am Hotel vorbei, unter dessen Tür der Verwalter mit einer Tasche stand; seine vorquellenden Augen blickten starr aus dem kränklich-blassen Gesicht. Sie gingen an einem langen Zaun entlang, hinter dem Motoren knatterten.

Sie beschleunigten ihre Schritte, weil die Zeit drängte, dann fielen sie in Trab, aber als sie schließlich in die Kantine stürzten, kamen sie trotz allem zu spät. Alle Plätze waren schon besetzt, nur am Aufsichtstischchen in der hintersten Ecke waren noch zwei Plätze frei. Auf dem dritten Platz saß der Kraftfahrer Trumpf, und als Kraftfahrer Trumpf bemerkte, daß die beiden an der Schwelle unschlüssig von einem Bein aufs andere traten, winkte er ihnen mit der Gabel zu und lud sie an seinen Tisch.

Alle tranken Kefir, und Pfeffer bestellte sich auch welchen, so daß schließlich auf der schmutzstarrenden Tischdecke sechs Flaschen in Reih und Glied aufgebaut waren, und als Pfeffer sich eine bequemere Stellung auf dem harten Stuhl suchte und dabei seine Füße unter dem Tisch wanderten, klirrte Glas, und auf den Gang zwischen den Tischreihen rollte eine leere Brandyflasche. Kraftfahrer Trumpf hob sie schnell auf und stellte sie zurück unter den Tisch, wobei das Glas erneut klirrte.

»Passen Sie auf Ihre Füße auf«, sagte er.

»Es war nicht mit Absicht«, sagte Pfeffer. »Ich hatte doch keine Ahnung.«

»Ich vielleicht?«, erwiderte Kraftfahrer Trumpf. »Vier solche Dinger stehen dort; wie willst du denn beweisen, daß du kein Elefant bist?«

»Ich zum Beispiel trinke überhaupt nicht«, verkündete Heymbacken würdevoll.

»Das kennen wir, wie Sie überhaupt nicht trinken«, sagte Trumpf. »Genauso überhaupt nicht trinken wir auch.«

»Aber ich habe doch eine kranke Leber«, erwiderte Heymbacken mit wachsender Besorgnis. »Hier ist das Attest.«

Von irgendwoher zog er eine zerknitterte Heftseite mit dreieckigem Stempel hervor und hielt es Pfeffer unter die Nase. Es war tatsächlich ein Attest; die unleserliche Handschrift verriet den Mediziner. Pfeffer konnte nur ein Wort entziffern: »Antabus«.

»Ich habe auch welche für letztes und vorletztes Jahr, bloß sind die im Safe.«

Kraftfahrer Trumpf nahm von dem Attest keinerlei Notiz. Er leerte ein Glas mit Kefir, roch am Gelenk seines Zeigefingers, wobei ihm Tränen in die Augen traten, und sagte mit heiserer Stimme:

»Was ist da zum Beispiel noch im Wald? Bäume.« Er wischte sich mit dem Ärmel über die Augen. »Aber die bleiben nicht auf der Stelle stehen, die springen. Versteht ihr das?«

»Tatsächlich?«, frage Pfeffer begierig. »Aber was heißt springen?«

»Das geht so. Er steht da und rührt sich nicht. Wie ein richtiger Baum eben. Dann fängt er an sich zu krümmen, spreizt sich und legt los. Einen Krach macht das, daß einem Hören und Sehen vergeht. Bis zu zehn Metern springen die. Mein Fahrerhaus hat es auch etwas eingedrückt. Und dann stehen sie wieder auf der Stelle.«

»Warum?«, fragte Pfeffer.

»Weil sie Springbäume heißen«, erklärte Trumpf und füllte sich Kefir nach.

»Gestern kam eine Lieferung neuer Elektrosägen«, verkündete Heymbacken und fuhr sich mit der Zunge über die Lippen. »Unheimlich leistungsstark sind die. Ich würde sogar sagen, das sind keine Sägen, sondern Sägemähdrescher. Unsere Sägemähdrescher für die Vernichtung.«

Rundherum trank alles Kefir – aus geschliffenen Gläsern, aus Blechkrügen, aus Kaffeetassen, aus selbstgedrehten Papiertüten, direkt aus der Flasche. Alle hatten ihre Beine unter den Stühlen, und alle konnten wahrscheinlich Atteste über Leber-, Magen- oder Zwölffingerdarmerkrankungen vorweisen. Für dieses Jahr ebenso wie für die vergangenen.

»Und ich werde zum Manager gerufen«, fuhr Trumpf nun lauter fort, »und er fragt mich, wieso mein Fahrerhaus eingedrückt ist. Du Aas, sagt er, hast du schon wieder Schwarzfahrten gemacht? Sie, Herr Pfeffer, spielen Sie doch mal mit ihm Schach, Sie könnten ein gutes Wort für mich einlegen, Sie stehen hoch in seiner Achtung, er spricht oft von Ihnen... Pfeffer, sagt er, das ist ein kluger Kopf, sagt er. Von mir kriegt Pfeffer keinen Wagen zur Verfügung gestellt, da braucht ihr gar nicht zu bitten. So einen Menschen darf man nicht weglassen. Versteht doch endlich, sagt er, ihr Trottel, ohne ihn wäre es bei uns zum Kotzen. Sie legen doch ein Wörtchen ein, oder?«

»Schon gut«, sagte Pfeffer matt. »Ich werde es versuchen.«

»Mit dem Manager kann ich sprechen«, sagte Heymbacken. »Wir waren zusammen beim Militär. Ich war Hauptmann, und er war bei mir Leutnant. Bis auf den heutigen Tag grüßt er mich mit der Hand an der Mütze.«

»Dann sind da noch die Nixen«, sagte Trumpf und ließ das Kefirglas zwischen seinen Fingern pendeln. »In den großen klaren Seen. Sie liegen dort, versteht ihr mich? Ganz nackt.«

»Das hat Ihnen der Kefir eingegeben, Trumpf, diese Phantasien«, sagte Heymbacken.

»Ich habe sie aber mit eigenen Augen gesehen«, widersprach Trumpf und setzte das Glas an die Lippen. »Aber das Wasser aus diesen Seen darf man nicht trinken.«

»Sie haben sie nicht gesehen, weil es sie nämlich nicht gibt«, sagte Heymbacken. »Nixen – das ist ja Mystik.«

»Du bist auch Mystik«, sagte Trumpf und wischte sich mit dem Ärmel über die Augen.

»Moment mal«, sagte Pfeffer. »Moment mal, Trumpf. Sie sagen, daß sie daliegen. Und was noch? Sie können doch nicht einfach daliegen und weiter nichts.«

Vielleicht leben sie unter Wasser und schwimmen an die Oberfläche, so wie wir in einer Mondnacht aus einem verrauchten Zimmer auf den Balkon hinaustreten und mit geschlossenen Augen das Gesicht in die Kühle tauchen. Und dann liegen sie einfach nur so da. Ganz einfach so, nichts weiter. Ruhen sich aus. Führen träge Gespräche und lächeln sich zu...

»Du brauchst mit mir nicht streiten«, sagte Trumpf und starrte Heymbacken unverwandt an. »Wann warst du denn schon im Wald? Du warst doch kein einziges Mal da und willst immer mitreden.«

»Ist ja auch unsinnig«, sagte Heymbacken. »Was soll ich in eurem Wald schon anfangen? Ich habe einen Ausweis für euren Wald. Aber Sie, Trumpf, Sie haben überhaupt keinen. Zeigen Sie mir doch bitte mal Ihren Ausweis, Trumpf.«

»Ich selber habe diese Nixen nicht gesehen«, wandte sich Trumpf erneut an Pfeffer. »Aber ich glaube fest daran, daß es sie gibt. Weil die Kumpels davon erzählen. Sogar Kandid erzählte von ihnen. Und Kandid wußte alles über den Wald. In den Wald ging er wie zu seiner Frau, da fand er sich auch im Dunkeln zurecht. Dort ist er auch abgekratzt, in seinem Wald.«

»Wenn es überhaupt stimmt, daß er ums Leben gekommen ist«, bemerkte Heymbacken vielsagend.

»Was heißt hier ›wenn‹! Der flog mit einem Hubschrauber weg, und seit drei Jahren ist er spurlos verschwunden. In der Zeitung war die Todesanzeige, einen Leichenschmaus gab's auch, was willst du denn noch? Kandid ist abgestürzt, das steht fest.«

»Wir wissen viel zu wenig«, sagte Heymbacken, »um irgend etwas kategorisch behaupten zu können.«

Trumpf spuckte aus und ging zum Schanktisch, um sich noch eine Flasche Kefir zu holen. Sogleich beugte sich Heymbacken an Pfeffers Ohr und flüsterte, wobei seine Augen umherwanderten:

»Berücksichtigen Sie, daß in bezug auf Kandid eine geheime Anordnung erlassen wurde... Ich halte mich für berechtigt, Sie davon in Kenntnis zu setzen, weil Sie ein Außenstehender sind.«

»Was für eine Anordnung?«

»Ihn als lebend anzusehen«, flüsterte Heymbacken tonlos und rückte weg. »Ein guter, frischer Kefir ist das heute«, verkündete er laut.

In der Kantine entstand Lärm. Die schon gegessen hatten, standen auf, rückten mit den Stühlen und gingen zum Ausgang. Dabei unterhielten sie sich laut, zündeten sich Zigaretten an und warfen die Zündhölzer auf den Boden. Heymbacken drehte sich empört um und sagte zu den Vorübergehenden:

»Sehr befremdend, meine Herren, Sie sehen doch, wir führen hier ein Gespräch...«

Als Trumpf mit der Flasche zurückgekommen war, fragte ihn Pfeffer:

»Hat der Manager wirklich im Ernst gesprochen, daß er mir keinen Wagen gibt? Vielleicht hat er nur Spaß gemacht?«

»Warum sollte er Spaß machen? Er schätzt Sie sehr, Herr Pfeffer, ohne Sie kann er es nicht aushalten, und Sie von hier wegzulassen, wäre für ihn ganz einfach von Nachteil... Nehmen wir einmal an, er läßt Sie gehen, was hätte er schon davon? Da hört sich der Spaß auf.«

Pfeffer biß sich auf die Lippen.

»Aber wie soll ich dann abreisen? Ich habe hier nichts mehr zu tun. Und mein Visum läuft aus. Und überhaupt möchte ich schon weg von hier.«

»Ganz allgemein«, sagte Trumpf, »wenn Sie hier drei strenge Verweise bekommen, fliegen Sie hochkant raus. Man schickt einen Spezialbus, holt den Fahrer aus dem Bett, zum Packen haben Sie keine Zeit mehr... Bei uns machen sie das so: erster

Verweis – der Mann wird degradiert. Zweiter Verweis – er wird in den Wald geschickt; dort darf er um Vergebung seiner Sünden bitten. Und der dritte Verweis – gute Nacht und auf Wiedersehen. Wenn ich möchte, sagen wir mal, daß man mir kündigt, kippe ich ein halbes Marmeladenglas voll Schnaps runter und haue dem da eine in die Fresse.« Er zeigte auf Heymbakken. »Dann krieg ich meine Zulagen gestrichen und werd' zu den Jauchefahrern versetzt. Was mache ich dann? Dann kippe ich das gleiche nochmal, und er kriegt wieder die Fresse voll, verstehst du? Dann werd ich bei den Jauchefahrern entlassen und zur Biostation rausgeschickt. Dort darf ich dann alle möglichen Mikroben fangen. Aber ich gehe in keine Biostation, sondern kippe noch so ein Glas und haue ihm das dritte Mal eine rein. Das genügt dann. Ich werde wegen rüpelhaften Benehmens entlassen und innerhalb von 24 Stunden ausgewiesen.«

Heymbacken drohte Trumpf mit dem Finger.

»Lauter falsche Informationen, Trumpf. Einmal muß zwischen diesen Handlungen jeweils ein Zeitraum von mindestens einem Monat verstreichen, andernfalls werden sämtliche Vergehen als eins gewertet und der Betreffende kommt einfach in den Bau, wobei seine Akte innerhalb der eigentlichen VERWALTUNG nicht weitergeleitet wird. Zweitens, nach dem zweiten Vergehen, wird der Schuldige in Begleitung eines Aufsehers unverzüglich in den Wald abgeführt; dadurch ist er der Möglichkeit beraubt, ein drittes Vergehen nach seinem Belieben zu verüben. Hören Sie nicht auf ihn, Pfeffer, bei diesen Problemen kennt er sich nicht aus.« –

Trumpf schlürfte etwas Kefir, verzog das Gesicht und grunzte: »Das stimmt«, gab er zu. »Von diesen Sachen habe ich ja wirklich... keinen blassen Schimmer. Sie müssen schon entschuldigen, Herr Pfeffer.«

»Aber lassen Sie das doch, wie kommen Sie denn dazu...«, sagte Pfeffer bekümmert. »Ich kann sowieso keinem Menschen eine reinhauen, so ohne Grund.«

»Aber man braucht ihm ja nicht unbedingt eine reinhauen, in die Fresse meine ich«, sagte Trumpf. »Man kann ihn zum Beispiel auch ausklopfen, am Hintern. Oder ihm ganz einfach die Klamotten vom Leib reißen.«

»Nein, so kann ich das nicht«, sagte Pfeffer.

»Das ist schlecht«, sagte Trumpf. »Das wird böse für Sie ausgehen, Herr Pfeffer. Dann machen wir es so. Kommen Sie doch morgen früh so um sieben in die Garage, setzen Sie sich in meinen Wagen und warten Sie. Ich werde Sie wegbringen.«

»Wirklich?«, sagte Pfeffer erfreut.

»Na ja. Ich muß morgen aufs FESTLAND, Schrott fahren. Da fahren wir dann zusammen.«

Plötzlich schrie jemand in der Ecke: »Schau, was du gemacht hast! Meine Suppe hast du ausgeschüttet!«

»Der Mensch muß in seinem Wesen einfach und klar sein«, sagte Heymbacken. »Ich verstehe nicht, Pfeffer, wieso Sie von hier wegwollen. Niemand will wegfahren, nur Sie.«

»Bei mir ist das immer so«, sagte Pfeffer. »Ich mache immer das Gegenteil. Und wieso soll der Mensch in seinem Wesen eigentlich einfach und klar sein?«

»Der Mensch sollte kein Trinker sein«, verkündete Trumpf und roch am Gelenk seines Zeigefingers. »Oder etwa nicht?«

»Ich trinke nicht«, sagte Heymbacken. »Und zwar aus dem einfachen, jedermann einleuchtenden Grund: ich habe eine kranke Leber. Dabei werden Sie mich also nicht erwischen, Trumpf.«

»Was mich im Wald erstaunt«, sagte Trumpf, »das sind die Sümpfe. Sie sind ganz heiß, verstehst du? Ich halte sowas nicht aus. Ich kann mich einfach nicht dran gewöhnen. Passiert dir irgendwo was, rutschst du vom Knüppeldamm runter, dann hockst du in deinem Fahrerhaus und kommst nicht raus. Wie heiße Kohlsuppe. Es dampft und riecht nach Kohlsuppe; ich habe davon probiert, aber es schmeckt nicht, vielleicht ist zu wenig Salz drin... Nein, der Wald, der ist nichts für Menschen. Und was wollen die denn da noch finden? Eine Maschine nach der anderen schicken sie rein, wie in ein Eisloch. Die gehen unter, und sie lassen sich neue zuteilen, die gehen auch unter, aber sie geben nicht auf...«

Grüne duftende Fülle. Fülle an Farben, Fülle an Gerüchen. Fülle an Leben. Und alles fremdartig. Irgendwie bekannt, irgendwo ähnlich, aber trotzdem fremdartig. Wahrscheinlich kann man sich am schwersten damit abfinden, daß es fremdartig und zugleich vertraut ist. Damit, daß es aus unserer Welt hervorgegangen ist, Fleisch von unserem Fleisch, daß es mit uns gebrochen hat und von uns nichts wissen will. So hätte wohl der Pithekanthropus über uns, seine Nachfahren gedacht – mit Bitterkeit und Schrecken...

»Sobald die Anweisung erfolgt«, verkündete Heymbacken, »werden wir nicht eure kümmerlichen Bulldozer und Geländefahrzeuge einsetzen, sondern etwas, was Hand und Fuß hat, und innerhalb von zwei Monaten werden wir dort alles in ... äh... in eine betonierte Fläche verwandeln, und alles wird trocken und eben sein.«

»Verwandle nur«, sagte Trumpf. »Wenn man dir nicht rechtzeitig eine reinhaut, dann verwandelst du auch deinen eigenen Vater in eine betonierte Fläche. Damit das klar ist.«

Dumpf heulte die Sirene auf. Die Fensterscheiben klirrten, und im selben Moment erdröhnte über der Tür ein mächtiges Klingelzeichen; an den Wänden blinkten Lichtsignale, und über dem Schanktisch erschien eine große Leuchtschrift »Steh auf! Geh hinaus!«. Heymbacken erhob sich eilends, verstellte die Zeiger seiner Armbanduhr und stürzte wortlos davon.

»Also, ich gehe dann«, sagte Pfeffer. »An die Arbeit.«

»Ja, an die Arbeit«, stimmte Trumpf zu. »Es ist wieder so weit.« Er zog seine Steppjacke aus, rollte sie säuberlich zusammen, rückte Stühle aneinander und legte sich hin, wobei er sich die Jacke unter den Kopf legte.

»Also, morgen um sieben?«, sagte Pfeffer.

»Was?«, fragte Trumpf mit schläfriger Stimme.

»Ich komme morgen um sieben.«

»Wohin?«, fragte Trumpf und wälzte sich auf den Stühlen von einer Seite auf die andere. »Diese verdammten Stühle rutschen auseinander«, murmelte er. »Wie oft habe ich denen schon gesagt, daß sie einen Diwan herstellen sollen...«

»In die Garage«, sagte Pfeffer. »In Ihren Wagen.«

»Ja, ja... kommen Sie halt, dann sehen wir weiter. Die Sache ist schwierig.«

Er zog die Beine an den Körper, schob seine Hände unter die Achselhöhlen und begann schwerer zu atmen. Seine Arme waren behaart, und unter den Haaren war eine Tätowierung zu erkennen. Dort stand zu lesen: »Was uns umbringt« und »Immer vorwärts«. Pfeffer ging zum Ausgang.

Draußen orientierte er sich nach einem Hinweisschild. Er durchwatete eine gewaltige Pfütze auf dem Hinterhof, wich einem Berg leerer Konservenbüchsen aus, zwängte sich durch ein Loch im Bretterzaun und betrat durch den Diensteingang das Gebäude der VERWALTUNG. In den Gängen war es kalt und dunkel, es roch nach Tabakrauch, Staub und nach modrigen Akten. Niemand war zu sehen, durch die mit Kunstleder beschlagenen Türen drang kein Laut. Pfeffer gelangte zu einer schmalen Treppe, an der das Geländer fehlte. Er drückte sich an der abgewetzten Wand entlang bis in den ersten Stock. Hier ging er zu einer Tür, über der eine Leuchtschrift blinkte: »Wasche die Hände vor der Arbeit«. An der Tür prangte ein großer, schwarzer Buchstabe »M«. Pfeffer stieß die Tür auf und verspürte einen leichten Schrecken. Er befand sich nämlich in seinem Arbeitszimmer. Es war natürlich nicht sein Arbeitszimmer, sondern das von Kim, dem Leiter der Gruppe ›Wissenschaftliche Erhaltung‹, aber in dieses Zimmer hatte man Pfeffer einen Tisch gestellt, und jetzt stand dieser Tisch seitlich von der Tür an der gekachelten Wand. Wie immer nahm eine ›Mercedes‹ unter einer Schutzhülle eine Hälfte des Tisches ein. Am großen, geputzten Fenster befand sich Kims Tisch, und Kim war bereits in die Arbeit vertieft; er saß da, tief über seinen Rechenschieber gebeugt.

»Ich wollte mir die Hände waschen...«, sagte Pfeffer verwirrt.

»Dann wasch sie dir«, sagte Kim und deutete mit dem Kopf. »Dort ist das Waschbecken. Das wird jetzt sehr bequem. Jetzt werden alle zu uns kommen.«

Pfeffer ging zum Waschbecken und begann sich die Hände zu

waschen. Er wusch sie mit kaltem und heißem Wasser, benützte zwei verschiedene Seifen und eine besondere, entfettende Paste, rieb sie mit einem Bastwisch und mehreren Bürsten verschiedener Härte ab. Dann schaltete er den elektrischen Trockner ein und hielt seine rosigen, feuchten Hände einige Zeit in den heulenden, warmen Luftstrom.

»Heute morgen um vier wurde allen mitgeteilt, daß wir in den ersten Stock umziehen müssen«, sagte Kim. »Und wo warst du? Bei Alevtina?«

»Nein, ich war an der Schlucht«, sagte Pfeffer und setzte sich auf seinen Stuhl.

Da ging die Tür weit auf, und der Prokonsul betrat mit zügigen Schritten den Raum. Er winkte freundlich mit der Aktentasche und verschwand hinter der Trennwand. Dann quietschte die Toilettentür und der Riegel wurde geräuschvoll vorgeschoben. Pfeffer nahm die Schutzhülle von der ›Mercedes‹ und blieb einige Zeit bewegungslos sitzen; dann ging er zum Fenster und öffnete es weit.

Der Wald war von hier aus nicht zu sehen, aber er war da. Er war immer da, auch wenn man ihn nur von der Schlucht aus sehen konnte. Es gab keinen Ort in der ganzen VERWALTUNG, von dem aus der Wald nicht von irgend etwas verdeckt worden wäre. Ihn verdeckten die cremefarbenen mechanischen Werkstätten und die dreistöckige Garage für die Privatwagen der Mitarbeiter. Ihn verdeckten die verwaltungseigenen Viehstallungen, die Wäschestücke, die neben der Wäscherei aufgehängt waren, in der sich die nie funktionierende Wäscheschleuder befand. Ihn verdeckte der Park mit seinen Beeten und Pavillons mit dem Riesenrad und den Gipsfiguren badender Frauen, die über und über mit Bleistift bekritzelt waren. Ihn verdeckten die Wohnhäuschen mit den efeuumrankten Veranden und den kreuzförmigen Fernsehantennen. Von hier aus, d. h. von den Fenstern des ersten Stocks, konnte man den Wald wegen der hohen Ziegelmauer nicht sehen; sie war zwar noch im Bau, hatte aber trotzdem schon eine stattliche Höhe erreicht; sie erstand neben dem ebenerdigen Gebäude der Gruppe ›Technische Erschließung‹. Der Wald war also nur vom Rand der Schlucht aus zu sehen.

Selbst einem Menschen, der nie im Leben den Wald gesehen hatte, nie etwas von ihm gehört hatte, nie an ihn gedacht, ihn nie gefürchtet und auch nie von ihm geträumt hatte, selbst solch einem Menschen konnte die Existenz des Waldes kaum verborgen bleiben, schon aus dem einfachen Grund, daß es die VERWALTUNG gab. Ich zum Beispiel dachte schon vor langer Zeit über den Wald nach, führte Streitgespräche über ihn, sah ihn in meinen Träumen, und ich wäre nie auf den Gedanken gekommen, es könne ihn in Wirklichkeit geben. Und von seiner Existenz überzeugte ich mich nicht damals, als ich zum ersten Mal an die Schlucht ging, sondern als ich das Schild neben der Auffahrt las ›VERWALTUNG IN SACHEN WALD‹. Ich stand vor diesem Schild mit dem Koffer in der Hand, staubbedeckt und ausgetrocknet nach der langen Reise, las es immer wieder und spürte, wie meine Knie weich wurden, denn jetzt wußte ich, daß es den Wald gab; das heißt, alles, was ich mir bis dahin an Gedanken über ihn gemacht hatte, war das Spiel einer schwachen Phantasie, waren blasse, kränkliche Lügen. Es gab den Wald, und über sein Schicksal bestimmte dieser riesige, düstere Bau...

»Kim«, sagte Pfeffer, »werde ich nun tatsächlich den Wald nicht mehr sehen? Ich reise doch morgen ab.«

»Möchtest du ihn wirklich sehen?«, fragte Kim zerstreut.

Grüne, heiße Sümpfe, überreizte, schreckhafte Bäume, Nixen, die im Mondlicht auf dem Wasser von ihrem geheimnisvollen Tun in den Tiefen ausruhen, scheue, wunderliche Ureinwohner, ausgestorbene Dörfer...

»Ich weiß nicht«, sagte Pfeffer.

»Du darfst nicht hin, mein lieber Pfeffer«, sagte Kim. »Da dürfen nur Leute hin, die nie über den Wald nachgedacht haben. Denen am Wald nicht das geringste liegt. Aber dir geht er zu nahe. Für dich ist er gefährlich, weil er dich täuschen wird.«

»Kann sein«, sagte Pfeffer. »Aber ich bin doch nur deswegen hergekommen, um ihn zu sehen.«

»Wozu die bitteren Wahrheiten?«, sagte Kim. »Was wirst du

damit anfangen? Was wirst du im Wald machen? Dem Traum nachweinen, der zum Schicksal wurde? Darum beten, daß alles anders sei? Oder gar aus dem, was ist, das machen wollen, was sein soll?«

»Und wozu bin ich wohl hergekommen?«

»Um dich zu überzeugen. Kannst du nicht begreifen, wie wichtig es ist, sich zu überzeugen? Andere kommen aus anderen Gründen hierher. Sie wollen im Wald Kubikmeter Holz finden. Oder die Lebensbakterie entdecken. Oder ihre Dissertation schreiben. Oder sich einen Berechtigungsausweis beschaffen, nicht um den Wald zu betreten, sondern nur so, für alle Fälle. Irgendwann wird man ihn schon brauchen können, und es hat ihn ja nicht jeder. Und der Gipfel der Anmaßung sind die, die aus dem Wald einen prächtigen Park machen wollen, so wie ein Bildhauer aus einem Marmorbrocken eine Statue formt. Um dann diesen Park zu stutzen. Jahr für Jahr. Damit nie mehr ein Wald daraus wird.«

»Ich sollte weg von hier«, sagte Pfeffer. »Ich habe hier nichts zu tun. Jemand muß weg von hier, entweder ich oder ihr alle.«

»Komm, laß uns multiplizieren«, sagte Kim. Pfeffer setzte sich an seinen Tisch, suchte nach der flüchtig montierten Steckdose und schaltete die ›Mercedes‹ ein.

»Siebenhundertdreiundneunzigtausendfünfhundertzwoundzwanzig mal zwohundertsechsundsechzigtausendnullelf.«

Die ›Mercedes‹ begann zu rasseln und zu zucken. Pfeffer wartete, bis sie sich beruhigt hatte, und las stockend das Ergebnis ab.

»Tja. Löschen.«, sagte Kim. »Und jetzt sechshundertachtundneunzigtausenddreihundertzwölf geteilt durch einsnullfünfzehn...«

Kim diktierte die Zahlen und Pfeffer tippte sie, drückte auf die Multiplikations- und Divisionsknöpfe, addierte, subtrahierte, zog Wurzeln, und alles lief wie gewöhnlich.

»Zwölf mal zehn«, sagte Kim. »Multiplizieren.«

»Einsnullnullsieben«, diktierte Pfeffer mechanisch. Dann stutzte er und sagte: »Paß mal auf, die lügt doch. Es müssen doch hundertzwanzig sein.«

»Ich weiß schon«, sagte Kim ungeduldig. »Einsnullnullsieben«, wiederholte er. »Und jetzt brauche ich die Wurzel aus zehnnullsieben ... «

»Sofort«, sagte Pfeffer.

Jetzt war wieder das Geräusch des Riegels hinter der Trennwand zu hören. Der Prokonsul tauchte auf, rosig, frisch und zufrieden. Er wusch sich die Hände und stimmte ein wohlklingendes Ave Maria an. Dann verkündete er:

»Was für ein Wunder ist doch der Wald, meine Herren! Und wir sprechen und schreiben über ihn so sträflich wenig! Dabei verdient er, daß man über ihn schreibt. Er flößt edle Gesinnung ein, er weckt die erhabensten Gefühle. Er trägt zum Fortschritt bei. Er gleicht selbst dem Symbol des Fortschritts. Und uns gelingt es einfach nicht, die Verbreitung unqualifizierter Gerüchte, Geschichten und Witze zu unterbinden. Im Grunde wird für den Wald keine Propaganda getrieben. Über den Wald reden und denken die Leute weiß der Teufel was alles ... «

»Siebenhundertfünfundachtzig mal vierhundertzweiunddreißig«, sagte Kim.

Die Stimme des Prokonsuls schwoll an. Er hatte eine kräftige, gut ausgebildete Stimme. Die ›Mercedes‹ war nicht mehr zu hören.

»›Wir leben wie im Wald‹... ›Hinterwäldler‹... ›Vor lauter Bäumen den Wald nicht sehen‹... ›Der eine in den Wald, der andere ins Holz‹... Das ist es, wogegen wir ankämpfen müssen! Das ist es, was wir ausrotten müssen. Nehmen wir mal Sie, Monsieur Pfeffer, warum nehmen Sie den Kampf nicht auf? Sie könnten doch im Klub einen ausführlichen, sachdienlichen Vortrag über den Wald halten, aber Sie tun es nicht. Ich beobachte Sie schon lange und warte die ganze Zeit, aber vergebens. Woran liegt das?«

»Ich war doch nie dort«, sagte Pfeffer.

»Das ist nicht so wichtig. Ich war auch nie dort und habe eine Vorlesung gehalten, und nach dem Echo zu urteilen, war es eine sehr nützliche Vorlesung. Es dreht sich doch nicht darum, ob man im Wald war oder nicht, sondern darum, das Gespinst von

Mystik und Aberglauben von den Tatsachen zu entfernen, die Substanz bloßzulegen, indem man ihr die Hülle herunterreißt, die ihr Spießbürger und Utilitaristen übergezogen haben...«

»Zwei mal acht geteilt durch neunundvierzig minus sieben mal sieben«, sagte Kim.

Die ›Mercedes‹ nahm ihre Tätigkeit wieder auf. Die Stimme des Prokonsuls schwoll erneut an.

»Ich habe es als studierter Philosoph gemacht, aber Sie könnten es als studierter Linguist machen. Ich gebe Ihnen die Thesen, und Sie entwickeln sie im Lichte der neuesten linguistischen Erkenntnisse... oder wie lautet denn der Titel Ihrer Dissertation?«

»Ich schreibe über ›Besonderheiten von Stil und Rhythmik weiblicher Prosa des späten Chejan, dargestellt an Makura-no-Soshi‹«, sagte Pfeffer. »Ich fürchte, daß...«

»Aus-ge-zeich-net! Genau das, was wir brauchen. Und machen Sie deutlich, daß es sich nicht um Sümpfe und Morast handelt, sondern um erstklassigen Heilschlamm; nicht um springende Bäume, sondern um Errungenschaften einer hochentwickelten Wissenschaft; nicht um Eingeborene und Wilde, sondern um eine uralte Zivilisation stolzer, freier, bescheidener und dabei mächtiger Menschen, die hehre Ziele verfolgen. Und kein Wort von Nixen! Kein lila Nebel und keine nebelhaften Andeutungen – entschuldigen Sie den verunglückten Kalauer... Das wird ausgezeichnet, Mijnheer Pfeffer, das wird eindrucksvoll. Und das ist sehr gut, daß Sie den Wald kennen, daß Sie Ihre persönlichen Eindrücke weitervermitteln können. Auch meine Vorlesung war gut, allerdings ein wenig spekulativ, fürchte ich. Als Ausgangsmaterial verwendete ich die Sitzungsprotokolle. Und Sie, als Erforscher des Waldes...«

»Ich bin kein Erforscher des Waldes«, sagte Pfeffer eindringlich. »Man läßt mich gar nicht zum Wald. Ich kenne den Wald nicht.«

Der Prokonsul nickte zerstreut und notierte sich rasch etwas auf die Manschette.

»Ja«, sagte er. »Ja, ja. Leider ist das eine bittere Wahrheit. Leider kommen all diese Sachen bei uns noch vor – Formalismus, Bürokratismus, heuristisches Herangehen an den Menschen... Das können Sie übrigens auch erwähnen. Das können Sie ruhig, darüber sprechen alle. Und ich werde versuchen, Ihren Vortrag mit der Direktion abzustimmen. Ich freue mich wahnsinnig, Pfeffer, daß Sie sich endlich an unserer Arbeit beteiligen. Ich beobachte Sie schon seit langem sehr aufmerksam... Also, ich habe Sie für nächste Woche eingetragen.«

Pfeffer schaltete die ›Mercedes‹ ab.

»Nächste Woche bin ich nicht mehr hier. Mein Visum ist abgelaufen, und ich fahre weg. Morgen schon.«

»Na ja, das werden wir schon irgendwie in Ordnung bringen. Ich werde zum Direktor gehen; er ist auch Klubmitglied, er wird das einsehen. Rechnen Sie damit, daß Sie noch eine Woche bleiben.«

»Nicht nötig«, sagte Pfeffer, »das ist gar nicht nötig.«

»Doch!«, sagte der Prokonsul und starrte ihm in die Augen. »Sie wissen sehr gut, Pfeffer, daß es nötig ist! Auf Wiedersehen.« Er tippte mit zwei Fingern an die Schläfe und winkte im Hinausgehen mit der Aktentasche.

»Wie ein Spinnennetz«, sagte Pfeffer. »Ich komme mir hier wie eine Fliege vor. Der Manager will nicht, daß ich wegfahre, Alevtina will es auch nicht, und jetzt der da auch nicht...«

»Ich will auch nicht, daß du wegfährst«, sagte Kim.

»Aber ich halte es hier nicht mehr aus!«

»Siebenhundertsiebenundachtzig mal vierhundertzweiunddreißig...«

Trotzdem werde ich abfahren, dachte Pfeffer und drückte auf die Tasten. Trotzdem werde ich abfahren. Ihr wollt es zwar nicht, aber ich werde abfahren. Ich werde mit euch kein Tischtennis spielen und auch kein Schach, ich werde mit euch nicht schlafen oder Tee mit Konfitüre trinken, ich will eure Lieder nicht mehr singen, für euch auch nicht mehr auf der ›Mercedes‹

rechnen, keine Streitereien schlichten, und euch nicht jetzt auch noch Vorlesungen halten, die ihr sowieso nicht verstehen würdet. Und denken für euch werde ich auch nicht, denkt doch selber. Und ich fahre weg. Ich fahre weg. Ich fahre weg. Ihr werdet sowieso nie begreifen, daß Denken kein bloßer Zeitvertreib, sondern eine Pflicht ist...

Draußen hinter der halbfertigen Mauer hörte man das wuchtige Aufschlagen eines Rammbärs, Preßlufthämmer knatterten, Ziegelsteine prasselten, und an der Wand daneben saßen vier Arbeiter. Ihre Oberkörper waren nackt. Alle hatten Schirmmützen auf und rauchten. Dann heulte und knatterte ein Motorrad direkt unter dem Fenster.

»Da kommt jemand vom Wald«, sagte Kim. »Noch schnell sechzehn mal sechzehn.«

Die Tür wurde aufgerissen, und ein Mann stürzte herein. Er war in Motorradkluft. Die abgeknöpfte Kapuze baumelte an der Schnur des Funkgeräts an seiner Brust. Von den Schuhen bis zum Gürtel war seine Kluft mit blaßrosa Sprößlingen junger Triebe übersät. Das rechte Bein hatte sich in einer orangefarbenen Schlingpflanze verfangen, die kein Ende nehmen wollte und am Boden schleifte. Die Schlingpflanze zuckte noch, und Pfeffer schien es, als ob sie ein Saugrüssel des Waldes selbst wäre. Im nächsten Augenblick würde sich der Rüssel anspannen und den Mann zurückzerren – durch die Gänge der VERWALTUNG, die Treppe hinunter, über den Hof an der Mauer entlang, vorbei an der Kantine und den Werkstätten, dann wieder hinunter, die staubige Straße entlang durch den Park, an den Statuen und den Pavillons vorbei, zur Serpentineneinfahrt, zum Tor, aber nicht durch das Tor, sondern vorbei, zur Schlucht, hinab...

Der Mann hatte eine Motorradbrille auf, sein Gesicht war staubbedeckt, und Pfeffer erkannte ihn nicht sogleich. Es war Stojan Stojanov von der Biostation. In der Hand hielt er eine große Papiertüte. Er machte einige Schritte auf dem gekachelten Boden, dessen Mosaik eine Frau unter der Dusche darstellte. Die Papiertüte versteckte er hinter seinem Rücken und blieb vor Kim stehen, wobei er seltsame Bewegungen mit dem Kopf machte, so als ob ihn der Hals juckte.

»Kim«, sagte er. »Ich bin's.«

Kim gab keine Antwort. Nur seine Feder war zu hören; sie machte kratzende Geräusche und riß am Papier.

»Liebster Kim«, sagte Stojan schmeichelnd. »Ich flehe dich an.«

»Verschwinde«, sagte Kim. »Du bist ja übergeschnappt.«

»Ein letztes Mal«, sagte Stojan. »Ein allerletztes Mal.«

Erneut machte er eine Bewegung mit dem Kopf, und Pfeffer sah auf seinem hageren, seitlich abrasierten Hals direkt im Grübchen unterhalb des Nackens einen kurzen rosigen Trieb; er war ganz zart, spitz, drehte sich schon spiralenförmig ein, und es sah so aus, als ob er vor Gier zitterte.

»Du brauchst es nur zu übergeben und zu sagen, daß es von Stojan ist. Das ist alles. Wenn du ins Kino eingeladen wirst, dann erzähle ihnen, du müßtest abends eine dringende Arbeit erledigen. Wenn man dir Tee anbietet, sage ihnen, du hättest gerade welchen getrunken. Und Wein darfst du auch nicht annehmen, falls es dazu kommt. Na? Liebster Kim. Wirklich zum allerallerletzten Mal!«

»Was krümmst du dich denn so?«, fragte Kim wütend. »Dreh dich mal um!«

»Hab ich schon wieder einen aufgeschnappt?«, fragte Stojan und drehte sich um. »Na ja, das ist jetzt unwichtig. Du brauchst es nur zu übergeben, alles andere ist unwichtig.«

Kim beugte sich über den Tisch und machte sich an Stojans Hals zu schaffen. Er drückte etwas heraus und massierte die Stelle mit weit ausgestemmten Ellenbogen, entblößte angewidert seine Zähne und murmelte Flüche. Stojan trat geduldig von einem Bein aufs andere, beugte den Kopf und krümmte den Hals.

»Grüß dich, lieber Pfeffer«, sagte er. »Ich habe dich schon lange nicht mehr gesehen. Wieso bist du denn hier? Ich habe wieder was mitgebracht, da könntest du etwas damit machen... Zum allerallerletzten Mal.« Er breitete das Papier auseinander und zeigte Pfeffer einen kleinen Strauß giftiggrüner Waldblumen. »Und wie die riechen! Unheimlich!«

»Hör schon auf zu zucken«, schrie ihn Kim an. »Stell dich ruhig hin! Verrückter alter Trottel!«

»Verrückt«, stimmte Stojan stolz zu. »Alter Trottel. Kann ja sein. Aber wirklich zum allerallerletzten Mal!«

Die rosigen Triebe auf seiner Kluft begannen bereits zu welken; sie kräuselten sich und fielen ab auf den Boden, wo sie das ziegelrote Gesicht der Frau unter der Dusche übersäten.

»Das war alles«, sagte Kim. »Hau ab.«

Er wandte sich von Stojan ab und warf etwas Blutiges in den Abfalleimer; es schien noch nicht tot zu sein und krümmte sich.

»Ich hau schon ab«, sagte Stojan. »Gleich werde ich mich scheren. Aber du weißt doch, die Rita bei uns ist wieder so komisch geworden. Ich komme gerade von der Biostation und habe irgendwie immer Angst, von dort wegzufahren. Pfeffer, alter Freund, du solltest zu uns fahren und vielleicht mal mit denen sprechen...«

»Sonst noch was!«, sagte Kim. »Pfeffer hat dort nichts verloren.«

»Was heißt hier nichts verloren?!«, schrie Stojan. »Quentin schmilzt dahin, da kann man direkt zuschauen! Hör bloß mal zu: vor einer Woche lief Rita weg. Na ja, da kann man halt nichts machen... und letzte Nacht kam sie zurück, ganz naß, blaß und steif vor Kälte. Der Wachposten wollte sie anfassen, aber irgendwas hat sie mit ihm gemacht, bis jetzt liegt er bewußtlos da. Und das ganze Versuchsfeld ist mit Gras zugewachsen.«

»Und weiter?«, sagte Kim.

»Und Quentin hat den ganzen Morgen geweint...«

»Das weiß ich alles«, unterbrach ihn Kim. »Ich verstehe nur nicht, was Pfeffer mit alledem zu tun hat.«

»Was heißt denn hier zu tun hat? Was redest du denn daher? Wer denn sonst wenn nicht Pfeffer? Ich doch nicht, oder? Und du auch nicht... Man wird doch nicht den Heymbacken holen, den Claudius Octavian!«

»Jetzt reicht's!«, sagte Kim und schlug mit der flachen Hand auf den Tisch. »Scher dich zur Arbeit und daß ich dich hier während der Arbeitszeit nicht mehr sehe. Bring mich nicht in Wut.«

»Das war alles«, sagte Stojan eilig. »Das war's. Ich geh schon. Wirst du es übergeben?«

Er legte den Strauß auf den Tisch und lief hinaus. In der Tür rief er: »Und die Versitzgrube funktioniert wieder...«

Kim nahm einen Rutenbesen und fegte alles, was auf dem Boden verstreut lag, in die Ecke.

»So ein Idiot! So ein Verrückter!«, sagte er. »Und diese Rita... Jetzt darf ich alles wieder von vorn durchdenken. Sollen Sie doch zum Teufel gehen mit ihrer Liebesgeschichte...«

Unter dem Fenster begann das Motorrad entsetzlich zu knattern. Dann wurde wieder alles ruhig, nur der Rammbär dröhnte hinter der Mauer.

»Pfeffer«, sagte Kim. »Weshalb warst du heute morgen an der Schlucht?«

»Ich hatte gehofft, den Direktor zu sehen. Man sagte mir, daß er manchmal an der Schlucht Gymnastik macht. Ich wollte ihn bitten, mich wegzulassen, aber er kam nicht. Weißt du, Kim, ich glaube, daß hier alle lügen. Manchmal habe ich den Eindruck, daß sogar du lügst.«

»Der Direktor«, sagte Kim nachdenklich. »Aber das ist doch eigentlich eine Idee. Das hast du gut gemacht. Eine kühne Sache...«

»Trotzdem werde ich morgen abreisen«, sagte Pfeffer. »Trumpf nimmt mich mit, er hat es mir versprochen. Morgen werde ich nicht mehr hier sein, damit du es weißt.«

»Das habe ich nicht erwartet, wirklich nicht«, fuhr Kim fort, ohne auf ihn zu hören. »Eine sehr kühne Sache. Aber vielleicht sollte man dich tatsächlich dorthin schicken, um Klarheit zu schaffen?...«

Kapitel 2
Kandid

Kandid erwachte. Sein erster Gedanke war: übermorgen gehe ich fort von hier.

Im gleichen Augenblick begann Nava sich in der anderen Ecke in ihrem Bett zu bewegen. Sie fragte:

»Kannst du nicht mehr schlafen?«

»Nein«, antwortete er.

»Dann laß uns miteinander sprechen«, schlug sie vor. »Seit gestern abend haben wir uns nämlich nicht unterhalten. Also?«

»Gut.«

»Sag mir zuerst, wann du fortgehst.«

»Ich weiß es nicht«, sagte er. »Bald.«

»Immer sagst du nur: bald. Mal bald, mal übermorgen, vielleicht denkst du, daß das ein- und dasselbe ist, aber das stimmt auch nicht, jetzt hast du ja schon sprechen gelernt, aber am Anfang hast du alles durcheinander gebracht, Haus und Dorf hast du verwechselt, Gras und Pilze, sogar die Leichenmenschen und die richtigen Menschen, und dann hast du angefangen, so vor dich hinzubrummeln, lauter unverständliches Zeug, niemand ist daraus schlau geworden...«

Er schlug die Augen auf und starrte die niedrige, kalkverspritzte Decke an. An der Decke liefen Arbeitsameisen. Sie bewegten sich in zwei gleichmäßigen Kolonnen – von links nach rechts die beladenen, von rechts nach links die unbeladenen. Vor einem Monat war es umgekehrt gewesen – von rechts nach links transportierten sie Pilzlager, von links nach rechts gingen sie leer. Und in einem Monat würde es wieder umgekehrt sein, es sei denn, sie erhielten neue Anweisungen. Entlang der Kolonnen standen große, schwarze Signalgeber. Unbeweglich verharrten sie in Erwartung von Befehlen. Ihre langen Antennen schwankten. Vor einem Monat bin ich auch aufgewacht und habe gedacht, daß ich übermorgen fortgehe, aber nirgendwo sind wir hingegangen, und noch ein anderes Mal, lange davor, bin ich aufgewacht und habe gedacht, daß wir übermorgen endlich fortgehen, was wir natürlich nicht getan haben, aber wenn wir übermorgen nicht fortgehen, gehe ich allein. Natürlich habe ich mir das früher auch schon so vorgenommen, aber jetzt gehe ich ganz bestimmt fort. Schön wäre es, gleich jetzt fortzugehen, ohne mit jemand zu sprechen, ohne jemand zu fragen, aber sowas kann man nur mit klarem Kopf tun, jetzt nicht. Gut wäre es auch, ein für allemal sich zu entschließen: sobald ich mit klarem Kopf aufwache, stehe ich auf der Stelle auf, gehe hinaus auf die Straße und in den Wald, und niemand darf mich ansprechen, das ist sehr wichtig, sich mit niemand auf ein Gespräch einzulassen, sich nicht beschwatzen zu lassen, sich nicht den Kopf verdrehen zu lassen, besonders diese Stellen über den Augen, daß es dir in den Ohren saust, daß es dir schlecht wird und Kopf und Glieder gelähmt werden. Aber Nava spricht ja schon...

»... es kam nämlich so«, sprach Nava, »daß uns die Leichenmenschen in der Nacht wegführten, und nachts sehen sie schlecht, ganz blind sind sie, das wird dir jeder sagen, sogar der Bucklige, er ist zwar nicht von hier, er kommt aus dem einen Dorf, das neben unserem lag, nicht dem, wo wir jetzt sind, sondern dem Dorf, wo ich dich noch nicht kannte, wo ich mit Mama wohnte, du kannst also den Buckligen gar nicht kennen, sein Dorf ist ganz mit Pilzen zugewachsen, der Schwamm ist darüber hergefallen, und das ist nicht jedermanns Sache, der Bucklige zum Beispiel ging sofort aus dem Dorf weg. ›Die ERSCHLIESSUNG hat stattgefunden‹, sagte er, ›die Menschen haben im Dorf jetzt nichts mehr verloren...‹ Tja-ja. Der Mond schien damals auch nicht, und wahrscheinlich haben sie sich verlaufen, da drängten sie sich alle zusammen, wir in der Mitte, und es wurde so heiß, daß einem die Luft wegblieb...«

Kandid blickte sie an. Sie lag auf dem Rücken, die Arme hinter dem Kopf verschränkt, die Beine übereinandergeschlagen, regungslos, nur ihre Lippen bewegten sich unaufhörlich, und ihre Augen blitzten manchmal im Halbdunkel auf. Als der Alte hereinkam, sprach sie weiter, und der Alte setzte sich an den Tisch, rückte den Topf zu sich heran, roch daran, wobei er geräuschvoll schnalzte, und fing zu essen an. Da stand Kandid auf und wischte sich mit den Handflächen den nächtlichen Schweiß vom Körper. Der Alte schlürfte und spuckte, ohne den Blick von der Holzschüssel zu wenden, die wegen des Schimmels mit einem Deckel verschlossen wurde. Kandid nahm ihm den Topf weg und stellte ihn neben Nava hin, um sie zum Schweigen zu bringen. Der Alte leckte sich die Lippen ab und sagte:

»Das schmeckt nicht. Wo du jetzt auch hinkommst, nirgends schmeckt es. Und der Pfad ist auch schon zugewachsen, auf dem ich damals gegangen bin, und ich bin viel gegangen – mal zur Dressur, mal einfach zum Baden, damals habe ich oft gebadet, ein See war dort, der ist jetzt versumpft, und es ist gefährlich geworden, da zu gehen, aber irgend jemand geht dort trotzdem, denn woher sollten sonst die vielen Ertrunkenen kommen? Und dann das Schilf. Da kann ich fragen, wen ich will: wieso sind da Pfade im Schilf? Niemand weiß das, und das ist auch recht so. Was habt ihr denn da im Topf? Wenn es zum Beispiel eingemachte Beeren sind, dann würde ich schon welche essen, eingemachte Beeren mag ich nämlich gern, wenn es aber was von gestern ist, so abgenagte Stücke, dann verzichte ich, sowas esse ich nicht, das könnt ihr selber essen.« Er machte eine Pause, und ließ seinen Blick von Kandid zu Nava und wieder zu Kandid wandern. Dann fuhr er fort, ohne eine Antwort abzuwarten: »Und dort, wo sich das Schilf festgesetzt hat, ist Schluß mit dem Säen. Früher hat man dort noch gesät, wegen der ERSCHLIESSUNG, und alles wurde zum Lehmfeld geschafft, das macht man immer noch, aber auf dem Feld kann man es nicht mehr lassen, und so wird es wieder zurückgebracht. Ich sagte ihnen, so geht es nicht, aber sie verstehen nicht, was das heißt, daß es so nicht geht. Der Dorfälteste fragte mich direkt vor allen anderen, warum es nicht geht. Da steht der Faust, so wie du jetzt dastehst, sogar etwas näher, hier steht, sagen wir, Funker, und hier, wo deine Nava steht, da stehen die Glatzkopfbrüder, alle drei stehen sie da und hören zu, und er fragt mich da vor all diesen Leuten. Ich sage ihm, wie kannst du nur, wir sind doch nicht allein hier... Sein Vater war der klügste Mensch, aber vielleicht war es auch gar nicht sein Vater, manche haben gesagt, daß es nicht sein Vater war, und es ist ja wirklich ziemlich unwahrscheinlich. Warum soll ich nicht vor allen fragen, sagt er, warum geht das nicht?«

Nava erhob sich, reichte Kandid den Topf und begann aufzuräumen. Kandid aß. Der Alte verstummte und sah ihm einige Zeit zu. Seine Lippen mahlten. Dann bemerkte er:

»Was ihr da habt, ist ja noch nicht ausgegoren, das kann man doch nicht essen.«

»Wieso denn nicht?«, fragte Kandid, um ihn zu ärgern.

Der Alte kicherte. »Ach du, Stummer,«, sagte er, »du solltest lieber deinen Mund halten, Stummer. Erzähl mir lieber, das will ich nämlich schon lange von dir wissen, ob das Kopfabschneiden weh tut?«

»Was geht denn dich das an?«, schrie Nava. »Was soll diese ewige Fragerei?«

»Da schreit sie«, stellte der Alte fest. »Mich schreit sie an. Zur Welt gebracht hat sie noch keinen, aber schreien tut sie. Warum hast du denn keine Kinder? Mit dem Stummen lebst du jetzt schon so lange zusammen, aber Kinder hast du keine. Alle haben welche, nur du nicht. So geht es einfach nicht, und weißt du, was das heißt, daß es so einfach ›nicht geht‹? Das heißt: es ist unerwünscht, es wird nicht für gut gehalten, und nachdem es nicht für gut gehalten wird, folgt, daß es so nicht geht. Was geht, das ist noch unbekannt, aber was nicht geht, das geht einfach nicht. Das sollten alle begreifen, du um so mehr, als du in einem fremden Dorf lebst; ein Haus hast du bekommen, den Stummen hat man dir zum Mann gegeben. Vielleicht hat er einen fremden Kopf auf, so aufmontiert, aber sein Körper ist gesund, es geht nicht, daß du dich vor dem Kinderkriegen drückst. Dieses ›es geht nicht‹ heißt nämlich gerade, daß man sich nichts weniger wünscht als das.«

Wütend und beleidigt riß Nava die Holzschüssel vom Tisch und ging in den Vorratsraum. Der Alte blickte ihr nach, schnaufte etwas vor sich hin und fuhr fort:

»Wie kann man dieses ›es geht nicht‹ noch verstehen? Man

kann und muß es so verstehen, daß es dasselbe heißt wie schädlich…«

Kandid aß den Topf leer. Dann stellte er ihn polternd vor den Alten hin und ging auf die Straße hinaus. Das Haus war über Nacht vom Grün überwuchert worden. Im dichten Pflanzengewirr ringsum war nur der Pfad zu erkennen, den der Alte ausgetreten hatte, und der Platz an der Schwelle, wo der Alte gesessen hatte. Er war hin- und hergerutscht und hatte darauf gewartet, bis sie aufwachten. Die Straße war bereits gesäubert. Die grünen, handdicken Kriechgewächse, die sich gestern aus dem Geflecht der Zweige über dem Dorf herausgewunden hatten und vor dem Nachbarhaus Wurzeln geschlagen hatten, waren abgehauen worden. Man hatte sie mit Gärmasse übergossen, worauf sie sich dunkel gefärbt hatten und sauer geworden waren. Von ihnen ging ein scharfer und würziger Geruch aus. Die Nachbarskinder schälten sie, rissen das schwärzlich-rote Fruchtfleisch heraus und stopften sich die Münder mit saftigen, spritzenden Stücken voll. Als Kandid vorbeiging, rief der Älteste mit vollem Mund: »Stummer, Leichenmensch!« Seine Worte waren kaum zu verstehen. Keins von den Kindern stimmte jedoch ein, alle waren beschäftigt. Sonst war die Straße menschenleer. Sie leuchtete in den orangen und roten Farben des hohen Grases, in dem die Hütten versanken; alles war in Dämmerlicht getaucht. Die Sonnenstrahlen, die das Dach der Bäume durchdrangen, warfen verschwommene, grüne Flecken auf die Straße. Vom Feld her drang wirres, monotones Singen: »Frisch gesät, so ist's recht, einmal links, einmal rechts…«. Im Wald erscholl das Echo. Vielleicht war es nicht das Echo. Vielleicht waren es die Leichenmenschen.

Hinker saß natürlich zu Haus und massierte sein Bein.

»Setz dich«, sagte er einladend. »Schau, hier habe ich weiches Gras für Gäste ausgebreitet. Du gehst weg, sagt man?«

Schon wieder, dachte Kandid, wieder alles von vorne.

»Ist es wieder schlimmer geworden?«, fragte er und setzte sich.

»Mit dem Bein, meinst du? Eigentlich nicht, es ist halt angenehm so. Ich streiche da so drüber, und das tut gut. Wann gehst du denn fort?«

»Wir haben uns doch schon abgesprochen. Wenn du mit mir gehst, dann meinetwegen übermorgen. Jetzt muß ich aber einen anderen auftreiben, der den Wald kennt. Ich sehe doch, daß du nicht gehen willst.«

Der Hinker streckte vorsichtig sein Bein aus und sagte belehrend: »Wenn du von hier aufbrichst, gehst du gleich links direkt bis zum Feld. Dann über das Feld, an zwei Steinen vorbei, dann siehst du schon den Weg. Er ist kaum zugewachsen, dort sind nämlich Feldsteine. Diesen Weg gehst du weiter und kommst durch zwei Dörfer. Das eine ist verlassen, voller Pilze, die haben sich da breit gemacht, dort wohnt also niemand; im anderen Dorf wohnen die Wirrköpfe. Zweimal ist das blaue Gras durchgekommen, seit der Zeit sind sie krank, und laß dich da mit keinem in ein Gespräch ein, die kapieren sowieso nichts, so als ob sie ihr Gedächtnis verloren hätten. Und hinter diesem Dorf liegt dann rechterhand dein Lehmfeld. Und begleiten braucht dich da niemand, da findest du ganz gemütlich hin und kommst nicht mal ins Schwitzen.«

»Bis zum Lehmfeld schaffen wir es«, stimmte Kandid zu. »Aber wie geht es weiter?«

»Was heißt weiter?«

»Durch den Sumpf, wo früher die Seen waren. Weißt du noch, als du vom Steinweg erzählt hast?«

»Welchen Weg meinst du denn? Den zum Lehmfeld? Aber das habe ich dir doch lang und breit erzählt: bieg nach links, bis zum Feld, zu den beiden Steinen...«

Kandid ließ ihn ausreden und sagte:

»Den Weg zum Lehmfeld weiß ich jetzt. Da finden wir hin. Aber ich muß weiter, das weißt du doch. Ich muß unbedingt bis zur STADT kommen, und du hast versprochen, mir den Weg zu zeigen.«

Der Hinker schüttelte mitleidig den Kopf.

»Zur STA-A-ADT!... Da willst du also hin. Ich kann mich jetzt schon erinnern... Also, zur STADT, Stummer, kommt man nicht durch. Zum Lehmfeld, zum Beispiel, ist das ganz einfach: an den beiden Steinen vorbei, durch das Pilzdorf, dann durch das Verrücktendorf, und dann liegt rechter Hand das Lehmfeld. Oder, sagen wir, zum Schilfdorf. Da gehst du von mir aus nach rechts, durch den lichten Wald, am Brottümpel vorbei, und dann immer der Sonne nach. Wohin die Sonne geht, da gehst du auch hin. Drei volle Tage ist man unterwegs, aber wenn es schon sein muß, dann gehen wir halt. Früher haben wir dort die Töpfe geholt, bevor wir hier unsere eigenen anbauten. Das Schilfdorf kenne ich gut, du brauchst bloß sagen, daß du zum Schilfdorf willst. Dann brauchen wir gar nicht bis übermorgen warten. Morgen früh gehen wir los, Essen brauchen wir keins mitzunehmen, wenn wir schon am Brottümpel vorbeikommen... Stummer, du sprichst ja arg kurz. Kaum hört man hin, da hast du schon wieder den Mund zu. Aber zum Schilfdorf, da gehen wir hin. Morgen früh gehen wir los...«

Kandid ließ ihn ausreden und sagte:

»Verstehst du, Hinker, ich muß nicht zum Schilfdorf. Zum Schilfdorf muß ich nicht. Da muß ich nicht hin, zum Schilfdorf.« Der Hinker hörte aufmerksam zu und nickte. »Ich muß nämlich in die STADT«, fuhr Kandid fort. »Wir sprechen schon lange darüber. Gestern habe ich dir gesagt, daß ich in die STADT muß. Vorgestern habe ich dir gesagt, daß ich in die STADT muß. Vor einer Woche habe ich dir gesagt, daß ich in die STADT muß. Du hast gesagt, daß du den Weg weißt. Das hast du gestern gesagt. Und vorgestern hast du gesagt, daß du den Weg zur STADT weißt. Nicht zum Schilfdorf, sondern zur STADT. Ich muß nicht zum Schilfdorf.« Nur nicht irre werden, dachte er. Vielleicht passiert mir das die ganze Zeit. Nicht Schilfdorf, sondern STADT. STADT, und nicht Schilfdorf. »STADT, und nicht Schilfdorf«, wiederholte er laut. »Verstehst du? Erklär mir den Weg zur STADT. Nicht zum Schilfdorf, sondern zur STADT. Oder noch besser – gehen wir zusammen zur STADT. Gehen wir zusammen, nicht zum Schilfdorf, sondern zur STADT.«

Er schwieg. Der Hinker begann erneut über sein wehes Knie zu streichen.

»Wahrscheinlich hat man dir irgendwas drinnen beschädigt, Stummer, als man dir den Kopf abschnitt. Das ist so wie mit meinem Bein. Am Anfang war es ein Bein wie jedes andere, ein ganz gewöhnliches, und dann ging ich mal in der Nacht durch die Ameisenhügel, ich trug eine Ameisenkönigin, und mit dem Bein tappte ich in eine Aushöhlung, und jetzt ist es krumm. Und warum es krumm ist, weiß niemand, aber zum Gehen taugt es nicht so recht. Aber bis zu den Ameisenhügeln schaffe ich es. Bis dahin komme ich, und dich führe ich auch hin. Es will mir nur nicht in den Kopf, warum du gesagt hast, daß ich was zum Essen für unterwegs vorbereiten soll. Zu den Ameisenhügeln ist es doch von hier ein Katzensprung.« xxxxxxxxxxxxxxx xxxxxxxxxxxxxxxxxxxxxxxxxxxxxxxxxxxxxxxxxxx Er blickte Kandid an, wurde verlegen und machte den Mund auf. »Aber du willst ja gar nicht zu den Ameisenhügeln«, sagte er. »Wohin willst du denn? Zum Schilfdorf doch. Aber zum Schilfdorf kann ich nicht, das schaffe ich nicht. Du siehst ja, das Bein ist krumm. Paß auf, Stummer, warum willst du eigentlich nicht zu den Ameisenhügeln? Komm, laß uns zu den Ameisenhügeln gehen. Ich bin doch seit damals kein einziges Mal mehr dort gewesen, vielleicht gibt es sie gar nicht mehr, die Ameisenhügel. Dann suchen wir diese Aushöhlung da.«

Gleich wird er mich verrückt machen, dachte Kandid. Er beugte sich seitwärts und zog den Topf zu sich.

»Einen guten Topf hast du da«, sagte er. »Ich weiß gar nicht mehr, wo ich zum letztenmal so einen guten Topf gesehen habe... Du wirst mich also zur STADT begleiten? Du hast gesagt, daß niemand außer dir den Weg zur STADT kennt. Gehen wir zur STADT, Hinker. Wie denkst du darüber? Kommen wir bis zur STADT durch?«

»Natürlich kommen wir durch. Bis zur STADT? Ganz klar, da kommen wir durch. Und diese Töpfe da, ich weiß schon, wo du sie gesehen hast. Bei den Wirrköpfen sind solche Töpfe. Sie bauen sie nicht an, verstehst du, sie machen sie aus Lehm. Bei ihnen ist da ein Lehmfeld in der Nähe. Wie ich dir schon gesagt habe, von mir aus gleich nach links und an den zwei Steinen vorbei bis zum Pilzdorf. Aber im Pilzdorf lebt niemand mehr, da lohnt es sich gar nicht hinzugehen. Als ob wir noch keine Pilze gesehen hätten! Als mein Bein noch gesund war, bin ich nie in das Pilzdorf gegangen, ich weiß nur, daß zwei Schluchten weiter die Wirrköpfe wohnen. Ja, morgen könnten wir losgehen... Ja... Paß auf, Stummer, gehen wir lieber nicht hin. Diese Pilze gefallen mir nicht. Verstehst du, die Pilze in unserem Wald, das ist eine Sache. Die kann man essen, die schmecken auch. Aber in dem Dorf da sind die Pilze so grünlich, und sie haben einen üblen Geruch. Wozu solltest du da hin? Am Ende schleppst du noch Pilzlager hierher. Gehen wir lieber zur STADT. Das ist viel angenehmer. Nur können wir dann nicht morgen aufbrechen. Da muß man sich vorher mit Proviant eindecken, und da muß man auch wegen des Weges herumfragen. Oder kennst du den Weg? Wenn du ihn kennst, dann werde ich nicht fragen, ich wüßte nämlich auch gar nicht, wer da zu fragen wäre. Vielleicht sollte man den Dorfältesten fragen, was meinst du?«

»Und du selbst hast keine Ahnung, wo es zur STADT geht?«, fragte Kandid. »Du weißt ja doch viel von diesem Weg. Einmal bist du schon fast bis zur STADT durchgekommen, aber dann haben dich die Leichenmenschen erschreckt, und du hast Angst gehabt, daß du sie allein nicht abwehren kannst...«

»Die Leichenmenschen habe ich nicht gefürchtet und fürchte sie immer noch nicht«, widersprach der Hinker. »Ich sage dir, was ich fürchte. Wie das mit uns unterwegs sein wird, das fürchte ich. Wirst du da die ganze Zeit stumm sein? Ich kann das doch nicht aushalten. Und noch was fürchte ich... Sei mir nicht böse, Stummer, sag mir, du brauchst es nicht laut zu sagen, du kannst auch flüstern, oder nicke einfach mit dem Kopf, und wenn du nicht nicken willst, schau, dein rechtes Auge ist im Schatten, kneife es ein wenig zu, niemand sieht das, nur ich allein. Und meine Frage ist die: bist du nicht vielleicht doch so ein wenig Leichenmensch? Ich kann die Leichenmenschen nämlich nicht ausstehen, ich fange richtig zu zittern an, wenn ich sie sehe, da kann ich gar nichts dagegen machen...«

»Nein, Hinker, ich bin kein Leichenmensch«, sagte Kandid.

»Ich kann sie selber nicht ausstehen. Und was deine Furcht anlangt, daß ich nichts sprechen werde: wir gehen doch nicht zu zweit, das habe ich dir schon gesagt. Faust geht mit, Schwanz auch und noch zwei Burschen aus Neusiedel.«

»Mit dem Faust gehe ich nicht«, sagte der Hinker entschieden. »Der Faust hat sich meine Tochter geholt und auf sie nicht aufgepaßt. Weggeschnappt haben sie sie ihm. Daß er sie sich geholt hat, tut mir nicht leid, aber daß er auf sie nicht aufgepaßt hat, das tut mir leid. Nach Neusiedel waren die beiden unterwegs, da haben ihnen die Diebe aufgelauert und meine Tochter weggenommen, und er hat sie sich wegnehmen lassen. Da konnte ich dann mit deiner Nava suchen, so viel ich wollte, gefunden habe ich sie nicht. Nein, Stummer, mit den Dieben ist nicht zu spaßen. Wenn wir zusammen zur STADT gingen, dann hätten wir mit den Dieben unsere liebe Not. Was andres wäre es zum Schilfdorf, da bräuchte man nicht lange überlegen. Morgen gehen wir.«

»Übermorgen«, sagte Kandid. »Du gehst, ich gehe, Faust, Schwanz, und noch zwei aus Neusiedel. Da kommen wir bis zur STADT durch.«

»Zu sechst schaffen wir es«, sagte der Hinker überzeugt. »Allein würde ich natürlich nicht gehen, aber zu sechst kommen wir durch. Zu sechst kämen wir sogar bis zu den Teufelsbergen, nur weiß ich den Weg dorthin nicht. Oder sollen wir zu den Teufelsbergen gehen? Das ist sehr weit, aber zu sechst ist das zu machen. Oder mußt du gar nicht zu den Teufelsbergen? Hör zu, Stummer, gehen wir zur STADT, dort sehen wir dann weiter. Wir brauchen nur etwas mehr Proviant.«

»Gut«, sagte Kandid und erhob sich. »Übermorgen machen wir uns also auf den Weg zur STADT. Morgen gehe ich nach Neusiedel und schaue dann bei dir vorbei und erinnere dich nochmal.«

»Komm vorbei«, sagte der Hinker. »Ich würde auch selber zu dir gehen, aber mein Bein tut mir weh, da langt die Kraft nicht. Komm du vorbei, dann unterhalten wir uns nochmal. Ich weiß, viele wollen mit dir nicht sprechen, das geht recht schwer mit dir, Stummer, aber ich bin nicht so. Ich habe mich schon daran gewöhnt, und es gefällt mir sogar. Komm nur zu mir, bring deine Nava mit, die taugt was, deine Nava, nur Kinder hat sie halt nicht, aber die kommen schon noch, sie ist ja noch jung...«

Auf der Straße wischte sich Kandid wiederum mit den Handflächen den Schweiß ab. Und schon ging es weiter. Neben ihm kicherte und hustete es. Kandid wandte sich um. Aus dem Gras erhob sich der Alte, drohte mit seinem angeschwollenen Finger und sagte:

»Die STADT habt ihr euch also in den Kopf gesetzt. Nicht schlecht ausgedacht. Aber bis zur STADT ist noch niemand lebend durchgekommen, und es geht auch nicht. Dein Kopf ist zwar versetzt, aber das mußt du begreifen...«

Kandid bog rechts ab und ging die Straße entlang. Der Alte trottete ihm einige Zeit nach, wobei er sich immer wieder im Gras verhedderte. Er murmelte vor sich hin: »Wenn etwas nicht geht, dann geht es in einem bestimmten Sinn nie, ob in diesem oder jenem... Es geht zum Beispiel nicht ohne den Dorfältesten oder ohne Versammlung, aber mit dem Dorfältesten oder der Versammlung geht es wiederum, aber auch nicht in beliebiger Hinsicht...« Kandid schritt dahin, so schnell es die drückende feuchte Hitze erlaubte, und der Alte blieb allmählich zurück.

Auf dem Dorfplatz sah Kandid Funker. Funker bewegte sich in Kreisen. Er schwankte und zog seine krummen Beine nach. Er verstreute aus den Handflächen braunen Grasvertilger aus einem riesigen Topf, der ihm auf den Bauch hing. Das Gras hinter ihm rauchte und vertrocknete augenblicklich. An Funker mußte Kandid vorbei, und er versuchte es auch, aber Funker änderte seine Richtung so geschickt, daß er direkt mit Kandid zusammenstieß.

»Ah, Stummer!«, rief er erfreut. Eilig streifte er den Riemen vom Hals und setzte den Topf auf die Erde. »Wohin gehst du, Stummer? Man sollte meinen, du gehst nach Haus, zu Nava, deinem jungen Glück, aber weißt du nicht, Stummer, daß deine Nava nicht zu Haus ist, auf dem Feld ist sie, deine Nava, mit meinen eigenen Augen habe ich's gesehen, daß sie aufs Feld gegangen ist, ob du's glaubst oder nicht... Vielleicht auch nicht aufs Feld, ganz klar, junges Glück, auf jeden Fall ist deine Nava diesen Weg dort gegangen, Stummer, und auf diesem Weg kommt man nur aufs Feld, sonst nirgendwohin, und wo sollte sie schon hingehen, deine Nava? Höchstens dich suchen, Stummer...«

Erneut versuchte Kandid, an ihm vorbeizukommen, und wiederum standen sie sich Auge in Auge gegenüber.

»Lauf ihr nicht aufs Feld nach, Stummer«, fuhr Funker eindringlich fort. »Warum sollst du ihr nachlaufen, wenn ich hier gerade Gras vernichte und alle hierher zusammenrufe. Der Vermesser kam zu mir und richtete mir aus, der Dorfälteste habe ihm befohlen, ich solle auf dem Platz das Gras vernichten, weil hier bald eine Versammlung sein wird, auf dem Platz. Und wenn Versammlung ist, dann kommen alle vom Feld hierher, auch deine Nava, wenn sie aufs Feld gegangen ist, und wohin sollte sie denn auf diesem Weg gehen, obwohl, da fällt mir ein, auf diesem Weg kann man auch woanders hinkommen, nicht nur aufs Feld. Zum Beispiel könnte man...«

Plötzlich brach er ab und sein Atem ging in Stößen. Seine Augen verengten sich, die Arme wanderten nach oben, die Handflächen waren nach außen gekehrt. Sein Gesicht zerfloß in einem seligen Lächeln, die Zähne kamen zum Vorschein. Dann fiel das Gesicht zusammen. Kandid, der gerade seitlich weggehen wollte, blieb stehen und hörte zu. Eine trübe lila Wolke verdichtete sich um Funkers Kopf. Seine Lippen begannen zu zittern, und er hob rasch und deutlich zu sprechen an. Seine Stimme klang fremd und ähnelte der eines Ansagers, die Intonation klang fremd, der Stil war fremd und hatte nichts mit der Dorfsprache gemein. Es war wie eine fremde Sprache, denn nur einzelne Satzfetzen schienen verständlich zu sein:

»In den entfernteren Grenzbezirken der Südlichen Gebiete gehen zum Angriff immer neue... wird immer weiter nach Süden ausgedehnt... der siegreichen Verschiebung... die GROSSE AUFLOCKERUNG des Bodens in den Nördlichen Gebieten wurde kurzzeitig unterbrochen... vereinzelte und seltene... neue Methoden der VERSUMPFUNG erschließen neue, umfangreiche Gebiete für RUHE und weiteres Vordringen auf... in allen Bevölkerungsgruppen... große Siege... Mühe und Anstrengungen... neue Abteilungen der Freundinnen... morgen und für immer RUHE und VERSCHMELZUNG...«

Der herbeigeeilte Alte stand hinter Kandids Schulter und begann eifrig zu erklären:

»In allen Bevölkerungsgruppen, hast du gehört?... Das heißt, in unserer auch... Große Siege! Das ist doch, was ich die ganze Zeit behaupte: es geht nicht... RUHE und VERSCHMELZUNG, das muß man doch begreifen... bei uns also auch, wenn es schon bei allen... Und neue Abteilungen der Freundinnen, hast du das mitbekommen?...«

Der Funker verstummte und ging in die Hocke. Die lila Wolke löste sich auf. Der Alte trommelte ungeduldig auf Funkers Glatze. Der Funker blinzelte und rieb sich die Ohren.

»Was habe ich da erzählt?«, sagte er. »Da war wohl eine Übertragung, oder? Wie steht es da mit der ERSCHLIESSUNG? Sie wird durchgeführt, nicht wahr?... Und aufs Feld sollst du nicht gehen, Stummer. Du bist doch hinter deiner Nava her, nehme ich an, aber deine Nava...«

Kandid stieg über den Topf mit dem Grasvertilger und entfernte sich rasch. Den Alten hörte er bald nicht mehr; entweder hatte er mit dem Funker Streit angefangen oder er war erschöpft in ein Haus gegangen, um dort zu verschnaufen und zugleich etwas zu essen.

Fausts Haus lag ganz am Rand des Dorfes. Eine schmutzige Alte, die die Mutter oder Tante sein mochte, brummte ihn böse an, Faust sei nicht zu Hause, Faust sei auf dem Feld, und wenn er im Hause sei, dann sei es zwecklos, ihn auf dem Felde zu suchen, wenn er aber auf dem Felde sei, wozu solle er, der Stumme, dann hier nutzlos herumstehen.

Auf dem Feld wurde gesät. Die schwüle Luft stand unbeweglich. Sie war angefüllt mit kräftigen Gerüchen. Da roch es nach Schweiß, Gärstoffen, faulenden Gräsern. Was am Morgen geerntet worden war, lag in dicken Schichten aufgehäuft entlang der Furchen. Das Korn begann bereits zu gären. Über den Töpfen mit Gärstoffen schwärmten und drängten sich Wolken von Arbeitsfliegen. Inmitten dieses schwarzen, metallisch glänzenden Wirbels stand der Dorfälteste. Den Kopf nach vorn geneigt und ein Auge zugekniffen, studierte er aufmerksam einen Tropfen Molke, der auf dem Daumennagel lag. Es war ein besonderer Nagel, flach, sorgfältig poliert und mit den erforderlichen Substanzen auf Hochglanz gebracht. Neben dem Dorfältesten bewegten sich die Säer in Abständen von zehn Schritt im Gänsemarsch die Furche entlang. Sie sangen nicht mehr, doch in der Tiefe des Waldes ächzte und dröhnte es immer noch dumpf, und jetzt wurde es klar, daß das kein Echo war.

Kandid ging an der Kette entlang, wobei er sich jedesmal bückte und in die gesenkten Gesichter blickte. Als er Faust ausfindig gemacht hatte, berührte er ihn an der Schulter; dieser kam, ohne zu fragen, sogleich aus der Furche heraus. Sein Bart starrte vor Schmutz.

»Verdammt und Nasenhaar, was faßt du mich an?«, brachte er heiser hervor und stierte auf Kandids Beine. »Da war schon mal einer, verdammt und Nasenhaar, der hat das auch gemacht, da haben sie ihn an Armen und Beinen genommen und in den Baum geworfen, dort hängt er immer noch, und wenn man ihn runternimmt, da wird er nichts mehr anfassen, verdammt und Nasenhaar.«

»Gehst du?«, fragte Kandid kurz.

»Natürlich, verdammt und Nasenhaar, wenn ich schon Hefe für sieben vorbereitet habe, ins Haus kann man nicht rein, es stinkt, das ist doch nicht zum Aushalten, und jetzt soll ich nicht gehen wollen – die Alte will's nicht auf sich nehmen, und ich kann nicht mehr hinschauen. Nur, wohin? Der Hinker hat gestern gesagt, ins Schilfdorf, aber ins Schilfdorf gehe ich nicht, verdammt und Nasenhaar, dort im Schilfdorf sind ja keine Leute, erst recht keine Weiber, und wenn du dort jemanden an den Beinen packen und in den Baum schmeißen möchtest, verdammt und Nasenhaar, dann ist keiner da, und ohne Weib weiterleben geht nicht mehr, denn der Dorfälteste bringt mich sonst um. Da drüben steht er, verdammt und Nasenhaar, und glotzt, dabei ist er blind wie eine Ferse, die kann auch nicht sehen, verdammt und Nasenhaar... Da ist schon mal einer gestanden, dem haben sie eine aufs Auge gegeben, jetzt steht er nicht mehr da, verdammt und Nasenhaar, aber ins Schilfdorf gehe ich nicht, und du willst...«

»In die STADT«, sagte Kandid.

»In die STADT, das ist was anderes, in die STADT gehe ich, überhaupt wo sie noch sagen, daß es gar keine STADT gibt, und dieser alte Sack lügt, da kommt er am Morgen, frißt den halben Topf leer, und fängt er mit seinem Blödsinn an, verdammt und Nasenhaar, dies geht nicht und das geht nicht... Ich frage ihn, wer bist du schon, daß du mir sagen willst, was nicht geht und was geht, verdammt und Nasenhaar? Aber da sagt er nichts drauf, er kennt sich selber nicht aus, von irgendeiner STADT brummelt er was...«

»Übermorgen gehen wir los«, sagte Kandid.

»Wozu warten?«, sagte Faust aufgebracht. »Warum erst übermorgen? In meinem Haus kann man keine Nacht mehr verbringen, die Hefe stinkt, gehen wir lieber heute abend, sonst geht es wie mit dem einen, der da auch gewartet und gewartet hat, und als sie ihm eine reingehauen hatten, da verging ihm das Warten, und seither hat er nicht mehr gewartet... Die Alte schimpft doch, das ist kein Leben mehr, verdammt und Nasenhaar! Paß auf, Stummer, nehmen wir doch meine Alte mit, vielleicht schnappen sie sich die Diebe, ich würde sie hergeben, was meinst du?«

»Übermorgen gehen wir los«, wiederholte Kandid geduldig. »Und schön von dir, daß du so viel Hefe vorbereitet hast. Weißt du, aus Neusiedel...«

Er sprach nicht zu Ende, weil auf dem Feld Schreie erschollen:

»Die Leichenmenschen! Die Leichenmenschen!«, brüllte der Dorfälteste.

»Frauen, nach Hause! Lauft nach Haus!«

Kandid blickte um sich. Am Rand des Feldes standen zwischen den Bäumen die Leichenmenschen. Zwei blaue ganz nah und ein gelber in einiger Entfernung. Ihre Köpfe mit den runden Augenhöhlen und der schwarzen Spalte anstelle des Mundes drehten sich langsam von einer Seite zur anderen, am Körper herab baumelten riesige Arme. Die Erde unter ihren Füßen rauchte bereits, und weißer Dampf mengte sich mit graublauem Rauch.

Diese Leichenmenschen hatten viel durchgemacht, denn sie bewegten sich mit äußerster Vorsicht. Beim gelben war die rechte Seite von Grasvertilger angefressen, die beiden blauen waren mit Brandmalen übersät, die von Gärstoffen herrührten. Stellenweise war die Haut abgestorben, geplatzt, und hing in Fetzen herab. Während sie dastanden und Ausschau hielten, liefen die Frauen mit gellenden Schreien ins Dorf zurück. Die Männer rückten dicht zusammen und murmelten unablässig Drohungen. Jeder hielt einen Topf mit Grasvertilger in Bereitschaft.

Dann sagte der Dorfälteste: »Weshalb stehen wir eigentlich noch hier, frage ich mich? Los geht's, nicht stehenbleiben!« Jetzt bewegten sich alle langsam auf die Leichenmenschen zu und formierten sich zu einer Kette. »In die Augen!«, schrie der Dorfälteste. »Versucht ihnen in die Augen zu streuen. Schaut, daß ihr in die Augen trefft, sonst hat's wenig Sinn, wenn ihr nicht in die Augen...«. Aus der Kette ertönten drohende Rufe: »Hu-hu-hu! Haut ab! A-ha-ha-ha-ha!« Aber niemand wollte sich auf einen Kampf einlassen.

Faust ging neben Kandid her. Er zog sich angetrocknete Dreckklumpen aus dem Bart und schrie lauter als alle anderen. Dazwischen gab er seine eigenen Überlegungen kund:

»Nein, das ist doch zwecklos, verdammt und Nasenhaar, die lassen's nicht drauf ankommen, gleich laufen sie davon... Das wollen richtige Leichenmenschen sein? Das sind doch erbärmliche Exemplare. Wic könnten die auch standhalten... Huhu-hu-uh! Ihr da!«

Als sie sich den Leichenmenschen auf ungefähr zwanzig Schritt genähert hatten, blieben sie stehen. Faust warf einen

Klumpen Erde gegen den Gelben. Dieser jedoch ließ ungewöhnlich geschickt seine breite Handfläche vorschnellen und schlug den Klumpen zur Seite. Wieder stimmten alle ihr Kriegsgeheul an und stampften mit den Füßen. Einige zeigten den Leichenmenschen die Töpfe und schüttelten drohend die Fäuste. Es war ihnen leid um den Grasvertilger, und niemand hatte Lust, ins Dorf zu laufen, um neuen Gärstoff zu holen. Die Leichenmenschen waren erfahren und vorsichtig. Es mußte auch so gehen.

Und es ging. Der Dampf und der Rauch unter den Füßen der Leichenmenschen verdichteten sich. Die Leichenmenschen wichen zurück.

»Das war's«, ertönte es in der Kette. »Die haben's nicht ausgehalten. Jetzt werden sie sich gleich umstülpen.«

Mit den Leichenmenschen ging eine kaum merkliche Veränderung vor sich, so als drehten sie sich innerhalb ihrer eigenen Haut um. Augen und Mund waren nicht mehr zu erkennen. Jetzt wandten sie den Männern den Rücken zu. Im nächsten Augenblick glitten sie zurück und waren noch einige Zeit zwischen den Bäumen auszumachen. Dort, wo sie gerade noch gestanden hatten, senkte sich die Wolke von Dampf langsam zur Erde.

Laut palavernd kehrten die Männer zur Furche zurück. Plötzlich wurde allen klar, daß es Zeit war, ins Dorf zur Versammlung zu gehen. Man ging also zur Versammlung.

»Geht auf den Platz, auf den Platz«, wiederholte der Dorfälteste zu jedem. »Die Versammlung findet auf dem Platz statt, also müßt ihr auf den Platz gehen.«

Kandid suchte Schwanz mit den Augen, aber dieser war offenbar nicht in der Menge. Er war verschwunden. Faust, der neben Kandid dahinstapfte, sagte:

»Weißt du noch, Stummer, wie du den Leichenmenschen angesprungen hast? Wie der den anspringt, verdammt und Nasenhaar, wie der seinen Kopf packt, ihm um den Hals fällt wie seiner Nava, verdammt und Nasenhaar, wie der zu brüllen anfängt... Weißt du noch, Stummer, wie du gebrüllt hast? Verbrannt hast du dich, lauter Blasen hast du gehabt, die näßten dann und taten weh... Warum hast du ihn angesprungen, Stummer? Da war auch mal einer, der einen Leichenmenschen angesprungen hat, immer wieder, später hat man ihm die Haut vom Bauch abziehen können, jetzt springt er nicht mehr, verdammt und Nasenhaar, und den Kindern verbietet er es... Die Leute sagen, Stummer, daß du auf ihn gesprungen bist, damit er dich in die STADT trägt, aber du bist doch kein Weib, da trägt er dich doch nicht weg, und überhaupt, angeblich gibt es gar keine STADT, das ist alles dieser alte Sack, der sich diese Wörter ausdenkt – STADT, ERSCHLIESSUNG... Wer hat denn diese ERSCHLIESSUNG schon gesehen? Der Funker frißt sich mit besoffenen Käfern voll, dann fängt er zu fantasieren an, und dieser alte Sack steht wie angewurzelt da, hört zu und zieht dann durch die Gegend, frißt sich durch und quatscht alles nach...«

»Morgen früh gehe ich nach Neusiedel«, sagte Kandid. »Ich komme erst gegen Abend zurück; tagsüber werde ich nicht da sein. Schau beim Hinker vorbei und erinnere ihn an übermorgen. Ich habe ihn schon daran erinnert und werde es auch noch tun, aber sag du es ihm auch nochmal, sonst läuft er uns noch davon...«

»Mach ich«, versprach Faust. »Ich werde ihn daran erinnern, und wenn ich ihm das letzte Bein abschlagen muß.«

Auf dem Platz strömte das ganze Dorf zusammen. Man schwatzte, stieß sich an, einige schütteten Samen auf die bloße Erde, um auf den keimenden Pflanzen weich zu sitzen. Zwischen den Beinen stolperten die Kinder herum, und mußten an Schopf und Ohren festgehalten werden.

Der Dorfälteste jagte schimpfend eine Kolonne schlecht ausgebildeter Ameisen fort, die Larven von Arbeitsfliegen quer über den Platz schleppten. Er fragte die Umstehenden, auf wessen Befehl die Ameisen eigentlich hier unterwegs seien, und was das für cinc Schlamperei sei. Man hatte Funker und Kandid im Verdacht, aber für eine genaue Klärung der Sache war es bereits zu spät.

Kandid hatte Schwanz entdeckt. Er wollte ihn ansprechen,

kam aber nicht dazu, denn die Versammlung wurde für eröffnet erklärt. Als erster Redner sprach wie immer der Alte. Worüber er eigentlich sprach, blieb unerfindlich, doch saßen alle friedlich lauschend da und zischten die Kinder an, damit diese nicht herumliefen. Einige hatten es sich im kühlen Schatten bequem gemacht und dösten.

Der Alte verbreitete sich ausführlich darüber, was ›es geht nicht‹ eigentlich heiße und in welchen Sinnzusammenhängen es vorkommen könne. Dann rief er zur allgemeinen ERSCHLIESSUNG auf, drohte mit Siegen im Norden und im Süden, tadelte das Dorf und gleichzeitig Neusiedel, weil es überall neue Abteilungen von Freundinnen gebe, nur im Dorf nicht und auch in Neusiedel nicht, und es gebe keine RUHE und keine VERSCHMELZUNG, und das komme daher, daß die Leute jenes ›es geht nicht‹ vergessen hätten und sich einbildeten, jetzt gehe alles, und der Stumme wolle sogar zur STADT gehen, obwohl ihn niemand dazu aufgefordert habe, das Dorf trage hierfür keine Verantwortung, weil er ein Fremder sei, aber wenn sich plötzlich herausstellen sollte, daß er doch ein Leichenmensch sei, und eine solche Meinung gebe es im Dorf, dann könne man nicht wissen, was geschehen solle, zumal Nava, die zwar auch eine Fremde sei, vom Stummen keine Kinder habe, und es gehe nicht, so etwas zu dulden, aber der Dorfälteste dulde es...«

Mitten in der Rede war der Dorfälteste erschöpft eingedöst; als er jedoch seinen Namen hörte, zuckte er zusammen und schnarrte sogleich drohend los:

»He! Nicht schlafen!... Schlafen könnt ihr zu Hause«, sagte er, »dafür sind die Häuser da, daß man in ihnen schläft, aber auf dem Platz wird nicht geschlafen, da versammelt man sich zur Versammlung. Auf dem Platz zu schlafen, haben wir früher nicht erlaubt, erlauben es auch jetzt nicht und werden es niemals erlauben.« Er schielte zum Alten. Der Alte nickte befriedigt.

»Genau das ist es, was wir mit unserem gemeinsamen ›es geht nicht‹ meinen.« Er strich sich über die Haare und verkündete: »In Neusiedel haben wir eine Braut ausfindig gemacht. Wir haben einen Bräutigam, das ist der Schwätzer, der euch allen bekannt ist. Schwätzer, steh auf und zeig dich... Nein, lieber doch nicht, bleib lieber sitzen, wir kennen dich alle... Hier erhebt sich die Frage: sollen wir Schwätzer nach Neusiedel fortlassen, oder umgekehrt, die Braut aus Neusiedel zu uns ins Dorf holen... Nein, nein, Schwätzer, bleib sitzen, das entscheiden wir ohne dich... Ihr da, die ihr dort neben ihm sitzt, haltet ihn gut fest, solange die Versammlung dauert. Wer eine Meinung dazu hat, soll sie uns sagen.«

Es gab zwei Meinungen. Die einen (die meisten von ihnen Nachbarn von Schwätzer) forderten, man solle den Schwätzer nach Neusiedel schaffen, solle er dort leben, sie hier. Die anderen, ruhige und gesetzte Leute, die weit vom Schwätzer wohnten, hielten dagegen, es gebe wenig Frauen, die Frauen würden geraubt, und deswegen müsse man die Braut herbringen. Schwätzer sei zwar ein Schwätzer, aber Kinder, so müsse man annehmen, werde er trotz allem haben, das komme von allein. Man stritt lange und hitzig, ohne zunächst das Wesentliche aus den Augen zu verlieren. Dann schrie der Hinker unbedacht dazwischen, es seien jetzt Kriegszeiten und alle vergäßen das. Im Nu war Schwätzer vergessen. Funker erklärte, daß es keinen Krieg gebe und auch nie gegeben habe, sondern daß die GROSSE AUFLOCKERUNG des Bodens im Gang sei, jetzt und in Zukunft. Aber doch nicht die AUFLOCKERUNG, widersprach man in der Menge, sondern die notwendige VERSUMPFUNG. Die AUFLOCKERUNG sei längst beendet, schon einige Jahre sei die VERSUMPFUNG im Gang, nur der Funker habe davon keine Ahnung, woher solle er es auch wissen, wenn er der Funker sei. Da erhob sich der Alte, riß die Augen auf und krächzte los, das gehe nicht, es gebe überhaupt keinen Krieg, es gebe keinerlei AUFLOCKERUNG und auch keinerlei VERSUMPFUNG, sondern es gebe, habe gegeben und werde den Allgemeinen Kampf im Norden und im Süden geben. Wieso kcinen Krieg, verdammt und Nasenhaar, wurde ihm entgegengehalten, wo es doch hinter dem Dorf der Wirrköpfe einen See voller Ertrunkener gebe? Die Versammlung tobte. Was sei schon Besonderes an Ertrunkenen! Wo

Wasser sei, da gebe es auch Ertrunkene, und hinter dem Wirrkopfdorf sei sowieso alles anders als bei den Menschen, und das Wirrkopfdorf sei nicht maßgebend, die würden dort aus Lehmtellern essen, unter Lehm leben. Deine Frau hast du den Dieben überlassen und jetzt berufst du dich auf die Ertrunkenen? Das sind doch gar keine Ertrunkenen, und das ist kein Kampf, auch kein Krieg, sondern das ist die RUHE und die VERSCHMELZUNG für die ERSCHLIESSUNG! Und warum geht der Stumme dann in die STADT? Der Stumme geht in die STADT, das heißt, die STADT gibt es, und wenn es sie gibt, was für ein Krieg kann dann sein, ganz klar, das ist die VERSCHMELZUNG!... Und der Stumme geht öfters wohin. Da war auch mal einer, der ging, bis man ihm eine auf die Nase gab, seitdem geht er nirgends mehr hin... Der Stumme geht nämlich nur deswegen in die STADT, weil es keine STADT gibt, den Stummen kennen wir, der tut nur so, als wäre er dumm, aber der ist gescheit, den Stummen führst du nicht hinters Licht, und wenn es keine STADT gibt, was für eine VERSCHMELZUNG kann dann überhaupt sein? Es gibt überhaupt keine VERSCHMELZUNG, einmal hat es zwar eine gegeben, das stimmt, aber das ist schon lang her... Dann gibt es auch keine ERSCHLIESSUNG mehr!... Wer schreit da, daß es keine ERSCHLIESSUNG gibt? Was meinst du mit deiner Schreierei? Was soll das?... Schwätzer! Haltet den Schwätzer!... Jetzt haben sie den entwischen lassen! Warum habt ihr denn den Schwätzer nicht gehalten!...

Kandid wußte, daß es lange so weitergehen würde. Er versuchte deshalb ein Gespräch mit Schwanz, aber der war nicht zu Gesprächen aufgelegt. Schwanz schrie aus Leibeskräften:

»ERSCHLIESSUNG?! Und die Leichenmenschen? Wollt ihr die Leichenmenschen verschweigen? Ihr habt keinen Schimmer, was ihr von ihnen halten sollt, und schreit deshalb was von so einer ERSCHLIESSUNG herum!...«

Das Geschrei ging weiter, mal über die Leichenmenschen, mal über die Pilzdörfer. Dann breitete sich Müdigkeit aus, und es wurde allmählich still. Die Männer wischten sich über das Gesicht und winkten müde ab. Schließlich sagte keiner mehr was, und lediglich der Alte und Schwätzer stritten miteinander. Jetzt kamen alle zu sich. Man drückte Schwätzer zu Boden, fiel über ihn her und stopfte ihm Blätter in den Mund. Der Alte sprach nur mehr kurze Zeit, verlor dann seine Stimme und war nicht mehr zu hören. Nun erhob sich der zerzauste Vertreter aus Neusiedel. Die Hände gegen die Brust gepreßt und einschmeichelnd in die Runde blickend, bat er mit gebrochener Stimme, Schwätzer nicht nach Neusiedel zu bringen, sie bräuchten Schwätzer dort nicht, hundert Jahre hätten sie ohne Schwätzer gelebt und würden auch weitere hundert Jahre ohne ihn leben, man solle doch die Braut hier aufnehmen, an der Mitgift solle es von seiten Neusiedels nicht fehlen, das würden sie schon sehen... Alle waren zu erschöpft, um den Streit wieder aufleben zu lassen; man versprach, über die Sache nachzudenken und später zu entscheiden, zumal ja keine Eile geboten war.

Die Menge zerstreute sich allmählich; alle begaben sich zum Mittagessen. Schwanz zog Kandid am Arm seitwärts unter einen Baum.

»Wann gehen wir also?«, fragte er. »Ich habe das Dorf satt, ich möchte in den Wald, ich werde hier noch ganz krank vor Langeweile... Wenn du nicht gehst, dann sag es gleich, ich gehe auch allein, Faust oder Hinker werde ich schon rumkriegen, dann gehe ich mit denen zusammen.«

»Übermorgen gehen wir los«, sagte Kandid. »Hast du Proviant vorbereitet?«

»Das, was ich vorbereitet hatte, habe ich schon wieder aufgegessen. Da habe ich keine Geduld, wenn ich da hinschaue und sehe, wie es nutzlos herumliegt, und keiner es ißt außer dem Alten. Der macht mich ganz krank, diesem Alten werde ich noch den Hals umdrehen, wenn ich noch länger hier bin... Was meinst du, Stummer, wer ist dieser Alte, warum frißt er sich überall durch, und wo wohnt er? Ich bin ein Mensch mit Erfahrung und habe in zehn Dörfern gelebt, bei den Wirrköpfen war ich auch, und sogar zu den Siechen bin ich gekommen, übernachtete dort und wäre vor lauter Schrecken bald draufgegangen, aber so einen Alten habe ich nirgends gesehen, der ist wirklich einmalig, wahrscheinlich läßt man ihn bei uns deshalb auch in Frieden und schlägt ihn nicht, aber mir platzt bald die Geduld, wenn ich noch länger ansehen muß, wie er Tag und Nacht seine Finger in meine Töpfe steckt. Er ißt gleich an Ort und Stelle und nimmt noch was mit, den hat noch mein Vater ausgeschimpft, bevor ihn dann die Leichenmenschen erschlagen haben... Und wie hat denn das alles Platz in ihm? Er ist doch nur Haut und Knochen, wo soll der drinnen Platz haben, aber zwei Töpfe macht er leer und trägt zwei fort, und die Töpfe bringt er nie zurück... Weißt du, Stummer, vielleicht ist das nicht der einzige Alte bei uns, vielleicht sind es zwei oder sogar drei? Zwei schlafen, einer arbeitet, schlägt sich den Bauch voll, weckt den Zweiten, legt sich selbst hin und ruht aus...«

Schwanz begleitete Kandid bis zum Haus, aber er war zu taktvoll, um sich zum Mittagessen einladen zu lassen. Er blieb noch etwa eine Viertelstunde, sprach darüber, wie man am See bei Schilfdorf die Fische durch Fingerbewegungen anlocke, versprach, morgen zum Hinker zu gehen und ihn an den Marsch zur STADT zu erinnern, erzählte, der Funker sei gar kein Funker, sondern ganz einfach ein überaus kränklicher Mensch; die Leichenmenschen fingen sich die Frauen als Nahrung, da das Fleisch der Männer zäh sei und die Leichenmenschen keine Zähne besäßen; nachdem er schließlich eingewilligt hatte, für übermorgen neuen Proviant vorzubereiten und den Alten gnadenlos fortzujagen, ging er.

Kandid atmete schwer. Bevor er das Haus betrat, blieb er kurz unter der Tür stehen und bewegte den Kopf hin und her. Du, Stummer, vergiß ja nicht, daß du morgen nach Neusiedel gehen mußt, und zwar zeitig, vergiß es ja nicht: nicht nach Schilfdorf, nicht zum Lehmfeld, sondern nach Neusiedel... Wozu eigentlich nach Neusiedel, Stummer, geh lieber nach Schilfdorf, dort gibt es viele Fische... das ist unterhaltsam... Nach Neusiedel, Stummer, vergiß nicht, Stummer, nach Neusiedel, vergiß nicht, Kandid... morgen gleich in der Frühe nach Neusiedel... die Burschen muß ich noch überreden, zu viert schaffen wir es doch bis zur STADT nicht... Er bemerkte nicht, daß er bereits ins Haus getreten war.

Nava war noch nicht da, aber am Tisch saß der Alte und wartete darauf, daß ihm jemand das Mittagessen brachte. Er schielte wütend zu Kandid hinüber und sagte:

»Recht langsam bewegst du dich, Stummer, ich war schon in zwei Häusern hier, überall essen sie, nur bei euch ist alles leer... Wahrscheinlich geht ihr so langsam, weil ihr keine Kinder habt, und zu Haus seid ihr auch nie, wenn Essenszeit ist...«

Kandid stellte sich dicht vor ihn hin und stand einige Zeit in Gedanken versunken da. Der Alte sagte:

»Wie lange wirst du erst bis zur STADT brauchen, wenn man schon bis zum Mittagessen so lange auf dich warten muß? Bis zur STADT soll es sehr weit sein, ich weiß jetzt alles über dich, ich weiß, daß ihr zur STADT wollt, nur eins weiß ich nicht, wie du bis zur STADT durchkommen willst, wenn du schon einen Tag brauchst, um bis zu einer Schüssel voll Essen zu gehen, und es doch nicht schaffst... Ich muß mit euch gehen, ich werde euch schon hinführen, ich muß schon lange in die STADT, nur den Weg dorthin weiß ich nicht, aber in die STADT muß ich, um meine Pflicht zu erfüllen und den dafür zuständigen Leuten alles zu berichten...«

Kandid faßte ihn unter die Achselhöhlen und hob ihn mit einem Ruck vom Tisch... Der Alte verstummte verblüfft. Kandid trug ihn mit ausgestreckten Armen zum Haus hinaus und stellte ihn auf die Straße. Seine Hände wischte er mit Gras ab. Da besann sich der Alte.

»Vergeßt nur nicht, für mich Essen mitzunehmen«, rief er Kandid nach, »Es muß gut und reichlich sein, denn ich gehe, um meine Pflicht zu erfüllen, ihr aber geht nur zu eurem Vergnügen, und sowas geht nicht...«

Kandid war ins Haus zurückgekehrt. Er setzte sich an den Tisch und legte den Kopf auf die geballten Fäuste. Und trotzdem gehe ich übermorgen fort, dachte er. Ich darf nur eins nicht vergessen: übermorgen. Übermorgen, dachte er. Übermorgen, übermorgen.

Kapitel 3
Pfeffer

Pfeffer erwachte, als kalte Finger seine nackte Schulter berührten.

Er schlug die Augen auf und erblickte über sich einen Mann in Unterwäsche. Im Zimmer brannte kein Licht, doch der Mann stand in einem Streifen von Mondlicht, und Pfeffer sah ein weißes Gesicht mit weit aufgerissenen Augen.

»Was wollen Sie?« fragte Pfeffer flüsternd.

»Sie müssen hier raus«, flüsterte der Mann zurück.

Das ist ja der Verwalter, dachte Pfeffer erleichtert. »Warum muß ich raus?«, fragte er laut und stützte sich auf seine Ellenbogen. »Wo muß ich raus?«

»Das Hotel ist überbelegt. Sie müssen das Zimmer räumen.«

Pfeffer blickte verstört um sich. Alles im Zimmer war am alten Platz; die anderen drei Betten waren noch immer leer.

»Sie brauchen sich gar nicht umzuschauen«, sagte der Verwalter. »Wir wissen da besser Bescheid. Und überhaupt muß Ihre Bettwäsche gewechselt und in die Wäscherei gebracht werden. Selbst werden Sie sie ja wohl nicht waschen, bei Ihrer Erziehung...«

Pfeffer begriff, daß sich der Verwalter fürchtete und nur deswegen so anmaßend war, weil er sich selbst Mut machen wollte. Er befand sich jetzt genau in dem Zustand, in dem man einen Menschen nur anzurühren braucht, damit er losheult, zu schreien und zu zucken beginnt, sich aus dem Fenster beugt und um Hilfe ruft, und dabei den ganzen Rahmen herausbricht.

»Ein bißchen dalli«, sagte der Verwalter und zog in einem beängstigenden Anfall von Ungeduld Pfeffer das Kopfkissen weg. »Her mit der Bettwäsche...«

»Was fällt Ihnen ein«, brachte Pfeffer mühsam hervor. »Muß das jetzt sein, mitten in der Nacht?«

»Ja, und zwar sofort!«

»Oh Gott«, sagte Pfeffer. »Sie sind wohl nicht ganz bei Verstand. Also wenn's unbedingt sein muß... dann nehmen Sie sich halt die Bettwäsche. Ich werde schon ohne auskommen. Das ist sowieso meine letzte Nacht hier.«

Er glitt vom Bett auf den kalten Fußboden und begann, den Überzug vom Kopfkissen abzuziehen. Der Verwalter stand wie versteinert da, und die Augen traten ihm aus den Höhlen. Seine Lippen bewegten sich.

»Das Zimmer wird instandgesetzt«, sagte er schließlich. »Das ist schon längst fällig. Die Tapeten hängen schon herunter, die Decke hat Sprünge und der Boden muß neu verlegt werden...« Seine Stimme wurde fester. »Sie müssen das Zimmer also so und so räumen. Wir werden hier gleich mit der Instandsetzung beginnen.«

»Mit der Instandsetzung?«

»Ja, Sie haben richtig gehört. Schauen Sie sich doch bloß mal die Tapeten an, wie die aussehen. Gleich werden die Handwerker kommen.«

»Jetzt gleich?«

»Ja, sofort. Man darf die Sache nicht noch länger hinausschieben. Die Decke ist voller Sprünge. Bald wird sie...«

Pfeffer begann zu zittern. Er legte den Kissenbezug weg und nahm seine Hose. »Wieviel Uhr ist es?«, fragte er.

»Schon nach Mitternacht«, sagte der Verwalter. Seine Stimme ging erneut in Flüstern über, und er blickte sich aus irgendeinem Grund um.

»Wo soll ich denn hingehen?«, fragte Pfeffer und blieb mit einem Bein in der Hose stehen. »Bringen Sie mich halt irgendwo unter. In einem anderen Zimmer...«

»Alles voll. Und wo es nicht voll ist, werden die Zimmer instandgesetzt.«

»Und die Portiersloge?«

»Die ist voll.«

Wehmütig starrte Pfeffer in den Mond. »Dann wenigstens in der Vorratskammer, oder in der Wäschekammer, oder in der Isolierstation. Es sind ohnehin bloß noch sechs Stunden. Oder vielleicht könnten Sie mich auch bei sich unterbringen?«

Der Verwalter begann plötzlich im Zimmer herumzuhasten. Er lief zwischen den Betten durch, barfuß, weiß und furchterregend wie ein Gespenst. Dann blieb er stehen und stöhnte:

»Aber was soll denn das alles, bei Gott? Ich bin doch auch ein zivilisierter Mensch, zwei Institute habe ich abgeschlossen. Schließlich bin ich doch kein hergelaufener Zigeuner. Ich habe doch für alles Verständnis! Aber es geht einfach nicht, begreifen Sie doch! Unter keinen Umständen!« Mit einem Satz war er bei Pfeffer und flüsterte ihm ins Ohr: »Ihr Visum ist abgelaufen! Schon vor 27 Minuten, und Sie sind immer noch hier! Sie dürfen sich hier nicht mehr aufhalten. Ich bitte Sie dringend...« Er ließ sich polternd auf die Knie fallen und zog Pfeffers Stiefel und Socken unter dem Bett hervor. »Fünf vor zwölf bin ich schweißgebadet aufgewacht«, murmelte er. »Jetzt ist es aus, dachte ich mir. Jetzt geht's mir an den Kragen. So wie ich war, bin ich losgelaufen. Ich kann mich an nichts mehr erinnern. Irgendwelche Wolken waren auf der Straße. In Nägel bin ich reingetreten... Und meine Frau bekommt ein Kind. Ziehen Sie sich doch an, ich bitte Sie, ziehen Sie sich an...«

Pfeffer zog sich hastig an. Er begriff überhaupt nichts. Der Verwalter lief zwischen den Betten umher, tappte in die Quadrate aus Mondlicht, blickte in den Gang hinaus, beugte sich aus den Fenstern, wobei er ständig flüsterte: »Oh Gott, so etwas...«

»Darf ich wenigstens meinen Koffer hier lassen?«, fragte Pfeffer.

Der Verwalter klapperte mit den Zähnen. »Auf keinen Fall. Sie stürzen mich ins Verderben... Wie kann man so herzlos sein? Oh Gott, oh Gott...«

Pfeffer packte seine Bücher ein und verschloß mühsam seinen Koffer. Dann nahm er seinen Regenmantel und fragte: »Wo soll ich denn jetzt hingehen?«

Der Verwalter gab keine Antwort. Er wartete und trat vor Ungeduld von einem Bein aufs andere. Pfeffer hob seinen Koffer auf und stieg die dunklen, schweigenden Stufen hinunter zur Straße. Auf der Freitreppe blieb er stehen und versuchte, seinen zitternden Körper zu beruhigen. Er hörte den Verwalter, der dem schläfrigen Portier einschärfte: »...er wird zurückkommen und wieder reinwollen. Nicht reinlassen. Er hat... (Undeutliches, bedrohliches Geflüster) Verstanden? Du bist mir verantwortlich...«

Pfeffer hockte sich auf seinen Koffer und legte den Regenmantel über die Knie.

»Sie, das geht aber nicht, Sie müssen schon entschuldigen«, ertönte die Stimme des Verwalters hinter seinem Rücken. »Ich bitte Sie, die Stufen zu verlassen. Sie müssen sich ganz vom Hotelgelände entfernen.«

Es blieb ihm nichts anderes übrig als hinunterzugehen und den Koffer auf das Pflaster zu stellen. Der Verwalter trippelte auf der Stelle und murmelte: »Ich bitte Sie eindringlich... Meine Frau... Keine Ausschreitungen... Konsequenzen... Unter keinen Umständen...«. Dann ging er. Er stahl sich am Zaun entlang, und seine Unterwäsche schimmerte weißlich. Pfeffer schaute auf die dunklen Fenster der Wohnhäuschen, auf die dunklen Fenster des Verwaltungsgebäudes, auf die dunklen Fenster des Hotels. Nirgendwo war Licht zu sehen, nicht einmal die Straßenlaternen waren erleuchtet. Nur der Mond war da – rund, strahlend und irgendwie böse.

Und plötzlich wurde ihm bewußt, daß er allein war. Er hatte niemanden. Um mich herum schlafen die Menschen. Alle haben mich gern, das weiß ich, ich habe es oft bemerkt. Und trotzdem bin ich allein, als ob sie alle plötzlich gestorben oder meine Feinde geworden wären... Auch der Verwalter, im Grunde ein gutherziger Mensch, beileibe keine Schönheit, aber er hat da was mit der Schilddrüse, so ein Pechvogel, gleich vom ersten Tag an hat er sich an mich gehängt... Wir haben Klavier zu vier Händen gespielt und uns gestritten und ich war der einzige Mensch, mit dem er sich zu streiten traute und bei dem er sich als vollwertiger Mensch fühlte und nicht als Vater von sieben Kindern. Und auch Kim. Er kam aus der Kanzlei zurück und trug eine riesige Mappe voller Denunziationen. Zweiundneunzig waren es, alle betrafen mich. Die Handschrift war auf allen die gleiche, nur die Unterschriften nicht, da waren nämlich lauter verschiedene Namen. Daß ich den amtlichen Siegellack auf der Post stehlen würde, daß ich im Koffer eine minderjährige Geliebte mitgebracht hätte und sie im Keller der Bäckerei versteckt hielte, und andere schöne Dinge mehr... Und Kim las diese Denunziationen. Die einen warf er in den Papierkorb, die anderen legte er auf die Seite und murmelte: »Mit dem müßte man sich näher befassen...« Und das war unerwartet und schrecklich, sinnlos und widerlich... Wie verschämt er mich da anschaute und gleich wieder wegsah...

Pfeffer stand auf, nahm seinen Koffer und schritt davon. Seine Augen blickten ins Leere. Es wäre auch nichts zu sehen gewesen auf den verlassenen, dunklen Straßen. Er stolperte dahin, Staub brachte ihn zum Niesen. Später war es ihm, als wäre er einige Male gestürzt. Der Koffer war unglaublich schwer und schien ein Eigenleben zu führen. Er rieb kräftig am Bein, trieb schwerfällig zur Seite, tauchte aus der Dunkelheit wieder auf und schlug hart gegen das Knie. In der dunklen Parkallee, in die überhaupt kein Licht fiel und in der nur – ähnlich dem Verwalter – die Statuen weißlich-verschwommen in der Dunkelheit leuchteten, blieb der Koffer mit einer abstehenden Schnalle plötzlich am Hosenbein hängen, und Pfeffer schleuderte ihn in seiner Verzweiflung von sich. Tiefe Niedergeschlagenheit überfiel ihn. Weinend und blind vor Tränen zwängte er sich durch stachelige, dürre Hecken, stolperte über Stufen, glitt aus und schlug schmerzhaft mit dem Rücken auf. Völlig entkräftet, halb erstickt vor Demütigung und Selbstmitleid, sank er am Rand der Schlucht auf die Knie.

Doch der Wald blieb gleichgültig. Er war so gleichgültig, daß er sich nicht einmal sehen ließ. Unten in der Schlucht war völlige Finsternis, nur am Horizont leuchtete etwas matt im Mondlicht; es war grau, formlos und in sich geschichtet.

»Wach auf«, bat Pfeffer. »Sieh mich wenigstens jetzt an, wenn wir schon allein sind, keine Angst, die schlafen alle schon. Brauchst du wirklich keinen von uns? Oder verstehst du gar nicht, was das heißt, jemanden brauchen? Das heißt, nicht auskommen ohne... Die ganze Zeit denken an... Das ganze Leben streben nach... Ich weiß nicht, wer du bist. Das wissen nicht einmal die, die davon überzeugt sind, daß sie es wissen. Du bist einfach der, der du bist, ich kann ja nicht hoffen, daß du so bist, wie ich dich mein ganzes Leben lang sehen wollte: gut und klug, nachsichtig und niemanden vergessend, zuvorkommend und vielleicht auch dankbar. All das haben wir verloren, wir haben weder Kraft noch Zeit dazu, wir errichten nur Denkmäler, immer gewaltiger, immer höher, immer billiger, aber uns erinnern – das können wir nicht mehr. Aber du bist doch ganz anders, deswegen bin ich doch von weit her zu dir gekommen, ohne daran zu glauben, daß es dich wirklich gibt. Brauchst du mich wirklich nicht? Nein, ich werde die Wahrheit sagen. Ich fürchte, ich brauche dich auch nicht. Wir haben einander gesehen, sind uns aber nicht nähergekommen. Und das hätte ganz anders kommen sollen. Vielleicht stehen *sie* zwischen uns? Es gibt viele von ihnen, ich bin allein, aber ich bin einer von ihnen, wahrscheinlich wirst du mich in der Menge nicht erkennen, vielleicht lohnt sich das in meinem Fall auch gar nicht. Vielleicht habe ich mir diese menschlichen Eigenschaften nur ausgedacht; sie sollten dir gefallen, nicht dir, der du bist, sondern dir, der du in meiner Vorstellung bist...«

Am Horizont tauchten auf einmal helle, weiße Lichtflecken auf. Sie hingen in der Luft, schwollen an. Sogleich flammten rechts unter der Klippe, unter den überhängenden Felsen Scheinwerfer auf, huschten wie toll umher, irrten über den Himmel und blieben in den Nebelschwaden stecken. Die Lichtflecken über dem Horizont blähten sich weiter auf, dehnten sich, wurden zu weißlichen Wolken und erloschen. Eine Minute später erloschen auch die Scheinwerfer.

»Sie haben Angst«, sagte Pfeffer. »Ich habe auch Angst. Aber ich habe nicht nur Angst vor dir, ich habe auch Angst um dich. Du kennst sie ja noch nicht. Im übrigen kenne auch ich sie sehr schlecht. Ich weiß nur, daß sie zu allem fähig sind – zu äußerster Beschränktheit und Weisheit, Grausamkeit und Mitleid, Wut und Beherrschtheit. Nur eines fehlt ihnen – Verständnis. Immer haben sie Verständnis durch irgendwelche Ersatzhaltungen ersetzt: durch Glauben, durch Unglauben, durch Gleichgültigkeit, durch Verachtung. Irgendwie ergab es sich immer so, daß diese Lösung die einfachere war. Es ist leichter zu glauben als zu verstehen. Es ist leichter, eine Enttäuschung hinzunehmen als zu verstehen. Übrigens reise ich morgen ab, aber das soll noch nichts bedeuten. Hier kann ich dir helfen, hier steht alles auf zu festen Füßen, hier ist alles zu eingefahren. Ich bin hier in allzu auffälliger Weise überflüssig und fremd. Aber den Punkt, an dem ich meine Kräfte einsetzen muß, werde ich noch finden, keine Angst. Sie können dich zwar so mißhandeln, daß es nicht wieder gutzumachen ist, aber das braucht auch Zeit, und nicht wenig: sie müssen ja die wirkungsvollste, sparsamste und vor allem einfachste Methode herausfinden. Wir werden noch kämpfen, solange wir nur etwas haben, wofür wir kämpfen können... Leb wohl.«

Pfeffer erhob sich und machte sich auf den Rückweg, durch die Büsche, in den Park und zur Allee. Er suchte seinen Koffer und konnte ihn nicht finden. Daraufhin ging er zur Hauptstraße. Sie war leer und wurde nur vom Mond erhellt. Es war schon die zweite Stunde nach Mitternacht, als er an der Verwaltungsbibliothek anlangte, deren Tür einladend offenstand. Die Fenster waren mit schweren Vorhängen verhängt, der Innenraum jedoch hell erleuchtet wie ein Tanzsaal. Das ausgetrocknete Parkett zeigte bereits Risse und knarrte bedenklich. Rundherum standen die Bücher. Die Regale bogen sich unter der Last, auf dem Tisch und in den Ecken lagen ganze Stöße. Pfeffer war mit den Büchern in der Bibliothek allein.

Er ließ sich in einen mächtigen alten Sessel fallen, streckte die Beine von sich, lehnte sich zurück und legte behaglich die Arme auf die Lehnen. »Was steht ihr da herum«, sagte er zu den Büchern. »Ihr seid doch Nichtstuer. Hat man euch vielleicht deswegen geschrieben? Sagt mir doch mal, wie es mit der Aussaat bestellt ist. Wieviel hat man denn gesät, wieviel Kluges, Gutes und Ewiges? Und wie sind die Ernteaussichten? Und vor allem, wie ist denn die Saat, die da aufgegangen ist?

Ruhe... Ja, du, wie heißt du denn gleich... Ja, dich meine ich, du zweibändige Ausgabe. Wie viele Leute haben dich schon ganz gelesen? Und wie viele haben dich kapiert? Dich mag ich, alter Freund, du bist ein guter und ehrlicher Kamerad. Du hast nie rumgeschrien, nie angegeben, dich nie aufgespielt. Gut bist du und ehrlich. Und wer dich liest, wird es auch. Wenigstens für einige Zeit. Wenigstens zu sich selbst... Aber weißt du, manche meinen, daß Güte und Ehrlichkeit gar nicht so wichtig sind, wenn man weiterkommen will. Dafür sind die Füße da. Und die Stiefel. Die Füße müssen nicht einmal sauber sein, die Stiefel auch nicht... Kann sein, daß sich der Fortschritt um solche Begriffe wie Güte und Ehrlichkeit nicht kümmert, wie es ja bisher der Fall war. Die VERWALTUNG zum Beispiel braucht weder Ehrlichkeit noch Güte, um zu funktionieren. Angenehm wäre es schon und auch wünschenswert, aber keineswegs notwendig. So wie Latein für den Bademeister. Oder Muskeln für den Buchhalter. Wie die Achtung vor der Frau für Heymbacken ... Aber alles hängt davon ab, wie man den Fortschritt auffaßt. Man könnte ihn darin sehen, daß da die berühmten ›dafürs‹ auftauchen: ein Säufer, dafür aber ein ausgezeichneter Spezialist; ein Wüstling, dafür voller genialer Ideen, ein Dieb zwar und ein Gauner, dafür aber ein erstklassiger Verwalter! Ein Mörder, dafür aber diszipliniert und der Sache treu ergeben... Man könnte den Fortschritt aber auch so verstehen, daß alle zu guten und ehrlichen Menschen werden. Und dann werden wir irgendwann einmal die Zeit erleben, daß man sagen wird: ein Spezialist ist er, das stimmt, und er hat auch wirklich viel Ahnung, aber es ist ein schmutziger Typ, so was können wir bei uns nicht brauchen.

Hört zu, Bücher, wißt ihr überhaupt, daß es von euch mehr gibt als Menschen? Wenn alle Menschen verschwinden würden, dann könntet ihr die Erde besiedeln, und ihr wäret um keinen Deut besser als die Menschen jetzt. Unter euch gibt es gute und ehrliche, kluge und belesene Ausgaben. Aber da sind auch leichtsinnige Typen und Nullen, Skeptiker, Verrückte, Mörder, Wüstlinge, Kinder, traurige Propheten, selbstzufriedene

Dummköpfe, heisere Schreihälse mit entzündeten Augen. Und ihr wüßtet auch nicht, wozu ihr auf der Welt seid. Und wozu seid ihr auch da? Viele von euch vermitteln Wissen, aber was soll dieses Wissen im Wald? Mit dem Wald hat es nichts zu tun. Das ist genau so, wie wenn ihr den zukünftigen Erbauer von Sonnenstädten in der Konstruktion von Befestigungsanlagen unterweisen würdet. So sehr sich dieser auch später bemühen würde, ein richtiges Stadion oder Sanatorium zu bauen, es käme immer nur eine düstere Festung mit Pfeilschanzen, Wällen und Gegenwällen heraus. Was ihr den Menschen gegeben habt, die in den Wald kamen, das ist kein Wissen, sondern Vorurteile... Andere von euch verbreiten Mißtrauen und Niedergeschlagenheit. Und nicht einmal deswegen, weil sie mürrisch oder grausam wären oder Hoffnungen zerschlagen möchten, sondern weil sie lügen. Manchmal lügen sie mit Glanz und Gloria, pfeifen dabei fröhlich oder singen ein lustiges Lied; manchmal lügen sie kleinlaut, stöhnen dabei und beteuern ihre Unschuld, aber – lügen tun sie trotzdem. Aus irgendeinem Grund werden solche Bücher niemals verbrannt, niemals aus Bibliotheken entfernt, die Geschichte kennt noch keinen Fall, daß man die Lüge ins Feuer geworfen hätte. Höchstens durch Zufall, aus Gedankenlosigkeit oder aus gutem Glauben. Im Wald kann man sie auch nicht brauchen. Nirgends kann man sie brauchen. Wahrscheinlich gibt es gerade deshalb so viele von ihnen... das heißt, nicht deshalb, sondern weil man sie so schätzt... Ein Haufen bitterer Wahrheiten ist uns lieber... Was? Hier spricht doch jemand! Ach so, das bin ich ja selber. Ich möchte also sagen, daß es andere Bücher auch noch gibt... Was?...«

»Leise, lassen wir ihn schlafen...«

»Der sollte lieber saufen statt schlafen...«

»Paß doch auf, der Boden knarrt... Das ist ja Pfeffer!«

»Ach was, Pfeffer, paß auf, daß du nicht runterfällst...«

»Das ist ja ein Jammer, wie der aussieht, der ist ja ganz mitgenommen...«

»Ich bin gar nicht mitgenommen«, murmelte Pfeffer und erwachte.

Vor den Regalen ihm gegenüber stand die Bibliotheksleiter. Auf der obersten Stufe stand Alevtina aus dem Fotolabor, unten stand Kraftfahrer Trumpf, hielt die Leiter mit seinen tätowierten Armen und schaute nach oben.

»Und er ist immer so rastlos«, sagte Alevtina und blickte auf Pfeffer. »Zu Abend gegessen hat er wahrscheinlich auch nicht. Man sollte ihn wecken, damit er wenigstens einen Schluck Wodka trinken kann... Wovon solche Leute wohl träumen?«

»Genau das, was ich in Wirklichkeit sehe!...«, sagte Trumpf und blickte nach oben.

»Irgendwas Neues?« fragte Alevtina. »Was du noch nie gesehen hast?«

»Das nicht«, sagte Trumpf. »So neu ist es auch wieder nicht, das kann man nicht sagen, aber das ist wie mit dem Kino. Du schaust dir zwanzigmal dasselbe an, und das Vergnügen ist immer gleich groß.«

Auf der dritten Stufe der Leiter lagen dicke Mohnkuchenschnitten, auf der vierten Stufe waren Gurken und geschälte Apfelsinen ausgebreitet, auf der fünften Stufe schließlich stand eine halbleere Flasche und ein Plastikglas für Bleistifte.

»Schau, wohin du willst, aber halt mir die Leiter ordentlich«, sagte Alevtina und begann, von den obersten Regalen dicke Zeitschriften und vergilbte Pappdeckel herunterzunehmen. Sie blies den Staub ab, runzelte die Stirn, blätterte in den Seiten, legte sich einige Pappdeckel zur Seite und stellte die übrigen an ihren Platz zurück. Kraftfahrer Trumpf schnaufte vernehmlich.

»Brauchst du auch die vom vorletzten Jahr?«, fragte Alevtina.

»Jetzt brauche ich nur noch eins«, sagte Trumpf geheimnisvoll. »Jetzt werde ich zuerst Pfeffer aufwecken.«

»Geh jetzt nicht von der Leiter weg«, sagte Alevtina.

»Ich schlafe nicht«, sagte Pfeffer. »Ich schaue euch schon lange zu.«

»Von dort sieht man überhaupt nichts«, sagte Trumpf. »Kommen Sie hierher, Herr Pfeffer, hier haben Sie alles: Frauen und Wein und Früchte...«

Pfeffer erhob sich und kam humpelnd zur Leiter, weil ihm ein

Bein vom Liegen steif geworden war. Dann goß er sich von der Flasche ein.

»Wovon haben Sie geträumt, lieber Pfeffer?«, fragte Alevtina von oben.

Pfeffer blickte mechanisch hinauf und senkte sogleich seinen Blick.

»Was ich geträumt habe... Irgendeinen Blödsinn. Mit Büchern habe ich mich unterhalten.«

Er leerte das Glas und nahm sich einen Apfelsinenschnitz.

»Halten Sie die Leiter doch einen Moment, Herr Pfeffer«, sagte Trumpf. »Ich schenke mir auch ein.«

»Brauchst du nun was vom vorletzten Jahr oder nicht?«, fragte Alevtina.

»Na klar«, sagte Trumpf. Er goß sich das Glas voll und suchte sich eine Gurke aus. »Vom vorletzten Jahr und vom vorvorletzten... Ich brauche das immer... Das war bei mir schon immer so, ich kann ohne das nicht leben. Und kein Mensch kann ohne das leben. Der eine braucht es mehr, der andere weniger... Ich sage immer, wozu wollt ihr mich belehren, ich bin eben so...« Trumpf leerte genußvoll sein Glas und biß knackend in die Gurke. »Aber so kann man nicht leben, wie ich hier lebe. Lange halte ich es nicht mehr aus, dann fahre ich mit dem Wagen in den Wald und fange mir eine Nixe...«

Pfeffer hielt die Leiter und versuchte, an den nächsten Tag zu denken. Trumpf setzte sich auf die unterste Stufe und begann zu erzählen, wie er in jungen Jahren mit seinen Freunden am Stadtrand ein Pärchen aufgestöbert hatte. Den Galan hätten sie verprügelt und fortgejagt, sein Dämchen jedoch hätten sie zu beanspruchen versucht. Es sei kalt und feucht gewesen, und wegen ihres allzu jugendlichen Alters habe keiner was zustande gebracht. Die Dame habe Angst gehabt und geweint, seine Freunde hätten sich einer nach dem anderen verdrückt, nur er, Trumpf, sei dann noch lange mit ihr herumgezogen, über schmutzige Hinterhöfe, habe sie angepackt, geflucht, und die ganze Zeit den Eindruck gehabt, daß es gleich klappen werde, aber es habe einfach nicht klappen wollen, bis er sie zu ihrem

Haus gebracht habe, dort, im dunklen Eingang, habe er sie gegen das Eisengeländer gedrückt und sei endlich zum Ziel gekommen. In Trumpfs Darstellung bot sich die Geschichte überaus spannend und erheiternd dar.

»Die Nixen werden mir also nicht entgehen«, sagte Trumpf. »Ich nehme mir immer, was mir zusteht, und das werde ich auch jetzt tun. Was ich in der Auslage stehen habe, das gibts auch im Laden. Also keine leeren Versprechungen.

Er hatte gebräunte, schöne Gesichtszüge, dichte Brauen, lebhafte Augen und den Mund voller prächtiger Zähne. Er sah einem Italiener sehr ähnlich. Nur seine Füße eben, die verbreiteten einen Geruch.

»Oh Gott, was die da alles machen«, sagte Alevtina. »Alle Akten sind durcheinander. Da, nimm erstmal die hier.«

Sie beugte sich hinunter und reichte Trumpf ein Bündel Aktendeckel und Zeitschriften. Trumpf nahm das Bündel, blätterte darin und las lautlos vor sich hin, wobei sich seine Lippen bewegten. Dann zählte er die Aktendeckel und sagte:

»Zwei Stück brauche ich noch.«

Pfeffer hielt noch immer die Leiter und schaute auf seine zusammengepreßten Fäuste. Morgen um diese Zeit bin ich nicht mehr hier, dachte er. Ich sitze neben Trumpf im Führerhaus, es ist heiß, das Metall kühlt gerade erst ab. Trumpf schaltet die Scheinwerfer ein, macht es sich bequem, streckt den linken Ellenbogen zum Fenster raus und fängt mit seinen Überlegungen zur Weltpolitik an. Zu anderen Überlegungen lasse ich es erst gar nicht kommen. Soll er ruhig an jeder Imbißstube halten, soll er sich als Mitfahrer nehmen, wen er will, soll er meinetwegen einen Umweg machen, um für jemanden die Dreschmaschine von der Reparatur zu holen. Aber wenn er unbedingt seine Gedanken darlegen will, dann nur zur Weltpolitik. Oder ich werde ihn über verschiedene Autotypen ausfragen. Über den durchschnittlichen Benzinverbrauch, über Zusammenstöße oder über Morde an bestechlichen Inspektoren. Ein guter Erzähler ist er schon, und du weißt nie, ob er lügt oder die Wahrheit sagt...

Trumpf leerte noch ein Glas, schmatzte, betrachtete Alevtinas Beine und fuhr in seiner Erzählung fort. Er rutschte hin und her, machte ausdrucksvolle Gesten mit den Armen und lachte vergnügt. Unter peinlicher Beachtung der chronologischen Reihenfolge erzählte er die Geschichte seines Liebeslebens, wie es sich von Jahr zu Jahr, von Monat zu Monat gestaltet hatte. Die Köchin aus dem Konzentrationslager, in dem er wegen Papierdiebstahls in Notzeiten saß (die Köchin beschwor ihn dabei: »Paß auf, Trumpf, blamier dich nicht, paß auf!..«), die Tochter eines politischen Häftlings aus dem gleichen Lager (ihr war es ohnehin gleich, wer es war, sie war überzeugt, daß man sie sowieso verbrennen würde), die Frau eines Matrosen aus einer Hafenstadt, die sich auf diese Weise an ihrem liederlichen Mann für seine ständigen Seitensprünge rächen wollte. Eine begüterte Witwe, vor der Trumpf dann eines Nachts nur mit Unterhose bekleidet Reißaus nehmen mußte, weil sie den armen Trumpf mit Beschlag belegen und ihn zwingen wollte, mit Narkotika und delikaten medizinischen Präparaten zu handeln. Frauen, die er fuhr, als er noch als Taxichauffeur arbeitete: sie zahlten ihm für jeden ihrer Kunden eine Münze; als die Nacht jedoch zu Ende ging, mit »Naturalien« (»Ich sag zu ihr: was willst du denn, wer denkt schon an mich, du hast jetzt schon vier gehabt, und ich bis jetzt noch keine einzige...«). Dann seine Frau, ein fünfzehnjähriges Mädchen, das er mit Sondergenehmigung der Behörden heiratete und das ihm Zwillinge gebar; sie verließ ihn jedoch, und zwar aus folgendem Grund: nachdem er sich mit den Freundinnen seiner Freunde vergnügte, wollte er sich seinen Freunden erkenntlich zeigen und seine Frau zur Verfügung stellen. Frauen... Weiber... Dirnen... Schlampen... Huren...

»Ich bin also überhaupt kein Wüstling«, schloß er. »Ich bin ganz einfach ein Mann mit Temperament, und nicht irgendein impotenter Schwächling...«

Er trank seinen Schnaps aus, nahm die Akten und ging, ohne sich zu verabschieden. Das Parkett knarrte unter seinen Schritten. Er pfiff vor sich hin. Sein Rücken war seltsam gekrümmt, so daß er plötzlich einem Mittelding zwischen einer Spinne und einem Urmenschen glich. Pfeffer blickte ihm hilflos nach. Da sagte Alevtina:

»Geben Sie mir Ihre Hand, Pfeffer.«

Sie setzte sich auf die oberste Stufe, legte ihm die Hände auf die Schultern und sprang mit einem kleinen Schrei hinunter. Er fing sie unter der Achsel auf und setzte sie auf den Boden. Dann standen sie sich einige Zeit gegenüber, Auge in Auge. Ihre Hände lagen auf seinen Schultern, er hielt sie unter der Achsel.

»Man hat mich aus dem Hotel gejagt«, sagte er.

»Ich weiß«, sagte sie. »Gehen wir doch zu mir, ja?«

Sie war gut und warmherzig und blickte ihm ruhig, wenn auch nicht allzu selbstbewußt, in die Augen. Als er sie so anschaute, konnte er sich eine Menge guter, warmherziger und köstlicher Bilder vorstellen, und er betrachtete diese Bilder gierig, eins nach dem anderen, und er versuchte, sich selbst an ihrer Seite vorzustellen. Doch er spürte plötzlich, daß es nicht ging: statt seiner selbst sah er ständig Trumpf, so wie er immer war: eindrucksvoll, herausfordernd, bestimmt in seinen Bewegungen und nach Fußschweiß riechend.

»Nein, danke«, sagte er und nahm seine Hände von ihr. »Irgendwie werde ich es schon machen.«

Sie wandte sich rasch ab und begann, die Essensreste auf einem Zeitungsblatt zu sammeln.

»Aber wieso denn?«, fragte sie. »Ich kann Ihnen auf dem Sofa ein Bett machen. Schlafen Sie bis zum Morgen, und morgen früh werden wir ein Zimmer für Sie auftreiben. Sie können doch nicht jede Nacht in der Bibliothek verbringen...«

»Danke«, sagte Pfeffer. »Aber ich fahre morgen ab.«

Sie drehte sich überrascht um.

»Sie fahren morgen ab? In den Wald?«

»Nein, nach Hause.«

»Nach Hause...« Langsam wickelte sie das Essen in die Zeitung. »Aber Sie wollten doch die ganze Zeit einmal in den Wald kommen, das habe ich selbst gehört.«

»Schauen Sie, ich wollte ja... Aber man läßt mich nicht. Ich weiß nicht einmal, warum. In der VERWALTUNG habe ich aber nichts zu tun. Da habe ich halt mit Trumpf vereinbart, daß er mich morgen mitnimmt. Jetzt ist es schon drei. Ich gehe jetzt in die Garage und warte in Trumpfs Lastwagen bis zum Morgen. Sie brauchen sich also keine Sorgen zu machen...«

»Das heißt, wir müssen uns verabschieden... Oder vielleicht kommen Sie doch mit?«

»Nein, danke, es ist besser, wenn ich zum Auto gehe... Ich habe Angst, daß ich sonst verschlafe. Trumpf wartet ja nicht.«

Sie gingen auf die Straße und zur Garage. Sie hatte sich bei ihm eingehakt.

»Es hat Ihnen also nicht gefallen, was Trumpf erzählt hat?«, fragte sie.

»Nein«, sagte Pfeffer. »Überhaupt nicht. Ich mag es nicht, wenn man solche Sachen erzählt. Wozu? Irgendwie peinlich ist das... peinlich für ihn, peinlich für Sie und auch für mich... für alle. Das ist alles so ein Unsinn. Wie wenn es einem zu langweilig ist.«

»Meistens ist das wirklich der Grund«, sagte Alevtina. »Meinetwegen brauchen Sie sich nicht zu schämen, solche Sachen berühren mich nicht. Mir ist das alles völlig gleichgültig. So, hier müssen Sie rein. Geben Sie mir zum Abschied einen Kuß.«

Pfeffer küßte sie und verspürte eine unbestimmte Trauer.

»Danke«, sagte sie, wandte sich um und ging schnell in die andere Richtung. Pfeffer winkte ihr nach.

Dann trat er in die Garage. Sie war mit blauen Lämpchen beleuchtet. Er stieg über den auf einem ausgebauten Autositz schnarchenden Nachtwächter, fand Trumpfs Lastwagen und kletterte ins Fahrerhaus. Hier roch es nach Gummi, Benzin und Staub. An der Windschutzscheibe baumelte Micky Maus mit weit ausgestreckten Gliedmaßen. Gut so, dachte Pfeffer. Hier ist es gemütlich. Ich hätte gleich herkommen sollen. Rundherum standen dunkel und leer die Fahrzeuge und schwiegen. Der Nachtwächter schnarchte laut. Die Autos schliefen, der Nachtwächter schlief, und die ganze VERWALTUNG schlief. Und in ihrem Zimmer zog sich Alevtina vor dem Spiegel aus, daneben war das aufgeschlagene Bett, groß, weich, warm, ein Doppelbett... Nein, lieber nicht. Denn am Tag stört das Gequatsche, das Klappern der Mercedes, das ganze sinnlose Bürochaos, und jetzt gibt es weder Ausrottung noch Erschließung, weder Erhaltung noch andere unheilvolle Dummheiten. Jetzt gibt es nur die schläfrige Welt über der Schlucht, durchsichtig wie alle schläfrigen Welten, unsichtbar und lautlos und keineswegs wirklicher als der Wald. Der Wald ist jetzt sogar wirklicher. Der Wald schläft ja nie. Aber vielleicht schläft er doch und wir alle erscheinen in seinen Träumen. Wir als Traum des Waldes. Ein atavistischer Traum. Primitive Hirngespinste einer erkalteten Sexualität...

Pfeffer legte sich hin, rollte sich zusammen und schob sich einen zerknüllten Regenmantel unter den Kopf. Micky Maus schaukelte leise am Fädchen. Wenn Mädchen dieses Spielzeug sahen, riefen sie immer: »Ach, wie süß!« Trumpf gab ihnen darauf zur Antwort: »Die Sachen in der Auslage gibt es auch im Laden.« Der Schalthebel drückte Pfeffer in die Seite und Pfeffer wußte nicht, wie er ihn wegschieben sollte und ob man ihn wegschieben durfte. Vielleicht würde der Laster anfahren, wenn er ihn wegschob. Zuerst würde er langsam fahren, dann immer schneller, auf den schnarchenden Nachtwächter zu, und Pfeffer würde im Fahrerhaus fieberhaft auf alles drücken, was ihm unter Hände und Füße käme, und der Nachtwächter ist schon ganz nahe; sein offener schnarchender Mund ist deutlich zu erkennen. Da macht der Laster einen Sprung, biegt scharf nach rechts, bohrt sich in die Garagenwand und im Durchbruch zeigt sich der blaue Himmel...

Pfeffer erwachte und sah, daß es bereits Morgen war. Die Tore der Garage waren weit geöffnet. Die Mechaniker standen da und rauchten. Der Vorplatz der Garage leuchtete gelb in der Sonne. Es war sieben Uhr. Pfeffer setzte sich auf, rieb sich das Gesicht und blickte in den Rückspiegel. Rasieren sollte ich mich, dachte er, aber er blieb im Fahrerhaus. Trumpf war noch nicht da, und er mußte hier auf ihn warten, an Ort und Stelle, denn alle Kraftfahrer sind vergeßlich und fahren immer ohne ihn weg. Es gibt zwei Regeln für den Umgang mit Kraftfahrern. Erstens: Verlasse niemals den Wagen, solange du es noch aushalten und warten kannst! Zweitens: Streite nie mit dem Kraftfahrer, der dich gerade fährt! Im Notfall stelle dich schlafend!

Die Mechaniker an den Toren warfen die Kippen auf den Boden, zertraten sie sorgfältig mit dem Absatz und gingen in die Garage. Den einen von ihnen kannte Pfeffer nicht, der andere war, wie sich herausstellte, überhaupt kein Mechaniker, sondern der Manager. Als sie am Laster vorbeikamen, blieb der Manager beim Führerhaus stehen, legte die Hand auf den Kotflügel und schaute unter das Fahrzeug. Dann hörte Pfeffer, wie er Befehle erteilte: »Jetzt mach schon, gib mir den Wagenheber!« »Wo ist er denn?«, fragte der unbekannte Mechaniker. »...!«, sagte der Manager ruhig. »Schau mal unter den Sitz.« »Woher soll denn ich das wissen?«, sagte der Mechaniker gereizt. »Ich habe Sie doch darauf hingewiesen, daß ich Kellner bin...« Einige Zeit blieb es still, dann wurde die Tür zum Fahrerhaus geöffnet und das düstere, verärgerte Gesicht des Mechaniker-Kellners tauchte auf. Er blickte Pfeffer an, dann musterte er das Fahrerhaus, ruckte am Lenkrad, langte dann mit beiden Händen unter den Sitz und begann dort zu klappern.

»Ist das vielleicht ein Wagenheber?«, fragte er leise.

»N-nein«, sagte Pfeffer, »das ist, glaube ich, ein Rohrmutterschlüssel.«

Der Mechaniker hielt den Rohrmutterschlüssel vor die Augen, betrachtete ihn eingehend mit verkniffenen Lippen, legte ihn dann auf das Trittbrett und steckte seine Hände erneut unter den Sitz.

»Das da?«, fragte er.

»Nein«, sagte Pfeffer. »Das kann ich Ihnen ganz genau sagen. Das ist eine Rechenmaschine. Wagenheber sehen anders aus.«

Der Mechaniker-Kellner studierte die Rechenmaschine mit gerunzelter Stirn.

»Wie sehen sie denn aus?« fragte er.

»Na ja... Das ist so ein Stab aus Eisen... Es gibt da verschiedene. Und dann haben sie so einen beweglichen Griff...«

»Aber hier ist doch ein Griff. Wie bei einer Kasse.«

»Nein, das ist ein ganz anderer Griff.«

»Und wenn man hier dreht, was passiert dann?«

Nun war Pfeffer mit seiner Weisheit am Ende. Der Mechaniker wartete eine Weile. Dann legte er die Rechenmaschine seufzend auf das Trittbrett und tauchte wieder unter den Sitz.

»Ist es vielleicht das da?«, sagte er.

»Das könnte sein. Schaut ganz ähnlich aus. Nur müßte hier noch so ein eiserner Hebel sein. So ein dicker.«

Der Mechaniker fand auch den Hebel. Er schaukelte ihn auf der Handfläche und sagte: »Gut, das bringe ich ihm für den Anfang.« Dann ging er wieder. Die Tür ließ er offen. Pfeffer zündete sich eine Zigarette an. Irgendwo weiter hinten klirrten Eisen und ertönten Schimpfworte. Dann startete dröhnend und zitternd ein Lastwagen.

Trumpf war noch immer nicht da, aber das beunruhigte Pfeffer nicht. Er stellte sich vor, wie sie die Hauptstraße der VERWALTUNG entlang fahren würden. Keiner würde auf sie schauen. Dann würden sie in einen Feldweg einbiegen und eine Wolke gelben Staubs aufwirbeln. Die Sonne würde immer höher steigen, rechts von ihnen, und bald zu brennen anfangen. Dann würden sie vom Feldweg auf die Landstraße biegen, und diese würde lang, eben und eintönig sein, sie würde schimmern, und über den Horizont würden Trugbilder wie große, glitzernde Pfützen gleiten.

Der Mechaniker kam erneut am Fahrerhaus vorbei. Er wälzte ein schweres Hinterrad vor sich her. Das Rad rollte auf dem Betonboden zusehends schneller, und der Mechaniker wollte es offensichtlich aufhalten und gegen die Wand drücken. Da änderte das Rad etwas seine Richtung und rollte in seiner ganzen Schwere in den Hof hinaus. Der Mechaniker lief unbeholfen hinter ihm her, fiel jedoch immer weiter zurück. Dann verschwanden sie aus dem Blickfeld, und vom Hof her drangen die lauten, verzweifelten Rufe des Mechanikers. Dann hörte man das Getrappel vieler Füße, und am Tor liefen Leute vorbei und schrien: »Fangt es! Kommt von rechts!«

Pfeffer bemerkte, daß der Laster nicht mehr so eben dastand wie vorher und schaute zum Fahrerhaus hinaus. Da war der Manager. Er machte sich am Hinterrad zu schaffen!

»Guten Tag«, sagte Pfeffer. »Wie kommen Sie...«

»Ach, Pfeffer, mein Lieber!« rief der Manager erfreut aus, ohne seine Arbeit zu unterbrechen. »Bleiben Sie nur ruhig sitzen, Sie brauchen nicht auszusteigen. Sie stören uns nicht. Das verfluchte Ding klemmt irgendwo... Das erste ging gut runter, aber das zweite klemmt...«

»Wie klemmt es? Ist irgendwas kaputtgegangen?«

»Ich glaube nicht«, sagte der Manager. Er richtete sich auf und wischte sich die Stirn mit der staubigen Hand, in der er den Schlüssel hielt. »Wahrscheinlich ist es nur ein bißchen angerostet. Aber das werden wir gleich haben, ganz schnell... Und dann werden wir beide eine kleine Partie Schach spielen. Was halten sie davon?«

»Schach?«, sagte Pfeffer. »Aber wo ist denn Trumpf?«

»Trumpf? Sie meinen Trumpf? Trumpf ist Oberlaborant geworden. Er ist in den Wald abkommandiert. Trumpf arbeitet nicht mehr bei uns. Wozu brauchen Sie ihn?«

»Nur so...«, sagte Pfeffer leise. »Ich dachte nur...«. Er öffnete den Wagenschlag und sprang auf den Zementboden.

»Sie brauchen sich wirklich keine Sorgen zu machen«, sagte der Manager. »Sie hätten sitzen bleiben können. Sie stören doch nicht.«

»Wozu soll ich denn sitzen bleiben?«, sagte Pfeffer. »Dieser Wagen fährt doch nicht raus.«

»Nein, der nicht. Ohne Reifen kann er sowieso nicht fahren, und die Reifen müssen abgenommen werden... Also sowas, wie das klemmt! Daß dich doch... Na gut, die Mechaniker werden dich schon runterkriegen. Kommen Sie, stellen wir lieber die Figuren auf.«

Er nahm Pfeffer am Arm und führte ihn in sein Büro. Dort setzten sie sich an den Tisch. Der Manager schob einen Stoß Papiere zur Seite, stellte das Schachbrett auf und schaltete das Telefon ab.

»Spielen wir mit der Uhr?«, fragte er.

»Ich weiß nicht,« sagte Pfeffer.

Im Büro war es dämmrig und kalt. Blauer Tabakrauch hing zwischen den Schränken wie schleimige Wasserpflanzen. Der Manager wiederum, ein aufgequollener Mann mit fleckiger, warzenübersäter Haut, glich einem riesigen Kraken: mit zwei behaarten Fangarmen öffnete er das Schachbrett wie eine lackglänzende Muschel und machte sich umständlich daran, die hölzernen Innereien herauszuholen. Seine runden Augen glänzten trübe, sein rechtes künstliches war ständig zur Decke gerichtet, sein linkes gesundes rollte frei wie ein staubiges Quecksilberkügelchen in der Augenhöhle. Es richtete sich mal auf Pfeffer, mal auf die Tür, mal auf das Schachbrett.

»Spielen wir mit der Uhr«, entschied der Manager schließlich. Er nahm aus dem Schrank eine Uhr, zog sie auf, drückte auf den Knopf und machte den ersten Zug.

Die Sonne stieg höher. Auf dem Hof schrie man: »Kommt von rechts!« Um acht Uhr verfiel der Manager in schwieriger Stellung in tiefes Nachdenken und bestellte plötzlich Frühstück für zwei Personen. Aus der Garage rollten mit Getöse die Fahrzeuge. Der Manager verlor eine Partie und schlug eine zweite vor. Das Frühstück war ausgiebig. Jeder trank zwei Flaschen Kefir und aß einen frischen Mohnkuchen. Der Manager verlor auch die nächste Partie. Mit seinem lebendigen Auge blickte er hingebungsvoll und begeistert auf Pfeffer und schlug eine dritte Partie vor. Er leitete immer wieder ein- und dasselbe Damengambit ein, wobei er um keinen Zug von seiner niederlageträchtigen Variante abwich. Es war, als wollte er seine Niederlage einüben. Pfeffer setzte seine Figuren ganz automatisch und fühlte sich dabei wie ein Trainingsapparat. Weder in ihm noch auf der Welt gab es etwas anderes als das Schachbrett, die Knöpfe an der Uhr und ein rigoros aufgestelltes Trainingsprogramm.

Um fünf vor neun grunzte der interne Lautsprecher und verkündete mit geschlechtsloser Stimme: »Alle Mitarbeiter der VERWALTUNG werden aufgefordert, sich an ihren Telefonen aufzuhalten. Der Direktor wird zu seinen Mitarbeitern sprechen.« Der Manager wurde auf einmal sehr ernst, schaltete das Telefon ein, nahm den Hörer ab und hielt ihn ans Ohr. Jetzt waren seine beiden Augen zur Decke gerichtet. »Kann ich gehen?« fragte Pfeffer. Der Manager zog die Stirn in fürchterliche Falten, legte den Finger an die Lippen und fuchtelte mit dem Arm. Aus dem Telefonhörer drang näselndes Quaken. Pfeffer ging auf Zehenspitzen hinaus.

In der Garage drängten sich die Leute. Alle Gesichter waren ernst, bedeutungsvoll, sogar feierlich. Niemand arbeitete, alle preßten Telefonhörer an ihr Ohr. Nur auf dem hell erleuchteten Hof jagte der einsame Mechaniker-Kellner dem Reifen nach, schweißgebadet, rot angelaufen, in flatternder Montur. Er keuchte heiser. Irgend etwas Bedeutendes war im Gange. Das ist doch unmöglich, dachte Pfeffer, das geht doch nicht. Die ganze Zeit stehe ich außerhalb, habe keine Ahnung, was vor sich geht; vielleicht ist das gerade mein Unglück, vielleicht hat alles seine Ordnung, nur ich kenne mich nicht aus und bin ewig fehl am Platz.

Er sprang in die nächste Telefonzelle, riß den Hörer herunter und horchte begierig hinein. Aber dort waren nur Tutzeichen zu vernehmen. Da wurde er von plötzlichem Schrecken erfaßt, von einer quälenden Furcht, schon wieder etwas zu verpassen, schon wieder bei einer Verteilung leer auszugehen. Er sprang über Gräben und Gruben, überquerte die Baustelle, wich dem Aufseher aus, der ihm mit Pistole und Telefonhörer in den Händen den Weg verstellte, und kletterte eine Leiter hoch, die an eine halbfertige Mauer gelehnt war. In allen Fenstern konnte er Menschen sehen, die konzentriert und reglos Telefonhörer hielten. Plötzlich zischte es durchdringend über seinem Ohr, und fast gleichzeitig krachte hinter ihm ein Pistolenschuß. Er sprang nach unten, landete auf einem Müllhaufen und stürzte zum Diensteingang. Die Tür war verschlossen. Er rüttelte einige Male an der Klinke und riß sie schließlich ab. Er schleuderte sie zur Seite und überlegte in Sekundenschnelle, was zu tun war. Neben der Tür stand ein schmales Fenster weit offen.

Pfeffer zwängte sich durch die staubbedeckte Öffnung, wobei ihm die Fingernägel abbrachen.

In dem Zimmer, in das er gelangt war, standen zwei Stühle. Auf dem einen saß Heymbacken, einen Telefonhörer in der Hand. Sein Gesicht war wie versteinert, seine Augen geschlossen. Er preßte den Hörer mit der Schulter ans Ohr und machte sich mit einem Bleistift eilig Notizen in einen großen Block. Der zweite Stuhl war leer, auf ihm stand ein Telefon. Pfeffer riß den Hörer von der Gabel und lauschte.

Rauschen, Knistern. Dann eine unbekannte, piepsende Stimme: »... Die VERWALTUNG kann in Wirklichkeit nur über ein verschwindend kleines Territorium des Waldozeans verfügen, der den Kontinent umspült. Es gibt weder einen Sinn des Lebens, noch einen Sinn von Handlungen. Wir vermögen außerordentlich viel, haben bis jetzt jedoch nicht begriffen, was wir von dem, was wir vermögen, tatsächlich brauchen. Er leistet nicht einmal Widerstand, er bemerkt uns einfach nicht. Hat uns die Handlung Vergnügen bereitet, so war sie gut, wenn nicht, heißt das, daß sie sinnlos war...« Wieder Rauschen und Knacken. »...wir leisten Widerstand mit Millionen PS und Dutzenden Geländefahrzeugen, Luftschiffen und Hubschraubern, mit der medizinischen Wissenschaft und einer Versorgungstheorie, die in der Welt nicht ihresgleichen hat. In der VERWALTUNG lassen sich mindestens zwei schwerwiegende Mängel aufzeigen. Augenblicklich können Aktionen dieser Art einen hohen Grad an Verschlüsselung, bestimmt für den Namen Herostrat, aufweisen, damit er unser bester Freund bleibt. Sie ist unfähig zu schöpferischem Tun, ohne dabei Autorität und Undankbarkeit zu zerstören...« Dann ertönten Tutsignale, Pfeifen und Hüsteln. »... sie schätzt sehr die sogenannten einfachen Lösungen, Bibliotheken, den inneren Zusammenhang, geographische und andere Karten. Sie schätzt die Wege, die sie für die kürzesten hält, um über den Sinn des menschlichen Lebens nachzudenken; aber die Menschen mögen das nicht. Die Mitarbeiter sitzen da, hängen die Beine in die Schlucht, jeder auf seinem Platz, sie drängeln sich, reden geistreich daher und werfen Steinchen, und jeder versucht, ein größeres als der andere zu werfen. Der Kefirverbrauch hilft ihnen indessen weder, den Wald zu züchten, noch ihn auszulöschen, geschweige denn mit ihm im notwendigen Maß zu konspirieren. Ich fürchte, daß wir nicht einmal begriffen haben, was wir eigentlich wollen, die Nerven wiederum müssen auch trainiert werden, wie man die Aufnahmefähigkeit übt, und der Verstand wird weder schamrot, noch empfindet er Gewissensqualen, wenn eine wissenschaftliche, exakt gestellte Frage in den moralischen Bereich übergeht. Sie ist verlogen, schillernd, wechselhaft und unaufrichtig. Aber jemand muß doch schließlich Erregung hervorrufen und keine Legenden erzählen, sondern sich sorgfältig auf seinen Probeauftritt vorbereiten. Morgen werde ich euch erneut empfangen und nachprüfen, wie ihr euch vorbereitet habt. Zweiundzwanzig null null Strahlungsalarm und Erdbeben, achtzehn null null Beratung des dienstfreien Personals bei mir, ganz zwanglos, wie man so sagt, vierundzwanzig null null allgemeine Evakuierung...«

In der Muschel war nun ein Geräusch wie von einlaufendem Wasser zu hören. Dann wurde es still, und Pfeffer bemerkte, daß Heymbacken ihn mit strengen, anklagenden Augen anblickte.

»Was sagt er?«, fragte Pfeffer flüsternd. »Ich verstehe überhaupt nichts.«

»Das ist auch nicht verwunderlich«, sagte Heymbacken eisig. »Sie haben einen Hörer genommen, der nicht ihrer war.« Er senkte die Augen, notierte sich etwas in seinen Block und fuhr fort: »Das ist im übrigen ein völlig unzulässiger Verstoß gegen die Verordnungen. Ich bestehe darauf, daß Sie den Hörer auflegen und sich entfernen. Andernfalls werde ich Amtspersonen rufen.«

»Gut«, sagte Pfeffer. »Ich gehe. Aber wo ist mein Telefonhörer? Der da ist es nicht. Aber wo ist dann meiner?«

Heymbacken gab keine Antwort. Seine Augen waren wieder geschlossen, und er preßte den Hörer ans Ohr. Pfeffer vernahm quakende Laute.

»Ich frage Sie, wo ist mein Hörer?« schrie Pfeffer. Jetzt konnte er nichts mehr hören. Es rauschte und knackte, dann ertönte das Freizeichen. Pfeffer warf den Hörer auf die Gabel und lief auf den Gang hinaus. Er riß die Türen der Büros auf und sah überall bekannte und unbekannte Mitarbeiter. Sie saßen oder standen wie versteinert da und ähnelten Wachsfiguren mit Glasaugen; andere wanderten von einer Ecke in die andere, zogen ein Telefonkabel hinter sich her und stiegen jedesmal darüber. Wieder andere waren fieberhaft am Schreiben – in dicke Hefte, auf Papierfetzen, auf Zeitungsränder. Jeder hielt einen Hörer fest ans Ohr gepreßt, als fürchtete er, auch nur ein Wort zu verpassen. Kein Telefon war unbesetzt. Pfeffer versuchte, einem in Trance erstarrten Mitarbeiter, einem jungen Mann in Monteurkleidung, den Hörer wegzunehmen, aber dieser lebte unversehens wieder auf, kreischte und schlug um sich. Die anderen zischten und fuchtelten mit den Armen. Einer schrie hysterisch: »Unverschämtheit! Ruft den Ordnungsdienst.« »Wo ist mein Hörer?«, rief Pfeffer. »Ich bin genauso ein Mensch wie ihr, ich habe das Recht, etwas zu erfahren! Laßt mich auch hören! Gebt mir meinen Hörer!«

Man stieß ihn hinaus und sperrte hinter ihm die Türen ab. Pfeffer gelangte bis zum obersten Stockwerk. Am Eingang zum Dachboden neben dem Motorengehäuse des nie funktionierenden Aufzuges saßen zwei diensthabende Mechaniker an einem Tisch und spielten ›Schiffchen versenken‹. Pfeffer lehnte sich schwer atmend an die Wand. Die Mechaniker blickten ihn kurz an, lächelten ihm zerstreut zu und beugten sich wieder über ihr Papier.

»Habt ihr auch keinen eigenen Hörer?«, fragte Pfeffer.

»Doch«, sagte einer der Mechaniker. »Haben wir. So weit sind wir noch nicht runtergekommen.«

»Aber warum hört ihr dann nicht?«

»Da ist alles still, wozu sollen wir dann hören?«

»Und warum ist alles still?«

»Wir haben das Kabel durchgeschnitten.«

Pfeffer wischte sich mit einem zusammengeknüllten Tuch

über Gesicht und Hals, wartete ab, bis der eine Mechaniker den anderen besiegt hatte, und ging dann hinunter. In den Gängen wurde es laut. Die Türen öffneten sich, die Mitarbeiter traten heraus, um zu rauchen. Geschäftige, aufgeregte und lebhafte Stimmen schwirrten durch die Luft. »Ich kann Ihnen wirklich glaubhaft versichern: den Eskimo haben die Eskimos erfunden. Wie bitte? Ich habe das schließlich und endlich in einem Buch gelesen... Aber hören Sie den Zusammenklang nicht selbst? Eski – mos. Es - ki - mo. Wie bitte?...« »Ich habe im Katalog von Ivère nachgeschlagen. 150 000 Francs, und das im Jahre 1956. Sie können sich vorstellen, was sie heute kostet.« »Komisch schmecken diese Zigaretten. Man sagt, daß in die Zigaretten überhaupt kein Tabak mehr gefüllt wird, sondern irgendein Papier, das zerkrümelt und mit Nikotin getränkt wird...« »Auch von Tomaten kann Krebs kommen. Von Tomaten, vom Pfeiferauchen, von Eiern, von Seidenhandschuhen...« »Wie haben Sie geschlafen? Stellen Sie sich vor, ich konnte die ganze Nacht nicht einschlafen. Ständig dröhnte dieser Rammbär. Hören Sie? Und so ging es die ganze Nacht... Guten Tag, Pfeffer! Und da sagen die Leute, Sie seien abgereist... Das ist gut, daß Sie geblieben sind...« »Endlich haben sie den Dieb, wissen Sie noch, wie die Sachen plötzlich verschwunden waren? Das war also der Diskuswerfer aus dem Park, Sie wissen doch, die Statue am Brunnen. Da ist noch diese unanständige Aufschrift am Bein...« »Pfeffer, sei so lieb und leih mir ein paar Groschen bis zur Gehaltszahlung, bis morgen also...« »Aber er ist ihr nicht nachgelaufen. Sie hat sich ihm selbst an den Hals geworfen. Und das noch direkt vor dem Ehemann. Das glauben Sie jetzt nicht, aber ich habe es mit eigenen Augen gesehen...«

Pfeffer ging hinunter in sein Büro, grüßte Kim und wusch sich die Hände. Kim arbeitete nicht. Er saß da, hatte die Hände ruhig auf dem Tisch liegen, und betrachtete die gekachelte Wand. Pfeffer nahm die Hülle von der Mercedes, drückte den Stecker ein und drehte sich erwartungsvoll zu Kim um.

»Heute kann man nicht arbeiten«, sagte Kim. »Irgendein

Schwätzer geht herum und repariert alles. Und ich sitze da und weiß nicht, was ich tun soll.«

In diesem Augenblick bemerkte Pfeffer auf seinem Tisch einen Zettel. »An Pfeffer. Hiermit bringen wir Ihnen zur Kenntnis, daß sich Ihr Telefon im Büro Nr. 771 befindet.« Die Unterschrift war unleserlich. Pfeffer seufzte.

»Du brauchst gar nicht zu seufzen«, sagte Kim. »Du hättest rechtzeitig zur Arbeit kommen sollen.«

»Das wußte ich doch nicht«, sagte Pfeffer. »Ich wollte doch heute abreisen.«

»Selber schuld«, sagte Kim trocken.

»Trotzdem habe ich etwas mitgehört. Und weißt du, Kim, ich habe nichts begriffen. Wie kommt das?«

»Etwas mitgehört! Du Dummkopf! So ein Idiot, Du hast eine solche Gelegenheit ausgelassen, daß ich mich mit dir nicht einmal unterhalten möchte. Jetzt muß ich dich dem Direktor vorstellen. Einfach aus Mitleid.«

»Tu das«, sagte Pfeffer. »Weißt du«, fuhr er fort, »manchmal schien es mir, als hätte ich etwas aufgeschnappt, irgendwelche Gedankenfetzen, ich glaube, sehr interessante, aber jetzt versuche ich, mich daran zu erinnern und es kommt nichts...«

»Wessen Telefon war es denn?«

»Ich weiß nicht. Da, wo Heymbacken sitzt.«

»Aha... Stimmt, die kriegt gerade ein Kind. Heymbacken hat einfach kein Glück. Da nimmt er sich eine neue Mitarbeiterin, und kaum hat sie bei ihm ein halbes Jahr gearbeitet, da bekommt sie schon ein Kind... Ja, Pfeffer, du hast einen weiblichen Hörer erwischt. Ich weiß gar nicht, wie ich dir helfen soll... Im allgemeinen hört niemand ununterbrochen zu, die Frauen wahrscheinlich auch nicht. Der Direktor wendet sich ja immer gleich an alle, gleichzeitig jedoch auch an jeden einzelnen. Verstehst du?«

»Ich fürchte, daß...«

»Ich zum Beispiel empfehle so zu hören. Du ordnest die Rede des Direktors in einer Zeile an, ohne Satzzeichen zu setzen. Dann wählst du willkürlich Wörter, wobei du in Gedanken

Dominosteine setzt. Stimmen die Hälften überein, so ist das Wort angenommen und wird auf ein gesondertes Blatt geschrieben. Falls keine Übereinstimmung besteht, ist das Wort vorübergehend abgeschrieben, verbleibt jedoch in der Zeile. Da sind dann noch einige Feinheiten, und zwar hängen die mit der Häufigkeit von Vokalen und Konsonanten zusammen. Das ist aber bereits ein sekundärer Effekt. Verstehst du?«

»Nein«, sagte Pfeffer. »Das heißt, ja. Schade, daß ich diese Methode nicht kannte. Und was hat er denn heute gesagt?«

»Das ist nicht die einzige Methode. Da gibt es zum Beispiel die Spiralmethode mit variablem Verlauf. Diese Methode ist ziemlich grob, aber wenn es nur um wirtschaftlich-ökonomische Dinge geht, ist sie recht bequem, weil sie einfach ist. Es gibt noch die Stevenson-Sade-Methode, sie erfordert jedoch elektronische Anlagen... So ist also die Domino-Methode wohl die beste von allen; in Einzelfällen, bei speziellem und beschränktem Vokabular, eignet sich die Spiralmethode.«

»Danke«, sagte Pfeffer. »Und worüber hat der Direktor heute gesprochen?«

»Was heißt hier worüber?«

»Wie? Worüber? Also, was hat er... gesagt?«

»Wem?«

»Wem? Na dir zum Beispiel.«

»Leider kann ich dir darüber nichts erzählen. Dieses Material ist unter Verschluß, und du, lieber Pfeffer, bist nun mal ein externer Mitarbeiter. Sei also nicht böse.«

»Nein, ich bin nicht böse«, sagte Pfeffer. »Ich wollte nur herausfinden... Er sprach irgendwas vom Wald, von der Freiheit des Willens... Ich habe neulich Steinchen in die Schlucht geworfen, einfach so, ohne besondere Absicht, und er hat auch darüber irgendwas gesagt.«

»Erzähl mir keine solchen Sachen«, sagte Kim nervös. »Das geht mich nichts an. Und dich auch nicht, nachdem es ja nicht dein Hörer war.«

»Wart mal, hat er was vom Wald erzählt?«

Kim zuckte die Schultern.

»Na ja, natürlich. Er spricht ja nie von etwas anderem. Aber lassen wir jetzt dieses Gespräch. Erzähl mir lieber, wie das mit deiner Abreise war.«

Pfeffer erzählte es ihm.

»Das hilft dir nicht, wenn du ihn die ganze Zeit besiegst«, sagte Kim nachdenklich.

»Ich kann nichts dafür. Ich bin doch ein ziemlich guter Schachspieler, er ist halt nur ein Amateur... Und außerdem spielt er eigenartig...«

»Das ist unwichtig. Ich an deiner Stelle würde mir das alles mal richtig durch den Kopf gehen lassen. Überhaupt gefällst du mir in letzter Zeit nicht so recht... Da kommen Schreiben, in denen du denunziert wirst... Weißt du was, morgen werde ich dir einen Termin beim Direktor verschaffen. Geh zu ihm und mache ihm das alles unmißverständlich klar. Ich denke, daß er dich gehen läßt. Du mußt betonen, daß du Linguist und Philologe bist, daß du rein zufällig hierher geraten bist, dann erinnerst du ihn so nebenbei daran, daß du in den Wald wolltest, es dir aber anders überlegt hättest, weil du dich nicht als kompetent betrachtest.«

»Gut.«

Sie schwiegen eine Weile. Pfeffer stellte sich vor, wie er dem Direktor Auge in Auge gegenüberstehen würde und erschrak. Die Domino-Methode, dachte er. Stevenson-Sade...

»Und Hauptsache, schäm dich nicht zu weinen«, sagte Kim. »Er mag das.«

Pfeffer sprang auf und wanderte erregt im Zimmer auf und ab.

»Oh Gott«, sagte er. »Wenn ich wenigstens wüßte, wie er aussieht. Was er für ein Mensch ist.«

»Was er für einer ist? Niedriger Wuchs, so rotblond...«

»Heymbacken hat gesagt, er sei ein wahrer Riese.«

»Heymbacken ist ein Trottel. Ein Aufschneider und ein Lügenmaul. Der Direktor ist rotblond, korpulent, und hat an der rechten Wange eine kleine Narbe. Beim Gehen schwankt er etwas, so wie ein Seemann. An sich ist er ja ein ehemaliger Seemann.«

»Trumpf aber hat gesagt, er sei mager und trage die Haare lang, weil er nur noch ein Ohr habe.«

»Was für ein Trumpf ist denn das schon wieder?«

»Der Kraftfahrer, das habe ich dir schon erzählt.«

Kim lachte böse auf.

»Woher sollte Kraftfahrer Trumpf das alles wissen? Jetzt paß mal auf, Pfeffer, so leichtgläubig darf man doch nicht sein.«

»Trumpf sagt, er sei sein Kraftfahrer gewesen und habe ihn einige Male gesehen.«

»Na und? Er lügt wahrscheinlich. Ich war sein persönlicher Sekretär, habe ihn aber kein einziges Mal gesehen.«

»Wen?«

»Den Direktor. Ich war längere Zeit Sekretär bei ihm, bevor ich meinen Doktor machte.«

»Und du hast ihn kein einziges Mal gesehen?«

»Natürlich nicht! Denkst du etwa, daß das so einfach ist?«

»Moment mal, woher weißt du dann, daß er rotblond ist und so weiter?«

Kim wiegte den Kopf hin und her.

»Pfeffer«, sagte er zärtlich. »Lieber Freund. Niemand hat je ein Wasserstoffatom gesehen, aber alle wissen, daß es eine Elektronenhülle mit ganz bestimmten Eigenschaften hat und einen Kern, der im einfachsten Fall aus einem Proton besteht.«

»Das stimmt«, sagte Pfeffer müde. Er spürte, daß er erschöpft war. »Ich sehe ihn also morgen.«

»Du mußt mich leichtere Sachen fragen«, sagte Kim. »Ich mache einen Termin für dich aus, das garantiere ich dir. Was du dort aber sehen wirst und wen, das weiß ich nicht. Und was du dort zu hören bekommst, das weiß ich auch nicht. Du fragst mich doch auch nicht, ob dich der Direktor gehen läßt oder nicht, und du tust gut daran, daß du mich nicht fragst. Das kann ich doch nicht wissen, oder?«

»Das sind aber zwei verschiedene Sachen«, sagte Pfeffer.

»Das ist dasselbe, Pfeffer«, sagte Kim. »Ich versichere dir, ganz dasselbe.«

»Wahrscheinlich mache ich einen ziemlich konfusen Eindruck«, sagte Pfeffer betrübt.

»Ein wenig schon.«

»Ich habe letzte Nacht schlecht geschlafen.«

»Nein, du bist einfach unpraktisch. Und warum hast du eigentlich schlecht geschlafen?«

Pfeffer erzählte und erschrak. Kims gutmütiges Gesicht lief plötzlich rot an, seine Haare sträubten sich. Er brüllte los, riß den Telefonhörer von der Gabel, wählte wie rasend eine Nummer und schrie:

»Der Verwalter? Was soll das heißen, Verwalter? Wie können Sie es wagen, Pfeffer auszuquartieren? Ru-u-he! Ich frage Sie nicht danach, was bei ihm abgelaufen ist, ich frage Sie, wie Sie es wagen, Pfeffer auszuquartieren! Was? Ru-u-he! Unterstehen Sie sich! Was? Geschwätz, Unsinn! Ru-u-he! Ich zertrample Sie, Sie und Ihren Claudius Octavianus! Sie werden mir Toiletten putzen, Sie werden in den Wald abgestellt, innerhalb von vierundzwanzig Stunden, innerhalb von sechzig Minuten! Was? So... So... Was? So... Richtig. Das ist etwas anderes. Und die beste Bettwäsche... Das ist Ihre Sache. Wenigstens auf der Straße... Was? Sehr schön. Gut. Ich danke Ihnen. Entschuldigen Sie die Störung... Natürlich... Vielen Dank. Auf Wiederhören.«

Er legte den Hörer auf.

»Alles in Ordnung«, sagte er. Er ist eben doch ein Prachtmensch. Geh und ruh dich aus. Du wirst in seiner Wohnung wohnen, er zieht mit seiner Familie in dein früheres Zimmer um; anders kann er es leider nicht einrichten... Und streite bitte nicht, ich flehe dich an, streite nicht, diese Sache geht uns beide überhaupt nichts an. Er selbst hat so entschieden. Geh schon, geh, das ist ein Befehl. Und wegen des Direktors rufe ich dich noch an...«

Pfeffer taumelte auf die Straße, blieb stehen und kniff die Augen zusammen, weil ihn die Sonne blendete. Dann schlug er den Weg zum Park ein, um seinen Koffer zu suchen. Er konnte ihn nicht sofort finden, denn der diebische Diskuswerfer vom

Brunnen hielt den Koffer fest in seiner muskulösen Gipshand. Den linken Oberschenkel zierte eine unanständige Aufschrift. An sich war die Aufschrift gar nicht so unanständig. Mit Tintenstift stand dort geschrieben: »Mädchen, hütet euch vor Syphilis.«

Kapitel 4
Kandid

Kandid brach auf, als es noch dunkel war, denn er wollte zum Mittagessen zurück sein. Nach Neusiedel waren es ungefähr zehn Kilometer. Der Weg war ihm vertraut; er war gut ausgetreten und mit kahlen Stellen gesprenkelt, die von verschüttetem Grasvertilger herrührten. Der Weg galt als ungefährlich. Zu beiden Seiten erstreckten sich warme, bodenlose Sümpfe, über dem rostfarbenen Wasser hing der Gestank von Ausdünstungen, schwarze, faulige Äste ragten heraus, klebrige Hüte riesiger, giftiger Moorpilze wölbten sich wie runde, glänzende Kuppeln empor, manchmal stieß man längs des Wegs auf verlassene, zertretene Behausungen von Wasserspinnen. Was im Sumpf vor sich ging, war vom Weg aus schwer zu erkennen. Aus dem dichten Geflecht der Baumkronen am Himmel hingen Myriaden dicker, grüner Säulen, Taue und spinnwebzarter Fäden herab und strebten mit ungeduldigen Wurzeln dem Morast zu. Das gierige Grün stand herausfordernd da wie eine Wand, wie ein Nebel, der alles verschluckte außer Geräuschen und Gerüchen. Von Zeit zu Zeit brach oben etwas ab, fiel lärmend durch die gelbgrüne Dämmerung und klatschte schwer und fett auf, der Sumpf holte Atem, gluckste und schmatzte. Dann trat wieder Stille ein. Kurz darauf drang durch den grünen Schleier bis zum Weg der Blähgestank der beunruhigten Tiefe. Man erzählte, daß der Mensch über diese bodenlosen Tiefen nicht gehen könne, die Leichenmenschen dagegen sich überall bewegen könnten; dafür seien sie auch Leichenmenschen, der Sumpf nehme sie nicht auf. Für alle Fälle brach sich Kandid einen dicken Ast ab, nicht weil er sich vor den Leichenmenschen gefürchtet hätte, die Leichenmenschen waren Männern in der Regel nicht gefährlich, aber über den Wald und den Sumpf gingen allerlei Gerüchte um, und einige konnten sich als wahr herausstellen, so abwegig sie auch klingen mochten.

Er hatte sich vom Dorf bereits fünfhundert Schritt entfernt, als ihn Nava einholte. Er blieb stehen.

»Warum bist du ohne mich fortgegangen?«, fragte Nava keuchend. »Ich habe dir doch gesagt, daß ich mit dir fortgehe, allein bleibe ich in diesem Dorf nicht, was soll ich dort allein, niemand mag mich dort, und du bist mein Mann, du mußt mich mitnehmen; daß wir noch keine Kinder haben, ist ganz egal, du bist trotzdem mein Mann und ich deine Frau, und die Kinder kommen schon noch... Nur, ich sage dir ganz ehrlich, ich möchte noch keine Kinder, ich weiß gar nicht, wozu, und was sollten wir mit ihnen anfangen... Der Dorfälteste redet da alles Mögliche und dein Alter auch; bei uns im Dorf war das ganz anders, wer wollte, der hatte Kinder, wer nicht, der hatte keine...«

»Jetzt geh schon heim«, sagte Kandid. »Wie kommst du drauf, daß ich fortgehen will? Ich gehe doch nach Neusiedel und bin zum Mittagessen wieder zu Hause...«

»Das ist gerade gut so, da gehe ich mit, und zum Mittagessen kommen wir zusammen zurück. Ich habe gestern gekocht und alles so versteckt, daß es nicht mal dein Alter findet...«

Kandid ging weiter. Streiten hatte keinen Sinn, dann sollte sie eben mitkommen. Er wurde sogar richtig vergnügt. Er wollte sich mit jemandem anlegen, seinen Ast schwingen, an jemandem seine Verzweiflung, seine Wut und seine Ohnmacht auslassen, die sich in den vielen Jahren angestaut hatte. Zum Beispiel an den Dieben. Oder an den Leichenmenschen. Was war da schon für ein Unterschied? Soll das Mädchen nur mitkommen. Eine schöne Ehefrau, nicht mal Kinder will sie. Er holte weit aus und ließ den Ast auf einen Baumstamm niedersausen, der nahe am Wegrand im Wasser schwamm. Fast wäre er gestrauchelt, denn der Stamm zerfiel augenblicklich, und der Ast durchschnitt ihn wie einen Schatten. Ein paar graue Tierchen sprangen flink heraus und tauchten glucksend ins dunkle Wasser.

Nava trabte nebenher; manchmal lief sie voraus, manchmal blieb sie zurück. Bisweilen ergriff sie mit beiden Händen seinen Arm und hängte sich zufrieden dran. Sie erzählte vom Essen, das sie so geschickt vor dem Alten versteckt hatte, davon, daß es die wilden Ameisen fressen könnten, wenn sie es nicht so bewerkstelligt hätte, daß es die Ameisen nie im Leben entdecken könnten, davon, daß sie von einer schädlichen Fliege geweckt worden sei, daß gestern, als sie einschlief, er, der Stumme, schon geschnarcht habe und im Schlaf unverständliche Wörter gemurmelt habe, und woher kennst du diese Wörter, Stummer, da muß man staunen, niemand bei uns im Dorf kennt diese Wörter, nur du kennst sie und hast sie immer gekannt sogar als du ganz krank warst, und auch dann...

Kandid hörte mal zu, mal nicht, es war wie ein gewohntes, störendes Rauschen, das in seinem Gehirn widerhallte. Er schritt dahin, in dumpfes, beredtes Nachdenken darüber versunken, warum er an nichts denken konnte, vielleicht kam es von den endlosen Impfungen, die die einzige Beschäftigung der Dorfbewohner darstellten, wenn sie nicht dem Geschwätz frönten, vielleicht lag es auch an etwas anderem... Vielleicht wirkte sich diese ganze träge Lebensweise aus, die nicht einmal primitiv zu nennen war, sondern ganz einfach der einer Pflanze glich, eine Lebensweise, die schon seit jenen undenklichen Zeiten für ihn bestimmend geworden war, als sein Hubschrauber mit voller Geschwindigkeit gegen ein unsichtbares Hindernis raste, sich vornüber neigte, die Propeller abbrach und wie ein Stein in den Sumpf fiel... Wahrscheinlich wurde ich damals aus der Kabine herausgeschleudert, dachte er. Damals wurde ich aus der Kabine herausgeschleudert, dachte er zum tausendsten Mal. Irgendwo habe ich mir den Kopf angeschlagen, und davon habe ich mich nicht mehr erholt... Und wenn ich nicht herausgeschleudert worden wäre, dann wäre ich mit dem Hubschrauber im Sumpf versunken, so daß es also gut war, daß ich herausgeschleudert wurde... Plötzlich kam ihm zu Bewußtsein, daß das alles logische Gedankengänge waren, und er freute sich. Es hatte ihm geschienen, als ob er längst die Fähigkeit, logisch zu denken, verloren hätte und nur noch sein »übermorgen, übermorgen« aufsagen könnte.

Er blickte zu Nava.

Das Mädchen hing an seinem linken Arm, schaute von unten nach oben und erzählte:

»Sie kamen alle auf einen Haufen, und es wurde furchtbar heiß, du weißt doch, wie heiß sie sind, und der Mond schien in dieser Nacht überhaupt nicht. Da schubste mich Mama leicht, und ich kroch auf allen vieren durch die ganzen Beine, und Mama habe ich nie mehr gesehen...«

»Nava«, sagte Kandid, »schon wieder erzählst du mir diese Geschichte. Du hast sie mir schon zweihundertmal erzählt.«

»Ja und?«, fragte Nava verwundert. »Du bist komisch, Stummer. Was soll ich dir denn sonst erzählen? Sonst kann ich mich an nichts erinnern und weiß nichts. Ich werde dir doch nicht erzählen, wie wir letzte Woche einen Keller gegraben haben, das hast du ja selbst alles gesehen. Wenn ich nun mit jemand anderem den Keller gegraben hätte, mit dem Hinker zum Beispiel, oder mit dem Schwätzer...« Plötzlich wurde sie lebhaft. »Weißt du, Stummer, was spannend wäre? Erzähl du mir doch, wie wir den Keller gegraben haben, das hat mir noch niemand erzählt, weil es niemand gesehen hat...«

Kandids Gedanken schweiften wieder ab. Bedächtig schwankend schwamm gelbgrünes Blattwerk vorbei, im Wasser keuchte und atmete es, mit feinem Surren flog ein Schwarm weißlicher Weichkäfer vorbei, wie man sie zur Zubereitung berauschender Getränke verwandte, der Weg war bald weich vor hohem Gras, bald hart wegen Schotter und feinem Geröll. Gelbe, graue und grüne Flecken... nichts, was den Blick hätte festhalten können, nichts, was im Gedächtnis haften geblieben wäre. Dann machte der Pfad eine scharfe Biegung nach links. Kandid ging noch einige Schritte und erstarrte. Nava verstummte mitten im Satz.

Auf dem Weg, den Kopf im Sumpf, lag ein gewaltiger Leichenmensch. Arme und Beine waren aufgeschlitzt und entsetzlich verdreht. Der Körper lag unbeweglich auf dem zerdrückten Gras, das von der Hitze gelb versengt war. Der Leichenmensch war bleich und breit, und selbst aus der Entfernung war zu erkennen, wie furchtbar man auf ihn eingeschlagen hatte. Er war wie Sülze. Kandid ging vorsichtig an ihm vorbei. Unruhe befiel ihn. Der Kampf mußte eben erst stattgefunden haben. Die niedergedrückten, vergilbten Grashalme richteten sich vor ihm auf. Kandid betrachtete aufmerksam den Weg. Es waren viele Spuren zu erkennen, aber er konnte damit nichts anfangen. Der Weg machte ganz nahe vor ihnen eine neue Biegung, und was hinter der Biegung war, konnte er nicht voraussehen. Nava blickte sich ständig zu dem Leichenmenschen um.

»Das waren keine von uns«, sagte sie ganz leise. »Unsere können das nicht. Faust droht nur immer, aber der kann es auch nicht, der fuchtelt nur mit den Armen, und die aus Neusiedel können das auch nicht... Stummer, komm, laß uns umkehren! Vielleicht waren es die Krüppel? Die Leute sagen, daß sie hier herumlaufen, zwar selten, aber immerhin. Gehen wir lieber zurück... Wozu hast du mich überhaupt nach Neusiedel geführt? Als ob ich da noch nie gewesen wäre!«

Kandid wurde wütend. Was war denn das? Hundertmal war er diesen Weg schon gegangen und nie hatte er etwas erlebt, das des Erinnerns oder Nachdenkens wert gewesen wäre. Und jetzt, wo er doch morgen losgehen wollte, nicht einmal übermorgen, sondern morgen – endlich! – da entpuppte sich dieser einzige sichere Weg als gefährlich... Zur STADT gelangte man nur über Neusiedel. Wenn man überhaupt zur STADT durchkommen konnte, wenn es sie überhaupt gab, dann führte der Weg zu ihr über Neusiedel...

Er kehrte zum Leichenmenschen zurück. Er stellte sich vor, wie der Hinker, Faust und Schwanz, unablässig schwatzend, prahlend und drohend um diesen Leichenmenschen herumgehen würden und dann, weiterhin drohend und prahlend, dem Ort des Geschehens den Rücken kehren und ins Dorf zurückgehen würden. Er bückte sich und faßte den Leichenmenschen an den Beinen. Die Beine waren noch heiß, aber man verbrannte sich nicht mehr daran. Mit einem Ruck warf er den massigen Körper in den Sumpf. Die Öffnung schmatzte, zischte und gab nach. Der Leichenmensch verschwand, über das dunkle Wasser lief ein leichtes Zittern und erstarb.

»Nava«, sagte Kandid, »geh ins Dorf.«

»Wie soll ich ins Dorf gehen«, sagte Nava mit Bedacht, »wenn du nicht hingehst? Wenn du natürlich ins Dorf gehen würdest…«

»Hör auf zu quatschen«, sagte Kandid. »Lauf sofort ins Dorf und warte dort auf mich. Und sprich mit niemandem.«

»Und du?«

»Ich bin ein Mann«, sagte Kandid. »Mir tut niemand etwas.«

»Von wegen«, widersprach Nava. »Ich habe dir doch gesagt… Wenn es nun plötzlich Krüppel waren? Denen ist das doch gleich, ob Mann, Frau oder Leichenmensch, die machen dich zum Krüppel, dann wirst du hier herumlaufen und schrecklich ausschauen, und nachts an einen Baum anwachsen… Und wie kann ich allein gehen, wenn sie vielleicht hinter uns sind?«

»Die gibt es gar nicht, die Krüppel«, sagte Kandid nicht sehr überzeugt. »Das ist alles erfunden…«

Er blickte zurück. Da war auch eine Biegung, und was hinter der Biegung war, konnte er wiederum nicht voraussagen. Nava flüsterte ihm schnell und wortreich etwas zu, was alles noch unheimlicher machte. Er faßte seinen Ast fester.

»Gut. Komm jetzt mit. Aber bleib an meiner Seite, und wenn ich dir etwas befehle, dann führ das sofort aus. Und sei ruhig, halt deinen Mund bis nach Neusiedel. Los.«

Schweigen konnte sie natürlich nicht. Sie hielt sich zwar an seiner Seite, lief nicht mehr voraus und blieb auch nicht mehr zurück, doch die ganze Zeit murmelte sie vor sich hin, zuerst etwas über die Krüppel, über den Keller, dann über den Hinker, wie sie mit ihm gegangen war und er ihr eine Pfeife gemacht hatte… Sie ließen die gefährliche Biegung hinter sich, dann noch eine gefährliche Biegung, und Kandid wollte sich schon beruhigen, da traten aus dem hohen Gras, direkt aus dem Sumpf, Gestalten heraus und blieben schweigend stehen.

Na also, dachte Kandid müde. Wie bei mir doch alles schief geht. Die ganze Zeit. Er schielte zu Nava. Nava schüttelte den Kopf und verzog das Gesicht.

»Gib mich nicht her, Stummer«, murmelte sie. »Ich will nicht mit denen mit. Ich will bei dir bleiben. Gib mich nicht her.«

Er faßte die Gestalten näher ins Auge. Es waren sieben, lauter Männer. Das wuchernde Haar ließ nur die Augen frei. Alle hielten gewaltige, knorrige Äste. Die Männer waren nicht aus der Gegend, und sie waren auch anders gekleidet als die Hiesigen, sie staken in ganz anderen Pflanzen. Das waren Diebe.

»Was bleibt ihr denn stehen?«, dröhnte die tiefe Stimme des Anführers. »Kommt näher, wir haben nichts Böses vor... Wärt ihr Leichenmenschen, dann wäre das natürlich was anderes, da würden wir gar keine Worte verlieren, da würden wir die Äste und Stöcke sprechen lassen, weiter nichts... Wohin geht ihr? Nach Neusiedel, wenn ich mich nicht irre. Das könnt ihr, bitte schön. Du, Alter, geh nur zu. Aber die Tochter läßt du uns natürlich da. Aber kein Grund zur Trauer, der wird's bei uns besser gehen...«

»Nein«, sagte Nava. »Ich will nicht zu denen. Damit du es weißt, Stummer, ich will nicht zu denen, das sind doch Diebe...«

Die Diebe lachten gutmütig und gelassen.

»Und uns beide laßt ihr nicht durch?«, fragte Kandid.

»Nein«, sagte der Anführer, »beide nicht. Hier sind doch jetzt lauter Leichenmenschen in der Gegend, da ist deine Tochter sowieso geliefert. Da wird sie dann eine ›herrliche Freundin‹ oder so ein Dreck, aber das nützt weder uns noch dir, Alter. Denk mal drüber nach, wenn du ein Mensch und kein Leichenmensch bist. So wie ein Leichenmensch siehst du zwar nicht gerade aus, aber für einen Menschen bist du auch sehr komisch...«

»Sie ist doch noch ein Mädchen«, sagte Kandid, »wozu wollt ihr sie kränken?«

Der Anführer blickte erstaunt.

»Wieso kränken? Sie wird doch nicht ewig Mädchen bleiben; wenn es soweit ist, dann wird sie Frau, nicht irgendeine ›herrliche Freundin‹, sondern Frau...«

»Der lügt nur«, sagte Nava, »glaub ihm nicht, Stummer, du mußt schnell was unternehmen, wenn du mich schon hierher geführt hast, sonst holen sie mich wie Hinkers Tochter, die haben sie auch geholt, und seitdem hat sie niemand mehr gesehen. Ich will nicht zu ihnen, lieber werde ich eine ›herrliche Freundin‹... Schau, wie wild und dürr die sind, die haben wahrscheinlich nicht mal was zum Essen...«

Kandid blickte hilflos um sich. Plötzlich kam ihm ein Gedanke, der ihm ausgezeichnet erschien.

»Hört zu, Leute«, sagte er bittend, »nehmt uns beide.«

Die Diebe kamen gemächlich näher. Der Anführer musterte Kandid aufmerksam von oben bis unten.

»Nein«, sagte er. »Wozu brauchen wir dich? Ihr Dörfler taugt zu gar nichts. Mumm habt ihr keinen, und niemand weiß, wozu ihr auf der Welt seid, zu euch kann man kommen und euch mit bloßen Händen greifen. Wir brauchen dich nicht, Alter, auch sprichst du nicht so wie alle anderen, wer weiß, was du für einer bist, geh du nur nach Neusiedel und laß uns die Tochter da.«

Kandid holte tief Atem, faßte den Ast mit beiden Händen und raunte Nava zu:

»Jetzt lauf, Nava! Lauf und dreh dich nicht um. Ich halte sie auf.«

So was Dummes, dachte er. Daß ich in so eine dumme Lage komme... Ihm fiel der Leichenmensch ein, der mit dem Kopf im dunklen Wasser gelegen und wie Sülze ausgesehen hatte. Er hob den Ast hoch über den Kopf.

»Heh, heh!«, schrie der Anführer.

Im gleichen Moment stürzten sich alle sieben Diebe rutschend und einander stoßend nach vorn. Einige Sekunden noch hörte Kandid das flinke Trappeln von Navas Füßen, dann war dafür keine Zeit mehr. Er empfand Furcht und Scham, aber sehr bald wich seine Furcht, denn es stellte sich heraus, daß der einzige ernstzunehmende Kämpfer bei den Dieben ihr Anführer war. Während Kandid dessen Hiebe abwehrte, sah er, wie die übrigen, drohend und unsinnig ihre Äste schwingend, aneinander hängenblieben, übertrieben weit ausholten und dadurch aus dem Gleichgewicht gerieten. Häufig hielten sie inne, um in die Hände zu spucken. Plötzlich schrie einer verzweifelt auf: »Ich ertrinke!« und fiel klatschend in den Sumpf. Zwei der Diebe warfen sogleich ihre Äste fort und machten sich daran, ihn herauszuziehen. Grunzend und stampfend drang der Anführer weiter auf Kandid ein, bis dieser ihn zufällig voll auf die Kniescheibe traf. Der Anführer ließ seinen Ast fallen, zischte und ging in die Hocke. Kandid sprang zurück.

Die beiden Diebe waren immer noch dabei, den anderen aus dem Sumpf zu ziehen. Der Ertrinkende stak offenbar fest, und sein Gesicht lief blau an. Der Anführer saß in der Hocke und betrachtete besorgt die aufgeschlagene Stelle am Knie. Die restlichen drei Diebe hatten ihre Äste hochgehoben und rückten hinter dem Rücken des Anführers zusammen. Auch sie betrachteten über seinen Kopf die Verletzung.

»Du bist ein Schafskopf, Alter«, sagte der Anführer vorwurfsvoll. »Was machst du denn für Sachen, du Bauernschädel? Ich möchte bloß wissen, wo du herkommst... Du merkst gar nicht, daß wir nur dein Bestes wollen, du Holzkopf, du vertrottelter...«

Kandid wartete nicht länger. Er drehte sich um und lief, so schnell er konnte, Nava nach. Die Diebe riefen ihm wütend und höhnisch nach, der Anführer brüllte und heulte: »Haltet ihn! Haltet ihn!« Aber keiner machte sich an die Verfolgung, und das gefiel Kandid nicht. Er war enttäuscht und verdrossen und versuchte im Laufen zu begreifen, wie diese unbeholfenen, plumpen und gutmütigen Leute die Dörfer so in Schrecken versetzen konnten, und wie sie es zudem fertigbrachten, Leichenmenschen niederzumachen, zumal diese ja geschickte und erbarmungslose Kämpfer waren.

Bald erblickte er Nava. Das Mädchen lief etwa dreißig Schritt vor ihm. Ihre nackten Sohlen trabten fest auf der Erde. Er sah, wie sie hinter der Biegung verschwand, um unvermittelt wieder hervorzuspringen, ihm entgegen. Sie erstarrte für einen Augenblick und jagte plötzlich seitwärts geradewegs in den Sumpf, von Stamm zu Stamm springend, so daß das Wasser spritzte. Kandid war bewegungslos vor Schrecken.

»Halt!«, brüllte er außer Atem. »Du bist wahnsinnig! Halt!«

Nava blieb sofort stehen, faßte eine herabhängende Liane und drehte sich zu ihm um. Kandid sah, daß hinter der Biegung drei weitere Diebe hervorkamen. Sie blieben stehen und blickten abwechselnd zu ihm und zu Nava.

»Stummer«, schrie Nava gellend. »Schlag sie und lauf zu mir! Hier ertrinkst du nicht, keine Angst! Schlag sie, schlag sie! Mit dem Ast! Huh-huh-huh! Hoh-hoh-hoh!«

»Du da drüben«, sagte einer der Diebe besorgt. »Halt dich gut fest! Schrei nicht so viel und halt dich lieber gut fest, sonst kippst du noch um, und wie soll man dich dann rausziehen?...«

Von hinten ertönten schwerfälliges Getrampel und Huh-huh-Rufe. Die drei Diebe warteten. Da faßte Kandid seinen Ast an beiden Enden, hielt ihn quer vor die Brust und rannte auf die Diebe zu. Er warf sie zu Boden und stürzte selbst. Er prallte heftig gegen einen von ihnen, sprang aber sofort auf. Alles verschwamm vor seinen Augen. Wieder schrie jemand erschrokken: »Ich ertrinke!« Ein bärtiges Gesicht tauchte vor Kandid auf. Blindlings schlug er mit dem Ast zu. Der Ast brach ab. Kandid schleuderte das Bruchstück fort und sprang in den Sumpf. Der Stamm gab unter seinen Füßen nach, und fast wäre Kandid herabgestürzt, doch er wechselte sofort auf den nächsten über. So sprang er schwergewichtig weiter, von einem Stamm zum nächsten. Stinkender, schwarzer Morast spritzte nach allen Seiten. Nava kreischte siegessicher und pfiff ihm entgegen. Hinter Kandid ertönten wütende Stimmen: »Ihr mit euren löchrigen Holzarmen!« »Und du selbst?« »Das Mädchen haben wir entwischen lassen, jetzt ist sie verloren...« »Der Kerl ist doch verrückt, sich mit uns zu schlagen!« »Meine Kleidung hat er zerrissen, stellt euch vor, meine guten Sachen, und der zerreißt sie einfach, eigentlich war er das gar nicht, sondern du, du hast sie mir zerrissen...« »Jetzt hört mal auf mit dem Gequatsche! Nachlaufen sollt ihr ihnen und nicht quatschen! Schaut, die laufen und ihr quatscht!« »Und du selbst, von dir sprichst du nicht!« »Schaut mal, wie er mein Bein zugerichtet hat! Das Knie hat er mir kaputtgemacht, ich weiß gar nicht, wie das ging, ich habe gerade ausgeholt...« »Und Siebenaug, wo ist der? Leute, der Siebenaug ist am Ersaufen!« »Am Ersaufen? Tatsächlich... Siebenaug ersäuft und die quatschen!«

Kandid blieb schweratmend neben Nava stehen, hielt sich wie sie an Lianen fest und hörte und beobachtete, wie die seltsamen Männer sich auf dem Weg zusammendrängten. Sie fuchtelten mit den Armen und zogen an Bein und Kopf ihren Siebenaug aus dem Sumpf. Es gluckste und schnarchte. Im übrigen bewegten sich bereits zwei Diebe auf Kandid zu. Sie stocherten mit ihren Ästen in den grasüberwachsenen Stellen. Der schwarze Morast ging ihnen bis an die Knie. Den Stämmen wichen sie aus. Und da haben sie auch gelogen, dachte Kandid. Durch den Sumpf kann man waten, und da sagen die, daß es keinen Weg außer der Straße gibt. Auch mit den Dieben machen sie einem Angst, das sollen sie doch anderen erzählen...

Nava zog ihn am Arm.

»Gehen wir, Stummer«, sagte sie. »Was stehst du denn noch da? Komm schnell... Oder möchtest du dich mit denen noch schlagen? Dann warte, ich suche dir einen guten Stock, dann gibst du's den beiden, die anderen kriegen es wahrscheinlich mit der Angst zu tun. Aber wenn sie keine Angst kriegen, dann fallen sie bestimmt über dich her, du bist allein und sie... eins... zwei, drei... vier...«

»Und wohin sollen wir gehen?«, fragte Kandid. »Finden wir nach Neusiedel?«

»Bestimmt«, sagte Nava. »Warum sollten wir es nicht finden?...«

»Dann geh du voraus«, sagte Kandid. Er hatte sich bereits etwas verschnauft. »Zeig mir, in welche Richtung wir gehen müssen.«

Nava sprang leichtfüßig in den Wald, ins Dickicht, in den grünen Schleier des Gestrüpps.

»Ich habe keine Ahnung, wo und wie wir gehen sollen«, sagte sie im Laufen. »Aber ich war hier schon einmal, vielleicht auch schon öfters als einmal. Ich ging hier mit dem Hinker rum, als es dich noch nicht gab... Nein, du warst schon da, nur hattest du dein Gedächtnis verloren, denken konntest du nicht, sprechen auch nicht, hast alle angeschaut wie ein Fisch. Schließlich hat man dich dann mir gegeben, ich habe dich gepflegt, nur weißt du das alles wahrscheinlich nicht mehr...«

Kandid sprang hinter ihr her, versuchte richtig zu atmen und genau in ihre Fußstapfen zu treten. Von Zeit zu Zeit blickte er sich um. Die Diebe waren nicht weit.

»Und mit dem Hinker ging ich«, fuhr Nava fort, »als die Diebe Fausts Frau weggeholt hatten, die Tochter vom Hinker. Er nahm mich damals die ganze Zeit mit, ich glaub', er wollte mich, oder ich sollte ihm seine Tochter ersetzen, und da ging er mit mir in den Wald, weil er ohne seine Tochter ganz traurig war...«

Die Lianen klebten an den Armen, peitschten ins Gesicht, abgestorbene Lianenknäuel hängten sich in die Kleidung, und die Beine verfingen sich darin. Von oben rieselte es Dreck und Insekten, manchmal fielen irgendwelche schweren, formlosen Massen nach unten, brachen durch das grüne Gewirr und schaukelten direkt über dem Kopf. Bald links, bald rechts leuchteten durch den Lianenvorhang klebrige, lilafarbene Trauben auf. Es mochten Pilze sein, vielleicht auch Früchte oder auch Nester, die irgendein Getier bargen.

»Der Hinker sagte, daß hier irgendwo ein Dorf ist...« Nava sprach beim Laufen mühelos, so als liefe sie überhaupt nicht, sondern räkelte sich auf ihrem Bett. Auf den ersten Blick war zu sehen, daß sie nicht von hier war, die Hiesigen konnten nicht laufen. »Nicht unser Dorf und auch nicht Neusiedel, sondern ein anderes, der Hinker hat mir gesagt, wie es heißt, aber ich habe es vergessen, das ist schließlich lange her, du warst noch nicht da... nein, du warst schon da, konntest nur nicht denken, und sie hatten dich noch nicht zu mir gebracht... Und beim Laufen mußt du mit dem Mund atmen, das nützt dir nichts mit der Nase, da kannst du noch gut dabei reden, sonst geht dir bald die Luft aus, wir müssen noch lange laufen, an den Wespen sind wir noch nicht vorbei, da müssen wir schnell laufen, aber kann sein, daß die Wespen inzwischen fortgezogen sind... Das waren Wespen, genau aus diesem Dorf, und in dem Dorf soll es schon lange keine Leute mehr geben, sagt der Hinker, dort war schon die ERSCHLIESSUNG, sagt er, so daß niemand dort geblieben ist... Nein, Stummer, da erzähle ich dir etwas Falsches, er hat ein anderes Dorf gemeint...«

Kandid ging zur Mundatmung über, und das Laufen ging müheloser. Jetzt befanden sie sich mitten im Dickicht, mitten im Unterholz. So tief war Kandid bisher erst einmal vorgedrungen. Damals hatte er versucht, sich an einen Leichenmenschen zu hängen, um sich von ihm zu dessen Herren tragen zu lassen. Der Leichenmensch war dahingaloppiert und hatte sich so heiß wie ein Kessel mit kochendem Wasser angefühlt. Kandid hatte schließlich vor Schmerz die Besinnung verloren und war zu Boden gestürzt. Noch lange danach hatten ihn seine Verbrennungen an Handflächen und Brust gequält...

Es wurde immer dunkler. Der Himmel war nicht mehr zu sehen, und die Schwüle nahm zu. Dafür verschwand allmählich das offene Wasser, und rote und weiße Moosbüschel tauchten auf. Das Moos war weich, kühl und federte stark. Es war angenehm, darauf zu gehen.

»Komm... rasten wir aus...«, keuchte Kandid.

»Nein, wie kannst du nur, Stummer«, sagte Nava. »Hier dürfen wir nicht rasten. Von diesem Moos müssen wir schnell weg, das ist ein gefährliches Moos. Der Hinker sagte, daß das gar kein richtiges Moos ist, sondern daß hier so ein Tier liegt, eine Art Spinne. Du schläfst auf ihm ein und wachst nie mehr auf, so ein Moos ist das nämlich, sollen sich die Diebe drauflegen und ausrasten, aber die wissen wahrscheinlich, daß es nicht geht, sonst wäre es gut...«

Sie blickte zu Kandid und ging auf Schrittempo über. Kandid schleppte sich bis zum nächsten Baum, ließ sich mit Rücken, Nacken, mit seiner ganzen Schwere dagegen fallen und schloß die Augen. Er hätte sich gerne gesetzt, hingeworfen, aber er fürchtete sich. Er sagte sich immer vor: bestimmt lügen sie, und die Sache mit dem Moos ist auch eine Lüge. Aber er fürchtete sich trotzdem. Sein Herz hämmerte wie verrückt, seine Beine spürte er nicht mehr, so als hätte er gar keine, seine Lungen wollten bersten und dehnten sich schmerzhaft bei jedem Atemzug. Der Schweiß machte die Welt glitschig und salzig.

»Und wenn sie uns einholen?«, vernahm er plötzlich wie durch Watte die Stimme Navas. »Was werden wir tun, wenn sie uns einholen? Zu überhaupt nichts mehr bist du zu gebrauchen, wahrscheinlich kannst du auch nicht mehr kämpfen, oder?«

Er wollte sagen: doch, das kann ich, aber er bewegte nur die Lippen. Vor den Dieben hatte er keine Angst mehr. Er hatte überhaupt keine Angst mehr. Er hatte nur Angst, sich zu bewegen und sich auf das Moos zu legen. Denn das hier war der Wald, mochten sie dort zusammenlügen, was sie wollten, das war der Wald, das wußte er gut, das würde er nie vergessen, selbst wenn er alles übrige vergäße.

»Schau, nicht mal einen Stock hast du jetzt«, sagte Nava. »Soll ich dir einen suchen, Stummer? Ja?«

»Nein«, murmelte er. »Nicht nötig... das ist so schwer...«

Er öffnete die Augen und horchte. Die Diebe waren nah, man hörte, wie sie keuchten und durch das Gehölz stapften, und in diesem Stapfen war keine Spur von Leichtigkeit. Für die Diebe war es offenbar ebenso mühsam.

»Gehen wir weiter«, sagte Kandid.

Sie durchquerten einen Streifen weißen gefährlichen Mooses, dann einen Streifen roten gefährlichen Mooses, dann kam wieder Sumpf mit stehendem, dickflüssigem Wasser. Hier lagen riesige, blasse Blüten ausgebreitet, die einen üblen Fleischgeruch verströmten. Aus jeder Blüte lugte ein graues, fleckiges Tier hervor und verfolgte sie mit seinen Stielaugen.

»Stummer, du mußt schneller gehen«, sagte Nava in ihrer geschäftigen Art, »sonst saugt sich noch einer an, den kannst du nicht mehr abreißen, glaub ja nicht, daß sich keiner mehr ansaugt, bloß weil man dich geimpft hat, da wirst du dich wundern. Natürlich gehen die dann drauf, aber da hast du wenig davon...«

Der Sumpf hörte plötzlich auf, und das Gelände stieg steil an. Hier wuchs hohes, gestreiftes Gras mit messerscharfen Rändern. Kandid schaute zurück und sah die Diebe. Sie waren aus irgendeinem Grund stehengeblieben. Wie es schien, standen sie bis zu den Knien im Sumpf, stützten sich auf ihre Äste und blickten ihnen nach. Keine Luft mehr, dachte Kandid, die haben auch keine Luft mehr. Einer der Diebe hob den Arm, machte eine einladende Bewegung und rief:

»Kommt runter, was macht ihr denn da?«

Kandid wandte sich ab und folgte Nava. Das Gehen auf der festen Erde schien nach dem Sumpfboden keinerlei Mühe zu bereiten, selbst als das Gelände steiler wurde. Die Diebe schrien irgend etwas, zu zweit, dann zu dritt. Kandid blickte sich zum letzten Mal um. Die Diebe standen nach wie vor im Sumpf, im Morast, der von Blutegeln wimmelte, und kamen nicht aufs Trockene. Als sie sahen, daß er sich umblickte, ruderten sie verzweifelt mit den Armen und riefen durcheinander. Was sie schrien, war schwer auszumachen.

»Zurück«, schrien sie wohl. »Zu-u-rück!... Wir tun euch nichts!... Ihr seid verloren, ihr Dummkö-ö-pfe!...«

So schnell nicht, dachte Kandid mit grimmiger Genugtuung. Selber Dummköpfe, und ich habe euch geglaubt. Jetzt reicht's, ich habe lange genug alles geglaubt... Nava war bereits zwischen den Bäumen verschwunden, und er eilte ihr nach.

»Umkeh-ehren!... Wir lassen euch frei-ei-ei!...«, brüllte der Anführer.

So ausgepumpt sind sie gar nicht, wenn sie so brüllen, ging es Kandid durch den Sinn. Jetzt mußten er und Nava sich weiter entfernen, überlegte er sofort, dann konnten sie sich niedersetzen, ausruhen und Blutegel und Milben am Körper suchen.

Kapitel 5
Pfeffer

Pfeffer betrat das Wartezimmer des Direktors Punkt zehn Uhr. Hier war bereits eine Schlange, ungefähr zwanzig Leute. Pfeffer bekam den vierten Platz in der Reihenfolge. Er setzte sich in den Sessel zwischen Beatrice Bach, einer Mitarbeiterin aus der Gruppe ›Hilfe für die ortsansässige Bevölkerung‹ und einem finster blickenden Mitarbeiter aus der Gruppe ›Technische Erschließung‹. Nach der Erkennungsplakette auf seiner Brust und der Aufschrift auf der weißen Kartonmaske zu schließen, hieß der finstere Mitarbeiter Brandskugel. Das Wartezimmer war blaßrosa getönt; an einer Wand hing ein Schild »Nicht rauchen, nicht lärmen, nichts verunreinigen«, an einer anderen Wand hing ein großes Gemälde, das eine Heldentat des Waldgängers Selivan darstellte: vor den Augen seiner bestürzten Kameraden verwandelte sich Selivan mit erhobenen Armen in einen Springbaum. Die rosafarbenen Stores an den Fenstern waren dicht zugezogen, unter der Decke erstrahlte ein riesiger Lüster. Abgesehen von der Eingangstür mit der Aufschrift »Ausgang« hatte das Wartezimmer noch eine Tür von gewaltigen Ausmaßen. Sie war mit gelbem Leder beschlagen und trug die Aufschrift »Kein Ausgang«. Für die Aufschrift hatte man Leuchtfarben verwendet, und sie wirkte wie eine unheilvolle Warnung. Unter der Aufschrift befand sich der Tisch der Sekretärin; darauf standen vier verschiedenfarbige Telefonapparate und eine elektrische Schreibmaschine. Die Sekretärin selbst, eine füllige, bejahrte Dame mit einem Kneifer, studierte mit selbstgefälliger Miene ein »Lehrbuch der Atomphysik«. Die Besucher unterhielten sich gedämpft. Viele waren offensichtlich nervös und blätterten verstört in alten Illustrierten. Das alles erinnerte an ein Wartezimmer beim Zahnarzt. Pfeffer verspürte erneut ein unangenehmes Frösteln, ein Zittern in seinen Gliedern und den Wunsch, auf der Stelle fortzulaufen.

»Eigentlich sind sie gar keine Faulenzer«, sagte Beatrice Bach und drehte ihren schönen Kopf Pfeffer zu. »Aber sie vertragen keine systematische Arbeit. Wie erklären Sie sich zum Beispiel diese ungewöhnliche Leichtigkeit, mit der sie die erschlossenen Gebiete verlassen?«

»Sprechen Sie mit mir?«, fragte Pfeffer schüchtern. Er hatte keine Ahnung, wie er die ungewöhnliche Leichtigkeit erklären sollte.

»Nein, ich spreche mit mon cher Brandskugel.«

Le cher Brandskugel rückte den linken Teil des Schnurrbarts zurecht, der sich loslösen wollte, und brachte mit erstickter Stimme hervor:

»Ich weiß nicht.«

»Wir wissen es nämlich auch nicht«, sagte Beatrice Bach bitter. »Unser Trupp braucht nur in Dorfnähe aufzutauchen, und schon verlassen sie die Häuser, lassen alles stehen und liegen und gehen fort. Wir haben den Eindruck, daß sie an uns überhaupt nicht interessiert sind. Sie brauchen von uns nichts. Was glauben Sie, verhält sich das so?«

Le cher Brandskugel versank einige Zeit in Schweigen, wie wenn er nachdenken wollte, und blickte Beatrice mit den seltsamen, kreuzförmigen Schießscharten seiner Maske an. Dann sprach er mit unveränderter Intonation:

»Ich weiß nicht.«

»Eine mißliche Sache ist«, fuhr Beatrice fort, »daß sich unsere Gruppe ausschließlich aus Frauen zusammensetzt. Ich verstehe, daß da ein tiefer Sinn dahintersteckt, aber des öfteren fehlt es an männlicher Festigkeit, Strenge, ich möchte sagen Zielstrebigkeit. Leider neigen Frauen dazu, sich zu verzetteln. Sie haben das wahrscheinlich bemerkt.«

»Ich weiß nicht«, sagte Brandskugel. Sein Schnurrbart löste sich plötzlich ab und schwebte weich zu Boden. Er hob ihn auf, betrachtete ihn aufmerksam, wobei er die Maske etwas anhob, bespuckte ihn fachmännisch und drückte ihn auf seinen früheren Platz.

Auf dem Tisch der Sekretärin erklang ein melodisches Glöckchen. Sie schob das Lehrbuch zur Seite und studierte durch ihren Kneifer die Liste. Ihre Haltung zeigte Eleganz. Dann verkündete sie: »Professor Kakadu, Sie sind dran, bitte.«

Professor Kakadu ließ die Illustrierte fallen, sprang auf, setzte sich wieder, blickte umher und wurde zusehends bleicher. Dann biß er sich auf die Lippen, drückte sich mit verzerrtem Gesicht vom Sessel ab und verschwand hinter der Tür mit der Aufschrift: »Kein Ausgang«. Einige Sekunden lang herrschte im Wartezimmer gespannte Stille. Dann hoben die Stimmen erneut an, und auch das Rascheln der Seiten war wieder zu vernehmen.

»Wir können einfach nicht herausbekommen«, sagte Beatrice, »womit wir sie interessieren oder begeistern könnten. Wir haben ihnen bequeme, trockene Wohnstätten auf Pfählen errichtet. Sie stopfen sie mit Torf voll und siedeln dort irgendwelche Insekten an. Wir versuchten, ihnen schmackhafte Nahrung anzubieten, statt der sauren Brühe, die sie da essen. Das nützte alles nichts. Wir versuchten, sie anständig anzuziehen. Einer starb darauf, zwei wurden krank. Aber wir setzen unsere Versuche fort. Gestern hat man ihnen einen Lastwagen voll Spiegel und vergoldeter Knöpfe im Wald verstreut... Kino interessiert sie nicht, ebensowenig Musik. Unsterbliche Kunstwerke entlocken ihnen so eine Art Kichern... Nein, man muß bei den Kindern anfangen. Ich zum Beispiel würde vorschlagen, ihre Kinder einzufangen und Spezialschulen einzurichten. Leider ist das mit technischen Schwierigkeiten verbunden. Mit bloßen Händen kann man sie nicht anfassen, da wären Spezialmaschinen nötig... Übrigens, das wissen Sie genau so gut wie ich.«

»Ich weiß nicht«, sagte Le cher Brandskugel wehmütig. Wieder klingelte das Glöckchen, und die Sekretärin sagte:

»Beatrice, jetzt kommen Sie dran. Ich bitte Sie.«

Beatrice hastete im Warteraum herum. Sie wollte schon zur Tür stürzen, hielt jedoch inne und blickte sich ratlos um. Sie kam zurück, schaute unter den Sessel und flüsterte: »Wo ist sie bloß, mein Gott?« Ihre weitgeöffneten Augen schweiften durch das Wartezimmer. Dann raufte sie ihre Haare und schrie laut: »Wo ist sie denn?« Plötzlich faßte sie Pfeffer an der Jacke und riß ihn aus dem Sessel heraus zu Boden. Unter Pfeffer kam eine braune Mappe zum Vorschein. Beatrice ergriff sie und blieb einige Sekunden lang mit geschlossenen Augen und unsagbar glücklichem Gesicht stehen. Die Mappe drückte sie an die Brust. Dann bewegte sie sich langsam zur Tür, die mit gelbem Leder beschlagen war, und verschwand dahinter. In der nun einsetzenden Totenstille erhob sich Pfeffer. Er klopfte seine Hose ab und versuchte, niemanden anzuschauen. Aber keiner beachtete ihn. Alle blickten auf die gelbe Tür.

Was soll ich ihm bloß sagen, dachte Pfeffer. Ich werde ihm sagen, daß ich Philologe bin und der Verwaltung nicht nützlich sein kann. Laßt mich fort, und ich werde abfahren und nie mehr zurückkehren, Ehrenwort. Und weshalb sind Sie hierher gekommen? Ich habe mich immer sehr für den Wald interessiert, aber man läßt mich ja nicht hin. Und überhaupt war es reiner Zufall, daß ich hergekommen bin, ich bin doch Philologe. Philologen, Literaten und Philosophen haben in der VERWALTUNG nichts zu suchen. Man läßt mich also mit vollem Recht nicht in den Wald, das gebe ich zu, ich bin damit auch einverstanden... Ich kann weder in der VERWALTUNG sein, von wo aus man den Wald schändet, noch im Wald, wo man Kinder mit Maschinen einfängt. Ich sollte wirklich von hier wegfahren und mich mit etwas Einfacherem beschäftigen. Ich weiß, man hat mich hier gern, aber eben so, wie ein Kind seine Spielsachen gern hat. Ich bin hier zur Unterhaltung, ich kann hier niemandem das vermitteln, was ich weiß... Nein, so kann ich natürlich nicht sprechen. Ich muß Tränen vergießen, nur wo soll ich diese Tränen hernehmen? Aber der soll bloß versuchen, mich nicht gehen zu lassen... Ich schlag ihm alles kurz und klein. Alles werde ich zerschlagen und zu Fuß fortgehen. Pfeffer stellte sich vor, wie er die staubige Straße Kilometer um Kilometer unter der glühenden Sonne dahinwandern und sein Koffer sich immer rücksichtsloser aufführen würde. Und mit jedem Schritt würde er sich weiter vom Wald entfernen, von seinem Traum, von seiner Beklommenheit, die schon zum Sinn seines Lebens geworden war...

Da ist schon lange keiner mehr aufgerufen worden, dachte er. Wahrscheinlich interessiert sich der Direktor sehr für das Kinderfangprojekt. Und warum kommt niemand aus dem Dienstzimmer heraus? Bestimmt ist dort noch ein anderer Ausgang.

»Verzeihen Sie, bitte«, sagte er zu Le cher Brandskugel gewandt. »Wieviel Uhr ist es?«

Le cher Brandskugel blickte auf seine Armbanduhr, dachte nach und sagte:

»Ich weiß nicht.«

Nun beugte sich Pfeffer an sein Ohr und flüsterte:

»Ich werde es niemandem sagen. Nie-man-dem.«

Le cher Brandskugel schwankte. Unschlüssig strich er mit seinem Finger über sein Namensschild aus Plastik, blickte sich verstohlen um, gähnte nervös, blickte sich wieder um, drückte die Maske fester an sich und antwortete flüsternd:

»Ich weiß es nicht.«

Dann erhob er sich und ging hastig in die andere Ecke des Wartezimmers.

Die Sekretärin sagte:

»Pfeffer, Sie sind an der Reihe.«

»Wieso ich?«, wunderte sich Pfeffer. »Ich bin doch erst der vierte.«

»Externer Mitarbeiter Pfeffer«, sagte die Sekretärin und ihre Stimme wurde lauter. »Sie sind an der Reihe.«

»Da überlegt der noch...«, brummte jemand.

»Solche Leute gehören hinausgejagt...«, ertönte es laut von links. »Mit einem glühenden Besen!«

Pfeffer stand auf. Seine Beine waren weich wie Watte. Seine Handflächen rieben sinnlos an seiner Seite. Die Sekretärin blickte ihn durchdringend an.

»Der riecht schon Lunte...«, sagte jemand.

»Der kommt nicht ungeschoren davon.«

»Und so einen haben wir bei uns geduldet!«

»Entschuldigen Sie, damit meinen Sie sich wohl selbst. Ich sehe ihn zum erstenmal.«

»Ich übrigens auch nicht zum zwanzigsten.«

»Ru-he!«, sagte die Sekretärin und ihre Stimme schwoll an. »Bewahren Sie Ruhe! Und verunreinigen Sie nicht den Boden, Sie da, hinten... ja, ja, zu Ihnen spreche ich. Also, Mitarbeiter Pfeffer, gehen Sie jetzt hinein? Oder soll ich den Ordnungsdienst rufen?«

»Ja«, sagte Pfeffer. »Ja, ich gehe.«

Der letzte, den er im Wartezimmer sah, war Le cher Brandskugel. Die Zähne entblößt kauerte er hinter einem Sessel in der Ecke. Eine Hand stak in der hinteren Hosentasche. Dann sah Pfeffer den Direktor.

Der Direktor war ein drahtiger, sympathischer Mann von ungefähr fünfunddreißig Jahren. Er trug einen teuren, tadellos sitzenden Anzug. Er stand am offenen Fenster und streute den Tauben, die sich am Fensterbrett drängten, Brotkrumen hin. Das Büro war völlig kahl, es gab keinen einzigen Stuhl, nicht einmal einen Tisch, nur an der Wand gegenüber der Tür hing eine verkleinerte Kopie der »Heldentat des Waldgängers Selivan«.

»Sind Sie der externe Verwaltungsmitarbeiter Pfeffer?«, sagte der Direktor mit klarer, klangvoller Stimme und wandte Pfeffer sein frisches, sportliches Gesicht zu.

»J-ja... Ich...«, murmelte Pfeffer.

»Außerordentlich angenehm. Endlich lernen wir uns kennen. Guten Tag. Mein Name ist Ach. Ich habe sehr viel über Sie gehört. Es freut mich, Ihre Bekanntschaft zu machen.«

Pfeffer machte vor lauter Schüchternheit eine Verbeugung und drückte die entgegengestreckte Hand. Sie fühlte sich trokken und kräftig an.

»Sie sehen, ich füttere Tauben. Ein interessanter Vogel. In ihm spürt man ungeheure Fähigkeiten. Wie stehen Sie denn zu Tauben, Monsieur Pfeffer?«

Pfeffer stockte, weil er Tauben nicht ausstehen konnte. Aber das Gesicht des Direktors strahlte solch ein Entgegenkommen aus, solch lebhaftes Interesse, solch ungeduldige Erwartung einer Antwort, daß Pfeffer sich überwand und log:

»Ich schätze sie sehr, Monsieur Ach.«

»Schätzen Sie sie in gebratenem Zustand? Oder gedünstet? Ich zum Beispiel mag sie als gefüllte Pasteten. Piroggen mit Täubchen und ein Glas guten, leicht herben Weins – was kann es Besseres geben? Wie denken Sie darüber?«

Und wieder malten sich auf dem Gesicht Monsieur Achs lebhaftestes Interesse und ungeduldige Erwartung.

»Ein außerordentliches Gericht«, sagte Pfeffer. Er hatte sich entschlossen, auf alles zu pfeifen und allem zuzustimmen.

»Und die ›Taube‹ Picassos!«, sagte Monsieur Ach. »Da kommen mir gleich jene Zeilen ins Gedächtnis zurück: ›Nicht Speis' noch Trank, kein sel'ger Kuß, die Augenblicke fliehen unaufhaltsam...‹. Wie treffend ist hier die Idee unserer Unfähigkeit ausgedrückt, das Schöne einzufangen und greifbar zu machen!«

»Einzigartige Verse«, sagte Pfeffer tonlos.

»Als ich die ›Taube‹ zum erstenmal sah, dachte ich wie wahrscheinlich viele andere auch, daß die Zeichnung unrichtig, auf keinen Fall jedoch naturgetreu sei. Später freilich hatte ich im Zusammenhang mit meiner beruflichen Tätigkeit Gelegenheit, mich mit Tauben näher zu befassen, und plötzlich erkannte ich, daß Picasso, dieser Zauberkünstler, jenen Augenblick festgehalten hat, in dem die Taube vor der Landung die Schwingen zusammenlegt. Die Zehen berühren bereits den Boden, die Taube selbst befindet sich jedoch noch in der Luft, ist also noch im Flug begriffen. Es ist der Augenblick, in dem sich Bewegung in Stillstand verwandelt, der Flug in die Ruhelage.«

»Bei Picasso gibt es seltsame Gemälde, die ich nicht verstehe«, sagte Pfeffer, um eigenständiges Urteilsvermögen zu beweisen.

»Oh, da haben Sie sie nur nicht lange genug betrachtet. Um echte Malerei zu verstehen, genügt es nicht, zwei oder dreimal im Jahr ins Museum zu gehen. Ein Gemälde muß man stundenlang anschauen. So oft wie möglich. Und nur die Originale. Keine Reproduktionen. Keine Kopien... Betrachten Sie einmal dieses Bild. An Ihrem Gesicht kann ich ablesen, was Sie davon halten. Und Sie haben recht, es ist eine abscheuliche Kopie. Wenn Sie jedoch das Glück hätten, das Original kennenzulernen, dann würden Sie die Idee des Künstlers verstehen.«

»Und worin besteht sie?«

»Ich will versuchen, es Ihnen zu erklären«, schlug der Direktor bereitwillig vor. »Was sehen Sie auf diesem Bild? Rein formal gesehen, ein Wesen halb Mensch, halb Baum. Ein statisches Bild. Man sieht keinen Übergang von einem Zustand in den anderen. Dem Bild fehlt das Wesentliche, nämlich die Richtung der Zeit. Aber wenn Sie die Möglichkeit hätten, das Original zu studieren, dann würden Sie erkennen, daß es dem Künstler gelungen ist, der Darstellung einen tiefen, symbolischen Gehalt zu geben. Er hat keinen Menschenbaum festgehalten, nicht einmal die Verwandlung eines Menschen in einen Baum, sondern gerade die Verwandlung eines Baumes in einen Menschen. Der Künstler bediente sich einer alten Legende, um das Entstehen eines neuen Wesens darzustellen. Neues aus Altem. Lebendiges aus Totem. Vernunft aus träger Materie. Die Kopie wirkt vollkommen statisch, und alles, was auf ihr abgebildet ist, existiert außerhalb der Zeit. Das Original aber bezieht die Bewegung der Zeit mit ein! Den Vektor! Den Pfeil der Zeit, wie Eddington sagen würde...«

»Wo befindet sich denn das Original?«, fragte Pfeffer höflich. Der Direktor lächelte.

»Das Original wurde selbstverständlich vernichtet, da es ein Kunstwerk ist, das keine zweifache Interpretation zuläßt. Die ersten beiden Kopien wurden ebenfalls aus Gründen der Vorsicht vernichtet.«

Monsieur Ach kehrte ans Fenster zurück und scheuchte die Tauben mit dem Ellenbogen vom Fensterbrett.

»So. Über die Tauben haben wir gesprochen«, sprach er mit veränderter, offizieller Stimme. »Ihr Name?«

»Wie bitte?«

»Name. Ihr Name.«

»Pfe... Pfeffer.«

»Geburtsjahr?«

»Dreißig...«

»Genauer.«

»1930. Fünfter März.«

»Was machen Sie hier?«

»Ich bin externer Mitarbeiter. Ich wurde zur Gruppe ›Wissenschaftliche Erhaltung‹ abkommandiert.«

»Ich frage Sie, was Sie hier tun!« sagte der Direktor und richtete seine blinden Augen auf Pfeffer.

»Ich... Ich weiß nicht. Ich will abreisen, weg von hier.«

»Ihre Meinung über den Wald. Aber kurz.«

»Der Wald, das ist... Immer will ich... Ich... fürchte ihn. Ich liebe ihn.«

»Ihre Meinung über die VERWALTUNG.«

»Hier sind viele anständige Leute, aber...«

»Das genügt.«

Der Direktor ging auf Pfeffer zu, legte ihm den Arm um die Schultern, blickte ihm in die Augen und sagte:

»Hör zu, Freund. Gib's auf. Eine Flasche Schnaps her! Holen wir die Sekretärin. Hast du das Weib gesehen? Das ist kein Weib mehr, das sind alle 34 Wonnen zusammen. ›Öffnet, oh Freunde, den kostbaren Tropfen‹...!«, sang er mit erstickter Stimme. »Heh? Machen wir eine auf? Laß das, das mag ich nicht. Verstanden? Was hältst du davon?«

Plötzlich roch der Direktor nach Alkohol und nach Knoblauchwurst, seine Augen wanderten zur Nasenwurzel.

»Wir rufen den Ingenieur. Den Brandskugel. Meinen mon cher«, fuhr er fort, und drückte Pfeffer an die Brust. »Der erzählt einem Sachen... Da vergißt du die Nachspeise... Gehen wir?«

»Ja, gut«, sagte Pfeffer, »aber ich...«

»Also, was gibt's?«

»Ich, Monsieur Ach...«

»Hör schon auf! Seit wann bin ich Monsieur für dich? Kamerad, verstanden? Genacvali!«

»Ich bin gekommen, Kamerad Ach, um Sie zu bitten...«

»Her-r-raus damit! Für dich ist mir nichts zu schade! Brauchst du Geld – da hast du welches! Gefällt dir jemand nicht – sag es mir, wir werden die Sache überprüfen! Also!«

»N-nein, ich möchte nur abreisen. Aber ich komme einfach

nicht weg. Es war reiner Zufall, daß ich hierher gekommen bin, Kamerad Ach, und ich habe hier nichts mehr zu tun. Erlauben Sie mir, wegzufahren. Niemand will mir helfen, und ich bitte Sie als Direktor…«

Ach ließ Pfeffer los, rückte seine Krawatte zurecht und lächelte trocken.

»Sie irren sich, Pfeffer«, sagte er. »Ich bin nicht der Direktor. Ich bin der Referent des Direktors für Kaderangelegenheiten. Verzeihen Sie, ich habe Sie etwas aufgehalten. Bitte bemühen Sie sich durch diese Tür. Der Direktor wird Sie empfangen.«

Er öffnete ein niedriges Türchen in der Tiefe seines kahlen Büros und machte eine einladende Handbewegung. Pfeffer räusperte sich, nickte ihm gemessen zu, bückte sich und kroch in den nächsten Raum. Dabei hatte er das Gefühl, als hätte man ihn von hinten leicht gestoßen. Aber das war sicher ein Irrtum; vielleicht hatte Monsieur Ach die Tür etwas hastig zugeschlagen.

Pfeffer war in ein Zimmer geraten, das eine exakte Kopie des Wartezimmers war. Auch die Sekretärin war eine genaue Kopie der vorherigen, nur las sie ein Buch mit dem Titel »Die Sublimierung der Genialität«. In den Sesseln saßen genau wie vorhin bleiche Besucher mit Zeitschriften und Zeitungen in den Händen. Hier war auch Professor Kakadu, dem ein nervöser Juckreiz schwer zu schaffen machte, und Beatrice Bach mit ihrer braunen Mappe auf den Knien. Alle übrigen Wartenden waren Pfeffer unbekannt. Unter der Kopie des Bildes »Heldentat des Waldgängers Selivan« stand eine gestrenge Aufschrift »Ruhe« zu lesen, die in regelmäßigen Abständen aufleuchtete und wieder erlosch. Niemand sprach. Pfeffer ließ sich vorsichtig auf der Sesselkante nieder. Beatrice Bach lächelte ihm zu, ein wenig gespannt, aber im Grunde freundlich.

Nach einer Minute nervösen Schweigens ertönte das Glöckchen. Die Sekretärin legte das Buch zur Seite und sagte:

»Ehrwürdiger Lukas, Sie werden gebeten.«

Der ehrwürdige Lukas bot einen schrecklichen Anblick, und Pfeffer wandte sich ab. Macht nichts, dachte er und schloß die

Augen. Ich werde es schon aushalten. Er erinnerte sich, als an einem regnerischen Herbstabend Esther hereingebracht wurde, die ein betrunkener Rohling umgebracht hatte. Er sah noch die Nachbarn, die sich an ihn gehängt hatten, und die Glasscherben in seinem Mund. Er hatte ein Glas zerbissen, als man ihm Wasser brachte. Ja, dachte er, das schwerste liegt hinter uns...

Seine Aufmerksamkeit erregten nun rasche Kratzgeräusche. Er öffnete seine Augen und blickte um sich. Einen Sessel weiter kratzte sich Professor Kakadu mit beiden Händen wie rasend unter den Achselhöhlen. Wie ein Affe.

»Wie denken Sie darüber, soll man Jungen und Mädchen trennen?«, flüsterte Beatrice Pfeffer erregt zu.

»Ich weiß es nicht«, sagte Pfeffer gallig.

»Die Koedukation hat natürlich ihre Vorteile«, murmelte Beatrice weiter. »Aber das ist ja ein besonderer Fall. Oh Gott!«, sagte sie plötzlich weinerlich. »Er wird mich doch nicht fortjagen? Wo soll ich denn hin? Überall haben sie mich schon fortgejagt, ich habe kein einziges anständiges Paar Schuhe mehr. Alle Strümpfe sind beim Teufel, der Puder ist voller Klümpchen...«

Die Sekretärin legte die ›Sublimierung der Genialität‹ zur Seite und sagte streng: »Keine Abschweifungen.«

Beatrice Bach war starr vor Schrecken. Plötzlich öffnete sich das niedrige Türchen, und im Wartezimmer erschien ein kahlgeschorener Mann.

»Ist hier ein gewisser Pfeffer?«, erkundigte er sich mit schallender Stimme.

»Ja«, sagte Pfeffer und sprang auf.

»Kommen Sie mit Ihren Sachen zum Ausgang! Das Auto fährt in zehn Minuten. Aber ein bißchen dalli!«

»Wohin fährt das Auto? Und warum?«

»Sind Sie Pfeffer?«

»Ja...«

»Wollen Sie abreisen oder nicht?«

»Ich wollte schon, aber...«

»Also, wie Sie wollen«, schnarrte der Geschorene wütend. »Ich habe es ausgerichtet.« Er verschwand, und die Tür schlug zu. Pfeffer stürzte hinterher.

»Zurück!«, schrie die Sekretärin, und einige Hände ergriffen ihn an der Kleidung. Pfeffer versuchte verzweifelt, sich loszureißen. Sein Anzug krachte in allen Nähten.

»Das Auto wartet doch!«, stöhnte er.

»Sind Sie verrückt geworden?«, sagte die Sekretärin erregt. »Wohin rennen Sie denn? Da ist doch die Tür, und da steht doch »Ausgang«. Wohin wollen Sie denn?«

Kräftige Arme beförderten Pfeffer zur Aufschrift »Ausgang«. Hinter der Tür öffnete sich ein geräumiger Saal mit vielen Ekken. In den Saal mündeten zahlreiche Türen, und Pfeffer hetzte von einer zur anderen und riß sie auf.

Blendende Sonne. Sterile, weiße Wände. Menschen in weißen Kitteln. Ein nackter Rücken, mit Jod eingeschmiert. Apothekengeruch. Hier war es nicht.

Dunkelheit. Surren eines Filmprojektors. Auf der Leinwand wird jemand an den Ohren herumgezerrt. Weiße Flecken von Gesichtern, die sich verärgert zu ihm wenden. Eine Stimme: »Die Tür! Macht die Tür zu!« Wieder das Falsche.

Pfeffer rutschte quer über das glatte Parkett des Saales. Konditoreiduft. Eine kleine Schlange, Leute mit Einkaufstaschen. Hinter der Glaswand glitzernde Kefirflaschen und prachtvolle Kuchen und Torten.

»Oh Gott«, schrie Pfeffer. »Wo ist hier der Ausgang?«

»Von wo wollen Sie denn hinaus?«, fragte ein dicker Verkäufer mit Bäckerhaube.

»Von hier...«

»Da ist doch die Tür. Sie stehen ja drin.«

»Hören Sie nicht auf ihn«, sagte ein schwächlicher Alter aus der Schlange zum Verkäufer. »Hier läuft so ein Witzbold rum, der immer nur die Schlange aufhält... Arbeiten Sie weiter, achten Sie nicht auf ihn!«

»Ich mache doch keine Witze«, sagte Pfeffer. »Mein Wagen fährt in einer Minute.«

»Nein, das ist er nicht«, sagte der gerechtigkeitsliebende Alte. »Der andere fragt immer nach dem Klo. Wo steht Ihr Wagen, gnädiger Herr?«

»Auf der Straße...«

»Auf welcher Straße?«, fragte der Verkäufer. »Straßen gibt es viele.«

»Mir ist es egal, auf welche Straße ich komme. Hauptsache, ich komme hier raus!«

»Nein«, sagte der Alte scharfsinnig. »Er ist es doch. Er hat nur eine andere Platte aufgelegt. Achten Sie nicht auf ihn.«

Pfeffer blickte verzweifelt um sich. Er rannte zurück in den Saal und stürzte sich auf die nächste Tür. Sie war verschlossen. Eine Stimme erkundigte sich unwillig:

»Ich muß raus!«, schrie Pfeffer. »Wo geht's hier raus?«

»Augenblick, ich komme sofort.«

Hinter der Tür entstand Lärm. Wasser plätscherte und Schubladen wurden geschoben. Eine Stimme fragte:

»Was wollen Sie?«

»Rausgehen! Ich muß rausgehen!«

»Gleich.«

Ein Schlüssel knirschte, und die Tür öffnete sich. Im Zimmer war es dunkel.

»Kommen Sie rein«, sagte die Stimme.

Es roch nach Entwicklerlösung. Pfeffer streckte die Arme aus und machte einige unsichere Schritte.

»Ich sehe nichts«, sagte er.

»Gleich werden Sie sich daran gewöhnen«, versprach eine Stimme. »Nun kommen Sie schon, warum bleiben Sie denn stehen?«

Jemand nahm Pfeffer am Arm und führte ihn.

»Unterschreiben Sie hier«, sagte die Stimme.

Pfeffer hielt plötzlich einen Bleistift in der Hand. Jetzt konnte er in der Dunkelheit ein weißes, schwach schimmerndes Blatt Papier ausmachen.

»Haben Sie unterschrieben?«

»Nein. Was soll ich denn unterschreiben?«

»Keine Angst. Das ist kein Todesurteil. Unterschreiben Sie, daß Sie nichts gesehen haben.«

Pfeffer unterschrieb aufs Geratewohl. Man nahm ihn erneut fest am Ärmel und führte ihn durch irgendwelche Türvorhänge. Dann fragte die Stimme:

»Haben sich da viele von euch angesammelt?«

»Vier«, erscholl es wie hinter einer Tür.

»Habt ihr euch aufgestellt? Paßt auf, gleich mache ich die Tür auf und lasse einen Mann raus. Geht einzeln durch, aber ohne Drängelei. Und macht keinen Blödsinn. Klar?«

»Klar. Das ist doch nicht das erste Mal.«

»Die Kleidung habt ihr nicht vergessen?«

»Nein, nein. Laßt uns raus.«

Jetzt hörte man wieder das Knirschen des Schlüssels. Pfeffers Augen wurden von hellem Licht geblendet. Im selben Augenblick wurde er hinausgestoßen. Bevor er noch die Augen geöffnet hatte, stolperte er einige Stufen hinunter, und erst dann wurde ihm klar, daß er sich im Innenhof der VERWALTUNG befand. Unzufriedene Stimmen schrien:

»Was ist denn los mit dir, Pfeffer? Bißchen schneller! Wie lange sollen wir noch warten?«

In der Mitte des Hofes stand ein Lastwagen. Er war vollbeladen mit Mitarbeitern aus der Gruppe ›Wissenschaftliche Erhaltung‹. Aus dem Fahrerhaus steckte Kim seinen Kopf heraus und fuchtelte wütend mit dem Arm. Pfeffer lief zum Auto und stieg auf. Er wurde gepackt, hochgezerrt und auf die Ladefläche geworfen. Im gleichen Augenblick heulte der Motor auf, der Lastwagen ruckte an, jemand trat Pfeffer auf die Hand, jemand setzte sich mit voller Wucht auf ihn, alle gröhlten und lachten. Sie fuhren.

»Pfeffer, hier ist dein Koffer«, sagte jemand.

»Pfeffer, stimmt es, daß Sie abreisen?«

»Herr Pfeffer, eine Zigarette gefällig?«

Pfeffer zündete sich eine Zigarette an, setzte sich auf den Koffer und klappte den Kragen seiner Jacke hoch. Man gab ihm einen Regenmantel. Er lächelte dankbar und hüllte sich darin ein.

Der Lastwagen fuhr immer schneller, und obwohl es ein heißer Tag war, schien der Fahrtwind die Leute durchzublasen. Pfeffer rauchte, hielt die Zigarette schützend in der hohlen Hand und blickte um sich. Ich fahre, dachte er. Ich fahre. Zum letzten Mal sehe ich dich, du Wand. Zum letzten Mal sehe ich euch, ihr Wohnhäuschen. Leb wohl, du Schutthalde; irgendwo habe ich hier meine Galoschen stehengelassen. Leb wohl, Pfütze, lebt wohl, ihr Schachfiguren, leb wohl, Kefir. Ist das schön, tut das gut! Nie mehr in meinem ganzen Leben werde ich Kefir trinken. Nie mehr werde ich Schach spielen...

Die Mitarbeiter standen dicht gedrängt am Fahrerhaus. Sie hielten sich aneinander fest, und jeder versuchte, sich beim anderen vor dem Fahrtwind zu verstecken. Man unterhielt sich über abstrakte Themen.

»Das ist berechnet, und ich selbst habe das gemacht. Wenn es so weitergeht, dann kommen in 100 Jahren auf jeden Quadratmeter des Territoriums zehn Mitarbeiter. Das Gesamtgewicht wird so ansteigen, daß der Hang abrutscht. An Transportmitteln für die Lebensmittel- und Wasserversorgung wird ein so großer Bedarf sein, daß man einen Autocontainer zwischen der VERWALTUNG und dem Festland einsetzen muß. Die Fahrzeuge werden sich mit einer Geschwindigkeit von vierzig Kilometern in der Stunde und in einem Abstand von einem Meter bewegen. Die Beladung erfolgt im Fahren... Nein, ich bin fest davon überzeugt, daß die Direktion sich schon jetzt über die Regulierung des Zustroms neuer Mitarbeiter Gedanken macht. Urteilen Sie doch selbst: der Hotelverwalter, so geht das doch nicht weiter. Sieben hat er schon, und das achte ist unterwegs. Und alle gesund. Heymbacken ist der Ansicht, daß da etwas unternommen werden muß. Nein, nicht unbedingt sterilisieren, wie er vorschlägt.«

»Da sollen lieber die was sagen, die was davon verstehen, aber nicht Heymbacken.«

»Deswegen sage ich ja auch, nicht unbedingt sterilisieren...«

»Es heißt, der Jahresurlaub wird auf sechs Monate verlängert.«

Sie fuhren am Park vorbei, und Pfeffer wurde plötzlich klar, daß der Lastwagen in eine ganz andere Richtung als erwartet fuhr. Gleich würden sie durch das Tor fahren und dann die Serpentinen hinunter, unter den Überhang.

»Hört mal, wohin fahren wir eigentlich?«, fragte er beunruhigt.

»Was heißt hier wohin? Zur Gehaltsauszahlung.«

»Fahren wir etwa nicht zum Festland?«

»Wieso denn aufs Festland? Der Kassierer ist zur Biostation gekommen.«

»Ihr fahrt also zur Biostation? In den Wald?«

»Ja klar. Wir sind doch von der ›Wissenschaftlichen Erhaltung‹ und bekommen unser Geld auf der Biostation.«

»Und wie komme ich dazu?«, fragte Pfeffer verwirrt.

»Du bekommst auch was. Dir steht eine Prämie zu... Übrigens, haben alle die Formalitäten erledigt?«

Unter den Mitarbeitern entstand Bewegung. Sie zogen aus ihren Taschen gestempelte Formulare verschiedener Größe und Farbe hervor und studierten sie aufmerksam.

»Pfeffer, haben Sie den Fragebogen ausgefüllt?«

»Welchen Fragebogen?«

»Erlauben Sie mal, was soll das heißen – welchen? Formblatt Nr. 84.«

»Ich habe nichts ausgefüllt«, sagte Pfeffer.

»Hochverehrte Herren! Was soll denn das wieder? Pfeffer hat keine Papiere!«

»Das ist nicht so wichtig. Er hat wahrscheinlich einen Berechtigungsausweis...«

»Nein«, sagte Pfeffer. »Ich habe überhaupt nichts. Nur den Koffer und den Regenmantel hier... Ich wollte doch nicht in den Wald fahren, sondern abreisen...«

»Und die medizinische Untersuchung? Und die Impfungen?«

Pfeffer schüttelte den Kopf. Der Lastwagen rollte schon die Serpentinen hinunter. Pfeffer hatte sich in sein Schicksal ergeben und blickte zum Wald, auf dessen flache, porige Schichtungen am Horizont, auf die Nebelschwaden, die wie Spinnweben im Schatten des Abhangs klebten. Drohendes, dumpfes Grollen setzte ein.

»Solche Sachen bleiben nicht ohne Folgen«, sagte jemand.

»Schließlich und endlich liegen an dieser Straße keinerlei wichtige Objekte.«

»Und Heymbacken?«

»Was soll denn der, wenn da keine Objekte sind?«

»Nehmen wir mal an, du weißt das nicht. Und niemand weiß es. Und letztes Jahr flog Kandid ohne Dokumente los. Ein verwegener Bursche war das. Und wo ist er jetzt?«

»Erstens war das nicht letztes Jahr, sondern viel früher. Und zweitens ist er ums Leben gekommen. Und zwar auf seinem Posten.«

»Wirklich? Und hat man das offiziell bekanntgegeben?«

»Stimmt, da war nichts.«

»Da gibt es also nicht mal was zu streiten. An der Kontrollstelle haben sie ihn in den Bau gesteckt. Da sitzt er bis heute und füllt Fragebogen aus...«

»Wie kommt es, Pfeffer, daß du den Fragebogen nicht ausgefüllt hast? Hast du vielleicht was zu verheimlichen?«

»Einen Augenblick, meine Herren! Die Frage ist ernst. Ich schlage vor, Mitarbeiter Pfeffer auf alle Fälle zu überprüfen, auf demokratische Weise sozusagen. Wer macht den Sekretär?«

»Heymbacken!«

»Sehr guter Vorschlag. Zum Ehrensekretär wählen wir unseren hochverehrten Heymbacken. An den Gesichtern kann ich ablesen, daß die Wahl einstimmig erfolgt ist. Und wer macht den stellvertretenden Sekretär?«

»Vanderbild!«

»Vanderbild?... Na ja... Es wurde der Vorschlag gemacht, Vanderbild zum stellvertretenden Sekretär zu wählen. Gibt es noch andere Vorschläge? Wer ist dafür? Dagegen? Enthaltungen? Hm... Zwei haben sich der Stimme enthalten. Warum habt ihr euch enthalten?«

»Ich?«

»Ja, ja. Genau Sie.«

»Ich sehe keinen Sinn dahinter. Warum soll man einen Menschen völlig zugrunde richten? Ihm geht es sowieso schon schlecht genug.«

»Klar. Und Sie?«

»Das geht dich einen Dreck an.«

»Wie Sie wollen... Stellvertretender Sekretär, schreiben Sie: zwei Enthaltungen. Fangen wir an. Wer ist der erste? Möchte niemand? Dann gestatten Sie, daß ich beginne. Mitarbeiter Pfeffer, beantworten Sie folgende Frage: Welche Entfernungen haben wir im Zeitraum zwischen dem fünfundzwanzigsten und dem fünfunddreißigsten Jahr zurückgelegt? a) zu Fuß, b) per Landtransport c) per Lufttransport. Lassen Sie sich Zeit, denken Sie nach. Hier haben Sie Papier und Bleistift.«

Pfeffer nahm gehorsam Papier und Bleistift und begann in seinem Gedächtnis zu forschen. Der Lastwagen holperte. Am Anfang schauten alle auf Pfeffer, dann wurde es ihnen zu langweilig. Jemand brummte:

»Eine Übervölkerung fürchte ich nicht. Aber habt ihr gesehen, wieviel an technischem Gerät dasteht? Da auf dem Freiplatz hinter den Werkstätten, habt ihr das gesehen? Und wißt ihr, was das für Geräte sind? Die sind in Kisten vernagelt, aber kein Mensch hat Zeit, sie auszupacken und anzuschauen. Wißt ihr, was ich vorgestern abend dort gesehen habe? Ich blieb stehen, weil ich mir eine Zigarette anzünden wollte. Plötzlich höre ich Knistern und dreh mich um. Da war ein riesiger Kasten, so groß wie ein stattliches Haus, und ich sehe, daß die eine Wand herausgedrückt wird und wie ein Tor aufgeht. Und aus dem Kasten kriecht so ein Mechanismus heraus. Beschreiben kann ich ihn euch nicht, ihr versteht schon warum. Aber das war ein Anblick... Das Ding blieb einige Sekunden stehen, streckte dann oben so ein langes Rohr mit einem Flügelrad am Ende raus, als wenn es rumschauen wollte. Dann kroch es wieder in den Kasten zurück und zog den Deckel hinter sich zu. Ich traute meinen Augen nicht und mir war furchtbar schlecht. Heute morgen denke ich, ich schaue trotzdem nochmal nach. Ich komme hin und mir läuft's kalt den Rücken runter. Der Kasten steht völlig unbeschädigt da, keine einzige Spalte und die Wand von innen angenagelt! Die Nagelspitzen stehen raus so lang wie mein Finger und blitzen. Da habe ich mir gedacht: warum ist es rausgekrochen? Und ist es das einzige? Vielleicht machen es die anderen auch so, jede Nacht, und schauen in der Gegend rum? Und dort ist Übervölkerung, vorläufig noch, und die werden irgendwann mal eine Bartholomäusnacht mit uns veranstalten, und unsere Knochen werden die Schlucht runterfliegen. Vielleicht nicht mal die Knochen, sondern Knochenmehl... Was? Nein, schönen Dank, mein Lieber, das kannst du den Ingenieuren selbst sagen, wenn du Lust hast. Ich habe diese Maschine gesehen, und woher soll ich jetzt wissen, ob man sie sehen durfte oder nicht? Auf den Kisten ist ja kein Aufdruck...«

»Also, Pfeffer, sind Sie fertig?«

»Nein«, sagte Pfeffer. »Ich kann mich an nichts erinnern. Das ist zu lange her.«

»Seltsam. Ich zum Beispiel erinnere mich ausgezeichnet. Sechstausendsiebenhunderteins Eisenbahnkilometer, siebzehntausendeinhundertdreiundfünfzig Luftkilometer (davon dreitausendzweihundertfünfzehn Kilometer für private Zwekke) und fünfzehntausendundsieben Kilometer zu Fuß. Dabei bin ich älter als Sie. Seltsam, Pfeffer, seltsam... Na gut. Versuchen wir es mit dem nächsten Punkt. Mit welchen Spielzeugen haben Sie im Vorschulalter am liebsten gespielt?«

»Mit aufziehbaren Panzern«, sagte Pfeffer und wischte sich den Schweiß von der Stirn. »Und mit Panzerspähwagen.«

»Aha! Sie erinnern sich also! Und noch dazu an das Vorschulalter, eine Zeit also, die sozusagen viel weiter entfernt ist, die aber auch weniger verantwortungsvoll war, nicht wahr, Pfeffer? So. Mit Panzern und Panzerspähwagen... Nächster Punkt. In welchem Alter erwachte Ihr Verlangen nach dem weiblichen Geschlecht, in Klammern, nach dem männlichen? Der in Klammern gesetzte Ausdruck ist im Regelfall für Frauen bestimmt. Antworten Sie.«

»Vor langer Zeit«, sagte Pfeffer. »Das ist schon lange her.«

»Genauer!«

»Und bei Ihnen?«, fragte Pfeffer. »Sagen Sie es zuerst, dann ich.«

Der Vorsitzende zuckte die Achseln.

»Ich habe nichts zu verbergen. Es geschah zum erstenmal im Alter von neun Jahren, als man mich zusammen mit meiner Kusine wusch... Und jetzt bitte Sie.«

»Ich kann nicht«, sagte Pfeffer. »Ich möchte auf solche Fragen nicht antworten.«

»Dummkopf«, flüsterte es an seinem Ohr. »Lüg ihm etwas vor und mach ein ernstes Gesicht dabei, das ist alles. Warum quälst du dich denn? Wer prüft deine Angaben schon nach?«

»Gut«, sagte Pfeffer fügsam. »Im Alter von zehn Jahren. Als ich zusammen mit der Hündin Murka gebadet wurde.«

»Wunderbar!«, rief der Vorsitzende aus. »Und jetzt zählen Sie die Fußkrankheiten auf, an denen Sie gelitten haben.«

»Rheumatismus.«

»Was noch?«

»Wechselseitiges Hinken«, sagte Pfeffer.

»Sehr gut. Was noch?«

»Schnupfen«, sagte Pfeffer.

»Das ist keine Fußkrankheit.«

»Ich weiß nicht. Bei Ihnen ist es vielleicht keine Fußkrankheit. Aber bei mir gerade an den Füßen. Kaum habe ich nasse Füße, bekomme ich auch schon Schnupfen.«

»N-na-ja, nehmen wir das einmal an. Weiter, was noch?«

»Ist Ihnen das noch zu wenig?«

»Wie Sie wollen... Aber ich weise Sie darauf hin – je mehr, desto besser.«

»Spontane Gangräne«, sagte Pfeffer. »Mit nachfolgender Amputation. Das war meine letzte Fußkrankheit.«

»Das genügt jetzt wohl. Letzte Frage. Ihre Weltanschauung. In Kürze.«

»Ich bin Materialist«, sagte Pfeffer.

»Und was für ein Materialist?«

»Ein emotionaler.«

»Ich habe keine Fragen mehr. Und Sie, meine Herren?«

Es gab keine Fragen mehr. Die Mitarbeiter dösten teils vor sich hin, teils unterhielten sie sich und wandten dem Vorsitzenden den Rücken zu. Der Lastwagen fuhr jetzt langsam. Es wurde heiß, die Luft war feucht, und es roch nach Wald. Es war ein widerlicher, scharfer Geruch, wie er normalerweise nicht bis zur VERWALTUNG drang. Der Lastwagen rumpelte mit abgeschaltetem Motor dahin, und man konnte in weiter Ferne schwaches Donnergrollen hören.

»Es erschüttert mich, wenn ich Sie so betrachte«, sagte der stellvertretende Sekretär. Auch er hatte dem Vorsitzenden den Rücken zugewandt. »Da steckt so ein ungesunder Pessimismus in Ihnen. Der Mensch ist seiner Natur nach ein Optimist, das zum ersten. Zum zweiten, und das ist das wichtigste, glauben Sie etwa, daß der Direktor weniger als Sie über all diese Sachen nachdenkt? Das ist ja zum Lachen. In seiner letzten Rede eröffnete er, an mich gewandt, ungeheure Perspektiven. Vor Begeisterung verschlug es mir einfach den Atem. Ich schäme mich nicht, dies einzugestehen. Ich war schon immer Optimist, aber dieses Bild... Wenn Sie es wissen wollen: alles wird abgerissen, alle diese Lagerhallen, Wohnhäuschen... Es werden Gebäude von blendender Schönheit aus transparenten und halbtransparenten Materialien erstehen, Stadien, Schwimmbecken, hängende Gärten, Biergaststätten und Imbißstuben aus Kristall! Stiegen zum Himmel! Schöngewachsene, gelenkige Frauen mit dunkler, geschmeidiger Haut! Bibliotheken! Muskeln! Laboratorien! Sonnen- und lichtdurchflutet! Freie Arbeitszeit! Autos, Gleitfahrzeuge, Luftschiffe... Diskussionen, Unterricht im Schlaf, Stereokino... Nach den Dienststunden werden die Mitarbeiter in Bibliotheken sitzen, nachdenken, Melodien komponieren, Gitarre und andere Musikinstrumente spielen, Holz schnitzen, einander Gedichte vortragen!...«

»Und was wirst du machen?«

»Ich werde schnitzen.«

»Und was noch?«

»Gedichte schreiben. Man wird mir das beibringen, ich habe eine gute Handschrift.«

»Und was werde ich machen?«

»Das, wozu du Lust hast!«, sagte der stellvertretende Sekretär großmütig. »Schnitzen, dichten... Wozu du Lust hast.«

»Ich will aber nicht schnitzen. Ich bin Mathematiker.«

»Bitte schön! Dann beschäftige dich mit deiner Mathematik, so viel du willst.«

»Das mache ich jetzt schon.«

»Jetzt wirst du dafür bezahlt. Das ist dumm. Dann wirst du eben Turmspringen.«

»Wozu?«

»Was heißt hier wozu? Das ist doch interessant...«

»Das ist uninteressant.«

»Willst du etwa sagen, daß du dich für nichts außer Mathematik interessierst?«

»Ja, im allgemeinen für nichts, kann sein. Da schuftet man von früh bis spät, daß man halb verrückt wird, und dann soll man sich noch für andere Sachen interessieren.«

»Du bist einfach beschränkt. Aber das macht nichts, man wird dich schon zur Entfaltung bringen. Man wird bei dir irgendwelche Anlagen entdecken. Dann wirst du komponieren, irgendwas Schönes schnitzen...«

»Komponieren ist kein Problem. Aber Zuhörer finden...«

»Ich werde dir mit Vergnügen zuhören... Und Pfeffer...«

»Das scheint dir nur so. Du wirst mir nicht zuhören. Und auch keine Gedichte schreiben. Du wirst ein bißchen am Holz herumschnitzen, dann gehst du zu einem Weib. Oder du trinkst dir einen an. Ich kenne dich doch. Und alle kenne ich hier. Da werdet ihr ständig zwischen Kristallkneipe und Diamantpinte hin- und herlatschen. Besonders, wenn die freie Arbeitszeit eingeführt ist. Ich habe direkt Angst, mir das alles vorzustellen, wenn man für euch hier die freie Arbeitszeit einführt.«

»Jeder Mensch ist auf irgendeinem Gebiet ein Genie«, widersprach der stellvertretende Sekretär. »Man muß dieses Geniale nur aufspüren. Wir haben davon nicht die leiseste Ahnung. Ich zum Beispiel könnte ein kulinarisches Genie sein, du, sagen wir mal, ein pharmakologisches Genie, und wir beschäftigen uns mit völlig falschen Dingen, und das Eigentliche in uns kommt kaum zur Entfaltung. Der Direktor sagte, daß sich in Zukunft Spezialisten dieser Sache annehmen werden. Ihre Aufgabe wird es sein, unsere verborgenen Potenzen ausfindig zu machen...«

»Na, weißt du, mit den Potenzen ist das so eine Sache. Ich will das alles nicht grundsätzlich bestreiten. Vielleicht sitzt tatsächlich in jedem von uns irgendein Genie. Nur, was soll man tun, wenn diese Genialität nur in der fernen Vergangenheit nutzbringend angewandt werden konnte oder dieser Fall erst in ferner Zukunft eintritt? Wenn diese Genialität in der Gegenwart gar nicht für genial gehalten wird, ob sie nun zum Vorschein kommt oder nicht? Du bist natürlich gut dran, wenn du dich als kulinarisches Genie erweist. Wenn sich jedoch herausstellt, daß du ein genialer Kutscher bist, und Pfeffer die Kunst beherrscht, Steinspitzen zu schärfen, und ich ein genialer Erforscher irgendeines X-Feldes bin, von dem jetzt niemand etwas ahnt und das erst in zehn Jahren entdeckt wird... Genau dann nämlich wendet sich uns die dunkle Seite der Muße zu, wie es der Dichter sagte...«

»Jungs«, sagte einer, »und zum Fressen haben wir nichts mitgenommen. Bis wir ankommen, bis sie das Geld ausgezahlt haben...«

»Stojan wird schon was zum Essen haben.«

»Für dich bestimmt. Die haben dort Verpflegungsrationen.«

»So was Dummes. Meine Frau wollte mir noch Brote schmieren!...«

»Macht nichts, wir werden's schon aushalten. Dort ist schon der Schlagbaum.«

Pfeffer reckte seinen Hals. Vorne stand die gelbgrüne Wand des Waldes, und die Straße verlor sich darin wie ein Fädchen in einem bunten Teppich. Der Lastwagen passierte ein Sperrholzschild: »ACHTUNG! GESCHWINDIGKEIT VERMINDERN! DOKUMENTE VORBEREITEN!« Schon war der gestreifte, heruntergelassene Schlagbaum zu erkennen, der pilzförmige Unterstand daneben und weiter rechts Stacheldraht, weiße Isolatorenzapfen, vergitterte Wachtürme mit Scheinwerfern. Der Lastwagen hielt an. Alle betrachteten den Grenzer, der mit gekreuzten Beinen, den Karabiner umgehängt, im Unterstand döste. Zwischen seinen Lippen stak eine erloschene Zigarette, und der Boden war mit Zigarettenkippen übersät. Neben dem Schlagbaum ragte ein Pfahl empor mit aufgenagelten Warnschildern: »ACHTUNG! WALD!« »AUSWEISE AUFGESCHLAGEN VORWEISEN!« »KEINE SEUCHEN EINSCHLEPPEN«. Der Fahrer hupte diskret. Der Grenzer öffnete die Augen und starrte trübsinnig vor sich hin. Dann kam er aus dem Unterstand hervor und ging um das Auto herum.

»Ein bißchen viele seid ihr«, sagte er heiser. »Holt ihr euer Geld ab?«

»Genau das«, sagte der ehemalige Vorsitzende diensteifrig.

»Das lobe ich mir. Recht so«, sagte der Grenzer. Er kam um den Lastwagen herum, stellte sich auf das Trittbrett und blickte auf die Ladefläche.

»Mensch, seid ihr viel«, sagte er vorwurfsvoll. »Und die Hände? Habt ihr die sauber?«

»Jawoll!«, sagten die Mitarbeiter im Chor. Einige zeigten ihre Handflächen.

»Sind sie alle sauber?«

»Jawoll!«

»Gut«, sagte der Grenzer und beugte sich mit seinem ganzen Oberkörper ins Fahrerhaus. Von dort ertönte es: »Wer ist der Dienstälteste? Sie? Wieviele fährst du denn? Aha... Lügst du nicht? Wie ist dein Zuname? Kim? Passen Sie auf, Kim, ich schreibe mir deinen Familiennamen auf... Respekt, Woldemar! Du fährst immer noch?... Und ich bewache noch immer die Grenze. Zeig mal die Bestätigung... Na-na, jetzt mach keinen Krach, komm, her damit... In Ordnung... sonst hätte ich dich... Wie kommst du dazu, auf die Bestätigung Telefonnummern zu schreiben? Wart mal... Was für eine Charlotte ist das? Ah ja, ich erinnere mich. Warte, das muß ich mir aufschreiben. Gut, danke. Fahrt los. Ihr könnt fahren.«

Er sprang vom Trittbrett, und seine Stiefel wirbelten eine Staubwolke auf. Er ging zum Schlagbaum und ließ sich auf das

Gegengewicht fallen. Der Schlagbaum hob sich langsam, die auf ihm aufgehängten Unterhosen fielen in den Staub. Der Lastwagen fuhr an.

Auf der Ladefläche setzte lautes Stimmengewirr ein, aber Pfeffer hörte nichts. Er fuhr zum Wald. Der Wald kam näher, rückte heran, türmte sich höher und höher wie eine Meereswoge und verschlang ihn plötzlich. Sonne und Himmel verschwanden, Raum und Zeit existierten nicht mehr. An ihre Stelle trat der Wald. Da war nur mehr das Aufleuchten dämmriger Farben, die feuchte, gesättigte Luft, sonderbare, berauschende Gerüche und ein herber Nachgeschmack im Mund. Nur das Gehör erfaßte den Wald nicht. Die Waldgeräusche wurden vom Heulen des Motors und dem Geschwätz der Mitarbeiter übertönt. »Das ist der Wald«, sagte Pfeffer immer wieder, »jetzt bin ich im Wald« wiederholte er wie von Sinnen. »Nicht von oben, sondern drinnen, kein Beobachter, sondern ein Teilnehmer. Jetzt bin ich im Wald.« Etwas Kühles und Feuchtes strich über sein Gesicht, kitzelte ihn, löste sich und senkte sich langsam auf seine Knie. Er schaute: es war eine feine, lange Faser irgendeiner Pflanze, oder vielleicht war es ein Tier, vielleicht aber nur eine Berührung des Waldes, eine freundschaftliche Begrüßung oder ein mißtrauisches Abtasten. Pfeffer ließ die Faser unberührt.

Der Lastwagen jagte dahin, und die Straße schien Pfeffer ein Sinnbild für heldenhaftes Vordringen in den Wald zu sein. Gelbes, Grünes, Braunes blieb fügsam zurück. Längs des Straßengrabens häuften sich Veteranen der vorgedrungenen Armee. Man hatte sie liegengelassen und vergessen. Da waren schwarze Bulldozer, hoch aufgebäumt, die verrosteten Schilde zornig nach oben gestreckt; Traktoren, bis zum Fahrerhaus in die Erde eingewühlt; dahinter wanden sich auseinandergerissene Raupen, Lastwagen ohne Räder und Fenster – tote Materie, für ewig preisgegeben, aber immer noch mit aufgerissenen Kühlern und zerschlagenen Scheinwerfern furchtlos nach vorne blikkend, in die Tiefen des Waldes. Plötzlich kam der Wald in Bewegung, bebte und krümmte sich, änderte seine Färbung, schillerte und loderte auf und täuschte die Sinne. Der Wald wogte heran und wich zurück, verspottete, schreckte und höhnte, fremdartig, unbegreiflich und betäubend.

Kapitel 6
Pfeffer

Pfeffer öffnete die Tür des Geländewagens und blickte ins Gestrüpp. Er hatte keine Vorstellung, was er jetzt sehen würde. Vielleicht so eine Art Brei, von dem einem übel wird. Etwas Ungeheuerliches, das man nicht beschreiben konnte. Das Ungeheuerlichste jedoch, das Unvorstellbarste, das Unmöglichste in diesem Gestrüpp waren die Menschen, und Pfeffer sah auch nur sie. Sie kamen auf den Geländewagen zu, zierlich und gewandt, selbstbewußt und erlesen, sie gingen schwerelos, ohne überflüssige Schritte, rasch und unfehlbar bestimmten sie die Stelle, auf die ihr Fuß treten würde; sie taten so, als ob sie den Wald nicht bemerkten, als ob sie im Wald zu Hause wären, als ob der Wald schon ihnen gehörte. Wahrscheinlich gaben sie sich diesen Anschein auch nicht, vielleicht dachten sie wirklich so. Der Wald aber hing über ihnen, lachte lautlos und deutete mit Myriaden höhnischer Finger auf sie. Mühelos setzte er eine Maske auf, wirkte vertraut, unterwürfig und einfach – wie einer der ihren. Vorläufig. Auf absehbare Zeit...

»Uh, das ist ein Weib, diese Rita«, sagte der ehemalige Kraftfahrer Trumpf zu Pfeffer. Er stand neben dem Geländewagen; seine krummen, weitgespreizten Beine hielten ein knatterndes, bebendes Motorrad. »Ich würde sie mir schon schnappen, bloß da ist dieser Quentin... Der paßt ganz schön auf.«

Quentin und Rita kamen heran, und Stojan kletterte hinter dem Lenkrad hervor, um sie zu begrüßen.

»Nun, wie geht's ihr denn bei euch hier?«, fragte Stojan.

»Sie atmet«, sagte Quentin und blickte Pfeffer aufmerksam an. »Habt ihr vielleicht Geld gebracht?«

»Das ist Pfeffer«, sagte Stojan. »Ich habe euch schon von ihm erzählt.«

Rita und Quentin lächelten Pfeffer zu. Die Zeit reichte nicht, um sie aufmerksamer zu betrachten, und Pfeffer durchzuckte der Gedanke, daß er noch nie eine so eigenartige Frau wie Rita und einen so tiefunglücklichen Mann wie Quentin gesehen hatte.

»Seien Sie gegrüßt, Pfeffer«, sagte Quentin und lächelte sein bekümmertes Lächeln. »Sind Sie gekommen, um sich das hier anzuschauen? Haben Sie das noch nie gesehen?«

»Ich sehe auch jetzt noch nichts«, sagte Pfeffer. Zweifellos bestand zwischen diesem Unglück und dieser Eigenart eine unlösbare Verbindung, mochte sie auch noch so schwer zu fassen sein.

Rita wandte ihnen den Rücken zu und rauchte.

»Sie schauen ja in die falsche Richtung«, sagte Quentin. »Schauen Sie geradeaus! Sehen Sie etwa immer noch nichts?«

Und jetzt sah Pfeffer und vergaß die Menschen. Dieses Etwas war aufgetaucht wie eine versteckte Darstellung auf Fotopapier, wie eine Figur auf einem Suchbild für Kinder »Wo hat sich der Hase versteckt?«, und wenn man sie einmal entdeckt hatte, war es unmöglich, sie wieder aus den Augen zu verlieren. Das Etwas war ganz nahe, es begann zehn Schritt von den Rädern des Geländewagens und vom Pfad entfernt. Pfeffer schluckte krampfhaft.

Ein lebender Pfahl erhob sich zu den Baumkronen, ein Bündel feinster, durchsichtiger, klebriger, glitzernder, sich windender und angespannter Fäden, ein Bündel, das das dichte Laub durchdrang und noch höher strebte, bis zu den Wolken. Und es nahm seinen Ursprung in der Kloake, der fetten, brodelnden Kloake, die mit Protoplasma angefüllt war, lebendem, aktivem, blasenwerfendem, primitivem Fleisch, mühevoll sich bildend und zur gleichen Zeit bereits in Auflösung begriffen. Es ergoß seine Zerfallsprodukte über die flachen Ufer, spuckte mit klebrigem Schaum... Und augenblicklich, so als hätten sich unsichtbare akustische Filter in Bewegung gesetzt, setzte sich die Stimme der Kloake vom Knattern des Motorrads ab. Man hörte Brodeln, Plätschern, Schluchzen, Glucksen, langgezogenes Stöhnen des Sumpfes. Eine schwere Wand von Düften rückte heran; es roch nach rohem, tropfendem Fleisch, nach Wundwasser, frischer Galle, Molke, nach heißem Kleister, und erst jetzt bemerkte Pfeffer, daß Rita und Quentin Sauerstoffmasken umgehängt hatten. Jetzt sah er auch, wie Stojan sich angeekelt vorbeugte und den Trichter des Atemschutzgeräts zum Gesicht hob. Pfeffer legte das Gerät nicht an; es war, als hoffte er, daß ihm wenigstens die Gerüche das erzählten, was ihm Augen und Ohren verweigerten.

»Bei euch stinkt's aber«, sagte Trumpf angewidert. »Wie in der Totenkammer...«

Quentin sagte zu Stojan:

»Du könntest mal Kim bitten, er soll sich mal wegen der Rationen bemühen. Immerhin sind unsere Arbeitsbedingungen hier gesundheitsschädlich. Uns stehen Milch und Schokolade zu...«

Rita rauchte nachdenklich und blies den Rauch aus ihren feinen, bebenden Nasenlöchern...

Um die Kloake herum standen zitternd die Bäume und neigten sich besorgt darüber. Ihre Zweige waren in eine Richtung gewandt und beugten sich zu der brodelnden Masse, und an den Zweigen schlängelten sich dicke zottige Lianen entlang und fielen in die Kloake, und die Kloake nahm sie in sich auf, das Protoplasma untersuchte sie von allen Seiten und verwandelte sie in sich selbst um, so wie sie alles, was sie umgab, auflösen und zu ihrem Fleisch machen konnte...

»Pfeffer«, sagte Stojan. »Glotz nicht so, sonst springen dir die Augen raus.«

Pfeffer lächelte, aber er wußte, daß es nicht echt wirkte...

»Warum hast du das Motorrad mitgenommen?«, fragte Quentin.

»Für den Fall, daß wir steckenbleiben. Der Wagen fährt den Pfad entlang, das Motorrad hinterher, ein Rad auf dem Pfad, das andere auf dem Gras. Wenn wir steckenbleiben, saust Trumpf los und holt eine Zugmaschine.«

»Ihr bleibt bestimmt stecken«, sagte Quentin.

»Natürlich bleiben wir stecken«, sagte Trumpf. »Ihr habt euch da in was Blödes eingelassen. Ich hab's euch gleich gesagt.«

»Sei du nur ruhig«, sagte Stojan zu ihm. »Du bist hier nicht gefragt... Fahren wir bald?«, fragte er Quentin.

Quentin schaute auf die Uhr.

»Also...«, sagte er. »Augenblicklich hat sie alle siebenundachtzig Minuten einen Wurf. Das heißt, es bleiben uns... es bleiben uns... nichts bleibt uns, dort, sie hat schon angefangen.«

Die Kloake warf. Auf ihre flachen Ufer stieß sie drängend und zuckend Klumpen weißlichen, unruhig zitternden Teiges. Die Klumpen kullerten zunächst hilflos und blind auf der Erde herum, erstarrten dann, spannten sich, streckten vorsichtig ihre Scheinfüßchen und begannen plötzlich, zielgerichtete Bewegungen auszuführen, freilich noch übereilt, blindlings, aber schon in einer Richtung, alle in einer bestimmten Richtung. Sie liefen auseinander, stießen zusammen, aber alle in einer Richtung, in einem Radius vom Muttertier, ins Unterholz, fort, eine fließende, weißliche Kolonne, wie riesige, schwerfälligen Nacktschnecken gleichende Ameisen...

»Hier ist doch lauter Sumpf«, sagte Trumpf. »Wir bleiben so stecken, daß uns kein Schlepper rausholt, dem würden alle Trossen reißen.«

»Kannst du nicht mitfahren?«, fragte Stojan Quentin.

»Rita ist schon müde.«

»Na ja, Rita kann ja nach Hause gehen und wir fahren...«

Quentin zögerte.

»Wie sieht das bei dir aus, Schätzchen?«, fragte er.

»Ja, ich gehe nach Hause«, sagte Rita.

»Gut so«, sagte Quentin. »Und wir fahren los und schauen. Wir kommen wahrscheinlich bald zurück. Wir bleiben doch nicht lange, nicht wahr, Stojan?«

Rita warf die Zigarettenkippe weg und ging in Richtung Biostation, ohne sich zu verabschieden. Quentin trat unschlüssig von einem Bein aufs andere. Dann sagte er leise zu Pfeffer:

»Lassen Sie mich mal... da rein.«

Er kletterte auf den Rücksitz. Im selben Augenblick heulte das Motorrad fürchterlich auf, riß sich von Trumpf los und stürzte hüpfend auf die Kloake zu. »Bleib stehen!«, schrie

Trumpf und ging in die Hocke. »Wohin rast du denn?« Alle waren wie erstarrt. Das Motorrad prallte gegen einen Erdhügel, kreischte wild auf, stellte sich auf das Hinterrad und plumpste in die Kloake. Alle stürzten nach vorn. Pfeffer schien es, als ob sich das Protoplasma unterhalb des Motorrades durchbiegen würde, als wollte es den Aufprall dämpfen. Dann ließ es das Motorrad leicht und geräuschlos in sich ein und schloß sich über ihm. Das Motorrad verstummte.

»Du gottverdammter Trottel«, sagte Stojan zu Trumpf. »Was hast du denn da angestellt?«

Die Kloake war jetzt wie ein Rachen, saugend, prüfend, schwelgend. Sie wälzte das Motorrad in sich herum, so wie ein Mensch einen großen Eiszapfen mit der Zunge von einer Backe zur anderen schiebt. Das Motorrad tanzte in der schäumenden Masse, verschwand, tauchte wieder auf und bewegte hilflos die Lenkstange. Mit jedem Auftauchen wurde es kleiner, die Metallverkleidung verdünnte sich zusehends, wurde duchsichtig wie feines Papier, und schon schimmerten die Innenteile des Motors undeutlich durch. Dann löste sich die Hülle auf, die Reifen verschwanden, das Motorrad tauchte ein letztes Mal auf und kam nicht wieder an die Oberfläche.

»Jetzt hat sie es verschluckt«, sagte Trumpf mit idiotischer Begeisterung.

»Du gottverdammter Trottel«, wiederholte Stojan. »Das wirst du mir bezahlen. Dein ganzes Leben lang wirst du mir dafür bezahlen.«

»Schon gut«, sagte Trumpf. »Dann werde ich eben bezahlen. Und was habe ich eigentlich getan? Nur das Gaspedal in der falschen Richtung getreten«, sagte er zu Pfeffer. »Da hat es sich losgerissen. Verstehen Sie, Herr Pfeffer? Ich wollte das Gas etwas zurückstellen, damit es nicht gar so knattert, da habe ich es halt in der falschen Richtung getreten. Da bin ich nicht der erste und auch nicht der letzte, der so was macht. Und das Motorrad war auch schon alt... Dann gehe ich also«, sagte er zu Stojan. »Was soll ich hier noch? Ich gehe heim.«

»In welche Richtung schaust du denn?«, sagte plötzlich Quentin, und der Ausdruck seines Gesichts ließ Pfeffer unwillkürlich zurückweichen.

»Wieso?«, sagte Trumpf. »Ich schaue dahin, wo es mir Spaß macht.«

Er schaute zurück, den Pfad entlang, dorthin, wo unter dem dichten, gelb-grünen überhängenden Dach der Zweige Ritas orangefarbener Umhang aufleuchtete und immer kleiner wurde.

»Lassen Sie mich durch«, sagte Quentin zu Pfeffer. »Ich muß mit dem ein Wörtchen sprechen.«

»Wohin, wohin?«, sagte Stojan leise. »Vergiß dich nicht, Quentin...«

»Auf keinen Fall. Und was heißt hier, vergiß dich nicht? Ich seh doch schon lange, was der für Absichten hat.«

»Hör zu, sei kein kleines Kind... Komm, hör auf, besinn dich!«

»Laß mich los, sag ich, Hände weg!...«

Um Pfeffer herum begann ein lautstarkes Hinundher, er wurde von beiden Seiten gestoßen. Stojan hielt Quentin fest an Ärmel und Zipfel der Jacke. Quentin wiederum, rot angelaufen und schwitzend, versuchte, Stojan mit dem Arm wegzustoßen. Sein Blick war starr auf Trumpf gerichtet. Mit dem anderen Arm drückte er Pfeffer nach unten und wollte über ihn hinwegsteigen. Er bewegte sich ruckweise und glitt mit jedem Ruck weiter aus seiner Jacke. Pfeffer erwischte einen günstigen Augenblick und ließ sich zum Fahrzeug hinausrollen. Trumpf blickte immer noch Rita nach. Sein Mund stand halb offen, seine fettunterlaufenen Augen hatten einen lüsternen Ausdruck.

»Und wozu muß sie in dieser Hose herumlaufen?«, sagte er zu Pfeffer. »Die haben jetzt alle so eine Angewohnheit, in Hosen herumzulaufen...«

»Du brauchst ihn gar nicht zu verteidigen«, brüllte Quentin im Wagen. »Der ist kein Sexualneurotiker, sondern einfach ein gemeiner Hund! Laß mich los, sonst kriegst du eine, daß du!...«

»Ja, früher gab's mal diese Röcke«, sagte Trumpf träumerisch. »Da banden sie sich so ein Stück Tuch rum und machten es mit einer Nadel fest. Und ich machte die dann einfach auf...«

... Wenn es im Park wäre... Wenn es im Hotel wäre oder in der Bibliothek oder im Sitzungssaal... Das gab es schon, im Park und auch in der Bibliothek und sogar im Sitzungssaal während Kims Vortrag über das Thema »Was muß jeder Mitarbeiter der Verwaltung über die Methoden der mathematischen Statistik wissen«. Aber jetzt sah und hörte der Wald das alles, das geile Fett, das Trumpfs Augen anschwellen ließ, Quentins dunkelrotes Gesicht, das in der Tür des Geländewagens leuchtete, ein dumpf brütendes Stiergesicht; Stojans gequältes Gemurmel über Arbeit, über Verantwortung, über Dummheit; das Knallen der ausgerissenen Knöpfe gegen die Windschutzscheibe... Und niemand wußte, was der Wald über all das dachte, ob es ihn schauderte oder ob er darüber spottete oder angewidert die Stirn runzelte.

»...«, sagte Trumpf genüßlich.

Und Pfeffer schlug zu. Er traf Trumpf offensichtlich am Backenknochen. Es knirschte, und er verstauchte sich einen Finger. Augenblicklich trat Schweigen ein. Trumpf faßte sich am Kopf und schaute Pfeffer verblüfft an.

»So geht es nicht«, sagte Pfeffer fest. »Das darf man hier nicht. Das geht nicht.«

»Ich bestreite das gar nicht«, sagte Trumpf und zuckte mit den Achseln. »Es geht ja nur darum, daß ich hier nichts mehr zu tun habe. Das Motorrad ist weg, ihr seht doch selbst... Was soll ich jetzt hier?«

Quentin erkundigte sich laut:

»War das in die Schnauze?«

»Na ja«, sagte Trumpf ärgerlich. »Den Backenknochen hat er erwischt, genau den Knochen... Noch ein Glück, daß es nicht das Auge war.«

»Nein, wirklich in die Visage?«

»Ja«, sagte Pfeffer fest. »Weil man sowas hier nicht kann.«

»Fahren wir also«, sagte Quentin und lehnte sich zurück.

»Trumpf«, sagte Stojan, »steig ein. Wenn wir steckenbleiben, kannst du uns beim Schieben helfen.«

»Ich habe eine neue Hose an«, protestierte Trumpf. »Ich setze mich wohl besser ans Steuer.«

Man gab ihm keine Antwort, und er kletterte auf den Rücksitz. Dort setzte er sich neben Quentin, der zur Seite gerückt war. Pfeffer setzte sich neben Stojan und sie fuhren los.

Das Getier war schon ziemlich weit vorwärts gekommen, aber Stojan, der mit großer Genauigkeit seine Fahrweise beibehielt – rechte Räder auf dem Pfad, linke Räder auf dem üppig wuchernden Moos – holte es ein. Der Wagen kroch jetzt hinter ihm her, und Stojan regelte behutsam die Geschwindigkeit mit der Kupplung. »Sie machen noch die Kupplung kaputt«, sagte Trumpf. Dann wandte er sich Quentin zu und begann ihm zu erklären, daß er eigentlich gar nichts Schlechtes im Sinn hatte, daß das Motorrad ohnehin schon weg gewesen sei und daß ein Mann nun einmal ein Mann sei, und wenn bei ihm alles normal sei, dann bleibe er auch ein Mann; ob das nun im Wald sei oder sonstwo, das spiele keine Rolle...

»Hast du jetzt die Schnauze vollbekommen oder nicht?«, fragte Quentin. »Sag mal, hast du jetzt eine reingekriegt oder nicht?«, unterbrach er Trumpf von Zeit zu Zeit.

»Nein«, antwortete dieser, »nein, warte, laß mich erst mal ausreden...«

Pfeffer strich über seinen angeschwollenen Finger und blickte auf das Getier. Auf die Kinder des Waldes. Vielleicht auf die Diener des Waldes. Oder vielleicht auf dic Exkremente des Waldes... Die Tierchen bewegten sich langsam und beharrlich in der Kolonne, eins nach dem anderen; es schien, als flössen sie auf dem Boden dahin. Sie strömten über verfaulte Baumstümpfe, durch Fahrrinnen, durch Pfützen, durch hohes Gras und Stachelgestrüpp. Der Pfad verschwand, tauchte in den stickigen Morast ein, verbarg sich unter Schichten harter, grauer Pilze, die unter den Rädern knirschend zerbarsten, und tauchte wieder auf. Die Tierchen folgten dem Pfad. Sie waren weiß, sauber und glatt, kein Staubkorn blieb an ihnen haften, kein Dorn verletzte sie, der klebrige, schwarze Morast beschmutzte sie nicht. Sie strömten in dumpfer, sinnloser Gewißheit dahin, als befänden sie sich auf einem längst bekannten, vertrauten Weg. Es waren dreiundvierzig. Mich drängt es hierher, und jetzt bin ich hier, ich sehe endlich den Wald von innen und sehe doch nichts. Ich hätte im Hotel bleiben und mir das alles ausdenken können, in meinem kahlen Zimmer mit den drei unbenutzten Betten, spät am Abend, wenn ich nicht einschlafen kann, wenn alles still ist und um Mitternacht der Rammbär zu dröhnen beginnt und auf der Baustelle Pfähle in die Erde treibt. Wahrscheinlich hätte ich mir das alles, was hier im Wald ist, ausdenken können – die Nixen, die wandernden Bäume, diese Tierchen, wie sie sich in den Waldgänger Selivan verwandeln... das allerunsinnigste, das heiligste. Was in der VERWALTUNG ist, kann ich mir auch alles ausdenken und vorstellen. Ich hätte auch zu Hause bleiben und das alles ausdenken können, hätte auf dem Sofa neben dem Radio liegen und symphonischen Jazz und Stimmen hören können, die in fremden Sprachen sprechen. Aber das bedeutet nichts. Sehen und nicht verstehen ist dasselbe wie ausdenken. Ich lebe, sehe und verstehe nichts, ich lebe in einer Welt, die sich jemand ausgedacht hat, ohne sich die Mühe zu machen, sie mir zu erklären, vielleicht ebenso wenig sich selbst. Sehnsucht nach dem Verstehen, dachte Pfeffer plötzlich. Das ist es, woran ich leide. Wissensweh.

Er beugte sich aus dem Fenster und legte den schmerzenden Finger auf das kühle Metall. Die Tierchen nahmen von dem Geländewagen keinerlei Notiz. Wahrscheinlich hatten sie nicht die geringste Vorstellung von seiner Existenz. Von ihnen ging ein unangenehmer, scharfer Geruch aus. Ihre Hüllen erschienen jetzt durchsichtig. Es war, als ob sich darunter Schatten bewegten.

»Fangen wir uns doch eins«, schlug Quentin vor. »Das ist doch ganz einfach. Wir wickeln es in meine Jacke und bringen es ins Labor.« »Das lohnt sich nicht«, sagte Stojan. »Und warum nicht?«, fragte Quentin. »Irgendwann muß man doch eins fangen.« »Unheimlich sind die«, sagte Stojan. »Erstens kann uns so ein Ding eingehen, dann müssen wir Heymbacken einen Bericht schreiben...« »Wir haben sie gekocht«, erzählte Trumpf plötzlich. »Mir hat es nicht geschmeckt, aber die anderen haben gesagt, daß es gar nicht so schlecht war. So ähnlich wie ein Kaninchen, und ein Kaninchen kommt mir nicht auf den Tisch. Ob Katze, ob Kaninchen, für mich ist das dieselbe Schweinerei. Das kotzt mich an...« »Ich habe eine Sache bemerkt«, sagte Quentin. »Die Zahl dieser Tierchen ist immer eine Primzahl: dreizehn, dreiundvierzig, siebenundvierzig...« »Unsinn«, widersprach Stojan, »ich habe im Wald Gruppen von sechs und von zwölf gesehen...« »Das war aber im Wald«, sagte Quentin. »Sie lösen sich ja dann in Gruppen auf und gehen in verschiedenen Richtungen auseinander. Und jeder Wurf der Kloake ist eine Primzahl, das kannst du in der Zeitschrift nachlesen, jede Brut habe ich aufnotiert...« »Und einmal«, sagte Trumpf, »haben wir zusammen so ein Eingeborenenmädchen gefangen. War das ein Spaß!« »Dann schreib einen Artikel«, sagte Stojan zu Quentin. »Hab ich schon«, sagte Quentin. »Das wird mein fünfzehnter sein.« »Bei mir sind es schon siebzehn«, sagte Stojan, »und einer ist im Druck. Und wen hast du dir als Mitautor genommen?« »Weiß ich noch nicht«, sagte Quentin. »Kim rät zum Manager, er sagt, daß das Wichtigste im Moment der Transport ist. Rita wiederum empfiehlt den Verwalter...« »Bloß nicht den Verwalter«, sagte Stojan. »Warum?«, fragte Quentin. »Nimm nicht den Verwalter«, wiederholte Stojan. »Mehr sage ich nicht. Denk dran«. »Der Verwalter hat den Kefir mit Bremsflüssigkeit verdünnt«, sagte Trumpf. »Das war noch, als er Leiter des Friseurladens war. Wir haben ihm dafür eine Handvoll Wanzen in die Wohnung geschleust.« »Angeblich wird eine neue Order vorbereitet«, sagte Stojan. »Wer weniger als fünfzehn Artikel hat, der wird umgeschult...« »Also so was«, sagte Quentin, »ganz schön beschissen. Ich kenne diese Spezialschulungen. Da hören die Haare zu wachsen auf, und aus dem Mund stinkst du ein Jahr lang...«

Nach Hause, dachte Pfeffer. Ich muß schnell nach Hause fahren. Jetzt habe ich hier überhaupt nichts mehr zu suchen. Dann sah er, wie sich die Marschordnung der Tierchen veränderte. Pfeffer zählte: zweiunddreißig Tiere gingen geradeaus, elf formierten sich zu einer ähnlichen Kolonne und bogen nach links ab zu einem See, der unvermutet zwischen den Bäumen auftauchte. Ein schwarzes, unbewegtes Gewässer, nicht weit vom Geländewagen entfernt. Pfeffer sah den niedrigen, nebligen Himmel und am Horizont die verschwommenen Umrisse des Verwaltungsfelsens. Die elf Tierchen bewegten sich unbeirrt in Richtung Wasser. Stojan stellte den Motor ab, alle kletterten aus dem Wagen und beobachteten, wie die Tierchen über ein knorriges Baumstück hinwegströmten, das direkt am Wasser lag. Dann plumpste eins nach dem anderen schwerfällig in den See. Über die dunkle Wasseroberfläche liefen fette Ringe.

»Die gehen unter«, sagte Quentin. »Die ertränken sich.«

Stojan holte die Landkarte hervor und breitete sie auf der Motorhaube aus.

»So ist es«, sagte er. »Dieser See ist hier nicht eingezeichnet. Ein Dorf ist hier, aber kein See. Da steht es: Dorf Ureinw., siebzehn Komma elf.«

»Das ist doch immer so«, sagte Trumpf. »Wer fährt in diesem Wald schon nach Karte? Erstens stimmen die Karten alle nicht, und zweitens sind sie hier nicht zu gebrauchen. Heute ist hier zum Beispiel eine Straße, morgen ist schon ein Fluß da, heute ist hier ein Moor, morgen ziehen sie Stacheldraht und stellen einen Wachturm auf. Oder man entdeckt hier plötzlich Lagerstätten.«

»Eigentlich habe ich keine Lust, heute weiterzufahren«, sagte Stojan und streckte sich. »Lassen wir's für heute genug sein, oder?«

»Klar, das langt für heute«, sagte Quentin. »Pfeffer muß noch sein Gehalt abholen. Steigen wir ein.«

»Jetzt wäre ein Fernglas gut«, sagte Trumpf plötzlich. Er hielt die Hand über die Augen und blickte begierig zum See. »Ich glaube, da badet ein Weib.«

Quentin blieb stehen.

»Wo?«

»Nackt«, sagte Trumpf. »Der Teufel soll mich holen. Nackt. Die hat nichts an.«

Quentin wurde plötzlich weiß im Gesicht und stürzte zum Auto.

»Wo siehst du denn das?«, fragte Stojan.

»Da drüben, am anderen Ufer...«

»Da ist nichts«, sagte Quentin heiser. Er stand auf dem Trittbrett und suchte mit dem Fernglas das gegenüberliegende Ufer ab. Seine Hände zitterten. »Du verdammter Angeber... Du willst wohl wieder die Schnauze voll haben... Da ist überhaupt nichts!«, wiederholte er und reichte Stojan das Fernglas.

»Was heißt hier nichts?«, sagte Trumpf. »Ich brauche keine Brille. Auf meine Augen kann ich mich verlassen, da macht mir keiner was vor...«

»He, langsam, Finger weg«, sagte Stojan zu ihm. »Was sind das für Manieren, den Leuten die Sachen aus der Hand zu reißen...«

»Da ist überhaupt nichts«, murmelte Quentin. »Alles erlogen. Manche Leute schwätzen ein Zeug zusammen...«

»Ich weiß aber, was das für ein Zeug ist«, sagte Trumpf. »Das ist eine Nixe. Das könnt ihr mir glauben.«

Pfeffer zuckte zusammen.

»Gebt mir das Glas«, sagte er schnell.

»Da ist nichts zu sehen«, sagte Stojan und reichte ihm das Fernglas.

»Jetzt hat er wieder ein paar Dumme gefunden«, murmelte Quentin. Er beruhigte sich allmählich.

»Bei Gott, da war eine«, sagte Trumpf. »Die ist bestimmt weggetaucht. Gleich wird sie wieder hochkommen...«

Pfeffer stellte das Fernglas ein. Er machte sich keine Hoffnungen, etwas zu sehen. Das wäre zu einfach gewesen. Er sah auch nichts. Die Oberfläche des Sees, das ferne, bewaldete Ufer und die Silhouette des Felsens über der gezackten Linie der Bäume.

»Wie sah sie denn aus?«, fragte er.

Trumpf begann eine ausführliche Schilderung. Er erzählte sehr würzig und mit großem Eifer und verdeutlichte das Gesagte mit Handbewegungen. Aber das war es nicht, was Pfeffer wollte.

»Ja, schon...«, sagte er. »Ja... Ja...«

Vielleicht kam sie heraus, um die Tierchen zu empfangen, dachte er. Er saß auf dem Rücksitz neben dem verdrossenen Quentin. Der Geländewagen rüttelte. Trumpf kaute irgend etwas, und Pfeffer beobachtete die gleichmäßigen Bewegungen seiner Ohren. Sie kam aus dem Dickicht heraus, weiß, kühl und überlegen. Sie trat ins Wasser, ins vertraute Wasser, betrat den See wie ich die Bibliothek, tauchte in die zitternde, grüne Dämmerung ein und schwamm den Tierchen entgegen. Sie traf sie mitten auf dem Grund des Sees. Sie führte sie fort, und niemand wußte warum und für wen. Der Grundstein für neue Ereignisse im Wald war gelegt; vielleicht würde sich viele Meilen von hier etwas ganz anderes ereignen oder sich anbahnen, zwischen den Bäumen könnten Klumpen lila Nebels, der gar kein Nebel war, zu sieden anfangen; mitten in einem friedlichen Feld könnte eine weitere Kloake aufbrechen; die fremdartigen Ureinwohner, die eben noch still dasaßen, sich Lehrfilme anschauten und geduldig den Erläuterungen von Beatrice Bach zuhörten, die vor Übereifer heiser geworden war, könnten plötzlich aufstehen und in den Wald gehen, um nie wieder zurückzukehren... Und alles wäre von tiefem Sinn erfüllt, ebenso wie jede Bewegung eines komplizierten Mechanismus sinnerfüllt ist; alles wäre sonderbar und folglich sinnlos für uns, auf jeden Fall für diejenigen unter uns, die sich nicht an das Sinnlose gewöhnen und es als Regelfall akzeptieren können. Pfeffer spürte die Bedeutung jedes Ereignisses, jeder Erscheinung ringsum: da war die Anzahl der Tierchen, die nicht zweiundvierzig oder fünfundvierzig betragen konnte, da war der Stamm eines Baumes, der gerade mit rotem Moos bewachsen war, da war der Himmel, der wegen der überhängenden Zweige nicht zu sehen war.

Der Geländewagen schaukelte hin und her. Stojan fuhr sehr langsam, und Pfeffer sah durch die Windschutzscheibe schon von fern einen schiefen Pfahl mit einem Schild, auf dem etwas geschrieben stand. Die Aufschrift war vom Regen verwaschen und verblaßt. Es war eine sehr alte Aufschrift auf einem alten, schmutziggrauen Schild, das mit zwei riesigen, rostigen Nägeln an den Pfahl geschlagen war: »Hier ertrank vor zwei Jahren unter tragischen Umständen der Waldaufseher Gustav. An dieser Stelle wird ihm ein Denkmal gesetzt werden.« Der Geländewagen, von einer Seite auf die andere schwankend, passierte den Pfahl.

Was hast du denn gemacht, Gustav, dachte Pfeffer. Wie ist dir nur in den Sinn gekommen, hier zu ertrinken? Bestimmt warst du ein kräftiger Bursche, Gustav, glattrasierter Schädel, quadratischer, behaarter Kiefer, ein Goldzahn, von oben bis unten Tätowierungen, Arme bis über die Knie herabhängend. An der rechten Hand fehlte dir ein Finger, der dir bei einer Wirtshausrauferei abgebissen wurde. Und zum Waldaufseher hatte dich nicht der Drang deines Herzens gemacht, es hatte sich ganz einfach so ergeben, daß du auf dem Felsen die dir auferlegte Strafe absitzen mußtest, dort wo jetzt die VERWALTUNG steht. Fliehen konntest du nur in den Wald, sonst nirgendwohin. Artikel hast du im Wald keine geschrieben, hast nicht einmal daran gedacht; du hast an andere Artikel gedacht, die noch vor dir und gegen dich geschrieben worden waren. Und hier hast du eine strategisch wichtige Straße gebaut, Betonplatten verlegt und links und rechts einen breiten Waldstreifen abgeholzt, damit im Notfall achtstrahlige Bomber auf dieser Straße landen können. Und das hätte der Wald dulden sollen? Da hat er dich eben an einem trockenen Platz ertränkt. Dafür wird man dir hier in zehn Jahren ein Denkmal setzen und vielleicht ein Café nach dir benennen. Das Café wird »Bei Gustav« heißen, und Kraftfahrer Trumpf wird dort seinen Kefir trinken und verschlampte Mädchen aus der ortsansässigen Kapelle streicheln...

Trumpf hatte offenbar zwei Vorstrafen und zwar seltsamerweise nicht wegen Vergehen, die man von ihm erwartet hätte. Zum ersten Mal kam er wegen Diebstahls von Betriebsbriefpapier in die Strafkolonie, zum zweiten Mal wegen Paßvergehens. Stojan dagegen hatte eine saubere Weste. Er trank auch keinen

Kefir, nichts. Alevtina liebte er unschuldig und zärtlich, was bisher noch niemand getan hatte. Sofort nach dem Erscheinen seines zwanzigsten Artikels würde er Alevtina Hand und Herz zu Füßen legen. Sie würde ihn abweisen, ungeachtet seiner Artikel, ungeachtet seiner breiten Schultern und seiner schönen, römischen Nase. Alevtina konnte nämlich Saubermänner nicht ausstehen, weil sie in ihnen (nicht ohne Grund) extrem verfeinerte Wüstlinge vermutete. Stojan lebte im Wald, in den er, ganz im Gegensatz zu Gustav, freiwillig gekommen war, er beklagte sich nie über etwas, obwohl der Wald für ihn lediglich eine riesige Halde unberührten Materials für Artikel war, die ihn vor der Umschulung bewahrten.

Man kam aus dem Staunen nicht heraus, daß sich Leute fanden, die sich an den Wald gewöhnten; noch dazu war es die überwiegende Mehrheit von ihnen. Anfangs lockte sie der Wald als romantischer oder als finanziell einträglicher Ort oder als Ort, wo vieles erlaubt war, oder als Ort, an dem man sich verbergen konnte. Dann flößte er ihnen ein wenig Angst ein, und plötzlich entdeckten sie, daß hier genau so ein Durcheinander herrschte wie an jedem anderen Ort. Das versöhnte sie mit der Fremdheit des Waldes; allerdings mochte keiner von ihnen seinen Lebensabend hier verbringen...

So erzählte man sich, daß zum Beispiel Quentin hier nur deshalb lebte, weil er Angst hatte, seine Rita unbeaufsichtigt zu lassen; Rita wiederum wollte um nichts auf der Welt von hier weg und sagte keinem Menschen, warum... Jetzt bin ich glücklich bei Rita angelangt... Rita kann in den Wald gehen und braucht wochenlang nicht zurückzukehren. Rita badet in den Waldseen. Rita verstößt gegen alle Bestimmungen, und keiner wagt es, ihr Vorhaltungen zu machen. Rita schreibt keine Artikel, Rita schreibt überhaupt nichts, nicht einmal Briefe. Es ist allgemein bekannt, daß Quentin nachts weint und zur Bedienung schlafen geht, wenn sie nicht gerade mit jemand anderem beschäftigt ist... Auf der Biostation ist alles bekannt... Mein Gott, abends wird im Klub das Licht angedreht, die Musiktruhe in Betrieb gesetzt, man trinkt Kefir in unsinnigen Mengen, und nachts beim Mondschein werden die Flaschen in den See geworfen, und jeder möchte weiter als der andere werfen. Sie tanzen, machen Pfänder- und Flaschenspiele, spielen Karten oder Billard und tauschen ihre Frauen aus. Am Tag gießen sie in ihren Laboratorien den Wald aus einem Reagenzglas ins nächste, betrachten den Wald unter dem Mikroskop, berechnen den Wald auf ihren Rechenmaschinen, und der Wald steht um sie herum, hängt über ihnen, wächst quer durch ihre Schlafzimmer, in den schwülen Stunden vor den Gewittern sammelt er sich mit zahllosen Wanderbäumen vor ihren Fenstern und kann wahrscheinlich auch nicht begreifen, wer sie sind, weshalb sie hier sind, und wozu es sie überhaupt gibt...

Gut, daß ich von hier wegfahre, dachte er. Ich war hier kurze Zeit, habe nichts verstanden, habe nichts von dem gefunden, was ich finden wollte, aber jetzt weiß ich, daß ich niemals etwas verstehen werde, daß ich niemals etwas finden werde, daß alles seine Zeit braucht. Zwischen mir und dem Wald gibt es nichts Gemeinsames, der Wald steht mir nicht näher als die VERWALTUNG. Aber auf jeden Fall werde ich mich hier nicht blamieren. Ich fahre weg, ich werde arbeiten und warten. Ich werde hoffen, daß die Zeit kommt...

Der Hof der Biostation lag verlassen. Kein Lastwagen stand da, am Kassenschalter wartete keine Schlange. Nur Pfeffers Koffer war da. Er stand auf der Freitreppe und versperrte den Zugang. Über dem Geländer der Veranda hing der graue Regenmantel. Pfeffer kletterte aus dem Geländewagen und schaute sich verwirrt um. Trumpf hatte Quentin am Arm gefaßt und ging mit ihm in Richtung Kantine, von wo Geschirrklappern und Küchendunst herüberdrangen. Stojan sagte: »Gehen wir essen, Pfeffer«, und fuhr den Wagen in die Garage. Pfeffer begriff plötzlich mit Schrecken, was das alles bedeutete: die heulende Musiktruhe, das sinnlose Geschwätz, Kefir, und vielleicht noch ein Gläschen. Und so jeden Abend, viele, viele Abende...

Das Fenster am Kassenschalter klapperte. Der Kassierer beugte sich wütend heraus und schrie:

»Was fällt Ihnen ein, Pfeffer? Soll ich noch lange auf Sie warten? Kommen Sie gefälligst her und unterschreiben Sie!«

Pfeffer näherte sich festen Schrittes dem Schalter.

»Hier, die Summe in Worten«, sagte der Kassierer. »Hier doch nicht. Hier! Warum zittern denn Ihre Hände so? So, Ihr Geld...«

Er zählte Pfeffer die Scheine hin.

»Und wo sind die anderen?«, fragte Pfeffer.

»Lassen Sie sich Zeit... Die anderen sind hier im Umschlag.«

»Nein, ich meine doch...«

»Das interessiert keinen Menschen, was Sie meinen. Ihretwegen kann ich unsere Ordnungsvorschriften nicht auf den Kopf stellen. Das ist Ihr Gehalt. Haben Sie es erhalten?«

»Ich wollte wissen, ob...«

»Ich frage Sie: haben Sie es erhalten oder nicht?«

»Ja.«

»Gott sei Dank. Jetzt bekommen Sie Ihre Prämie... Haben Sie die Prämie bekommen?«

»Ja.«

»Das ist alles. Erlauben Sie mir, Ihnen die Hand zu drükken. Ich habe es eilig. Ich muß bis sieben in der VERWALTUNG sein...«

»Ich wollte nur fragen«, sagte Pfeffer hastig, »wo alle anderen Leute sind... Kim, der Lastwagen... Man hat mir doch versprochen, mich mitzunehmen... aufs Festland...«

»Aufs Festland kann ich nicht, ich muß in die VERWALTUNG. Gestatten Sie, daß ich das Fenster schließe.«

»Ich würde nicht viel Platz wegnehmen«, sagte Pfeffer.

»Das spielt keine Rolle. Sie sind ein erwachsener Mensch, Sie müssen das begreifen. Ich bin der Kassierer. Die Listen befinden sich bei mir. Und wenn Ihnen was passiert? Nehmen Sie Ihren Ellbogen weg!«

Pfeffer nahm seinen Ellbogen weg, und das Fenster fiel krachend zu. Durch das trübe, verschmierte Glas beobachtete Pfeffer, wie der Kassierer die Listen, so wie sie dalagen, zusammenraffte und in eine Mappe stopfte. Dann ging im Kassenraum eine Tür auf. Zwei riesige Wachleute traten ein, fesselten dem Kassierer die Arme und legten ihm eine Schlinge um den Hals. Der eine führte den Kassierer am Strick hinaus, der andere nahm die Mappe und schaute sich im Raum um. Plötzlich bemerkte er Pfeffer. Einige Zeit blickten sie sich durch das schmutzige Glas an, dann legte der Wachmann langsam und vorsichtig, so als hätte er Angst, jemanden zu erschrecken, die Mappe auf den Tisch und langte genauso langsam und vorsichtig nach seinem Gewehr, das an der Wand lehnte. Sein Blick ruhte unverwandt auf Pfeffer.

Pfeffer wartete schaudernd und wollte seinen Augen nicht trauen. Der Wachmann ergriff das Gewehr, wich langsam zurück, ging hinaus und schloß die Tür hinter sich. Das Licht erlosch.

Jetzt stürzte Pfeffer vom Schalter weg, lief auf Zehenspitzen zu seinem Koffer, riß ihn an sich und rannte davon. Er wollte fort von hier, so weit wie möglich. Er versteckte sich hinter der Garage und sah, wie der Wachmann, das Gewehr im Anschlag, auf die Freitreppe heraustrat, nach links, rechts und unten schaute, Pfeffers Regenmantel vom Geländer nahm, ihn in der Hand wog, die Taschen durchsuchte, sich nochmals umblickte und dann im Haus verschwand. Pfeffer setzte sich auf seinen Koffer.

Die Luft war kühl. Es dämmerte. Pfeffer saß da und blickte geistesabwesend auf die erleuchteten Fenster, die zur Hälfte mit Kreide bestrichen waren. Hinter den Fenstern huschten Schatten, auf dem Dach drehte sich lautlos der vergitterte Flügel des Radargeräts. Geschirr klapperte, im Wald schrien Nachttiere. Dann leuchtete ein Scheinwerfer auf, ein blauer Lichtstrahl tastete umher, und in diesen Lichtstrahl rollte ein Kipper, der hinter der Hausecke hervorgekommen war. Er schaukelte in der Fahrrinne und fuhr polternd auf das Tor zu. Das Licht des Scheinwerfers folgte ihm. Auf der Ladefläche des Kippers saß der eine Wachmann mit seinem Gewehr. Er duckte sich vor dem Fahrtwind und zündete sich eine Zigarette an. Man konnte einen dicken, rauhen Strick sehen; er war um sein linkes Handgelenk geschlungen und führte in das geöffnete Fenster des Fahrerhauses.

Der Kipper verschwand und der Scheinwerfer erlosch. Der zweite Wachmann kam wie ein düsterer Schatten über den Hof geschritten, sein Gewehr unter den Arm geklemmt. Seine riesigen Schuhe schlurften. Von Zeit zu Zeit bückte er sich und betastete die Erde, offenbar auf der Suche nach Spuren. Pfeffer preßte seinen durchnäßten Rücken gegen die Wand und beobachtete den Mann wie versteinert.

Im Wald ertönten gräßliche, langgezogene Schreie. Irgendwo schlugen Türen zu. Im ersten Stock ging Licht an, und jemand sagte laut: »Bei dir ist es aber schwül«. Etwas Rundes und Glänzendes fiel ins Gras und rollte vor Pfeffers Füße. Er erstarrte, dann erkannte er, daß es eine leere Kefirflasche war. Zu Fuß, dachte er, ich muß es zu Fuß schaffen. Zwanzig Kilometer durch den Wald. Dumm, daß es durch den Wald geht. Jetzt wird der Wald einen kläglichen, zitternden Menschen sehen, der vor Angst und Müdigkeit schwitzt, von einem Koffer zu Tode gepeinigt wird und ihn doch nicht fortwirft. Ich werde mich weiterschleppen, und der Wald wird mich von zwei Seiten anschreien und anfauchen...

Jetzt tauchte der Wachmann wieder im Hof auf. Er war nicht allein. Neben ihm kroch jemand, schwer atmend und schnaubend, von riesiger Gestalt, auf allen Vieren. Sie blieben in der Mitte des Hofes stehen, und Pfeffer hörte den Wachmann brummen: »Da hast du ihn, da... Nicht auffressen, Schafskopf, riech dran... Das ist doch keine Wurst, das ist ein Regenmantel, da muß man dran riechen... Na? Cherchez, hat man dir gesagt...« Der auf allen Vieren winselte und jaulte. »Heh«, sagte der Wachmann ärgerlich. »Dich kann man auch nur Flöhe suchen lassen... L-los!« Sie verschwanden in der Dunkelheit. Auf der Freitreppe klapperten Absätze, eine Tür schlug zu. Dann drückte sich etwas Kaltes und Feuchtes Pfeffer in die Wange. Er schrak zusammen und wäre fast umgesunken. Es war ein riesiger Wolfshund. Er jaulte kaum hörbar auf, schnaufte schwer und legte seinen schweren Kopf auf Pfeffers

Knie. Pfeffer kraulte ihn hinter dem Ohr. Der Wolfshund gähnte und wollte es sich gerade bequem machen, als im ersten Stock die Musiktruhe losplärrte. Der Wolfshund sprang lautlos auf und lief fort.

Die Musiktruhe ging wie verrückt, und im Umkreis von vielen Kilometern blieb nichts übrig außer der Musiktruhe. Und dann ging es wie in einem Abenteuerfilm weiter. Lautlos flammte das Tor in blauem Licht auf und öffnete sich. Wie ein riesiges Schiff schwamm ein gigantischer Lastwagen in den Hof. Er war über und über mit wahren Sternbildern von Signallampen bedeckt. Er blieb stehen und schaltete die Scheinwerfer ab. Sie erloschen so langsam, als gäbe ein Waldungeheuer seinen Geist auf. Kraftfahrer Woldemar lehnte sich aus dem Fahrerhaus und begann mit weit aufgerissenem Mund zu rufen. Er rief lange und angestrengt und wurde zusehends wütender. Dann spuckte er, tauchte zurück ins Fahrerhaus, lehnte sich wieder hinaus und schrieb mit Kreide, die Buchstaben auf den Kopf gestellt, »PFEFFER!!« Jetzt begriff Pfeffer, daß der Wagen nach ihm geschickt worden war. Er griff nach seinem Koffer und lief über den Hof. Er hatte Angst, sich umzudrehen, er hatte Angst, hinter seinem Rücken Schüsse zu hören. Mit Mühe erklomm er die beiden Stufen zum Fahrerhaus. Es war geräumig wie ein Zimmer. Während er seinen Koffer ablegte, während er sich hinsetzte und sich eine Zigarette suchte, sprach Woldemar unaufhörlich. Er lief rot an, mühte sich ab, gestikulierte und klopfte Pfeffer mit der Hand auf die Schulter. Aber erst, als die Musiktruhe plötzlich verstummte, hörte Pfeffer seine Stimme. Woldemar sagte nichts Besonderes, er fluchte nur, was das Zeug hielt.

Noch ehe der Lastwagen durch das Tor gefahren war, war Pfeffer eingeschlafen, als hätte man ihm eine Äthermaske aufs Gesicht gedrückt.

Kapitel 7
Kandid

Es war ein sonderbares Dorf. Als sie aus dem Wald hinaustraten und es unten im Talkessel vor sich sahen, wurden sie von der Stille durchdrungen. Es war eine solche Stille, daß sie sich nicht einmal darüber freuten. Der Grundriß des Dorfes bildete ein Dreieck, und das große Feld, auf dem das Dorf stand, war ebenfalls dreieckig, eine weite, kahle Lehmfläche ohne einen einzigen Strauch, ohne ein einziges Grashälmchen, so als wäre alles abgesengt und dann niedergestampft worden, eine dunkle Fläche, die von den zusammengewachsenen Kronen mächtiger Bäume überdeckt war.

»Dieses Dorf gefällt mir nicht«, verkündete Nava. »Hier hat es wahrscheinlich keinen Sinn, nach Essen zu fragen. Was für ein Essen kann es hier schon geben, wenn sie nicht mal ein Feld haben, nur den nackten Lehm? Bestimmt sind hier Jäger, die fangen alle möglichen Tiere ein und essen sie, mir wird schon schlecht, wenn ich daran denke...«

»Vielleicht ist das das Dorf der Wirrköpfe?«, fragte Kandid. »Vielleicht ist das hier das Lehmfeld?«

»Wie kann das da das Dorf der Wirrköpfe sein? Das ist ein Dorf wie jedes andere auch, so wie unser Dorf, nur daß eben die Wirrköpfe drin wohnen... Aber schau mal, wie still es hier ist, und Leute sind auch nicht zu sehen, nicht mal Kinder, aber die Kinder sind vielleicht schon schlafen gegangen... Aber warum sieht man denn keinen Menschen, Stummer? Du, gehen wir lieber nicht in dieses Dorf, es ist mir nicht geheuer...«

Die Sonne ging unter, und Dämmerung legte sich über das Dorf. Es schien leer zu sein, machte aber keinen vernachlässigten, verwahrlosten oder verlassenen Eindruck, sondern wirkte einfach leer, unwirklich, so als ob es kein Dorf wäre, sondern eine Dekoration. Ja, dachte Kandid, wahrscheinlich hat es keinen Sinn, hinzugehen. Aber die Beine tun mir schon weh, und ein Dach über dem Kopf wäre jetzt schön. Und was essen. Und

Nacht wird es auch... Verrückt, den ganzen Tag irren wir im Wald herum, sogar Nava ist müde geworden. Die hängt mir am Arm und läßt nicht los.

»Gut«, sagte er unschlüssig. »Wir gehen nicht hin.«

»So, dann gehen wir also nicht hin«, sagte Nava. »Und wenn ich essen will? Wie lang soll ich es eigentlich ohne Essen aushalten? Seit heute morgen habe ich nichts gegessen... Und dann diese blöden Diebe da... Weißt du, was für einen Hunger ich von der Lauferei bekommen habe? Nein, komm, gehen wir runter, essen wir was, und wenn es uns dort nicht gefällt, dann gehen wir gleich fort. Die Nacht wird heute warm sein und regnen wird es nicht... Na komm schon, worauf wartest du noch?«

Bereits am Dorfrand wurde ihnen nachgerufen. Neben dem ersten Häuschen, direkt auf der grauen Erde, saß ein fast nackter Mensch. In der Dämmerung war er schwer zu erkennen; er verschmolz mit dem Boden, und Kandid sah nur seine Umrisse gegen die weißliche Wand.

»Wohin geht ihr?«, fragte der Mensch mit schwacher Stimme.

»Wir müssen irgendwo übernachten«, sagte Kandid. »Und morgen früh müssen wir nach Neusiedel. Wir haben uns verirrt. Wir sind vor den Dieben davongelaufen und haben uns verirrt.«

»Ihr habt also allein hergefunden?«, sagte der Mensch matt. »Das ist eine Leistung, das habt ihr gut gemacht... Kommt nur rein, Arbeit gibt es in Hülle und Fülle und Leute so gut wie keine mehr...« Er sprach die Worte kaum aus, wie wenn er am Einschlafen wäre. »Und es muß gearbeitet werden... unbedingt... unbe...«

»Hast du nichts zu essen für uns?«, fragte Kandid.

»Bei uns ist jetzt...«. Der Mensch sprach einige Wörter, die Kandid bekannt vorkamen, obgleich er wußte, daß er sie noch nie gehört hatte. »Gut, daß ein Junge gekommen ist, denn ein Junge...«. Und erneut kamen unverständliche, seltsame Wörter aus seinem Mund.

Nava zog Kandid am Arm, aber er riß sich ärgerlich los.

»Ich verstehe dich nicht«, sagte er zu dem Menschen. Er versuchte, ihn sich genauer anzuschauen. »Sag, hast du was zu essen?«

»Wenn es drei wären...«, sagte der Mensch.

Nava zog Kandid mit aller Kraft fort, und sie gingen zur Seite.

»Ist er krank oder was?«, sagte Kandid wütend. »Hast du verstanden, was er gemurmelt hat?«

»Warum sprichst du mit ihm?«, flüsterte Nava. »Er hat doch kein Gesicht! Wie kannst du mit ihm sprechen, wenn er kein Gesicht hat?«

»Wieso kein Gesicht?«, sagte Kandid verwundert und blickte sich um. Der Mensch war nicht zu sehen; entweder war er fortgegangen, oder er hatte sich in der Dunkelheit aufgelöst.

»Er hatte eben keins«, sagte Nava. »Augen hatte er, Mund, aber kein Gesicht...« Plötzlich preßte sie sich an ihn. »Er war wie ein Leichenmensch«, sagte sie. »Nur war er kein richtiger, denn er roch, aber sonst war er wie ein Leichenmensch... Gehen wir in ein anderes Haus, aber Essen bekommen wir hier keins, da brauchst du dir gar keine Hoffnungen zu machen.«

Sie zog ihn zum nächsten Haus, und beide blickten hinein. Alles in diesem Haus war ungewöhnlich. Es gab keine Betten, keinen Wohngeruch, alles war leer, dunkel und beklemmend. Nava schnupperte.

»Hier hat es überhaupt noch nie Essen gegeben«, sagte sie angewidert. »In ein dummes Dorf hast du mich da geführt, Stummer. Was sollen wir hier tun? So ein Dorf habe ich im Leben nie gesehen. Kein Kindergeschrei und kein Mensch auf der Straße.«

Sie gingen weiter. Ihre Sohlen traten auf feinen, kühlen Staub, so daß sie nicht einmal ihre eigenen Schritte hörten. Auch der Wald schwieg, kein Knacken und kein Glucksen, wie es sonst abends zu hören war.

»Seltsam hat er gesprochen«, sagte Kandid. »Mir kommt es jetzt vor, als hätte ich so eine Sprache schon einmal gehört... Aber wann und wo, weiß ich nicht...«

»Ich auch nicht«, sagte Nava nach einer Weile. »Aber das ist wahr, ich habe auch solche Wörter gehört, vielleicht im Schlaf, vielleicht auch in unserem Dorf, nicht in unserem, wo wir jetzt wohnen, sondern im anderen, wo ich auf die Welt kam. Aber das muß schon ziemlich lange her sein, weil ich noch ganz klein war, und seit der Zeit habe ich alles vergessen, und jetzt ist es mir, als ob es zurückgekommen wäre, aber richtig erinnern kann ich mich auch nicht.«

Im nächsten Haus sahen sie einen Menschen, der direkt an der Schwelle auf dem Boden lag und schlief. Kandid beugte sich über ihn, rüttelte ihn an der Schulter, aber der Mensch wachte nicht auf. Seine Haut fühlte sich feucht und kalt wie bei einer Amphibie an; er war fett, weich und besaß kaum mehr Muskeln. Im Halbdunkel erschienen seine Lippen schwarz und fettig glänzend.

»Er schläft«, sagte Kandid und wandte sich zu Nava um.

»Wie kann er schlafen«, sagte Nava, »wenn er die Augen offen hat?«

Kandid beugte sich erneut über den Menschen, und es schien ihm, als schaute dieser tatsächlich unter seinen leicht geöffneten Lidern hervor. Aber es schien nur so.

»Aber nein, er schläft«, sagte Kandid. »Also weiter.«

Nava schwieg ganz gegen ihre Gewohnheit. Sie gingen bis zur Mitte des Dorfes und blickten in jedes Haus. Überall fanden sie Schlafende. Es waren fette, verschwitzte Männer, bei denen sich weder Frauen noch Kinder befanden. Nava war ganz verstummt, und auch Kandid war unbehaglich zumute. In den Mägen der Schlafenden rollte es dröhnend. Sie erwachten nicht, aber fast jedesmal, wenn sich Kandid beim Hinausgehen zu ihnen umblickte, schien es ihm, als begleiteten sie ihn mit kurzen, vorsichtigen Blicken. Es war ganz dunkel geworden. Zwischen den Zweigen schaute der vom Mond aschgrau gefärbte Himmel durch, und Kandid wurde erneut die fatale Ähnlichkeit des Ganzen mit einem guten Bühnenbild bewußt. Er fühlte sich erschöpft bis zum äußersten, bis zur völligen Teilnahmslosigkeit. Er wollte jetzt nur eins: sich hinlegen und ein Dach über dem Kopf (um während des Schlafes vor Nachtgetier aus der Luft geschützt zu sein). Es hätte ihm nichts ausgemacht, sich auf harten, ausgetretenen Boden zu legen, aber das Haus mußte leer sein, ohne diese unheimlichen Schläfer. Nava hing schlaff an seinem Arm.

»Keine Angst«, sagte Kandid. »Hier brauchen wir uns vor nichts zu fürchten.«

»Was sagst du?«, fragte sie verschlafen.

»Ich sagte: keine Angst. Die sind hier alle halbtot, die erledige ich mit einer Hand.«

»Ich habe vor niemandem Angst«, sagte Nava böse. »Ich bin müde und will schlafen, wenn du mir schon nichts zu essen gibst. Und du läufst weiter, von einem Haus ins nächste, und dann wieder ins nächste, ich habe es satt, das ist doch in allen Häusern das gleiche, alle Leute haben sich schon hingelegt und ruhen sich aus, bloß wir beide wandern noch rum...«

Da entschloß sich Kandid, ins erstbeste Haus zu gehen. Dort war es völlig finster. Kandid horchte, ob sich in dem Haus jemand befand oder nicht, aber er vernahm nur das Schnaufen Navas, die ihren Kopf an seiner Seite vergraben hatte. Tastend fand er die Wand, strich über den Boden, um die Trockenheit festzustellen, und legte sich hin. Navas Kopf bettete er auf seinen Bauch. Nava schlief bereits. Man sollte sich nochmal aufraffen, dachte er, hier ist es nicht gut... na ja, nur eine Nacht... morgen fragen wir nach dem Weg, am Tag schlafen sie ja nicht... im äußersten Fall in den Sumpf, die Diebe sind schon weg... aber wenn sie immer noch da sind?... und die Burschen in Neusiedel?... Doch nicht schon wieder übermorgen?... Nein, morgen... morgen...

Er erwachte von einem Lichtschein und glaubte, es sei der Mond. Im Haus war es dunkel, lila Licht fiel durchs Fenster und auf die Tür. Er sann darüber nach, wie das Mondlicht gleichzeitig durchs Fenster und auf die Tür gegenüber fallen konnte, dann jedoch erinnerte er sich, daß er sich ja im Wald befand und ein richtiger Mond gar nicht da sein konnte, vergaß den Gedanken sofort, denn in dem Lichtstreifen, der vom Fenster her kam, erschienen die Umrisse eines Menschen. Der Mensch stand da, im Haus, den Rücken zu Kandid gewandt, und schaute durchs

Fenster. An den Umrissen war zu erkennen, daß er die Arme am Rücken verschränkt und den Kopf gebeugt hatte. So standen die Waldbewohner nie da, sie hatten ganz einfach keine Veranlassung dazu, und da war einer gewesen, wie gerne stand der am Fenster des Laboratoriums, wenn es regnete oder Nebel war, wenn man nicht arbeiten konnte, Karl Ettinghof, Kandid begriff in aller Deutlichkeit, daß das Karl Ettinghof war, jener Karl, der sich irgendwann einmal von der Biostation entfernt hatte, in den Wald gegangen und nie zurückgekehrt war, und der offiziell als verschollen galt. Kandid schnappte vor Aufregung nach Luft und rief: »Karl!« Karl wandte sich langsam um, das lila Licht glitt über seine Gesichtszüge, und Kandid sah, daß es nicht Karl war, sondern ein unbekannter Einheimischer. Er kam geräuschlos auf Kandid zu und beugte sich über ihn, ohne seine Arme nach vorne zu nehmen. Sein Gesicht wurde jetzt in allen Einzelheiten sichtbar: ein ausgemergeltes, bartloses Gesicht, das in nichts an das Gesicht Karls erinnerte. Er sagte kein Wort, und offenbar sah er Kandid nicht einmal. Er richtete sich auf und ging in seiner gekrümmten Haltung zur Tür. Als er über die Schwelle trat, wußte Kandid, daß das trotz allem Karl war. Er sprang auf und lief ihm nach.

In der Tür blieb er stehen und blickte auf die Straße. Er versuchte, das fiebrige Zittern, das ihn plötzlich überkommen hatte, zurückzudrängen. Es war sehr hell, denn in geringer Höhe über dem Dorf hing ein lilafarbener, glänzender Himmel. Alle Häuser schienen flachgedrückt und vollends unwirklich zu sein. Schräg gegenüber auf der anderen Straßenseite erhob sich ein langer, seltsamer Bau, wie er im Wald sonst nicht anzutreffen war, und daneben bewegten sich Menschen. Der Mensch, der Karl so ähnlich war, ging allein auf den Bau zu, näherte sich der Menge, wurde von ihr aufgesogen und verschwand, als hätte es ihn nie gegeben. Kandid wollte auch an den Bau herangehen, aber seine Beine fühlten sich wie Watte an, und er spürte, daß er unfähig war zu gehen. Er wunderte sich, daß er auf solchen Beinen noch stehen konnte. Aus Angst hinzufallen wollte er sich irgendwo einhalten, aber da war nichts, denn ihn umgab völlige

Leere. »Karl«, murmelte er taumelnd. »Karl, komm zurück!«. Er wiederholte diese Worte einige Male und schrie sie dann in seiner Verzweiflung laut heraus, aber niemand hörte ihn, denn im selben Augenblick erscholl ein noch viel lauterer Schrei, jämmerlich und wild, unverhüllt Schmerz ausdrückend, ein Schrei, der in den Ohren gellte und Tränen hochsteigen ließ. Kandid begriff, daß das Schreien aus dem langen Bau kam, vielleicht deswegen, weil es von nirgendwo sonst herkommen konnte. »Wo ist Nava?« schrie er. »Mädchen, wo bist du?« Er wußte, daß er sie jetzt verlieren würde, daß der Augenblick gekommen war, in dem er alles, was ihm nahestand, verlieren würde, alles, was ihn mit dem Leben verband, und er allein zurückbleiben würde. Er drehte sich um und wollte zum Haus stürzen, da erblickte er Nava. Sie hatte den Kopf zurückgeworfen und sackte zusammen. Er fing sie auf und hob sie hoch, ohne zu begreifen, was mit ihr vorging. Ihr Kopf hing nach hinten, ihr entblößter Hals lag vor seinen Augen, die Stelle, wo alle Menschen das Grübchen zwischen den Schlüsselbeinen haben, Nava hatte aber zwei solche Grübchen, und er würde sie nie mehr sehen. Das Weinen hörte nicht auf, und er mußte dorthin, zum Weinen. Er wußte, daß das eine echte Heldentat war, er würde sie ja selbst hintragen, aber er wußte auch, daß es für *sie* gar keine Heldentat wäre, sondern ein selbstverständlicher, normaler Vorgang, weil sie das nicht nachvollziehen konnten, was das heißt, auf den Armen seine Tochter zu halten, die einzige, ein Wesen mit warmem Blut erfüllt, und sie dorthin zu tragen, wo das Weinen herkam.

Der Schrei brach ab. Kandid sah; daß er bereits vor dem Bau stand, inmitten all dieser Menschen, vor der quadratischen, schwarzen Tür. Er versuchte zu begreifen, was er hier mit Nava auf den Armen machte, aber er kam nicht dazu, denn aus der quadratischen, schwarzen Tür traten zwei Frauen heraus und mit ihnen Karl, alle drei finster und unzufrieden. Sie blieben stehen und sprachen. Er sah, wie sich ihre Lippen bewegten und erriet, daß sie eine Auseinandersetzung hatten und daß sie gereizt waren. Er verstand jedoch die Wörter nicht, nur einmal fing er das halb bekannte Wort »Chiasma« auf. Daraufhin wandte sich eine der Frauen, ohne ihr Gespräch zu unterbrechen, an die Menge und machte eine Geste, als ob sie alle einlüde, in den Bau zu kommen. Kandid sagte: »Sofort, sofort...« und preßte Nava noch fester an sich. Erneut ertönte lautes Weinen, alles ringsum kam in Bewegung, fettleibige Menschen umarmten sich, preßten sich aneinander, streichelten und liebkosten sich; ihre Augen waren trocken, ihre Lippen fest zusammengepreßt, doch sie waren es, die weinten und schrien. Sie schieden voneinander, denn offensichtlich waren es Männer und Frauen, und die Männer nahmen von den Frauen Abschied für immer. Niemand entschloß sich, als erster zu gehen, und da ging Kandid als erster, denn er war ein mutiger Mann, weil er wußte, was »Pflicht« bedeutete, weil er wußte, daß es keinen Ausweg gab. Aber Karl blickte ihn an und machte mit dem Kopf eine fast unmerkliche Bewegung zur Seite, und da graute ihm, weil das trotz allem nicht Karl war, aber er begriff und prallte zurück und stieß mit dem Rücken gegen Weiches und Glitschiges. Und als Karl wieder mit dem Kopf nickte, drehte sich Kandid um, warf Nava über die Schulter und rannte die verlassene, erleuchtete Straße entlang. Es war ihm, als träumte er. Seine Knie waren weich und knickten ein. Das Getrappel der Verfolger nahm er nicht wahr.

Er kam zu sich, als er gegen einen Baum prallte. Nava schrie auf, und er legte sie auf die Erde. Unter den Füßen war Gras.

Von hier aus war das ganze Dorf zu sehen. Über dem Dorf stand der Nebel wie ein lilaleuchtender Kegel. Die Häuser wirkten verschwommen, ebenso die winzigen Gestalten.

»Ich kann mich an nichts erinnern«, sagte Nava. »Wieso sind wir denn hier? Wir hatten uns doch schon schlafen gelegt. Oder träume ich das alles?«

Kandid hob sie auf und trug sie weiter fort, fort und fort. Er zwängte sich zwischen den Büschen hindurch und verfing sich im Gras. Dann wurde es ringsum ganz finster. Er ging noch etwas weiter, legte Nava wieder auf die Erde und setzte sich daneben. Um sie herum stand hohes, warmes Gras, Feuchtigkeit war so gut wie keine zu spüren. Noch nie war Kandid auf einen so trockenen und wohltuenden Platz im Wald gestoßen. Sein Kopf schmerzte, und er war zum Umfallen müde. Er wollte an nichts denken. Er verspürte nur unsagbare Erleichterung, denn er war dabei gewesen, etwas Furchtbares zu tun, und er hatte es nicht getan.

»Stummer«, sagte Nava schlaftrunken, »weißt du, Stummer, ich kann mich jetzt trotzdem erinnern, wo ich so eine Sprache schon einmal gehört habe. Du hast so geredet, Stummer, als du damals bewußtlos warst. Hör zu, Stummer, vielleicht bist du in diesem Dorf geboren? Hast du es vielleicht bloß vergessen? Du warst doch damals sehr krank, Stummer, ganz bewußtlos...«

»Schlaf«, sagte Kandid. Er wollte nicht denken. An nichts. »Chiasma« fiel ihm ein. Dann übermannte ihn der Schlaf. Das heißt, nicht sogleich. Er erinnerte sich noch, daß es nicht Karl war, der als verschollen galt, sondern Valentin. Karl war im Wald umgekommen; seinen Körper hatte man zufällig gefunden, in einen Bleisarg gelegt und aufs Festland gebracht. Aber Kandid dachte, er würde das alles träumen.

Als er die Augen öffnete, schlief Nava noch. Sie lag auf dem Bauch in einer Vertiefung zwischen zwei Wurzeln, das Gesicht in der linken Armbeuge vergraben, den rechten Arm zur Seite gestreckt. In der verschmutzten, halbgeöffneten Faust erblickte Kandid einen feinen, glänzenden Gegenstand. Zuerst begriff er nicht, wo er sich befand, und erst dann fiel ihm plötzlich der seltsame Wachtraum der vergangenen Nacht ein, sein Schrecken und seine Erleichterung, daß nichts Furchtbares passiert war. Dann wußte er auch, was für ein Gegenstand das war, und sogar die Bezeichnung kam ihm unerwartet in den Sinn. Es war ein Skalpell. Er blieb eine Weile wartend stehen und prüfte die Übereinstimmung zwischen der Form des Gegenstandes und dem Klang dieses Wortes nach; allerdings mußte er sich eingestehen, daß es da gar nichts nachzuprüfen gab, daß alles richtig, aber völlig unmöglich war, denn das Skalpell widersprach in Form und Bezeichnung dieser Welt in geradezu beängstigender Weise. Er weckte Nava.

Nava erwachte, setzte sich auf und redete sofort drauflos.

»Was für ein trockener Platz, nie im Leben hätte ich gedacht, daß es so trockene Plätzchen gibt, und wie hier nur Gras allein wachsen kann, Stummer...« Sie schwieg und hielt die Faust mit dem Skalpell vor ihr Gesicht. Einen Augenblick lang blickte sie auf das Skalpell, dann kreischte sie auf, schleuderte es jählings von sich und sprang auf die Beine. Das Skalpell bohrte sich ins Gras und blieb stecken. Sie schauten hin und beiden graute es. »Was ist das, Stummer?«, flüsterte Nava schließlich. »Was für ein schreckliches Ding... Oder ist das vielleicht kein Ding? Ist das vielleicht eine Pflanze? Schau, hier ist es überall so trocken, vielleicht ist es hier gewachsen?«

»Warum schrecklich?«, fragte Kandid.

»Und wie schrecklich«, sagte Nava. »Nimm es nur in die Hand... Versuch's nur, versuch's nur, nimm es, dann wirst du schon merken, wie schrecklich... Ich weiß selbst nicht, warum es schrecklich ist...«

Kandid nahm das Skalpell. Es war noch warm, das scharfe Ende wurde jedoch schon kalt. Wenn man vorsichtig mit dem Finger am Skalpell entlangstrich, konnte man die Stelle finden, wo es vom Warmen zum Kalten überging.

»Wo hast du das mitgenommen?«, fragte Kandid.

»Nirgends«, sagte Nava. »Bestimmt ist es mir in die Hand geschlüpft, als ich schlief. Siehst du, wie kalt es ist? Wahrscheinlich wollte es sich wärmen und ist mir in die Hand geschlüpft. Ich habe noch nie solche... so ein... ich weiß gar nicht, wie ich das nennen soll. Das ist doch keine Pflanze, das ist so ein Tier, vielleicht hat es auch Beinchen, es hat sie nur versteckt, und so hart ist es und böse... Aber vielleicht schlafen wir noch ein bißchen, Stummer?« Plötzlich stockte sie und schaute Kandid an. »Aber waren wir heute nacht nicht im Dorf? Wir waren doch dort, da war doch dieser Mensch ohne Gesicht, und der dachte immer, daß ich ein Junge bin... Und wir haben einen Platz zum Schlafen gesucht... Ja, und dann bin ich aufgewacht, du warst nicht da, und ich habe mich vorgetastet... Da ist es mir in die Hand geschlüpft!«, sagte sie. »Aber weißt du, was mich wundert, Stummer, da hatte ich überhaupt keine Angst vor ihm, im Gegenteil... ich habe es sogar für irgendwas gebraucht...«

»Das hast du alles geträumt«, sagte Kandid mit Entschiedenheit. Ihm lief es kalt den Rücken hinunter. Er erinnerte sich an alles, was in der Nacht gewesen war. Auch an Karl. Und daran, wie dieser unmerklich mit dem Kopf genickt hatte: hau ab, solange es geht... Und daran, daß Karl Chirurg gewesen war.

»Warum sagst du nichts, Stummer?«, fragte Nava beunruhigt und blickte ihm ins Gesicht. »Wohin schaust du?«

Kandid schob sie von sich.

»Das war ein Traum«, sagte er streng. »Vergiß ihn. Such lieber was zu Essen. Dieses Ding vergrabe ich.«

»Aber wozu habe ich es denn gebraucht, weißt du nicht?«, fragte Nava. »Irgendwas sollte ich damit doch machen...« Sie schüttelte den Kopf. »Ich mag solche Träume nicht, Stummer«, sagte sie. »Ich kann mich an nichts erinnern. Vergrabe es tiefer, sonst kommt es noch raus und schleicht sich ins Dorf und erschreckt dort jemand... Leg lieber noch einen Stein drauf, möglichst schwer... Also, vergrab es, ich suche inzwischen was zum Essen...« Sie sog die Luft durch die Nase ein. »Irgendwo in der Nähe sind Beeren. Das wundert mich, wie kommen Beeren an einen so trockenen Platz?«

Leichtfüßig und geräuschlos lief sie durchs Gras und war bald zwischen den Bäumen verschwunden. Kandid blieb sitzen, das Skalpell auf der Handfläche. Er dachte nicht daran, es zu vergraben. Er wickelte um die Schneide ein Grasbüschel und steckte das Skalpell unters Hemd. Jetzt erinnerte er sich an alles und begriff trotzdem nichts. Es war irgendein seltsamer und furchtbarer Traum, aus dem durch jemandes Unachtsamkeit das Skalpell herausgefallen war. Schade, dachte er, heute habe ich einen selten klaren Kopf und begreife trotzdem nichts. Das bedeutet, daß es nie gehen wird.

Nava kam bald zurück und holte aus ihrem Hemd einen Haufen Beeren und einige große Pilze hervor.

»Dort ist ein Pfad, Stummer«, sagte sie. »Gehen wir lieber nicht in dieses Dorf da zurück, wozu auch, soll es doch... gehen wir den Pfad entlang, irgendwo kommen wir bestimmt raus. Und dann fragen wir nach dem Weg nach Neusiedel und alles wird gut. Ich wundere mich, wie es mich jetzt nach Neusiedel zieht, da habe ich früher nie hingewollt. Aber in dieses komische Dorf gehen wir nicht mehr zurück, da hat es mir gleich nicht gefallen, es war schon richtig, daß wir von dort fortgegangen sind, sonst wäre bestimmt was Schlimmes passiert. Wenn du es genau wissen willst, dann hätten wir gar nicht hinzugehen brauchen. Die Diebe haben dir doch zugerufen, daß du nicht gehen sollst, daß du verloren bist, aber du hörst ja nie auf jemand. Deinetwegen wäre es uns beinahe schlimm ergangen... Warum ißt du denn nichts? Die Pilze sind recht nahrhaft, die Beeren schmecken auch gut, du mußt sie auf der Handfläche zerdrücken, mach kleine Bröckchen... wie ein kleines Kind bist du heute. Jetzt weiß ich es wieder, Mama sagte mir immer, daß die besten Pilze im Trockenen wachsen, aber damals verstand ich nicht, was das heißt, trocken, Mama sagte, daß es früher viel mehr trockene Plätze gab, wie auf einem guten Weg, deswegen verstand sie das, aber ich verstand es nicht...«

Kandid kostete den Pilz und aß ihn auf. Die Pilze waren wirklich gut, auch die Beeren schmeckten, und Kandid wurde munter. Aber er wußte noch nicht, wie es jetzt weitergehen sollte. Ins Dorf wollte auch er nicht zurückkehren. Er versuchte, sich die Gegend so vorzustellen, wie sie der Hinker mit einem Stock auf die Erde gezeichnet hatte, und erinnerte sich, daß der Hinker von einem Weg zur STADT gesprochen hatte, der durch diese Gegend führen mußte. »Ein sehr guter Weg«, hatte der Hinker bedauernd gesagt, »Ein schnurgerader Weg bis zur STADT, nur kommt man eben durch den Sumpf nicht durch, das ist das Dumme...« Gelogen hat er, der hinkende Kerl. Gelogen hat er. Durch den Sumpf war der Hinker schon gegangen, wahrscheinlich war er auch schon in der STADT gewesen, aber aus irgendeinem Grund hatte er gelogen. Vielleicht war Navas Pfad eben dieser schnurgerade Weg? Er wollte es wagen. Aber zuerst mußten sie trotz allem zurückkehren. Sie mußten zurück in jenes Dorf...

»Wir müssen noch einmal zurück, Nava«, sagte er, als sie gegessen hatten.

»Wohin zurück? In dieses komische Dorf?« Nava war verdrossen. »Wozu sagst du solche Sachen, Stummer? Was haben wir denn in diesem Dorf noch zu suchen? Das ist es, was ich an dir nicht mag, Stummer, mit dir kann man nie etwas ausmachen wie bei normalen Menschen... Wir hatten doch beschlossen, in dieses Dorf nicht mehr zurückzukehren, und einen Pfad habe ich auch gefunden, und jetzt fängst du wieder damit an, daß wir zurückmüssen...«

»Wir müssen noch einmal zurück«, wiederholte er. »Ich will selbst nicht, Nava, aber wir müssen da nochmal hin. Stell dir vor, die könnten uns sagen, wie man von hier schneller zur STADT kommt!...«

»Wieso zur STADT? Ich will nicht zur STADT, ich will nach Neusiedel!«

»Nein, gehen wir gleich zur STADT«, sagte Kandid. »Ich halte es hier nicht mehr aus.«

»Gut«, sagte Nava. »Gut, gehen wir zur STADT, sogar besser so, was sollen wir schon in Neusiedel? Gehen wir zur STADT, ich habe nichts dagegen, ich gehe mit dir überall hin, nur laß uns nicht in dieses Dorf zurückgehen... Mach, was du willst, ich würde jedenfalls nie in dieses Dorf zurückgehen.«

»Ich auch nicht«, sagte er. »Aber wir müssen. Sei nicht böse, Nava, ich will ja selbst nicht...«

»Wenn du schon selbst nicht willst, weshalb gehen wir dann?«

Er wollte ihr nicht erklären, weshalb, und hätte es auch nicht vermocht. Er stand auf und ging ohne sich umzuwenden in die Richtung, in der das Dorf liegen mußte, durch das warme, trokkene Gras, an den warmen, trockenen Stämmen vorbei. Er blinzelte in das warme Sonnenlicht, von dem es hier ungewohnt viel gab, und schritt weiter, dem durchlebten Grauen entgegen, das seinen Körper in schmerzhafte Anspannung versetzte, der stillen und seltsamen Hoffnung entgegen, die sich ihren Weg durch das Grauen gebahnt hatte wie ein Grashalm durch eine Ritze im Asphalt.

Nava hatte ihn eingeholt und ging neben ihm. Sie war wütend und schwieg sogar für kurze Zeit. Schließlich hielt sie es doch nicht mehr aus.

»Glaub ja nicht«, verkündete sie, »daß ich mit diesen Leuten sprechen werde. Sprich nur selber mit ihnen; wenn du schon hingehst, dann sprich auch mit ihnen. Ich jedenfalls will nichts mit einem Menschen zu tun haben, der nicht einmal ein Gesicht hat, ich mag das nicht. Von einem solchen Menschen ist nichts Gutes zu erwarten, wenn er nicht mal einen Jungen von einem Mädchen unterscheiden kann... Seit dem Morgen habe ich Kopfweh, und weiß jetzt auch, warum...«

Das Dorf tauchte unerwartet vor ihnen auf. Offenbar war Kandid zu weit seitlich geraten, denn es lag rechter Hand zwischen den Bäumen. Alles hatte sich verändert, nur verstand Kandid nicht gleich, was geschehen war. Dann begriff er: das Dorf versank im Wasser.

Schwarzes Wasser überflutete das dreieckige Feld, und man konnte sehen, wie es anstieg. Es füllte die Lehmgräben, überschwemmte die Häuser und flutete lautlos auf den Straßen. Kandid stand hilflos da und sah, wie die Fensteröffnungen im Wasser verschwanden, wie die aufgeweichten Wände einsanken und zerfielen und wie die Dächer durchbrachen. Niemand lief aus den Häusern heraus, niemand versuchte, das Ufer zu erreichen, kein Mensch tauchte auf der Wasseroberfläche auf. Vielleicht waren gar keine Leute da, vielleicht waren sie alle in der Nacht fortgegangen, doch Kandid fühlte, daß es nicht so einfach sein konnte. Das ist kein Dorf, dachte er, das ist ein künstliches Modell. Es hatte dagestanden, vergessen und verschwommen, und plötzlich hatte jemand Lust herauszufinden, wie das wäre, wenn man das alles unter Wasser setzte. Vielleicht würde es interessant werden?... Und es wurde unter Wasser gesetzt. Aber interessant wurde es nicht...

Das Dach des flachen Baus bog sich weich durch und tauchte lautlos ins Wasser. Es war, als glitte über das schwarze Wasser ein leichter Seufzer. Wellen liefen über die glatte Oberfläche, dann war alles vorbei. Vor Kandid lag ein gewöhnlicher dreiekkiger See. Er war vorerst noch seicht und leblos, würde später jedoch abgrundtief werden, Fische würden sich in ihm ansiedeln. Und diese Fische werden wir fangen, präparieren und in Formalin legen, dachte er.

»Ich weiß, wie man dazu sagt«, sagte Nava. Ihre Stimme klang so ruhig, daß Kandid sie anblickte. Sie war tatsächlich völlig ruhig und anscheinend sogar zufrieden. »Das nennt man ERSCHLIESSUNG«, sagte sie. »Deswegen hatten die auch kein Gesicht, nur habe ich das nicht gleich verstanden. Wahrscheinlich wollten sie im See leben. Mir hat man erzählt, daß die Leute, die vorher in den Häusern wohnten, dableiben, um im See wohnen zu können. Hier wird jetzt immer ein See sein, und wer nicht will, der geht eben fort. Ich zum Beispiel würde fortgehen, obwohl es vielleicht sogar besser ist, im See zu leben. Aber das weiß niemand... Wollen wir nicht baden?«, schlug sie vor.

»Nein«, sagte Kandid. »Ich will hier nicht baden. Gehen wir auf deinen Pfad. Komm.«

Wenn ich hier nur rausfinden würde, dachte er. Ich komme mir schon wie das Maschinchen im Labyrinth vor... Alle standen wir herum und lachten, als es sich geschäftig vortastete, suchte, schnupperte... Dann füllten sie das kleine Becken auf seinem Weg mit Wasser, und es war rührend, wie hilflos es auf einmal war. Aber das dauerte auch nur einige Augenblicke, dann bewegte es wieder geschäftig seine Antennen, summte und schnupperte. Es wußte nicht, daß wir ihm zuschauten, und uns war das völlig egal, ob es das wußte oder nicht, obwohl wahrscheinlich gerade das das Schrecklichste von allem war. Wenn so etwas überhaupt als schrecklich bezeichnet werden kann. Eine Notwendigkeit kann weder schrecklich noch gut sein. Eine Notwendigkeit ist notwendig, alles andere denken wir uns aus oder die Maschinchen in den Labyrinthen, wenn sie dazu in der Lage sind. Wenn wir uns irren, dann packt uns die Notwendigkeit einfach an der Gurgel, und wir fangen an zu weinen und zu klagen, wie grausam und furchtbar sie ist, aber sie ist nun mal so, wie sie ist, wir sind es, die dumm oder blind sind. Ich kann sogar philosophieren heute, dachte er. Wahrscheinlich kommt das von der Trockenheit. Das darf nicht wahr sein, ich philosophiere...

»Da ist dein Pfad«, sagte Nava böse. »Geh schon, bitte.«

Sie ist böse, dachte er. Ich habe sie nicht baden lassen, ich schweige die ganze Zeit, ringsum ist alles trocken, das ist nicht angenehm für sie... Aber das macht nichts, soll sie ein wenig böse sein. Solange sie böse ist, schweigt sie, und das ist auch schon etwas. Wer geht auf diesen Pfaden? Sind die etwa so begangen, daß sie nicht zuwachsen? Ein eigenartiger Pfad ist das, so als hätte man ihn nicht ausgetreten, sondern ausgegraben...

Der Pfad führte anfangs durch angenehmes, trockenes Gelände, bald jedoch ging es steil bergab, und der Weg verwandelte sich in einen sumpfigen Streifen schwarzen Morasts. Der reine Wald blieb zurück, an seine Stelle traten ausgedehnte Sümpfe und Moosgewächse, und es wurde feucht und schwül. Nava lebte augenblicklich auf. Hier fühlte sie sich wesentlich wohler. Sie erzählte bereits wieder, und bald stellte sich in Kandids Kopf das übliche summende Geräusch ein, und er bewegte sich wie im Halbschlaf, hatte jegliche Philosophie vergessen und hatte fast schon vergessen, wohin er ging. Er gab sich zufälligen, unzusammenhängenden Gedanken hin, eigentlich nicht einmal Gedanken, sondern Vorstellungen.

...Der Hinker humpelt die Hauptstraße entlang und verkündet allen Entgegenkommenden (wenn ihm niemand entgegenkommt, dann einfach so), daß nämlich sozusagen der Stumme fortgegangen ist und Nava mitgenommen hat, wahrscheinlich ist er zur STADT gegangen, aber die STADT gibt es gar nicht. Vielleicht nicht zur STADT, vielleicht zum Schilfdorf, im Schilfdorf lassen sich die Fische gut anlocken, Finger ins Wasser, und schon ist er da, der Fisch. Aber wozu eigentlich Fische, der Stumme ißt doch keinen Fisch, der Dummkopf, aber vielleicht tut er es für Nava und fängt Fische. Nava ißt Fische, er wird sie also mit Fischen füttern... Aber wieso hat er dann die ganze Zeit nach der STADT gefragt? N-nein, der ist nicht zum Schilfdorf gegangen, und man muß damit rechnen, daß er nicht so bald zurückkommt... Und da kommt ihm auf der Hauptstraße Faust entgegen und erzählt allen Entgegenkommenden, daß der Stumme immer zu ihm gekommen ist und ihn überreden wollte, gehen wir zur STADT, Faust, hat er gesagt, übermorgen gehen wir, ein ganzes Jahr wollte er übermorgen zur STADT gehen, und als ich einen Berg Proviant vorbereitet habe, daß die Alte schon geschimpft hat, da geht er ohne mich und ohne Proviant weg... Da war auch mal einer, verdammt und Nasenhaar, der ging immer ohne Proviant weg, da bekam er eine über den Kopf, jetzt geht er nicht mehr weg, auch mit Proviant geht er nicht mehr weg, und ohne Proviant hat er Angst, der sitzt zu Hause, so eine hat er bekommen... Und Schwanz steht daneben mit dem Alten, der bei ihm zu Hause frühstückt, und sagt zu ihm, du ißt ja schon wieder, und schon wieder, was dir nicht gehört. Du brauchst dir nicht zu denken, daß es mir ums Essen geht, sagt er, ich staune nur, wie in einem so mageren Alten so viele Schüsseln Platz haben, noch dazu wenn das Essen so sättigend ist. Iß nur zu, sagt er, aber sag mir, bist du allein hier oder sind noch welche bei uns im Dorf? Vielleicht seid ihr zu dritt oder wenigstens zu zweit? Aber es ist schrecklich, dir zuzuschauen, wie du ißt und ißt, dann satt bist und erklärst, daß es so ›nicht geht‹...

Nava ging an seiner Seite, hatte sich mit beiden Armen an seinen Arm gehängt und erzählte drauflos:

»Und da lebte in unserem Dorf ein Mann, den nannten sie den Gekränkten Dulder, du kannst dich an ihn nicht erinnern, du warst damals gerade ohne Gedächtnis. Und dieser Gekränkte Dulder fühlte sich immer von allem gekränkt und fragte: warum? Warum ist es am Tag hell und in der Nacht dunkel? Warum kriegt man von Käfern einen Rausch, aber von Ameisen nicht? Warum interessieren sich die Leichenmenschen nur für Frauen, und warum brauchen sie keine Männer? Bei ihm hatten sich die Leichenmenschen zwei Frauen geholt, eine nach der anderen. Die erste holten sie sich noch vor meiner Zeit, bei der zweiten war ich schon im Dorf und da ging er immer herum und fragte, warum haben sie nicht mich geholt, sondern die Frau... Ganze Tage und Nächte ging er dann in den Wald, damit sie ihn auch dorthin trieben, dann hätte er auch seine Frauen gefunden, wenigstens eine, aber sie trieben ihn natürlich nicht hin, weil die Leichenmenschen ja keine Männer brauchen, sie brauchen Frauen, so ist es eben bei ihnen, und wegen eines hergelaufenen Gekränkten Dulders dachten die gar nicht daran, ihre Ordnung auf den Kopf zu stellen... Und dann fragte er auch immer, warum man auf dem Feld arbeiten muß, wo es doch im Wald genug zu essen gibt, man braucht nur Gärstoff drüber zu gießen und zu essen. Der Dorfälteste sagte zu ihm, wenn du nicht willst, dann brauchst du nicht zu arbeiten, niemand schleppt dich hin... Aber der fragte ungerührt weiter, wieso und warum... Oder er hängte sich an Faust. Warum, fragte er, ist das obere Dorf mit Pilzen zugewachsen und unseres wächst einfach nicht zu? Faust erklärte ihm das zuerst in aller Ruhe, bei den Oberen war eine ERSCHLIESSUNG, bei uns noch nicht, das ist alles. Aber der fragte weiter: und warum ist bei uns immer noch keine ERSCHLIESSUNG? Wozu brauchst du denn diese ERSCHLIESSUNG? fragte Faust, langweilst du dich ohne sie? Aber der Gekränkte Dulder gab keine Ruhe, der machte Faust ganz fertig; da schrie Faust laut herum, daß es im ganzen Dorf zu hören war, schwang die Fäuste und lief zum Dorfältesten, um sich zu beschweren. Der Dorftälteste bekam auch die Wut, rief das Dorf zusammen, und da liefen sie alle dem Gekränkten Dulder nach, um ihn zu bestrafen, aber fangen konnten sie ihn nicht... Auch beim Alten war er recht oft zudringlich; der Alte ging zuerst nicht mehr zum Essen zu ihm, dann versteckte er sich vor ihm, schließlich hielt er es nicht mehr aus und sagte: hau ab, sagte er, wegen dir bring ich keinen Bissen über die Lippen, woher soll ich wissen, warum? Die STADT weiß, warum, und Schluß damit. Und der Gekränkte Dulder ging los zur STADT und ist nie mehr zurückgekommen...«

Langsam schwammen rechts und links gelbgrüne Flecken vorbei, dumpf platzten reife Rauschpilze und warfen ganze Fontänen rotbrauner Sporen aus, summend schoß eine verirrte Waldwespe heran und versuchte, in ein Auge zu treffen, und man mußte gute hundert Meter laufen, um sie abzuschütteln, vielfarbige Wasserspinnen klammerten sich an die Lianen und bauten lärmend und geschäftig ihre Behausungen; Springbäume duckten sich, krümmten sich und setzten zum Sprung an, als sie jedoch das Herannahen der Menschen spürten, erstarrten sie und taten wie gewöhnliche Bäume. Der Blick irrte haltlos umher, nichts blieb im Gedächtnis haften. Und man konnte an nichts denken, denn an Karl zu denken, an die vergangene Nacht und an das überflutete Dorf, wäre gleichbedeutend mit einem Fiebertraum gewesen.

»Der Gekränkte Dulder war ein guter Mensch, er und der Hinker haben dich hinter dem Schilfdorf gefunden. Sie waren zu den Ameisenhaufen unterwegs, aber es verschlug sie ins Schilfdorf, und dort haben sie dich gefunden. Dann schleppten sie dich her, eigentlich schleppte dich der Gekränkte Dulder, und der Hinker lief nur hinterher und sammelte alles auf, was so aus dir herausfiel... Das war eine ganze Menge, und dann, erzählte er, bekam er es mit der Angst zu tun und warf alles fort. So etwas ist bei uns nie gewachsen, erzählte er, und kann auch nicht wachsen. Dann zog dir der Gekränkte Dulder die Kleidung aus, eine komische Kleidung war das, niemand konnte sich vorstellen, wo sowas wächst und wie... Er zerschnitt also deine Kleidung und pflanzte sie ein; er dachte, daß sie wachsen wird, aber nichts wuchs, es ging nicht mal was auf, und da ging er wieder im Dorf herum und fragte: warum ist das so, ich kann an Kleidung nehmen, was ich will, ich zerschneide sie und pflanze sie ein und sie wächst, deine aber, Stummer, ist nicht mal aufgegangen... Er kam auch oft zu dir und ließ dir keine Ruhe, aber du lagst damals bewußtlos da und hast nur irgendwas gemurmelt, so wie der ohne Gesicht, und hast dich hinter deinen Armen versteckt. Da ließ er dich wieder in Ruhe, ohne was erfahren zu haben. Und viele Männer gingen dann zum Schilfdorf, Faust, Schwanz, sogar der Dorfälteste, sie hofften, daß sie noch so einen finden würden wie dich. Aber sie fanden keinen... Und dann haben sie mich zu dir gesteckt. Pfleg ihn, so gut du kannst, sagten sie, wenn er gesund wird, hast du einen Mann, auch wenn er ein Fremder ist, du bist ja eigentlich auch so eine Fremde. Ich bin nämlich auch eine Fremde, Stummer. Das passierte damals so: die Leichenmenschen schnappten die Mutter und mich, in der Nacht war kein Mond...«

Das Gelände stieg allmählich wieder an, blieb jedoch feucht, obwohl der Wald reiner wurde. Man sah keine Stämme mehr im Wasser, keine fauligen Äste, keine Haufen faulender Lianen. Das Grün verschwand, alles wurde gelb und orange. Die Bäume wurden stämmiger, und der Sumpf wurde einförmig, Moos und Schlamm waren verschwunden. Das verfilzte Unterholz blieb zurück, rechts und links weitete sich der Blick. Das Gras am Wegrand war jetzt weicher und saftiger, so als hätte es jemand ausgewählt und gepflanzt.

Nava verstummte mitten im Satz, schnupperte und sagte nach einem prüfenden Blick in die Gegend:

»Wo können wir uns hier verstecken? Hier kann man sich nirgends verstecken...

»Kommt jemand?«, fragte Kandid.

»Ja, viele, aber ich weiß nicht, wer... Das sind keine Leichenmenschen, aber verstecken sollten wir uns doch. Stellen wir uns an den Wegrand und schauen mal... Wir brauchen uns natürlich nicht zu verstecken, die sind sowieso schon ganz in der Nähe, und wo sollten wir uns hier auch verstecken?« Sie schnupperte noch einmal. »So ein widerlicher Geruch. Gefährlich ist er nicht, aber besser, es würde ihn nicht geben... Riechst du immer noch nichts, Stummer? Es stinkt ja, wie wenn Gärstoff übergärt. Da hat man den Topf vor der Nase, und wenn man reinschaut, dann ist fauliger, verschimmelter Gärstoff drin... Da sind sie! Ach, die sind ja klein, das ist nicht schlimm, die verjagst du leicht... Huh-huh-huh!«

»Sei ruhig«, sagte Kandid. Sein Blick wurde gespannt.

Zuerst schien es ihm, als ob ihm auf dem Pfad weiße Schildkröten entgegenkröchen. Dann wurde ihm klar, daß er diese Tiere noch nie gesehen hatte. Sie ähnelten riesigen, undurchsichtigen Amöben oder sehr jungen Holznacktschnecken, nur hatten Schnecken keine Scheinfüßchen und waren etwas größer. Die Zahl der Tierchen war beträchtlich; sie krochen rasch näher, eins nach dem anderen, warfen geschickt ihre Scheinfüßchen nach vorn und schoben sich darauf. Bald waren die weißen, glänzenden Tierchen herangekommen. Jetzt stieg Kandid ein scharfer, unbekannter Geruch in die Nase. Er trat vom Pfad zur Seite und zog Nava nach. Die Schneckenamöben krochen eine nach der anderen vorbei, ohne ihnen die geringste Aufmerksamkeit zu schenken. Es waren doch nur zwölf. Nava hielt es nicht mehr aus und trat mit der Ferse auf die letzte, die zwölfte. Das Tierchen zog geschickt sein Hinterteil ein und bewegte sich hüpfend weiter. Nava geriet in helle Begeisterung. Sie stürzte ihm nach und wollte es noch einmal treten. Kandid erwischte sie an der Kleidung.

»Aber sie sind doch so lustig«, sagte Nava. »Und sie kriechen, als ob Menschen auf dem Pfad dahergingen... Ich möchte gern wissen, wohin sie gehen, Stummer. Wahrscheinlich in dieses komische Dorf, vielleicht sind sie von dort; sie gehen jetzt zurück und wissen nicht, daß im Dorf schon die ERSCHLIESSUNG war. Da werden sie ein bißchen am Wasser entlanggehen und dann umkehren. Aber wohin sollten die armen denn gehen? Ob sie ein anderes Dorf suchen?... Heh!«, rief sie. »Nicht weitergehen! Euer Dorf gibt es nicht mehr, das ist alles ein einziger See!«

»Halt den Mund«, sagte Kandid. »Gehen wir. Die verstehen deine Sprache nicht. Du schreist umsonst.«

Sie gingen weiter. Es schien ihnen, als wäre der Weg durch die Tierchen glitschiger geworden. Wir haben uns getroffen und sind auseinandergegangen, dachte Kandid. Getroffen und doch verfehlt. Und ich habe ihnen den Weg geräumt. Ich ihnen, und nicht sie mir. Dieser Umstand erschien ihm plötzlich sehr wichtig. Sie sind klein und hilflos, und ich bin groß und stark, aber ich bin beiseite getreten und habe sie vorbeigelassen. Jetzt denke ich an sie, sie sind vorbei und werden sich an mich wahrscheinlich längst nicht mehr erinnern. Weil sie im Wald zu Hause sind, und im Wald begegnet einem allerhand. So wie es im Haus Schaben, Wanzen und Asseln gibt; oder es verfliegt sich ein hirnloser Schmetterling. Oder eine Fliege brummt gegen die Scheibe. Aber das stimmt nicht, daß die Fliege gegen die Scheibe brummt. Die Fliege bildet sich doch ein, daß sie fliegt, wenn sie gegen die Scheibe brummt. Und ich bilde mir ein, daß ich gehe. Nur weil ich einen Fuß vor den anderen setze... Mich von der Seite zu betrachten, ist wahrscheinlich lustig und... wie sagt man... mitleidig... es tut einem leid... wie heißt es richtig...

»Bald kommt ein See«, sagte Nava. »Gehen wir schneller, ich habe Hunger und Durst. Vielleicht lockst du mir ein paar Fische an...«

Sie gingen rascher. Schilf tauchte auf. Na gut, dachte Kandid, ich bin einer Fliege ähnlich. Und einem Menschen auch? Er erinnerte sich an Karl und auch daran, daß Karl Karl nicht ähnlich war. Kann durchaus sein, dachte er gelassen. Kann durchaus sein, daß ich nicht der Mensch bin, der vor soundsoviel Jahren mit dem Hubschrauber abgestürzt ist. Nur verstehe ich dann nicht, wozu ich gegen die Scheibe brumme. Karl brummte doch bestimmt nicht mehr gegen die Scheibe, seit *das* mit ihm passiert ist. Es muß eigenartig sein, wenn ich zur Biostation komme und sie mich sehen. Gut, daß ich darüber nachgedacht habe. Darüber muß ich viel und gründlich nachdenken. Gut, daß ich noch viel Zeit habe und nicht so bald zur Biostation komme...

Der Pfad teilte sich. Der eine führte offensichtlich zum See, der andere machte eine scharfe Krümmung nach rechts.

»Da gehe ich nicht lang«, sagte Nava, »da geht es bergauf. Ich möchte trinken.«

Der Pfad verengte sich zusehends, glich bald einer Wagenrinne und verlor sich im Schilf. Nava blieb stehen.

»Gehen wir lieber nicht an diesen See, Stummer«, sagte sie. »Ich weiß nicht, warum mir dieser See nicht gefällt. Irgendwas stimmt da nicht. Für mich ist das nicht mal ein See, da sind noch viele andere Sachen drin außer Wasser...«

»Aber Wasser ist doch drin?«, fragte Kandid. »Trinken wolltest du doch. Und ich hätte auch nichts dagegen...«

»Wasser ist da«, sagte Nava widerwillig, »aber es ist warm. Schlechtes Wasser ist das, unsauberes... Weißt du was, Stummer, bleib du ein bißchen hier, du gehst nämlich furchtbar laut, nichts hört man deinetwegen, so einen Krach machst du, bleib hier und warte auf mich, ich rufe dich dann. Ich werde wie ein Springtier schreien. Weißt du, wie es schreit?... Genauso werde ich schreien. Bleib hier stehen oder setz dich lieber hin...«

Sie tauchte ins Schilf und war augenblicklich verschwunden. Und jetzt kam Kandid die dumpfe, wattegleiche Stille zum Bewußtsein, die hier herrschte. Man hörte weder das Summen der Insekten, noch das Seufzen und Glucksen des Sumpfes; auch Schreie der Waldtiere waren nicht zu hören. Das war nicht die trockene Stille des wunderlichen Dorfes; dort war es still gewesen wie nachts hinter Theaterkulissen. Hier jedoch war es still wie unter Wasser. Kandid kauerte sich vorsichtig nieder, riß einige Grashälmchen aus, zerrieb sie zwischen den Fingern und kam plötzlich zu dem Schluß, daß die Erde hier eßbar sein mußte. Er riß ein Grasbüschel mitsamt der Erde aus und begann zu essen. Das Gras stillte Hunger und Durst gleichermaßen. Es war kühl und hatte einen leicht salzigen Geschmack. Käse, kam es ihm in den Sinn. Ja, Käse... Was ist Käse... Schweizer Käse, Schmelzkäse. Seltsam...

Dann tauchte Nava lautlos aus dem Schilf auf. Sie hockte sich neben Kandid und begann ebenfalls zu essen, schnell und gründlich. Ihre Augen waren rund geworden.

»Gut, daß wir hier etwas gegessen haben«, sagte sie schließlich. »Willst du schauen, was das für ein See ist? Ich will nämlich nochmal schauen, aber allein fürchte ich mich. Das ist genau der See, von dem der Hinker immer erzählt, nur dachte ich, daß er sich das alles ausdenkt, oder daß er das alles geträumt hat, aber es stimmt alles, oder ich habe geträumt...«

»Komme, schauen wir mal«, sagte Kandid.

Der See lag fünfzig Schritt entfernt. Kandid und Nava stiegen durch morastigen Grund zum See hinab. Sie mußten sich ihren Weg durch das Schilf bahnen. Über dem Wasser lag eine dicke Schicht weißen Nebels. Das Wasser war warm, ja heiß, sauber und klar. Es roch nach Essen. Der Nebel wiegte sich langsam in gleichmäßigem Rhythmus, und bald darauf verspürte Kandid ein Schwindelgefühl. Im Nebel war jemand. Leute. Viele Leute. Alle waren nackt und lagen regungslos auf dem Wasser. Der

Nebel hob und senkte sich rhythmisch, gab den Blick auf gelblichweiße Körper und zurückgeworfene Gesichter frei und verstellte ihn wieder. Die Menschen schwammen nicht, sie lagen auf dem Wasser wie auf dem Strand. Kandid schüttelte es. »Gehen wir weg von hier«, flüsterte er und zog Nava am Arm. Mühsam wateten sie ans Ufer und kehrten zum Pfad zurück.

»Das sind keine Wasserleichen«, sagte Nava. »Der Hinker kannte sich da nicht aus. Die haben ganz einfach hier gebadet, plötzlich brach eine heiße Quelle auf und sie wurden alle gekocht... Das ist schrecklich, Stummer«, sagte sie nach einer Weile. Ich mag nicht mal drüber sprechen... Und so viele sind das, ein ganzes Dorf...«

Sie gingen bis zu der Stelle, an der sich der Pfad teilte und blieben stehen.

»Jetzt nach oben?«, fragte Nava.

»Ja«, sagte Kandid, »jetzt nach oben«.

Sie bogen nach rechts und begannen, den Hang hinaufzusteigen.

»Und lauter Frauen waren dort«, sagte Nava. »Hast du es bemerkt?«

»Ja«, sagte Kandid.

»Das ist so schrecklich, das kann ich einfach nicht verstehen. Vielleicht...« Nava blickte Kandid an. »Kann sein, daß die Leichenmenschen sie hierher treiben? Wahrscheinlich ist es so. Sie fangen sie sich aus allen Dörfern zusammen, treiben sie zu diesem See und kochen sie... Hör zu, Stummer, weshalb sind wir bloß aus unserem Dorf fortgegangen? Wir hätten im Dorf gesessen und das nie gesehen. Wir hätten gedacht, daß sich der Hinker das alles ausdenkt, wir hätten in Ruhe gelebt, aber nein, du mußtest in die STADT... Wozu mußtest du denn in die STADT?«

»Ich weiß nicht«, sagte Kandid.

Kapitel 8
Kandid

Sie lagen in den Büschen unmittelbar am Waldrand und blickten durch das Laub zur Spitze des Hügels. Der sanft ansteigende Hügel war kahl, nur an der Spitze hatte er eine Haube aus lila Nebel. Darüber war der offene Himmel. Der böige Wind trieb graue Wolken vor sich her. Es nieselte. Der lila Nebel stand unbeweglich, als gäbe es keinen Wind. Es war ziemlich kühl, wenn nicht frisch. Sie waren völlig durchnäßt, schlotterten vor Kälte, und ihre Zähne schlugen aufeinander. Zum Weggehen jedoch war es zu spät, denn zwanzig Schritt von ihnen standen drei Leichenmenschen, aufrecht wie Statuen, und schauten mit leeren Augen ebenfalls zur Spitze des Hügels. Ihre schwarzen Münder waren weit aufgerissen. Die Leichenmenschen waren fünf Minuten zuvor erschienen. Nava hatte ihr Kommen gespürt und davonstürzen wollen. Kandid hatte ihr die Hand auf den Mund gepreßt und sie ins Gras gedrückt. Jetzt hatte sie sich etwas beruhigt, zitterte zwar heftig, jedoch weniger aus Angst als vor Kälte. Sie schaute nicht in Richtung der Leichenmenschen, sondern wieder zur Spitze des Hügels.

Auf dem Hügel und darum herum waren seltsame Dinge im Gang, und Kandid dachte unwillkürlich an gewaltige Gezeiten. Aus dem Wald schwirrten plötzlich dumpf summend riesige Fliegenschwärme hervor, strebten nach oben zur Spitze des Hügels und verschwanden im Nebel. Die Hänge belebten sich mit Ameisen- und Spinnenkolonnen, aus den Büschen quollen Hunderte von Schleimamöben hervor, riesige Bienen- und Wespenschwärme, ganze Wolken vielfarbiger Käfer flogen unbeirrt im Regen dahin. Es setzte ein Getöse ein wie bei einem Sturm. Die Woge wälzte sich zum Gipfel, wurde von der lila Wolke aufgesogen und verschwand. Dann trat plötzlich Stille ein. Der Hügel war wieder tot und nackt. Einige Zeit verging, und wieder setzten Lärm und Getöse ein. Alles wurde aus dem Nebel wieder ausgestoßen und strebte dem Wald zu. Nur die

Schleimtiere blieben auf der Spitze, dafür wimmelte es an den Hängen von den erstaunlichsten und unerwartetsten Tieren: da wälzten sich Fadenalgen, da humpelten unbeholfene Armfresser auf zerbrechlichen Beinchen, da waren andere, unbekannte, nie gesehene, bunte, vieläugige, nackte, glänzende Lebewesen, Mitteldinge zwischen Raubtier und Insekt... Und erneut trat Stille ein, und alles wiederholte sich von Anfang an, und wieder und wieder, in einem unbeirrbaren, furchterregenden Rhythmus, mit schier unerschöpflicher Energie ausgestattet, so daß es schien, als wäre es schon immer so gewesen, immer im selben Rhythmus, immer mit derselben Energie... Einmal kam ein junger Hippocet grauenhaft heulend aus dem Nebel heraus; einige Male rannten Leichenmenschen hervor und stürzten unverzüglich in den Wald, weißliche Streifen erkaltenden Dampfes hinter sich lassend. Die unbewegliche lila Wolke schluckte und spie, schluckte und spie, unermüdlich und regelmäßig wie eine Maschine.

...Der Hinker sagte, daß die STADT auf einem Hügel steht. Vielleicht ist das die STADT, vielleicht nennen sie das STADT. Ja, wahrscheinlich ist das die STADT. Nur, worin besteht ihr Sinn? Wozu ist sie da? Und dieses merkwürdige Schauspiel... Ich habe etwas Derartiges erwartet... Unsinn, nichts Derartiges habe ich erwartet. Ich dachte nur an die Herren. Aber wo sind sie denn, die Herren? Kandid blickte zu den Leichenmenschen. Sie standen da wie zuvor, ihre Münder waren noch immer aufgerissen. Vielleicht irre ich mich, dachte Kandid. Vielleicht sind sie die Herren. Bestimmt irre ich mich die ganze Zeit. Ich habe das Denken hier völlig verlernt. Auch wenn manchmal so Gedanken auftauchen, dann stellt sich gleich mein Unvermögen heraus, sie zu verbinden... Aus dem Nebel ist noch kein einziges Schleimtier herausgekommen. Frage: Warum ist aus dem Nebel noch kein einziges Schleimtier herausgekommen?... Nein, so nicht. Der Reihe nach. Ich suche doch die Quelle vernünftigen Handelns... Falsch, wieder falsch. Mich interessiert doch vernünftiges Handeln gar nicht. Ich suche ganz einfach jemanden, der mir helfen kann, nach Hause zurückzukehren und tausend Kilometer Wald zu bewältigen. Einen, der mir wenigstens sagen kann, in welche Richtung ich gehen muß... Die Leichenmenschen müssen doch Dienstherren haben, diese Dienstherren suche ich, ich suche die Quelle vernünftigen Handelns. Er wurde etwas zuversichtlicher. Das fügte sich alles logisch zusammen. Fangen wir ganz von vorne an. Alles durchdenken, ruhig und gelassen. Jetzt darf ich nichts überhasten, gerade jetzt ist es an der Zeit, alles ruhig und gelassen zu durchdenken. Fangen wir ganz von vorne an. Die Leichenmenschen müssen irgendwelche Herren haben, denn die Leichenmenschen sind keine Menschen, und sie sind auch keine Tiere. Folglich sind die Leichenmenschen gemacht. Und wenn sie keine Menschen sind... Aber warum sind sie eigentlich keine Menschen? Er wischte sich über die Stirn. Ich habe mich mit dieser Frage doch schon beschäftigt. Das ist schon lange her, das war noch im Dorf. Ich habe sie sogar schon zweimal gelöst, doch beim erstenmal habe ich die Lösung und beim zweitenmal die Beweise vergessen...

Er schüttelte heftig den Kopf, so daß ihn Nava leise anzischte. Er wurde ruhig und lag einige Zeit unbeweglich, das Gesicht ins nasse Gras gedrückt.

...Warum sie keine Tiere sind, das habe ich auch schon einmal bewiesen... Hohe Temperatur... Ach woher denn, Unsinn... Mit Schrecken spürte er plötzlich, daß er sogar vergessen hatte, wie Leichenmenschen ausschauten. Er erinnerte sich nur an ihren glühend heißen Körper und an den scharfen Schmerz in den Handflächen. Er hob den Kopf und blickte zu den Leichenmenschen. Ja. Ich darf nicht denken. Denken ist mir untersagt, und das gerade jetzt, wo ich intensiver als sonst denken muß. ›Jetzt ist es Zeit, daß wir essen‹, ›Du hast mir das schon erzählt, Nava‹, ›Übermorgen gehen wir los‹ – das ist alles, was mir erlaubt ist. Aber ich bin doch fortgegangen! Und ich bin hier! Jetzt gehe ich zur STADT. Was immer das sein mag, die STADT. Der Wald wuchert in meinem Hirn. Ich verstehe überhaupt nichts... Jetzt weiß ich es wieder. Ich wollte zur STADT, damit man mir dort alles erklärt: die ERSCHLIESSUNG, die Leichenmenschen, die GROSSE

AUFLOCKERUNG DES BODENS, die Seen mit den Ertrunkenen ... Offensichtlich ist das alles Täuschung, alles ist zusammengelogen, niemandem darf man glauben ... Ich habe gehofft, daß man mir in der STADT erklärt, wie ich zu den Meinigen komme; der Alte hat doch die ganze Zeit gesagt: die STADT weiß alles. Und es kann ja nicht sein, daß sie nichts von unserer Biostation weiß, von der VERWALTUNG. Sogar der Hinker quatscht die ganze Zeit von den Teufelsfelsen und von fliegenden Dörfern ... Aber kann eine lila Wolke überhaupt etwas erklären? Das wäre schrecklich, wenn sich herausstellte, daß die lila Wolke hier der Herr wäre. Und warum ›wäre‹? Es ist schon jetzt schrecklich! Diese Feststellung drängt sich doch richtiggehend auf, Stummer, daß der lila Nebel hier überall der Herr ist. Als ob ich das nicht wüßte! Und überhaupt ist das gar kein Nebel ... Das ist es ja gerade, deswegen haben sie die Leute wie Tiere verjagt, ins Unterholz, in die Sümpfe, deswegen haben sie sie in den Seen ertränkt. Sie waren nämlich zu schwach, sie haben nichts begriffen, und auch wenn sie etwas begriffen hätten, dann hätten sie nichts tun können, um die anderen daran zu hindern ... Als ich noch nicht verjagt war, als ich noch zu Hause war, da bewies jemand sehr überzeugend, daß ein Kontakt zwischen humanoidem und nichthumanoidem Verstand nicht möglich ist. Ja, er ist nicht möglich. Ganz klar, er ist nicht möglich. Und jetzt kann mir niemand sagen, wie ich nach Hause finde. Ein Kontakt mit den Menschen ist für mich auch nicht möglich; das kann ich beweisen. Die Teufelsfelsen kann ich noch sehen, manchmal sollen sie zu sehen sein, wenn man auf einen geeigneten Baum klettert und wenn gerade die geeignete Jahreszeit ist, nur muß man zuerst einen geeigneten Baum finden, einen ganz normalen Baum, einen, der nicht springt, einen, der dich nicht zurückstößt, einen, der dich nicht ins Auge stechen will. Und trotzdem gibt es keinen Baum, von dem aus ich die Biostation sehen könnte ... Die Biostation? ... Bi-o-sta-tion. Ich habe vergessen, was eine Biostation ist.

Erneut begann der Wald zu heulen, zu summen, zu knacken, zu schnauben, erneut stürzten sich Schwärme von Fliegen und

Ameisen in die lila Kuppel. Über ihre Köpfe zog eine Wolke, und über die Büsche ergoß sich verendetes, schwaches, unbewegliches oder sich kaum noch regendes, im Gedränge des Schwarms zerdrücktes Getier. Kandid spürte ein unangenehmes Brennen am Arm und schaute nach. An seinem Ellenbogen, den er in die weiche Erde gestützt hatte, rankten sich feine Pilzfäden. Kandid zerrieb sie gleichgültig mit der Handfläche. Und die Teufelsfelsen, das ist ein Spuk, dachte er, die gibt es gar nicht. Und wenn sie schon einmal von Teufelsfelsen erzählen, dann heißt das sowieso, daß alles erlogen ist, das heißt, sowas gibt es nicht, und jetzt weiß ich nicht mehr, weshalb ich eigentlich hergekommen bin...

Seitlich ertönte das bekannte, schreckeneinflößende Schnarchen. Kandid wandte den Kopf. Gleichzeitig aus sieben Bäumen stierte ein stattlicher Hippocet auf den Hügel. Einer der Leichenmenschen lebte plötzlich auf, stülpte sich um und machte einige Schritte auf den Hippocet zu. Wieder erscholl das Schnarchen. Die Bäume knackten und der Hippocet entfernte sich. Sogar der hat vor den Leichenmenschen Angst, dachte Kandid. Wer eigentlich nicht? Wo könnte man einen finden, der keine Angst vor ihnen hat?... Die Fliegen summen. Blödsinn. Die Fliegen summen. Die Wespen summen...

»Mama!...«, flüsterte Nava auf einmal. »Da kommt Mama...«

Sie stand auf allen vieren und blickte sich um. Auf ihrem Gesicht malte sich ungläubiges Staunen. Und Kandid sah, daß aus dem Wald drei Frauen herausgetreten waren. Ohne die Leichenmenschen zu bemerken, gingen sie zum Fuß des Hügels.

»Mama!«, kreischte Nava und ihre Stimme überschlug sich. Sie machte einen Satz über Kandid hinweg und lief zu den Frauen hinüber. Jetzt sprang auch Kandid auf, und es schien ihm, als wären die Leichenmenschen ganz nahe, als fühlte er die Hitze ihrer Körper.

Drei, dachte er, drei... Einer würde auch genügen. Er blickte zu ihnen hinüber. Jetzt ist es aus mit mir, dachte er. Jetzt wird's kritisch. Was haben diese Tanten hier bloß verloren? Ich hasse die Weiber. Immer wenn die da sind, stimmt was nicht.

Die Leichenmenschen schlossen die Münder. Ihre Köpfe drehten sich in Richtung der dahinlaufenden Nava. Dann schritten sie plötzlich nach vorn. Kandid zwang sich dazu, aus dem Gebüsch herauszuspringen und sich ihnen entgegenzustellen.

»Zurück!« schrie er den Frauen zu, ohne sich umzudrehen. »Lauft weg! Leichenmenschen!«

Die Leichenmenschen waren von gewaltigem Wuchs, breitschultrig, ganz neu, ohne eine einzige Schramme, ohne einen einzigen Riß. Ihre unglaublich langen Arme berührten das Gras. Ohne den Blick von ihnen zu wenden, blieb Kandid auf dem Weg stehen. Die Leichenmenschen blickten über seinen Kopf hinweg und schritten mit überlegener Gelassenheit auf ihn zu. Er wich zurück, trat den Rückzug an, zögerte den unausweichlichen Beginn und das unausweichliche Ende immer noch hinaus, kämpfte gegen die aufsteigende nervöse Übelkeit an und konnte sich einfach nicht dazu zwingen, stehenzubleiben. Nava schrie hinter seinem Rücken: »Mama! Ich bin's. Mama, hör doch!« Blöde Weiber, warum laufen die nicht weg? Können die sich vor Schreck nicht rühren? Bleib stehen, befahl er sich, so bleib doch stehen! Wie lange kann das noch so gehen? Er schaffte es nicht. Dort ist doch Nava, dachte er. Und diese drei dummen Weiber... Fette, verschlafene, gleichgültige Kühe... Und Nava... Aber was gehen die mich an, dachte er. Der Hinker wäre schon längst abgehauen mit seinem einen Bein, Faust erst recht... Und ich soll stehenbleiben! Das ist ungerecht. Aber ich *muß* stehenbleiben! Jetzt bleib doch stehen!... Er konnte es nicht und verachtete sich deswegen und lobte sich dafür und haßte sich deswegen und wich weiter zurück.

Es waren die Leichenmenschen, die stehenblieben. Es geschah plötzlich, wie auf Kommando. Der eine, der vorangeschritten war, erstarrte mit erhobenem Bein und ließ es langsam, fast unschlüssig ins Gras sinken. Die Münder öffneten sich träge und die Köpfe wandten sich der Spitze des Hügels zu. Kandid blickte sich, noch immer zurückweichend, um. Nava hing am Hals einer der Frauen und strampelte mit den Beinen. Die Frau schien zu lächeln und tätschelte ihr den Rücken. Die anderen Frauen standen ruhig daneben und blickten sie an. Nicht zu den Leichenmenschen blickten sie, nicht zum Hügel. Und nicht einmal zu Kandid, einem fremden, struppigen Kerl, vielleicht sogar einem Dieb. Die Leichenmenschen standen unbeweglich wie alte primitive Bildwerke, als wären ihre Füße an die Erde angewachsen, als ob im ganzen Wald keine einzige Frau übrig geblieben wäre, die zu ergreifen und nach Befehl zu verschleppen war. Unter ihren Füßen stiegen Dampfwölkchen empor. Es war wie der Rauch von Opferfeuern.

Jetzt drehte sich Kandid um und ging auf die Frauen zu. Es war kein richtiges Gehen. Er ging zögernd, in allem verunsichert, unfähig, seinen Augen, seinen Ohren und seinen Gedanken zu trauen. In seinem Kopf spulte sich ein Knäuel ab. Der Körper schmerzte nach der durchlebten Todesangst.

»Lauft!«, rief er noch von weitem. »Lauft, so lange ihr könnt. Was steht ihr noch?« Er wußte bereits, daß er Unsinn sprach, aber da war sein Verantwortungsbewußtsein, und er murmelte mechanisch weiter: »Da sind Leichenmenschen, lauft weg. Ich halte sie auf.«

Die Frauen beachteten ihn nicht. Nicht, als ob sie ihn nicht gehört oder nicht gesehen hätten. Da war ein Mädchen, ganz jung noch, höchstens zwei Jahre älter als Nava, mit ganz dünnen Beinchen. Das Mädchen lächelte ihn freundlich an. Doch er bedeutete ihr nichts, so als wäre er ein großer, streunender Hund, wie sie überall herumlaufen, ziellos und bereit, stundenlang bei den Menschen zu hocken und auf etwas zu warten, was sie selbst nicht wußten.

»Warum lauft ihr denn nicht?«, fragte Kandid leise. Er erwartete keine Antwort und bekam auch keine.

»Ei-ei-ei«, sagte eine der Frauen. Sie war schwanger, lachte und wiegte den Kopf. »Wer hätte das gedacht? Hättest du das gedacht?«, fragte sie das Mädchen. »Ich auch nicht. Meine Liebe«, sagte sie zu Navas Mutter, »wie war's denn? Hat er ordentlich geschnauft? Oder ist er nur ein bißchen auf dir rumgerutscht und hat geschwitzt dabei?«

»Das stimmt nicht«, sagte das Mädchen. »Er war schön, nicht wahr? Frisch wie die Morgenröte, und er duftete ...«

»Wie eine Lilie«, fügte die Schwangere hinzu. »Sein Geruch betörte, bei seinen Pfoten bekamst du eine Gänsehaut... Hast du noch ›ach‹ sagen können?«

Das Mädchen prustete los. Navas Mutter lächelte widerwillig. Es waren kräftige, gesunde, ungewöhnlich saubere Frauen, so als hätte man sie abgeschrubbt, und wirklich waren sie gewaschen. Ihre kurzen Haare troffen, und die gelben Sackkleider klebten am nassen Körper. Navas Mutter war kleiner und offensichtlich älter als die anderen. Nava umschlang ihre Hüften und drückte das Gesicht an ihre Brust.

»Ach, ihr«, sagte Navas Mutter mit gespielter Gleichgültigkeit. »Was wißt ihr denn schon davon? Ihr unreifes Volk...«

»Das macht nichts«, sagte die Schwangere sogleich. »Woher sollten wir es auch wissen? Deswegen fragen wir dich ja... Sag uns bitte, wie war die Liebeswurzel?«

»War sie bitter?«, sagte das Mädchen und prustete wieder los.

»Ja, ja«, sagte die Schwangere. »Die Frucht ist ziemlich süß, wenn auch schlecht gewaschen...«

»Das macht nichts. Wir werden sie waschen«, sagte Navas Mutter. »Weißt du nicht, ob das Spinnenbecken schon gesäubert ist? Oder muß man es ins Tal bringen?«

»Die Wurzel war bitter«, sagte die Schwangere zu dem Mädchen. »Sie denkt nicht gern daran zurück. Seltsam ist das, und da heißt es, daß das unvergeßlich ist! Hör zu, meine Liebe, aber du träumst doch von ihm?«

»Wie witzig«, sagte Navas Mutter. »Da wird einem ja schlecht...«

»Wollen wir vielleicht Witze machen?«, wunderte sich die Schwangere. »Wir interessieren uns ja nur.«

»Du erzählst so spannend«, sagte das Mädchen und ließ seine Zähne blitzen. »Erzähl noch was...«

Kandid hörte begierig zu. Er versuchte, irgendeinen verborgenen Sinn in diesem Gespräch zu entdecken, verstand aber nichts. Er sah nur, daß sich die zwei Frauen über Navas Mutter lustig machten, daß diese beleidigt war und versuchte, das zu verbergen und das Gespräch auf ein anderes Thema zu bringen, was ihr aber nicht gelingen wollte. Nava hatte den Kopf gehoben und blickte aufmerksam von einer zur anderen.

»Man könnte meinen, du wärst selbst im See geboren«, sagte Navas Mutter jetzt zu der Schwangeren, ohne ihre Gereiztheit zu verbergen.

»Oh nein«, sagte diese. »Aber so eine umfassende Bildung konnte ich leider nicht erwerben, und meine Tochter...« – hier klatschte sie sich mit der Hand auf den Bauch – »wird im See geboren. Das ist der ganze Unterschied.«

»Warum läßt du Mama nicht in Frieden, du fettes Weib«, sagte plötzlich Nava. »Schau dich erst mal an, wie du aussiehst, dann kannst du dich wieder melden! Sonst sage ich es meinem Mann, der wird dir deinen fetten Hintern mit dem Stock aufwärmen, bis du Ruhe gibst...«

Alle drei Frauen brachen in Gelächter aus.

»Stummer!«, schrie Nava. »Die lachen mich aus!«

Immer noch lachend blickten die Frauen zu Kandid, Navas Mutter erstaunt, die Schwangere gleichgültig, das Mädchen, so unverständlich das war, aber es schien so, mit Interesse.

»Was für ein Stummer?«, fragte Navas Mutter.

»Das ist mein Mann«, sagte Nava. »Schaut, wie gut er aussieht. Er hat mich vor den Dieben gerettet.«

»Was für ein Mann?«, sagte die Schwangere böse. »Erzähl uns keine Märchen, Mädchen.«

»Paß lieber auf dich selber auf«, versetzte Nava. »Was mischt du dich ein? Was geht das dich an? Ist es vielleicht dein Mann? Und überhaupt spreche ich nicht mit dir, wenn du es genau wissen willst. Ich spreche mit meiner Mama. Aufdringlich ist die wie der Alte, und kein Mensch hat sie drum gebeten oder ihr das erlaubt...«

»Und du?«, wandte sich die Schwangere Kandid zu, »bist du wirklich ihr Mann?«

Nava wurde still. Ihre Mutter umschlang sie mit den Armen und drückte sie fest an sich. Zu Kandid schaute sie voller Ekel und Furcht.

Nur das Mädchen lächelte weiter, und ihr Lächeln war so angenehm und zärtlich, daß sich Kandid ihr zuwandte.

»Aber woher denn«, sagte er. »Die und meine Frau? Sie ist meine Tochter...« Er wollte erzählen, daß Nava ihn gepflegt hatte, daß er sie sehr liebe und daß er sich sehr freue, daß alles so gut und glücklich ausgegangen sei, obwohl er nichts verstehe.

Doch das Mädchen prustete plötzlich wieder los und fuchtelte mit den Armen.

»Ich hab's doch gewußt«, stöhnte sie. »Das ist nicht ihr Mann... sondern *ihr* Mann!« Sie deutete auf Navas Mutter. »Das... ist... ihr... Mann...! Ich kann nicht mehr!«

Auf dem Gesicht der Schwangeren lagen Heiterkeit und Verblüffung zugleich. Demonstrativ musterte sie Kandid von Kopf bis Fuß.

»Ei-ei-ei-ei...«, begann sie im selben Ton wie vorher, doch Navas Mutter sagte ärgerlich:

»Hört auf! Ich habe genug! Verschwinde«, sagte sie zu Kandid. »Geh schon, geh schon, worauf wartest du noch? Geh in den Wald!...«

»Wer hätte das gedacht«, flötete die Schwangere leise, »daß die Liebeswurzel so bitter sein kann... so schmutzig... so haarig...« Sie fing einen wütenden Blick von Navas Mutter auf und winkte ab. »Schon gut, schon gut«, sagte sie. »Sei nicht böse, meine Liebe. Spaß ist Spaß. Wir sind ganz einfach sehr zufrieden, daß du die Tochter gefunden hast, das ist doch ein unwahrscheinlicher Erfolg...«

»Werden wir jetzt arbeiten oder nicht?«, sagte Navas Mutter. »Oder wollen wir hier weiter Unsinn verzapfen?«

»Ich geh schon, sei nicht böse«, sagte das Mädchen. »Gleich beginnt der Ausstoß.«

Sie nickte, lächelte Kandid zu und lief leichtfüßig den Hang hinauf. Kandid beobachtete, wie sie lief: bestimmt, professionell, gar nicht weiblich. Sie lief bis zur Spitze des Hügels und tauchte sofort in den lila Nebel.

»Das Spinnenbecken ist noch nicht gesäubert«, sagte die Schwangere besorgt. »Ewig haben wir dieses Durcheinander mit den Baukolonnen... Was sollen wir denn tun?«

»Nicht so schlimm«, sagte Navas Mutter. »Gehen wir ins Tal.«

»Mir ist das schon klar, aber trotzdem finde ich das blöde, sich so abzuquälen, einen fast erwachsenen Menschen bis ins Tal zu tragen, wenn wir unser eigenes Becken haben.«

Sie zuckte heftig mit den Schultern und zog plötzlich die Stirn in Falten.

»Du solltest dich hinsetzen«, sagte Navas Mutter und blickte suchend um sich. Dann machte sie eine Handbewegung zu den Leichenmenschen hin und schnalzte mit den Fingern.

Einer der Leichenmenschen sprang sofort los. Er kam so überstürzt angelaufen, daß er ständig im Gras ausglitt. Dann fiel er auf die Knie, seine Umrisse verschwammen, er krümmte sich und floß auseinander. Kandid rieb sich die Augen. Der Leichenmensch war verschwunden, an seiner Stelle stand ein allem Anschein nach bequemer, gemütlicher Sessel. Die Schwangere räusperte sich erleichtert, ließ sich auf dem weichen Sessel nieder und legte ihren Kopf an die weiche Rückenlehne.

»Nicht mehr lange«, sagte sie und schnurrte wie eine Katze. Dann streckte sie genüßlich die Beine von sich. »Wenn es nur schon bald wäre...«

Navas Mutter hockte sich vor ihrer Tochter hin und blickte ihr in die Augen.

»Groß bist du geworden«, sagte sie. »Verwildert bist du. Freust du dich?«

»Natürlich«, sagte Nava unsicher. »Du bist ja meine Mama. Jede Nacht habe ich von dir geträumt... Und das ist Stummer, Mama...« Und Nava begann zu erzählen.

Kandid blickte um sich und preßte die Zähne aufeinander. All das war kein Fiebertraum, wie er anfangs gehofft hatte. Das war etwas ganz Gewöhnliches, völlig natürlich, nur eben ihm noch nicht bekannt, aber gab es im Wald nicht Fremdes genug? Daran mußte man sich gewöhnen, wie er sich auch an das Rauschen in seinem Kopf gewöhnt hatte, an die eßbare Erde, an die Leichenmenschen, an all das andere. Das sind die Herren, dachte er. Das sind sie. Sie fürchten sich vor nichts. Sie geben den Leichenmenschen Befehle. Das heißt also, daß sie die Herren sind. Das heißt, sie schicken die Leichenmenschen nach Frauen aus. Das heißt, sie... Er blickte auf die nassen Haare der Frauen. Das heißt... Auch Navas Mutter, die von den Leichenmenschen geraubt worden war...

»Wo badet ihr?« fragte er. »Wozu? Wer seid ihr? Was wollt ihr?«

»Was?«, sagte die Schwangere. »Hör mal zu, meine Liebe, der fragt was.«

Die Mutter sagte zu Nava:

»Sei einen Augenblick mal ruhig, ich höre ja gar nichts... Was willst du«, fragte sie die Schwangere.

»Der kleine Bock da, der will was«, sagte die Schwangere.

Navas Mutter blickte zu Kandid.

»Was kann er schon wollen?«, sagte sie. »Essen will er wahrscheinlich. Die wollen doch dauernd essen und essen auch furchtbar viel. Es ist unbegreiflich, wozu sie so viel Essen brauchen. Sie arbeiten doch nichts...«

»Böcklein«, sagte die Schwangere. »Das arme Böcklein möchte Gras. Bäh-äh-äh!...

»Weißt du übrigens«, wandte sie sich an Navas Mutter, »das ist einer von den Weißen Felsen. Die tauchen jetzt immer häufiger auf. Wie klettern die nur da runter?«

»Ich verstehe noch viel weniger, wie sie überhaupt raufkommen. Wie sie runterkommen, habe ich gesehen. Sie fallen runter. Einige gehen dabei drauf, aber es gibt auch welche, die es überleben...«

»Mama«, sagte Nava. »Warum schaust du ihn so häßlich an? Das ist doch Stummer! Sag ihm was Liebes, sonst ist er beleidigt. Komisch, daß er bis jetzt noch nicht beleidigt ist. Ich an seiner Stelle wäre es schon längst...«

Der Hügel begann wieder zu röhren und schwarze Insektenwolken bedeckten den Himmel. Kandid hörte nichts, er sah nur, daß sich die Lippen von Navas Mutter bewegten und daß sie auf Nava einredete. Die Schwangere hatte sich Kandid zugewandt, und auch ihre Lippen bewegten sich. Ihr Gesichtsausdruck mochte glauben lassen, daß sie tatsächlich mit einem Ziegenbock sprach, der in den häuslichen Garten eingedrungen war. Dann verstummte das Röhren.

»... nur eben furchtbar schmutzig«, sagte die Schwangere. »Und daß du dich nicht schämst, heh?« Sie wandte sich ab und blickte zum Hügel.

Aus dem lila Nebel krochen auf allen vieren Leichenmenschen hervor. Sie bewegten sich unsicher und tolpatschig und fielen von Zeit zu Zeit hin, wobei sich ihre Köpfe in die Erde bohrten. Mitten unter ihnen ging das Mädchen. Sie bückte sich immer wieder, berührte sie, schubste sie, und einer nach dem anderen erhob sich auf die Beine, richtete sich ganz auf und verschwand, noch stolpernd, doch immer fester ausschreitend, im Wald. Das sind die Herren, bestätigte sich Kandid immer wieder. Die Herren. Ich kann es nicht glauben. Aber was soll ich machen? Er blickte zu Nava. Nava schlief. Ihre Mutter saß im Gras, Nava hatte sich an ihrer Seite zusammengerollt und schlief. Sie hielt die Hand ihrer Mutter.

»Ich weiß nicht, die sind immer noch so schwach«, sagte die Schwangere. »Man müßte wieder einmal alles säubern. Schau, wie sie stolpern... Mit solchen Arbeitern kann man die ERSCHLIESSUNG nicht zu Ende führen.«

Navas Mutter gab ihr irgendeine Antwort. Dann begannen sie ein Gespräch, das Kandid nicht verstand. Er fing nur einzelne Wörter auf, die ihn an Funkers Phantasien erinnerten. Deshalb stand er da und schaute zu, wie das Mädchen den Hang herunterkam und einen unbeholfenen Armfresser hinter sich herschleifte. Wozu stehe ich hier, dachte er, irgend etwas wollte ich doch von ihnen, sie sind doch die Herren... Er konnte sich nicht entsinnen.

»Ich bleibe einfach hier stehen und Schluß«, verkündete er

verärgert. »Keiner jagt mich mehr fort, dann bleibe ich eben stehen. Wie ein Leichenmensch.«

Die Schwangere blickte flüchtig zu ihm hin und wandte sich wieder ab.

Jetzt war das Mädchen gekommen. Sie sagte etwas und zeigte auf den Armfresser. Beide Frauen besahen sich das Untier aufmerksam, und die Schwangere erhob sich sogar etwas. Der gewaltige Armfresser, der Schrecken der Dorfkinder, piepste kläglich, machte schwache Versuche, sich loszureißen, seine furchtbaren Hornkiefer klappten kraftlos auf und zu. Navas Mutter faßte ihn am Unterkiefer und drehte diesen mit einer kräftigen, sicheren Bewegung ab. Der Armfresser ächzte und erstarrte. Über seine Augen zog sich ein Pergamentschleier. Die Schwangere sagte: »... offensichtlich genügt es nicht... denk daran, Mädchen... schwache Kiefer, die Augen öffnen sich nur unvollständig... kann er nicht aushalten... er hat deswegen keinen Wert... vielleicht ist er sogar schädlich wie alle Fehler... muß man reinigen, einen Ortswechsel durchführen, auch hier alles säubern...« »... Hügel ...Trockenheit und Staub...«, sagte das Mädchen, »...der Wald bleibt stehen ...da weiß ich noch nicht... sie haben mir das ganz anders erzählt«. »Versuch es doch selbst«, sagte Navas Mutter, »...das sieht man gleich... versuch es nur, versuch es nur!«

Das Mädchen zerrte den Armfresser zur Seite, trat einen Schritt zurück und blickte ihn an. Es war, als ob sie zielte. Ihr Gesicht wurde ernst und sogar irgendwie angespannt. Der Armfresser torkelte auf seinen unbeholfenen Pfoten, machte mit dem verbliebenen Oberkiefer klägliche Bewegungen und piepste schwach. »Da siehst du's«, sagte die Schwangere. Das Mädchen trat dicht an den Armfresser heran und ging leicht in die Hocke, wobei sie ihre Arme auf die Knie stützte. Den Armfresser durchlief ein Zittern, dann fiel er plötzlich zusammen. Seine Beinchen glitten auseinander, als hätte man ein zentnerschweres Gewicht auf ihn fallen lassen. Die Frauen lachten. Navas Mutter sagte:

»Jetzt hör schon auf. Warum glaubst du uns denn nicht?«

Das Mädchen gab keine Antwort. Sie stand über dem Armfresser und beobachtete, wie dieser behutsam und vorsichtig seine Beinchen einzog und sich aufzurichten versuchte. Ihr Gesicht wurde gespannt. Mit einem Ruck hob sie den Armfresser hoch, stellte ihn auf die Beinchen und machte eine Bewegung, als wollte sie ihn umfassen. Zwischen ihren Handflächen bildete sich ein Streifen lila Nebels und schnitt quer durch den Rumpf des Armfressers. Das Tier kreischte auf, krümmte sich und zappelte mit den Beinchen. Es wollte davonlaufen, wegkriechen, sich retten, es wälzte sich dahin, doch das Mädchen folgte ihm, hing über ihm, und er brach zusammen. Seine Beinchen verschränkten sich seltsam. Es rollte sich zu einem Knäuel zusammen. Die Frauen schwiegen. Der Armfresser hatte sich in einen schillernden, schleimabsondernden Haufen verwandelt. Jetzt ging das Mädchen von ihm weg und sagte, zur Seite blickend:

»So ein Dreck...«

»Säubern müssen wir, säubern«, sagte die Schwangere und erhob sich. »Geh an die Arbeit, verschieben hat keinen Zweck. Hast du alles begriffen?«

Das Mädchen nickte.

»Dann gehen wir, und du fängst gleich an.«

Das Mädchen drehte sich um und ging bergauf auf die lila Wolke zu. Neben dem schillernden Haufen blieb sie stehen, faßte ein schwach zuckendes Beinchen des Armfressers und ging weiter, den Haufen hinter sich nachziehend.

»Ruhmreiche Freundin«, sagte die Schwangere. »Gut gemacht.«

»Sie wird einmal steuern«, sagte Navas Mutter und erhob sich ebenfalls. »Sie hat Charakter. Na, dann gehen wir...«

Kandid hörte sie kaum. Er konnte seine Augen immer noch nicht von der schwarzen Pfütze wenden, die an der Stelle verblieben war, wo der Armfresser zu Tode gequält worden war. Das Mädchen hatte ihn nicht einmal berührt, mit keinem Finger hatte sie ihn angefaßt, sie war lediglich über ihm gestanden und hatte mit ihm gemacht, was sie wollte... So ein liebes, zärtliches und anschmiegsames Ding... Mit keinem Finger hat sie ihn berührt... Muß man sich auch daran gewöhnen? Ja, dachte er. Das muß man. Er schaute zu, wie Navas Mutter und die Schwangere Nava vorsichtig auf die Beine stellten, sie an den Armen nahmen und zum Wald führten, den Hang hinunter zum See. Ohne ihn im geringsten zu bemerken, ohne ihm etwas zu sagen. Wieder blickte er auf die Pfütze. Er fühlte sich klein, jämmerlich und hilflos. Trotzdem raffte er sich auf und ging ihnen nach; schwitzend vor Angst holte er sie ein und folgte ihnen im Abstand von zwei Schritten. Da kam etwas Heißes von rückwärts auf ihn zu. Er blickte sich um und sprang zur Seite. Hinter ihm schritt ein riesiger Leichenmensch, schwer, heiß, lautlos und stumm. Na ja, dachte Kandid, das ist ja auch nur ein Roboter, ein Diener. Und ich bin ein toller Bursche, dachte er plötzlich, das habe ich nämlich von allein begriffen. Ich weiß gar nicht mehr, wie ich drauf gekommen bin, aber das ist jetzt gleich, wichtig ist, daß ich das begriffen habe, daß ich das geschafft habe. Ich habe alle Tatsachen zusammengestellt und dann Schlüsse gezogen, ganz allein... Ich habe auch ein Hirn, klar?, sagte er zu sich und blickte auf die Frauenrücken. Ihr braucht euch gar nicht so besonders... Ich kann auch was.

Die Frauen sprachen von irgendeinem Menschen, der etwas gemacht hatte, was ihn nichts anging, und den jetzt alle deswegen auslachten. Irgend etwas erheiterte sie und sie lachten. Sie gingen durch den Wald und lachten. Es war, als gingen sie die Dorfstraße entlang auf einen bunten Abend. Aber ringsum war der Wald, unter den Füßen war nicht einmal ein Pfad, sondern dichtes, helles Gras, und in diesem Gras gab es immer unscheinbare kleine Blumen, die Sporen auswarfen, welche durch die Haut drangen und in den Körper hineinwuchsen. Aber die Frauen kicherten, schwatzten und klatschten, und Nava ging zwischen ihnen und schlief, aber sie richteten es so ein, daß sie ziemlich sicher ging und kaum stolperte... Die Schwangere blickte sich flüchtig um, sah Kandid und sagte zerstreut:

»Bist du immer noch da? Geh in den Wald, in den Wald... Was läufst du uns nach?«

Ja, dachte Kandid. Wozu? Was gehen sie mich an? Aber irgendwas war doch, irgendwas muß man sie fragen... Nein, das war es nicht... Nava!, fiel ihm plötzlich ein. Er begriff, daß er Nava verloren hatte. Da kann man nichts machen. Nava geht mit ihrer Mutter fort, das ist in Ordnung, sie geht zu den Herren. Und ich? Ich bleibe. Und weshalb laufe ich ihnen trotzdem nach? Nava begleiten? Sie schläft doch, sie haben sie eingelullt. Ihm wurde wehmütig zumute. Leb wohl, Nava, dachte er.

Sie gelangten zur Weggabelung. Die Frauen gingen nach links zum See. Zum See, wo die ertrunkenen Frauen gewesen waren. Das waren sie selbst... Alles hatten sie erlogen, alles durcheinandergebracht... Sie kamen an der Stelle vorbei, wo Kandid auf Nava gewartet und Erde gegessen hatte. Das ist so lange her, dachte Kandid, fast so lange wie die Biostation... Bio-station... Mit Mühe schleppte er sich dahin. Wäre ihm nicht der Leichenmensch auf den Fersen gefolgt, so wäre er wahrscheinlich längst zurückgeblieben. Jetzt blieben die Frauen stehen und blickten ihn an. Ringsum war Schilf, die Erde unter den Füßen war warm und sumpfig. Nava stand mit geschlossenen Augen da und schwankte kaum merklich. Die Frauen blickten ihn nachdenklich an. Da wußte er es wieder.

»Wie komme ich zur Biostation?«, fragte er.

Auf ihren Gesichtern malte sich Verblüffung, und er wurde sich bewußt, daß er in seiner Muttersprache sprach. Er war selbst verwundert. Er konnte sich nicht mehr erinnern, wann er zum letztenmal diese Sprache gesprochen hatte.

»Wie komme ich zu den Weißen Felsen?«, fragte er.

Die Schwangere sagte belustigt:

»Das will er also, der kleine Bock...«

Sie sprach nicht mit ihm, sie sprach mit Navas Mutter.

»Zum Lachen ist das, die verstehen einfach nichts. Kein einziger von denen versteht was. Stell dir mal vor, da laufen die zu den Weißen Felsen und geraten plötzlich in die Kampfzone!«

»Da verfaulen die bei lebendigem Leib«, sagte Navas Mutter nachdenklich. »Sie gehen dahin und verfaulen im Gehen, und sie merken gar nicht, daß sie nicht gehen, sondern auf der Stelle treten... Aber wenn man es so nimmt, dann soll er nur gehen, für die AUFLOCKERUNG ist das nützlich. Wenn er verfault, dann bringt er Nutzen... Vielleicht ist er geschützt? Bist du geschützt?«, fragte sie Kandid.

»Das verstehe ich nicht«, sagte Kandid niedergeschlagen.

»Meine Liebe, wie kannst du ihn sowas fragen? Woher sollte er denn geschützt sein?«

»In dieser Welt ist alles möglich«, sagte Navas Mutter. »Ich habe von solchen Fällen gehört.«

»Alles Geschwätz«, sagte die Schwangere. Wieder musterte sie Kandid aufmerksam. »Aber weißt du«, sagte sie, »vielleicht wäre er hier nützlicher... Weißt du noch, was die Erzieherinnen gestern gesagt haben?«

»Hm-hm«, sagte Navas Mutter. »Vielleicht... Meinetwegen... Soll er bleiben.«

»Ja, ja, bleib«, ließ sich plötzlich Nava vernehmen. Sie schlief nicht mehr. Auch sie spürte, daß etwas Schlimmes vor sich ging. »Bleib, Stummer, geh nicht weg, warum solltest du jetzt auch weggehen? Du wolltest doch in die STADT, aber dieser See hier ist ja die STADT, nicht wahr, Mama?... Oder bist du vielleicht auf Mama böse? Du brauchst nicht böse zu sein, sie ist eigentlich ein guter Mensch, nur heute ist sie irgendwie böse... Wahrscheinlich macht das die Hitze...«

Die Mutter faßte sie am Arm. Kandid sah, daß sich um den Kopf der Mutter rasch ein vertrautes lila Wölkchen bildete. Ihre Augen wurden für einen Augenblick glasig und schlossen sich. Dann sagte sie:

»Gehen wir, Nava, wir werden erwartet.«

»Und Stummer?«

»Er bleibt hier... In der STADT hat er überhaupt nichts verloren.«

»Aber ich möchte, daß er bei mir ist! Wieso verstehst du das nicht, Mama? Er ist doch mein Mann, man hat ihn mir zum Mann gegeben, er ist schon lange mein Mann...«

Beide Frauen runzelten die Stirn.

»Gehen wir, gehen wir«, sagte Navas Mutter. »Du verstehst vorläufig überhaupt nichts... Niemand kann ihn brauchen, er ist überflüssig, alle sind sie überflüssig, sie sind ein Fehler... Gehen wir endlich! Laß es gut sein, nachher gehst du zu ihm... wenn du willst.«

Nava sträubte sich, wahrscheinlich fühlte sie dasselbe, was auch Kandid fühlte, daß sie für immer voneinander schieden. Die Mutter zog sie am Arm ins Schilf, und sie blickte unaufhörlich zurück und schrie:

»Geh nicht fort, Stummer! Ich komme bald zurück, laß dir ja nicht einfallen, ohne mich fortzugehen, das wäre nicht schön, einfach gemein wäre das! Wenn ihnen das nicht gefällt, dann bist du eben nicht mein Mann, aber ich bin trotzdem deine Frau, ich habe dich gepflegt, und jetzt warte auf mich! Hörst du! Warte!...«

Er blickte ihr nach, winkte matt mit der Hand, nickte, stimmte ihr zu und versuchte die ganze Zeit zu lächeln. Leb wohl, Nava, dachte er. Leb wohl. Sie entschwand seinem Blick und da war nur mehr das Schilf. Navas Stimme war noch zu vernehmen, doch dann verstummte sie. Plätschern ertönte und alles wurde still. Er würgte den Kloß in der Kehle hinunter und fragte die Schwangere:

»Was werdet ihr mit ihr machen?«

Sie blickte ihn immer noch aufmerksam an.

»Was wir mit ihr machen werden?«, fragte sie nachdenklich. »Das soll nicht deine Sorge sein, kleiner Bock, was wir mit ihr machen. Auf jeden Fall braucht sie in Zukunft keinen Mann. Auch keinen Vater... Aber was sollen wir mit dir machen? Du bist von den Weißen Felsen und so einfach können wir dich nicht fortlassen...«

»Was braucht ihr denn?« fragte Kandid.

»Was wir brauchen?... Ehemänner jedenfalls nicht.« Sie fing Kandids Blick auf und lachte verächtlich. »Brauchen wir nicht, keine Angst... Versuch mal wenigstens einmal in deinem Leben kein Bock zu sein. Versuch, dir eine Welt ohne Böcke vorzustellen...« Sie sprach ohne zu denken, oder aber sie dachte an etwas anderes. »Wozu taugst du denn noch?... Sag, Böcklein, was kannst du?«

Irgend etwas verbarg sich hinter ihren Worten, hinter ihrem Ton, hinter ihrer Verächtlichkeit und ihrer lässigen Überlegenheit, etwas Wichtiges, etwas Unangenehmes und Schreckliches, was schwer zu bestimmen war, und Kandid fielen auf einmal die quadratischen schwarzen Türen ein und Karl mit den beiden Frauen, die ebenso gleichgültig und überlegen gewesen waren.

»Hörst du mir zu?«, fragte die Schwangere. »Was kannst du?«

»Nichts«, sagte Kandid matt.

»Kannst du vielleicht steuern?«

»Konnte ich früher mal«, sagte Kandid. Geh zum Teufel, dachte er, was bist du so aufdringlich? Ich frage dich, wie man zu den Weißen Felsen kommt, und du kommst mit deinen Sachen daher... Plötzlich begriff er, daß er sie fürchtete, sonst wäre er schon längst fortgegangen. Hier war sie der Herr, und er war ein jämmerlicher, schmutziger und dummer kleiner Bock.

»Früher mal«, wiederholte sie. »Gib diesem Baum den Befehl, sich hinzulegen!«

Kandid blickte auf den Baum. Es war ein großer, dicker Baum mit üppiger Krone und behaartem Stamm. Er zuckte die Schultern.

»Gut«, sagte sie. »Dann töte diesen Baum... Kannst du auch nicht? Kannst du überhaupt Lebendiges tot machen?«

»Töten?«

»Nicht unbedingt töten. Töten kann auch ein Armfresser. Lebendiges tot machen. Lebendiges dazu zwingen, tot zu werden. Kannst du das?«

»Das verstehe ich nicht«, sagte Kandid.

»Das verstehst du nicht... Was macht ihr denn auf euren Weißen Felsen, wenn du nicht mal das verstehst? Totes wieder lebendig machen kannst du auch nicht?«

»Nein.«

»Was kannst du eigentlich? Was hast du auf den Weißen Felsen eigentlich gemacht, bevor du runtergefallen bist? Gefressen und Frauen geschändet?«

»Ich habe den Wald studiert«, sagte Kandid.

Sie blickte ihn streng an.

»Wage es nicht, mich zu belügen. Ein Mensch allein kann den Wald nicht studieren. Das wäre dasselbe, als wollte er die Sonne studieren. Wenn du die Wahrheit nicht sagen willst, so sag es einfach.«

»Ich habe wirklich den Wald studiert«, sagte Kandid. »Ich untersuchte...« Er stockte. »Ich untersuchte die kleinsten Lebewesen im Wald. Solche, die man mit dem Auge nicht sehen kann.«

»Du lügst schon wieder«, sagte die Frau geduldig. »Man kann nicht etwas untersuchen, was man mit dem Auge nicht sehen kann.«

»Doch, das geht«, sagte Kandid. »Man braucht nur...« Er geriet wieder ins Stocken. Mikroskop... Linsen... Geräte... Das kann man nicht vermitteln. Das ist nicht zu übersetzen. »Wenn man einen Wassertropfen nimmt«, sagte er, »und die nötigen Dinge hat, so kann man darin Tausende von kleinen Tierchen sehen...«

»Dazu braucht man keinerlei Dinge«, sagte die Frau. »Ich sehe, ihr führt ein Lasterleben mit euren toten Dingen auf euren Weißen Felsen. Ihr verkommt. Schon lange habe ich bemerkt, daß ihr die Fähigkeit verloren habt, im Walde das zu sehen, was ein normaler Mensch dort sieht, sogar ein schmutziger Mann... Aber warte, sprichst du von den kleinen oder kleinsten? Meinst du vielleicht die Baumeister?«

»Vielleicht«, sagte Kandid. »Ich verstehe dich nicht. Ich spreche von den kleinen Tieren, von denen man krank wird, die aber auch heilen können, die dabei helfen, Essen zu machen, von denen es sehr viele gibt und die überall sind... Ich wollte herausfinden, wie sie bei euch hier im Wald gebaut sind, was für welche es sind und was sie tun können...«

»Aber auf den Weißen Felsen sind es andere«, sagte die Frau sarkastisch. »Im übrigen, lassen wir das jetzt. Ich habe schon verstanden, womit du dich beschäftigst. Über die Baumeister hast du natürlich keine Macht. Da kann irgendein Dorftrottel mehr als du... Wo soll ich dich hinstecken? Du bist ja von allein gekommen...«

»Ich geh schon«, sagte Kandid müde. »Ich geh schon.«

»Nein, warte... Dageblieben, sage ich!«, schrie sie. Kandid spürte glühendheiße Zangen an seinen Ellenbogen. Er wollte sich losreißen, aber das war sinnlos. Die Frau begann laut zu denken: »Schließlich und endlich ist er von allein gekommen. Sowas kommt vor. Läßt man ihn laufen, so geht er in sein Dorf zurück und wird völlig unnütz... Sie zu fangen ist zwecklos. Aber wenn sie von selbst kommen... Weißt du, was ich mit dir mache?«, sagte sie. »Ich gebe dich den Erzieherinnen für die Nachtarbeiten. Letzten Endes gab es auch positive Fälle... Zu den Erzieherinnen, zu den Erzieherinnen!« Sie machte eine wegwerfende Handbewegung und verschwand gemächlich watschelnd im Schilf.

Jetzt fühlte Kandid, daß er zum Pfad gedreht wurde. Seine Ellenbogen waren wie abgestorben, es schien ihm, als wären sie verkohlt. Er zerrte aus Leibeskräften, doch die Zangen verstärkten ihren Griff. Er hatte nicht begriffen, was mit ihm geschehen und wohin man ihn bringen würde, wer die Erzieherinnen und welcher Art die Nachtarbeiten sein würden, aber ihm kamen die schrecklichsten seiner Eindrücke wieder ins Bewußtsein: die Erscheinung Karls inmitten der weinenden Menge, und der Armfresser, der sich in einen schillernden Klumpen verwandelt hatte. Er paßte einen günstigen Augenblick ab und trat mit dem Bein gegen den Leichenmenschen, trat nach hinten, blindlings, verzweifelt, wohl wissend, daß ihm dieses Unterfangen ein zweitesmal nicht mehr gelingen würde. Sein Bein drang in Weiches und Heißes ein. Der Leichenmensch gab einen schnarchenden Laut von sich, und sein Griff lockerte sich. Kandid fiel mit dem Gesicht ins Gras, sprang auf, drehte sich um und schrie auf, denn der Leichenmensch kam schon wieder auf ihn zu, seine unglaublich langen Arme weit geöffnet. Kandid hatte nichts bei der Hand, weder Grasvertilger noch Gärstoff, noch einen Stock, noch einen Stein. Der morastige, warme Boden gab unter den Füßen nach. Da fiel es ihm plötzlich ein. Er langte mit seiner Hand unters Hemd, und als der Leichenmensch sich wieder über ihn beugte, stach er ihm mit dem Skalpell zwischen die Augen. Dann kniff er die Augen zusammen, warf sich mit dem ganzen Körper nach vorn, zog die Klinge von oben einmal bis zum Erdboden durch und stürzte erneut.

Er lag da, preßte die Wange ins Gras und beobachtete den Leichenmenschen. Dieser stand schwankend vor ihm, der aufgeschlitzte, orangefarbige Körper öffnete sich langsam in seiner ganzen Länge wie ein Koffer. Dann taumelte er und sackte rücklings zu Boden. Alles ringsum war von einer dicklich weißen Flüssigkeit bespritzt. Der Leichenmensch zuckte noch einige Male und blieb dann reglos liegen. Kandid erhob sich und trottete davon. Den Pfad entlang. Nur weg von hier. Er konnte sich dunkel erinnern, daß er hier auf jemanden warten wollte, etwas Bestimmtes herausfinden und etwas tun wollte. Aber jetzt war das alles unwichtig. Wichtig war jetzt, möglichst weit wegzukommen. Gleichwohl ahnte er, daß er nicht entkommen konnte. Weder er, noch die vielen, vielen anderen.

Kapitel 9
Pfeffer

Pfeffer erwachte. Er war zutiefst niedergeschlagen. Auf seinem Bewußtsein und den Sinnesorganen lastete ein fast unerträglicher Druck. Er hatte so unbequem gelegen, daß sein ganzer Körper schmerzte.

Wie er bald herausfand, bedrückten ihn Enttäuschung und Wut darüber, daß der Wagen nicht aufs Festland fuhr, daß er schon wieder nicht aufs Festland fuhr, daß er überhaupt nirgendwohin fuhr. Das Fahrzeug stand da, tot und eisig, der Motor war abgestellt, die Türen aufgerissen. Zitternde Tropfen bedeckten die Windschutzscheibe, verschmolzen miteinander und flossen als kalte Rinnsale ab. Die Nacht hinter der Scheibe wurde durch grell aufblitzende Scheinwerfer erhellt. Nichts war zu sehen außer diesem unaufhörlichen Aufblitzen, von dem die Augen schmerzten. Man konnte auch nichts hören, und Pfeffer dachte zunächst, er sei taub geworden. Erst dann wurde ihm klar, daß auf seine Ohren vielstimmiges Sirenengeheul drückte. Er warf sich im Fahrerhaus herum und schlug schmerzhaft gegen Hebel, Vorsprünge und seinen verfluchten Koffer; er versuchte, die Scheibe abzuwischen, er beugte sich abwechselnd aus der einen und dann aus der anderen Tür – doch er konnte nicht herausfinden, wo er sich befand, was für ein Ort das war und was das alles bedeutete. Krieg, dachte er, oh Gott, es ist Krieg!... Die Scheinwerfer stachen ihm mit grimmigem Vergnügen in die Augen, und er konnte nichts erkennen außer einem großen, unbekannten Gebäude, in dem sämtliche Fenster auf allen Stockwerken regelmäßig aufflammten und wieder erloschen. Und dann sah er noch eine riesige Zahl großer, lilafarbener Flecken.

Plötzlich erscholl eine ohrenbetäubende Stimme. Sie sprach gelassen, als ob ringsherum völlige Stille herrschte: »Achtung, Achtung! Alle Mitarbeiter nehmen ihre Plätze ein gemäß Bestimmung Nr. 675, Pegasus Omikron 302, Richtlinie 813, zum feierlichen Empfang des Padischahs, kein besonderes Gefolge, Schuhgröße 55. Ich wiederhole. Achtung, Achtung! Alle Mitarbeiter...« Die Scheinwerfer verharrten in Ruhestellung, und Pfeffer erkannte zu guter Letzt den vertrauten Bogen mit der Inschrift »Herzlich willkommen«, die Hauptstraße der VERWALTUNG, die dunklen Wohnhäuschen am Straßenrand und davor irgendwelche Leute in Schlafanzügen mit Petroleumlampen in den Händen. Ganz nahe erblickte er Menschen, die in schwarzen, wehenden Regenmänteln dahinliefen. Sie nahmen die ganze Straßenbreite ein und hielten einen seltsamen, hellen Gegenstand ausgebreitet. Bei näherem Hinsehen erkannte Pfeffer, daß sie eine Art Schleppnetz oder Volleyballnetz mit sich führten. Auf einmal kreischte eine abgerissene Stimme über seinem Ohr: »Was tut das Auto hier? Warum stehst du hier?« Pfeffer prallte zurück und erblickte neben sich den Ingenieur mit der weißen Kartonmaske. Auf der Stirn stand mit Tintenschrift geschrieben: »Libidowitsch«. Der Mann kroch mit seinen schmutzstarrenden Stiefeln direkt auf Pfeffer zu, stieß ihm mit dem Ellbogen ins Gesicht, prustete, kullerte auf den Fahrersitz, tastete nach dem Zündschlüssel, fand ihn nicht, kreischte hysterisch auf und stolperte auf der anderen Seite zum Fahrerhaus hinaus. Zurück blieb starker Schweißgeruch. Sämtliche Straßenlaternen flammten auf und erleuchteten alles taghell. Die Menschen in den Schlafanzügen standen immer noch mit den Petroleumlampen an ihren Haustüren. Alle hielten Schmetterlingsnetze in der Hand und schwenkten sie gleichmäßig hin und her, als wollten sie etwas Unsichtbares von den Türen fortscheuchen. Auf der Straße kamen hintereinander vier düstere, schwarze Fahrzeuge heran und fuhren vorbei. Sie sahen wie Autobusse aus, hatten jedoch keine Fenster, und auf ihrem Dach drehten sich seltsame, vergitterte Flügel. Aus einer Nebenstraße kam ein uralter Panzerspähwagen hervor und folgte. Der verrostete Turm drehte sich mit durchdringendem Quietschen und der schlanke Lauf des Maschinengewehrs hob und senkte sich. Der Panzerspähwagen zwängte sich mit Mühe am Lastwagen vorbei. Die Turmluke öffnete sich, und ein Mann schaute heraus. Er trug ein schwarzes Nachthemd aus Nesseltuch, an dem Schnürchen baumelten. Verärgert schrie er Pfeffer an: »Was ist denn los? Weiterfahren, nicht stehenbleiben!« Pfeffer ließ den Kopf auf die Arme sinken und schloß die Augen. Ich komme hier nie weg, dachte er trübsinnig. Mich braucht hier niemand, ich bin hier völlig überflüssig, aber sie lassen mich nicht fort, und wenn sie deswegen einen Krieg vom Zaun brechen oder eine Überschwemmung veranstalten müßten.

»Ihre Papiere, wenn ich bitten darf«, ertönte eine schleppende, greisenhafte Stimme. Jemand klopfte Pfeffer auf die Schulter.

»Was?«, sagte Pfeffer.

»Ihre Dokumente. Haben Sie sie parat?«

Es war ein alter Mann in einem Gummimantel. Quer vor seiner Brust hing an einer abgegriffenen Metallkette ein Berdangewehr.

»Was für Papiere? Was für Dokumente? Wozu?«

»Sie sind's, Herr Pfeffer!«, sagte der Alte. »Warum halten Sie sich denn nicht an die Anordnung? Alle Papiere müssen Sie aufgeschlagen in der Hand halten, wie im Museum...«

Pfeffer gab ihm seinen Ausweis. Der Alte stützte die Ellbogen auf das Gewehr, studierte eingehend die Stempel, verglich das Foto mit dem Gesicht und sagte:

»Mager sind Sie geworden, Herr Pfeffer. Haut und Knochen. Sie arbeiten zuviel.«

Er gab den Ausweis zurück.

»Was geht hier vor sich?«, fragte Pfeffer.

»Genau das, was vorgesehen ist«, sagte der Alte plötzlich grob. »Die Anordnung Nr. 675 Komma Pegasus geht hier vor sich. Das heißt, eine Flucht.«

»Was für eine Flucht? Von wo?«

»Genau so eine, wie es der Anordnung entspricht«, sagte der Alte und stieg die Stufen hinunter. »Jeden Augenblick können sie sprengen. Passen Sie also auf Ihre Ohren auf. Lassen Sie lieber den Mund offen.«

»Gut«, sagte Pfeffer. »Danke.«

»Was treibst du dich denn hier herum, alter Esel?« ertönte plötzlich von unten die erboste Stimme von Kraftfahrer Woldemar. »Ich werde dir schon zeigen, von wegen Dokumente! Da, riech mal! Kapiert? Dann verschwinde...«

In diesem Augenblick zog man stampfend und schreiend eine Betonmischmaschine vorbei. Zerzaust und zähneknirschend kletterte Kraftfahrer Woldemar ins Fahrerhaus. Wild fluchend ließ er den Motor an und schlug krachend die Tür zu. Der Lastwagen machte einen Satz nach vorn und raste die Straße entlang, vorbei an den Menschen in ihren Schlafanzügen mit ihren wedelnden Schmetterlingsnetzen. Jetzt geht's in die Garage, dachte Pfeffer. Ach, das ist auch egal. Aber den Koffer rühr ich nicht mehr an. Ich habe keine Lust, das Ding weiter rumzuschleppen. Hol's der Teufel. Haßerfüllt trat er mit der Ferse gegen den Koffer. Der Lastwagen bog scharf von der Hauptstraße ab, bohrte sich in eine Barrikade aus leeren Fässern und Leiterwagen, fegte sie auseinander und raste weiter. Eine Zeitlang tanzte auf dem Kühler das zersplitterte Vorderteil einer Kutsche, fiel dann nach unten und zerbarst knirschend unter den Rädern. Der Lastwagen rollte jetzt auf engen Seitenstraßen dahin. Mit zusammengezogenen Augenbrauen, eine erloschene Kippe zwischen den Lippen, drehte Woldemar das riesige Lenkrad, wobei er sich mit dem ganzen Körper zusammenkrümmte und wieder streckte. Nein, es geht nicht zur Garage, dachte Pfeffer. Auch nicht zu den Werkstätten. Auch nicht aufs Festland. Die Straßen lagen dunkel und verlassen. Nur einmal erfaßte der Strahl des Scheinwerfers für Augenblicke Pappgesichter mit Aufschriften und gespreizte Finger. Dann verschwand alles wieder.

»Der Teufel hat mich geritten«, sagte Woldemar. »Ich wollte direkt aufs Festland fahren, da sah ich, daß Sie schliefen. Da dachte ich mir, ich schaue schnell bei der Garage vorbei, um eine kleine Partie Schach zu spielen... Aber da traf ich Achilles, den Schlosser. Wir holten uns Kefir, tranken und stellten die Figuren auf... Ich schlug Damengambit vor, er ging darauf ein, genau wie geplant... Ich zog e4, er c6... Ich sag zu ihm: jetzt darfst du beten. Und da ging die ganze Sache los... Haben Sie keine Zigarette, Herr Pfeffer?«

Pfeffer gab ihm eine Zigarette.

»Was ist das für eine Flucht?«, fragte er. »Und wohin fahren wir?«

»Eine ganz gewöhnliche«, sagte Woldemar und zündete sich die Zigarette an. »Jedes Jahr haben wir einige von dieser Sorte. Den Ingenieuren ist eine Maschine entkommen. Und jetzt ist Befehl an alle, sie einzufangen. Da drüben, da suchen sie...«

Sie waren am Rand der Siedlung angelangt. Auf dem freien, mondbeleuchteten Feld bewegten sich Menschen. Es schien, als spielten sie Blindekuh. Sie gingen mit gebeugten Knien, die Arme weit von sich gestreckt. Alle hatten die Augen verbunden. Einer von ihnen stieß mit voller Wucht gegen einen Pfahl. Wahrscheinlich hatte er vor Schmerz aufgeschrien, denn die übrigen hielten sofort inne und drehten vorsichtig die Köpfe zur Seite.

»Jedes Jahr derselbe Blödsinn«, sagte Woldemar. »Sie haben dort Fotozellen, akustische Geräte, kybernetisches Zeug, an jeder Ecke einen Nichtstuer, der aufpassen soll, und trotzdem vergeht kein Jahr, ohne daß ihnen eine Maschine davonläuft. Und dann heißt es, laß alles liegen und stehen und mach dich auf die Suche. Und wer hat schon Lust, das Ding zu suchen? Wer will schon was damit zu tun haben, frage ich? Wenn du sie auch nur aus den Augenwinkeln entdeckst, ist es nämlich aus. Entweder sie stecken dich zu den Ingenieuren, oder sie verschicken dich in den Wald auf eine entlegene Basis. Da darfst du dann Pilze zählen, damit du ja nichts ausplauderst. Da behelfen sich eben die Leute, so gut es geht... Die einen verbinden sich die Augen, damit sie nichts sehen... Jeder hat da seine eigene Methode. Die Gescheiteren rennen nur herum und schreien aus Leibeskräften. Beim einen verlangen sie die Dokumente, den andern durchsuchen sie, oder sie klettern einfach aufs Dach und heulen. Das schaut dann ganz dienstlich aus und Risiko ist keins dabei...«

»Und was machen wir jetzt? Suchen wir vielleicht auch?«, fragte Pfeffer.

»Natürlich. Das Volk sucht und wir tun, was alle tun. Sechs Stunden dauert die Jagd. Das geht nach der Uhr. Da gibt es einen Befehl: wenn im Verlauf von sechs Stunden der flüchtige Mechanismus nicht entdeckt ist, so wird er mit Fernsteuerung gesprengt. Damit werden alle Spuren beseitigt, und er kommt in keine falschen Hände. Haben Sie das Durcheinander in der VERWALTUNG gesehen? Das ist noch eine paradiesische Stille. Warten Sie nur, was da in sechs Stunden losgeht. Niemand weiß doch, wo dieses Maschinchen hingekrochen ist. Vielleicht ist es bei dir in der Tasche. Die Ladung ist immer kolossal groß, weil man auf Nummer sicher gehen will... Letztes Jahr zum Beispiel kroch das Maschinchen in die Sauna, und dorthin hatte sich eine Menge Leute geflüchtet. Die Sauna war ja ein feuchter Ort und außerdem unauffällig... Na ja, ich war auch dort. Sauna ist Sauna, dachte ich... Ich flog zum Fenster raus, so weich wie auf einer Welle. Im nächsten Augenblick saß ich auf einer Schneewehe, und über mir flogen glühende Balken...«

Ringsumher lag jetzt eine Ebene. Da war kümmerliches Gras, trübes Mondlicht und eine schadhafte, weiße Straße. Auf der linken Seite, dort wo sich die VERWALTUNG befand, schweiften die Lichter wirr durcheinander.

»Ich verstehe nur nicht«, sagte Pfeffer, »wie wir sie fangen sollen. Wir wissen nicht einmal, wie sie aussieht... Ob sie klein oder groß ist, dunkel oder hell...«

»Das werden Sie bald sehen«, versprach Woldemar. »In zirka fünf Minuten werde ich Ihnen zeigen, wie kluge Leute auf die Jagd gehen. Verflucht, wo ist denn diese Stelle... Verpaßt. Wahrscheinlich bin ich zu weit links abgekommen. Aha, nach links... Dort ist das Gerätemagazin, wir müssen uns also weiter rechts halten...«

Das Fahrzeug bog von der Straße ab und holperte über kleine Erdhügel. Das Magazin ließen sie links liegen. Man sah Reihen riesiger, heller Container. Das Ganze glich einer toten Stadt in einem flachen Land.

...Wahrscheinlich hat sie es nicht mehr ausgehalten. Sie haben sie auf dem Pulsator durchgerüttelt, sie haben sie nachdenklich gefoltert, in ihren Eingeweiden herumgestochert, feine Nervenstränge mit dem Lötkolben abgetrennt; fast wäre sie am Kolophoniumgeruch erstickt, man zwang sie zu Dummheiten, man hatte sie erschaffen, damit sie Dummheiten machte, man vervollkommnete sie, damit sie immer dümmere Dummheiten machte, abends ließ man sie dann gebrochen und erschöpft in einer trockenen, heißen Kammer liegen. Und da beschloß sie fortzugehen, obwohl sie um alles wußte, um die Sinnlosigkeit einer Flucht und um ihren sicheren Untergang. Und sie ging fort und trug die tödliche Ladung in ihrem Inneren mit. Jetzt steht sie irgendwo im Schatten, trippelt mit ihren Gelenkfüßchen weich auf der Stelle und schaut, und horcht, und wartet... Und jetzt ist ihr wahrscheinlich eines völlig klar geworden, worüber sie früher nur Vermutungen anstellen konnte – daß es keine Freiheit gibt, ob die Türen vor dir nun versperrt oder geöffnet sind, daß alles Chaos und Dummheit ist, und daß es nur die Einsamkeit gibt...

»Aha!«, sagte Woldemar mit Befriedigung. »Da ist sie ja, unser Schatz. Da ist sie ja, die Liebste...«

Pfeffer öffnete die Augen, konnte aber draußen nur eine ausgedehnte, schwarze Pfütze entdecken, eigentlich keine Pfütze, sondern nur Morast. Er hörte den Motor aufheulen, dann flog eine Ladung Schmutz auf und klatschte gegen die Windschutzscheibe. Noch einmal heulte der Motor wild auf, dann verstummte er. Es wurde sehr still.

»Das ist was für unsereiner«, sagte Woldemar. »Alle sechs Räder drehen durch. Wie Seife im Waschbecken. Klar?« Er schnippte die Kippe in den Aschenbecher und öffnete den Wagenschlag. »Hier ist noch jemand«, verkündete er und brüllte. »Heh, Freund! Wie steht's?«

»Alles in Ordnung«, ertönte es von draußen.

»Hast du sie erwischt?«

»Nur einen Schnupfen und fünf Kaulquappen.«

Woldemar schlug die Tür fest zu, schaltete das Licht im Fahrerhaus ein und blinzelte Pfeffer zu. Dann zog er unter dem Sitz eine Mandoline hervor, neigte den Kopf zur rechten Schulter und zupfte an den Saiten.

»Machen Sie sich's bequem. So richtig bequem«, sagte er gastfreundlich. »Bis morgen früh, bis der Schlepper kommt...«

»Danke«, sagte Pfeffer fügsam.

»Stör ich Sie nicht?«, fragte Woldemar höflich.

»Nein, nein«, sagte Pfeffer, »machen Sie nur weiter...«

Woldemar warf den Kopf zurück, verdrehte die Augen und sang mit trauriger Stimme:

»Die Tage meines Glückes sind gezählt,
Ich streife müde durch die weite Welt.
Warum willst du mich denn nicht erhören?
Wie konntest unsre Liebe du zerstören?«

Der Schmutz rann langsam von der Scheibc und gab den Blick auf den mondbeschienenen Sumpf frei. Inmitten des Morasts stak ein Auto von seltsamer Form. Pfeffer schaltete den Scheibenwischer ein und entdeckte verwundert, daß es sich um den Panzerspähwagen handelte. Das Fahrzeug war bis zum Turm eingesunken.

»Die Freuden schenkst du einem andern,
Ich bin allein in meinem Wahn und matt...«

Woldemar schlug voll in die Saiten, erwischte jedoch einen falschen Akkord und räusperte sich.

»Heh, Freund«, erscholl es von draußen. »Hast du nichts zu fressen?«

»Wieso?« schrie Woldemar.

»Wir haben Kefir!«

»Ich bin nicht allein!«

»Tanzt alle an! Das reicht für alle! Wir haben uns eingedeckt. Wir ahnten schon sowas!«

Kraftfahrer Woldemar wandte sich zu Pfeffer.

»Also?«, fragte er begeistert. »Gehen wir? Trinken wir Kefir, vielleicht können wir Tennis spielen... also?«

»Ich kann nicht Tennis spielen«, sagte Pfeffer.

Woldemar schrie:

»Wir kommen gleich! Wir blasen nur schnell das Boot auf!«

Flink wie ein Affe kletterte er aus dem Fahrerhaus und machte sich auf der Ladefläche zu schaffen. Er rasselte mit Eisenteilen, ließ etwas fallen und pfiff fröhlich vor sich hin. Dann plätscherte es, auf dem Kühler trampelten Füße und von irgendwo unten ertönte die Stimme Woldemars: »Alles fertig, Herr Pfeffer! Kommen Sie runter, aber vergessen Sie die Mandoline nicht!« Unten auf der glitzernden Oberfläche des flüssigen Schmutzes lag ein Schlauchboot. Drinnen stand Woldemar, breitbeinig wie ein Gondoliere, ein großes Pionierpaddel in der Hand. Freudestrahlend blickte er hinauf zu Pfeffer.

...In dem alten, verrosteten Panzerspähwagen aus Verdunzeiten war es so heiß, daß einem übel werden konnte. Es stank nach heißem Öl und Benzin; über dem eisernen Kommandeurstisch, in den Obszönitäten eingeritzt waren, brannte eine trübe Lampe, auf dem Boden schwappte eine schmutzige Brühe, von der man kalte Füße bekam; der zerbeulte, blecherne Munitionsschrank war mit Kefirflaschen vollgepfropft; die Männer waren alle in Schlafanzügen und rieben sich mit der Handfläche die behaarte Brust. Alle waren betrunken, die Mandoline ging ihnen auf die Nerven, der Turmschütze im Nesselhemd, der unten keinen Platz mehr gefunden hatte, ließ von oben Zigarettenasche fallen, fiel manchmal auch selbst herunter, wobei er jedesmal sagte: »Pardon, ich habe Sie verwechselt...« Unter Gröhlen wurde er dann wieder auf seinen alten Platz hinaufgehoben.

»Nein«, sagte Pfeffer, »danke, Woldemar. Ich bleibe hier. Ich muß einige Sachen waschen... Meine Gymnastik habe ich auch noch nicht gemacht.«

»Ah«, sagte Woldemar beeindruckt, »das ist eine andere Sache. Ich fahre dann los, und sobald Sie mit der Wäsche fertig sind, rufen Sie und wir holen Sie... Nur die Mandoline hätte ich noch gern.«

Er fuhr mit der Mandoline weg, und Pfeffer blieb sitzen und beobachtete ihn, wie er am Anfang zu rudern versuchte, dann jedoch, als sich das Boot nur im Kreise drehte, sich mit dem Ruder wie mit einer Stange abstieß. Jetzt kam er voran. Der Mond übergoß ihn mit fahlem Licht, und es war, als sei er der letzte Mensch nach der letzten Großen Sintflut, der zwischen den Dächern der höchsten Gebäude umherschwimmt, einsam, auf der Flucht vor der Einsamkeit und noch voller Hoffnung. Woldemar legte am Panzerspähwagen an und trommelte mit der Faust auf die Panzerplatten. Aus der Luke beugten sich Menschen, wieherten voller Freude und zogen ihn mit dem Kopf voran nach innen. Pfeffer blieb allein zurück.

Er war allein wie der einzige Fahrgast eines Nachtzuges, der mit seinen drei abgenutzten Waggons eine Nebenstrecke entlangkriecht, die bald außer Dienst gestellt wird. Im Waggon knarrt es, er wird durchgerüttelt, durch die hoffnungslos verzogenen, eingeschlagenen Fenster bläst der Wind den Rauch der Lokomotive, auf dem Boden hüpfen Zigarettenkippen und zerknüllte Papiere, am Haken baumelt ein vergessener Strohhut. Wenn der Zug sich der Endstation nähert, tritt der einzige Fahrgast auf die verfaulte Plattform, und niemand holt ihn ab, das weiß er genau, daß ihn niemand abholt, und er irrt nach Hause, und zu Hause macht er sich auf der Kochplatte Rührei aus zwei Eiern und einer grünlichen, drei Tage alten Wurst...

Der Panzerspähwagen erzitterte plötzlich, ruckte und wurde von aufblitzenden, flackernden Scheinwerfern erleuchtet. Hunderte glänzender, vielfarbiger Fäden liefen von ihm aus über das flache Land, und im Schein des Mondes und dem Aufblitzen der Scheinwerfer konnte man weite Ringe sehen, die der Panzerspähwagen auf die spiegelnde, glatte Oberfläche des Sumpfes warf. Aus dem Turm beugte sich ein Mann ganz in Weiß und verkündete lauthals:

»Verehrte Damen und Herren! Ein Salut der Nationen! Mit der allervorzüglichsten Hochachtung, Eure Durchlaucht, habe ich die Ehre, hochverehrte Fürstin Dicobella, Ihr untertänigster Diener, technische Aufsicht, Unterschrift unleserlich!...« Der Panzerspähwagen erzitterte erneut, glitzerte in aufblitzenden Lichtern und wurde still.

»Ich werde Schlingpflanzen auf euch loslassen, die ihr nicht mehr abschütteln werdet«, dachte Pfeffer, »und euer verfluchtes Geschlecht wird der Dschungel hinwegfegen, die Dächer werden einstürzen, Balken werden herabfallen, und Brennesseln, bittere Brennesseln werden sich in eure Häuser einnisten.«

Der Wald kam heran, klomm die Serpentinen hinauf, arbeitete sich am steilen Felsen hoch; ihm voran wogten Wellen lila Nebels, aus denen Myriaden grüner Saugarme hervorkrochen, alles umschlingend und erdrückend; auf den Straßen öffneten sich Kloaken, Häuser stürzten in bodenlose Seen, auf den betonierten Landebahnen tauchten Springbäume auf und stellten sich vor die überfüllten Flugzeuge, in denen Menschen und Kefirflaschen, graue Mappen mit Namenszug und schwere Safes stapelweise durcheinanderlagen; die Erde unter dem Felsen tat sich auf und sog ihn ein. Das wäre so normal und natürlich, daß niemand sich verwundern würde, alle wären lediglich verstört und nähmen die Vernichtung wie eine Strafe hin, auf die man schon lange mit Schrecken wartete. Und Kraftfahrer Trumpf würde wie eine Spinne zwischen den schwankenden Häuschen herumlaufen und Rita suchen, um zu guter Letzt doch noch zu seinem Vergnügen zu kommen, dazu würde es aber nicht mehr reichen...

Aus dem Panzerspähwagen stiegen drei Raketen in die Luft und eine militärische Stimme schnarrte: »Panzer nach rechts, Deckung links! Besatzung, in Deckung!« Und ein Stotterer äffte ihn nach: »Weiber nach links, Betten nach rechts! B-b-besatzung, in die B-b-betten!« Dazu ertönte Wiehern und Stampfen, das nichts Menschenähnliches mehr an sich hatte, so als ob sich in dieser eisernen Schachtel eine Herde reinrassiger Hengste befände, tobend und ausschlagend, um sich einen Weg ins Freie zu bahnen, zu den Stuten. Pfeffer öffnete den Wagenschlag und blickte hinaus. Unter ihm war Morast, tiefer Morast. Die gewaltigen Räder des Lastwagens waren in der fetten Brühe bis über die Naben versunken. Allerdings war das Ufer nah.

Pfeffer kletterte auf die Ladefläche und ging lange, bis er das rückwärtige Ende erreichte. Lärmend und dröhnend stapfte er im undurchdringlichen Mondschatten auf dem Boden dieses riesenhaften Stahltrogs, kletterte dann auf die Kante und stieg auf einer der zahllosen Leitern hinunter bis zum Wasser. Über der eisigen Brühe hängend, wartete er einige Zeit, um Mut zu fassen. Als vom Panzerspähwagen erneut MG-Schüsse erschollen, kniff er die Augen zusammen und sprang. Die Brühe gab langsam unter ihm nach, doch es dauerte sehr lange und wollte kein Ende nehmen. Als er schließlich festen Boden unter den Füßen spürte, war er bis zur Brust eingesunken. Er stemmte sich mit seinem ganzen Körper gegen den Morast, stieß mit den Knien nach vorn und drückte sich mit den Handflächen ab. Zunächst konnte er sich nicht von der Stelle bewegen, fand sich jedoch bald zurecht und kam voran. Zu seiner Verwunderung langte er sehr schnell am trockenen Ufer an.

Jetzt wäre es schön, irgendwo auf Menschen zu stoßen, dachte er. Fürs erste ganz einfach nur Menschen, die sauber sind, rasiert, aufmerksam und gastfreundlich. Sie brauchen keine hochfliegenden Gedanken zu haben, sie brauchen nicht glänzend talentiert zu sein. Sie brauchen keine weltbewegenden Ziele zu verfolgen oder sich vor sich selbst zu ekeln. Sollen sie die Hände über dem Kopf zusammenschlagen, wenn sie mich sehen. Jemand wird sofort Wasser in die Badewanne einlaufen lassen, ein anderer wird gleich saubere Wäsche holen und den Teekessel aufsetzen. Solange nur niemand nach meinen Papieren fragt und keine Autobiographie in drei Exemplaren mit zwanzig beigefügten Kopien der Fingerabdrücke von mir verlangt. Solange nur kein einziger ans Telefon stürzt und mit vielsagendem Flüstern der zuständigen Stelle mitteilt, daß da ein Unbekannter aufgetaucht sei, verdreckt von oben bis unten, daß er sich Pfeffer nenne, daß es sich aber kaum um Pfeffer handle, weil Pfeffer ja zum Festland abgereist sei, die entsprechende Anweisung sei ja bereits erlassen worden und werde morgen ausgehängt. Sie brauchen auch keine prinzipiellen Gegner oder Anhänger irgendeiner Sache zu sein. Sie brauchen keine grundsätzlichen Antialkoholiker zu sein, solange sie nicht selbst Trinker sind.

Sie brauchen auch nicht prinzipiell auf der heiligen Wahrheit zu bestehen, solange sie nur nicht lügen und dir keine Unverschämtheiten sagen, weder ins Gesicht noch hinter deinem Rücken. Und solange sie von einem Menschen nicht völlige Übereinstimmung mit irgendwelchen Idealen verlangen, sondern ihn so aufnehmen und verstehen, wie er ist... Oh, Gott, verlange ich denn wirklich so viel?

Er ging bis zur Straße und trottete langsam auf die Lichter der VERWALTUNG zu. Dort blitzten unaufhörlich Scheinwerfer auf, Schatten huschten umher, vielfarbiger Rauch stieg auf. Pfeffer ging, und in seinen Schuhen grunzte und gluckste das Wasser, die Kleidung trocknete an und knisterte wie Papier, von Zeit zu Zeit lösten sich Schmutzklumpen von der Hose und fielen auf die Straße, und jedesmal schien es Pfeffer, als sei ihm die Brieftasche mit den Papieren herausgefallen; dann griff er panikartig an die Tasche. Als er ans Gerätelager kam, überfiel ihn ein fürchterlicher Gedanke: seine Papiere waren durchnäßt, alle Stempel und Unterschriften waren zerlaufen, unleserlich geworden und damit zwangsläufig verdächtig. Er blieb stehen, schlug mit klammen Fingern die Brieftasche auf, zog alle Bestätigungen, Berechtigungsausweise, Atteste und Bescheinigungen heraus und begann sie im Licht des Mondes eingehend zu betrachten. Es stellte sich heraus, daß nichts Schreckliches geschehen war. Das Wasser hatte nur eine ausführliche Bescheinigung auf Stempelpapier angegriffen; sie bestätigte, daß der Inhaber des Dokuments die Impfserie durchlaufen hatte und zur Arbeit an Rechenmaschinen zugelassen sei. Er legte die Papiere in die Brieftasche zurück, und steckte dabei sorgfältig jeweils einen Geldschein dazwischen. Er wollte gerade weitergehen, da fielen ihm die Ereignisse der Nacht ein. Er stellte sich vor, wie er auf die Hauptstraße treten würde; die Menschen hinter den Pappmasken mit den schief aufgeklebten Bärten würden ihn an den Armen packen, ihm die Augen verbinden, ihm etwas zum Riechen vor die Nase halten und befehlen: »Such! Such!« Sie würden sagen: »Haben Sie sich den Geruch eingeprägt, Mitarbeiter Pfeffer?« Sie würden ihn anstacheln:

»Cherchez, dummes Vieh, cherchez!« Als er sich das alles vorgestellt hatte, bog er rasch von der Straße ab, lief geduckt zum Gerätemagazin, tauchte in den Schatten großer, heller Kästen, blieb mit seinen Beinen in etwas Weichem hängen und fiel der Länge nach auf einen Haufen von Lappen und Werg.

Hier war es warm und trocken. Die rauhen Wände der Kästen fühlten sich heiß an. Zuerst freute er sich darüber, dann stutzte er. In den Kästen war es still, aber er erinnerte sich an die Geschichte von den Maschinen, die selbständig aus den Containern krochen. Er begriff, daß sich in den Kästen ein anderes Leben abspielte, und er erschrak nicht, im Gegenteil, er fühlte sich in Sicherheit. Er setzte sich bequem hin, zog sich die feuchten Schuhe aus, streifte die nassen Socken ab und rieb die Füße mit Werg ab. Es war so warm und gemütlich, er fühlte sich so wohl, daß er dachte: Seltsam, sollte ich hier wirklich allein sein? Ist da niemand auf den Gedanken gekommen, daß es viel besser ist, hier zu sitzen als mit verbundenen Augen übers Feld zu kriechen oder im sinkenden Morast steckenzubleiben? Er lehnte sich mit dem Rücken an das heiße Furnierholz auf der Gegenseite. Er hätte schnurren mögen. Über seinem Kopf war ein schmaler Spalt, und darin sah er einen Streifen Himmel, der vom Mond weißlich gefärbt war, und undeutlich einige Sterne. Von irgendwoher drang ein dumpfes Getöse, Krachen und Motorengeheul, aber das alles betraf ihn nicht.

Wäre das schön, wenn ich hier für immer bleiben könnte, dachte er. Wenn ich schon nicht aufs Festland gelangen kann, dann bleibe ich hier für immer. Da reden sie von Maschinen! Wir sind doch alle Maschinen. Nur sind wir defekte oder schlecht reparierte Maschinen.

Es existiert die Meinung, meine Herren, daß sich der Mensch mit der Maschine nie verständigen wird. Und, meine Herren, wir wollen nicht streiten. Der Direktor denkt auch so. Und auch Claudius Octavian Heymbacken vertritt eben diese Meinung. Was ist denn eine Maschine schon? Ein unbeseelter Mechanismus, der nur über eine beschränkte Gefühlsskala verfügt und der nicht klüger als der Mensch sein kann. Natürlich weist er auch keine Eiweißstruktur auf, auch kann das Leben nicht auf physikalische oder chemische Prozesse zurückgeführt werden, das heißt, der Verstand ebensowenig... Und hier kletterte der intellektuelle Lyriker auf die Bühne. Er war mit dreifachem Kinn ausgestattet, trug eine Fliege, zerrte erbarmungslos an seinem gestärkten Vorhemd und rief schluchzend aus: »Ich kann nicht... Ich will das nicht... Das rosige Kind, das mit einer Klapper spielt... Trauerweiden, die sich über den Teich neigen... Kleine Mädchen in weißen Schürzchen... Sie lesen Gedichte... Sie weinen... sie weinen!... Über die herrlichen Zeilen des Dichters... Ich möchte nicht, daß elektronisches Eisen diese Augen auslöscht... diese Lippen... diese jungen, zarten Brüste... Nein, die Maschine wird nicht klüger als der Mensch sein! Weil ich... weil wir... Wir wollen das nicht! Und das wird nie sein! Niemals!!! Niemals!!!« Man streckte ihm Gläser mit Wasser entgegen, und 400 Kilometer über seinen schneeigen Locken zog ein automatisches Satellitenjagdflugzeug mit atomarer Ladung dahin, lautlos, tot, wach, unerträglich grelle Blitze aussendend...

Ich will das auch nicht, dachte Pfeffer, aber man darf sich da nicht hoffnungslos dumm stellen. Natürlich kann man eine Aktion zur Abwendung des Winters starten, kann allerlei faulen Zauber machen, wenn man sich mit Fliegenpilzen vollgestopft hat, kann Schellen schlagen, Beschwörungen hinausschreien, aber man sollte doch lieber einen Winterpelz nähen und Filzstiefel kaufen... Übrigens, was auch immer dieser grauhaarige Beschützer zarter Brüste von seiner Tribüne herunterschreien mag, anschließend geht er sicher zu seiner Freundin, entwendet ihr das Nähmaschinenöl aus dem Futteral, schleicht zu einem der elektronischen Kolosse und ölt ihm die Triebräder, schaut ihm devot auf die Zifferblätter und läßt ein hündisches Kichern hören, wenn ihn ein Stromschlag erwischt. Oh Gott, bewahre uns vor grauhaarigen, blöden Dummköpfen. Und vergiß dabei nicht, uns vor klugen Dummköpfen hinter Kartonmasken zu bewahren...

»Ich glaube, das kommt bei dir von den Träumen«, ertönte

von irgendwo oben ein gutmütiger Baß. »Ich weiß das von mir selbst. Träume hinterlassen manchmal ein recht unangenehmes Gefühl. Manchmal ist man fast wie gelähmt. Du kannst dich nicht rühren und auch nicht arbeiten. Und dann geht das wieder vorbei. Du solltest ein wenig arbeiten. Warum eigentlich nicht? Alles wird sich in Wohlgefallen auflösen.«

»Ach, ich kann doch nicht arbeiten«, widersprach eine feine, kapriziöse Stimme. »Mich ödet das alles an. Immer ein- und dasselbe: Eisen, Plastik, Beton, Menschen. Ich habe es satt bis oben hin. Das macht mir absolut keinen Spaß mehr. Die Welt ist so schön und bietet so viel Abwechslung, und ich sitze auf einem Fleck und sterbe vor Langeweile.«

»Such dir halt was anderes«, krächzte ein streitsüchtiger Alter von irgendwoher.

»Leichter gesagt als getan! Jetzt zum Beispiel bin ich nicht an meinem Platz und trotzdem fehlt mir was. Und wie schwer war es wegzukommen!«

»Das mag ja sein«, sagte der besonnene Baß. »Aber was möchtest du eigentlich? Ich kann das irgendwie nicht begreifen. Was kann man wollen, wenn man nicht arbeiten will?«

»Ach, daß Sie das nicht verstehen können! Ich möchte in vollen Zügen leben. Ich möchte was Neues sehen, neue Eindrücke bekommen, aber hier ist doch immer ein- und dasselbe...«

»Aufhören!«, schnarrte eine metallene Stimme. »Geschwätz! Standvisier! Klar? Wiederholen!«

»Ach, scheren Sie sich doch mit Ihren Kommandos...«

Zweifellos waren es die Maschinen, die sich da unterhielten. Pfeffer sah sie nicht und konnte sie sich überhaupt nicht vorstellen, aber es schien ihm, als hätte er sich unter dem Ladentisch eines Spielwarengeschäfts versteckt und hörte, wie die Spielzeuge miteinander sprachen. Sie waren ihm von Kindheit an vertraut, aber sie waren riesig und daher schrecklich. Dieses hysterische, feine Stimmchen gehörte bestimmt zur fünf Meter großen Puppe Jeanne. Sie trug ein buntes Tüllkleid und hatte ein dickes, rosiges und starres Gesicht mit verdrehten Augen, dicke, seltsam gespreizte Arme und Beine mit aufgeklebten

Zehen. Und der Baß war Pu der Bär; er war so groß, daß er kaum in einen Container paßte, gutmütig, zottig, mit Sägespänen ausgestopft, braun, mit gläsernen Knopfaugen. Auch die anderen waren Spielzeuge, aber Pfeffer konnte noch nicht bestimmen, was für welche.

»Ich finde, daß du trotzdem etwas arbeiten solltest«, brummte Pu der Bär. »Vergiß nicht, Herzchen, daß hier Leute sind, die vom Glück noch viel weniger begünstigt sind als du. Unser Gärtner zum Beispiel. Er möchte sehr gern arbeiten. Aber er sitzt hier und denkt Tag und Nacht, weil er seinen Aktionsplan noch nicht endgültig ausgearbeitet hat. Aber noch niemand hat ihn je klagen hören. Eine einförmige Arbeit ist auch eine Arbeit. Ein einförmiges Vergnügen ist auch ein Vergnügen. Das ist noch lange kein Grund, von Sterben oder was Ähnlichem zu sprechen.«

»Ach, bei euch soll sich einer auskennen«, sagte die Puppe Jeanne. »Einmal sollen die Träume an allem schuld sein, einmal ich weiß nicht was. Ich habe nun mal meine Vorahnungen. Ich finde keinen Platz, wo ich hingehöre. Ich weiß, es wird eine schreckliche Explosion geben, ich werde in winzige Splitter zerplatzen und mich in Dampf auflösen. Ich weiß es, ich habe gesehen...«

»Aufhören!«, donnerte die metallene Stimme. »Ich dulde das nicht! Was wissen Sie schon von Explosionen? Sie können mit beliebiger Geschwindigkeit und unter einem beliebigen Winkel zum Horizont laufen. Und der, dem daran liegt, wird Sie aus beliebiger Entfernung zurückholen. Und das wird eine Explosion sein, und nicht irgend so ein intelligenter Dampf. Aber bin ich vielleicht der, dem daran liegt? Das wird niemand behaupten, und selbst wenn es jemand behaupten wollte, so käme er nicht dazu. Ich weiß, was ich sage. Klar? Wiederholen!«

In all dem lag viel dummstolze Überheblichkeit. Wahrscheinlich war das der gewaltige Aufziehpanzer. Mit genau derselben dummstolzen Überheblichkeit bewegte er sich auf seinen Raupenketten aus Gummi und überwand den Schuh, den man ihm in den Weg stellte.

»Ich weiß nicht, was Sie meinen«, sagte die Puppe Jeanne. »Selbst wenn ich nun hierher zu Ihnen gelaufen bin, zu den einzigen mir nahestehenden Wesen, so bedeutet das meiner Ansicht nach noch nicht, daß ich wegen irgendeines Vergnügens unter irgendwelchen Winkeln zum Horizont laufen will. Und überhaupt möchte ich darauf hinweisen, daß ich nicht mit Ihnen spreche... Und was die Arbeit betrifft, so bin ich nicht krank, sondern ein normales Wesen, und ich brauche mein Vergnügen wie jeder andere auch. Aber das ist keine echte Arbeit, sondern irgendein falsches Vergnügen. Und ich warte immer auf das meinige, echte, es kommt und kommt nicht. Und ich weiß nicht, woran das liegt, und wenn ich anfange, darüber nachzudenken, so kommen mir nur lauter dumme Sachen in den Sinn...«, schluchzte sie auf.

»Schon gut, schon gut...«, ertönte der Baß Pus des Bären. »Im allgemeinen stimmt das ja... Natürlich... Nur... Hm...«

»Das ist alles richtig«, schaltete sich eine neue Stimme ein. Sie war klangvoll und fröhlich. »Das Mädchen hat recht. Es gibt keine echte Arbeit...«

»Echte Arbeit, echte Arbeit!«, krächzte der Alte giftig. »Auf einmal gibt es ganze Bergwerke voller echter Arbeit. Ein Dorado! Die Minen von König Salomon! Da gehen sie um mich herum mit ihren kranken Innereien, ihren Sarkomen, ihren prachtvollen Fisteln, ihren appetitlichen Adenomata und Appendizes, mit einer zwar gewöhnlichen, aber doch so anziehenden Karies! Wollen wir offen sprechen. Sie stören, sie lassen einen nicht zur Arbeit kommen. Ich weiß nicht, woran das liegt; vielleicht verbreiten sie irgendeinen besonderen Geruch oder sie strahlen ein unbekanntes Feld aus; auf jeden Fall geht bei mir so eine Schizophrenie los, wenn sie in meiner Nähe sind. Ich teile mich auf. Die eine Hälfte sucht den Genuß, möchte an sich reißen und das Notwendige, das Süße, das Ersehnte tun, die andere verfällt in dumpfe Niedergeschlagenheit und verdirbt alles durch ewiges Fragen: lohnt sich das, wozu überhaupt, ist das moralisch?... Und ihr, von euch spreche ich, was tut ihr, arbeitet ihr?«

»Ich?«, sagte Pu der Bär. »Sicher... Was sonst?... Eigentlich seltsam, das von Ihnen zu hören, das habe ich nicht erwartet... Ich beende den Entwurf eines Hubschraubers und dann... Ich habe doch schon erzählt, daß ich eine ausgezeichnete Zugmaschine erfunden habe, das war so ein Genuß... Ich glaube, Sie haben keinen Grund, daran zu zweifeln, daß ich arbeite.«

»Daran zweifle ich doch nicht, keineswegs«, krächzte der Alte (so ein widerliches, schlappes Männchen, so ein Zwischending zwischen Dämon und Astrologe in schwarzem Plüschumhang mit Goldflitter). – Sagen Sie mir nur, wo ist diese Zugmaschine?«

»N-nun... Ich verstehe nicht recht... Woher soll ich das wissen? Und was geht mich das an? Jetzt interessiert mich der Hubschrauber...«

»Genau darum geht es!«, sagte der Astrologe. »Das sagen Sie bei allen Dingen, daß sie Sie nichts angehen. Sie sind mit allem zufrieden. Niemand stört Sie. Man hilft Ihnen sogar! Da haben Sie jetzt also eine Zugmaschine zustande gebracht und sind vor Wonne fast erstickt. Die Menschen haben sie Ihnen gleich weggenommen, damit Sie sich nicht in Kleinigkeiten verzetteln und keinen Genuß größeren Ausmaßes davon haben. Jetzt fragen Sie den mal, ob ihm die Menschen helfen oder nicht...«

»Mir?«, heulte der Panzer auf. »Scheiße! Aufhören! Wenn sich mal jemand auf das Übungsgelände begibt, um sich aufzulockern, seinem Vergnügen nachzugehen, ein wenig zu spielen, das Ziel in die azimutale oder sagen wir die vertikale Gabel zu nehmen, so machen sie ein Tamtam und ein Gezeter, daß einem schlecht wird. Ich möchte denjenigen sehen, der da nicht aus dem Geleise gebracht wird. Aber habe ich gesagt, daß ich derjenige bin? Nein! Da könnt ihr lange warten. Klar? Wiederholen!«

»Ich auch, ich auch!«, wisperte die Puppe Jeanne. »Wie oft habe ich mir schon überlegt, wozu die eigentlich existieren. Es hat doch alles auf der Welt seinen Sinn, oder? Aber sie haben keinen, glaube ich. Vielleicht gibt es sie gar nicht, vielleicht sind sie nur Halluzinationen. Sobald du nämlich versuchst, sie zu analysieren, ihnen aus dem unteren Teil, dem oberen oder dem mittleren Teil eine Probe zu entnehmen, stößt du unfehlbar auf eine Wand, oder du läufst vorbei, oder du schläfst plötzlich ein...«

»Sie existieren ohne allen Zweifel, Sie dumme, hysterische Person«, knarrte der Astrologe. »Sie haben ein Oberteil und ein Unterteil und eine Mitte, und alle diese Teile stecken voller Krankheiten. Ich kenne nichts Bezaubernderes, kein anderes Wesen enthält so viele Lustobjekte wie der Mensch. Was verstehen Sie schon vom Sinn seiner Existenz?«

»Hören Sie doch auf und machen Sie sich das nicht so kompliziert!«, sagte die helle, fröhliche Stimme. »Sie sind ganz einfach schön. Es ist ein reiner Genuß, sie anzuschauen. Nicht immer natürlich, aber stellen Sie sich einen Garten vor, meinetwegen einen unendlich schönen Garten. Ohne Menschen ist er unvollkommen und unfertig. Wenigstens eine Art von Menschen sollte ihn beleben. Meinetwegen kleine Menschen mit nackten Gliedmaßen, die nie gehen, sondern herumlaufen und Steine werfen... oder mittlere Menschen, die Blumen pflücken... Das ist ganz gleich. Es können sogar zottige Menschen sein, die auf vier Gliedmaßen herumlaufen. Ein Garten ohne sie ist kein Garten...«

»Man könnte das Heulen bekommen, wenn man diesen Unsinn hört«, erklärte der Panzer. »So ein Quatsch! Gärten beeinträchtigen die Sicht, und was die Menschen betrifft, so haben sie ständig gestört. Es ist völlig unmöglich, etwas Gutes über sie zu sagen. Auf jeden Fall braucht man nur eine gu-u-ute Salve auf so eine Vorrichtung abzugeben, in dem sich zufällig Menschen befinden. Sofort vergeht einem jegliche Lust zur Arbeit. Man wird schläfrig, und noch ein jeder, der das getan hat, ist eingeschlafen. Ich spreche natürlich nicht von mir, aber wenn irgend jemand sowas von mir erzählen würde, würden Sie ihm widersprechen?«

»Ich weiß nicht, warum ihr in letzter Zeit so viel über die Menschen sprecht«, sagte Pu der Bär. »Das Gespräch kann anfangen, womit es will, unweigerlich landet ihr bei den Menschen.«

»Und warum denn nicht?«, erboste sich sogleich der Astrologe. »Was geht Sie das an? Sie Opportunist, Sie! Wenn wir Lust haben, uns zu unterhalten, so tun wir das auch. Bei Ihnen werden wir da nicht um Erlaubnis nachsuchen.«

»Bitte schön, bitte schön«, sagte Pu der Bär niedergeschlagen. »Wir haben halt früher meist über lebendige Wesen gesprochen, über das Vergnügen, über Pläne. Jetzt dagegen merke ich, daß die Menschen in unseren Gesprächen und damit auch in den Gedanken einen immer breiteren Raum einnehmen...«

Alle schwiegen. Pfeffer versuchte, möglichst geräuschlos seine Lage zu ändern. Er legte sich auf die Seite und zog die Beine an den Körper. Pu der Bär hatte unrecht. Sollten sie nur über die Menschen sprechen und möglichst oft dazu. Offensichtlich kannten sie die Menschen nur schlecht, und es war deshalb interessant, was sie sagten. Kindermund tut Wahrheit kund. Wenn die Leute über sich selbst sprechen, dann schneiden sie entweder auf oder sie bereuen. Ich habe es schon satt...

»Ihre Urteile zeugen von einer gehörigen Portion Dummheit«, sagte der Astrologe. »Nehmen wir zum Beispiel einmal unseren Gärtner. Ich hoffe, Sie begreifen, daß ich so objektiv bin, um die Gefühle meiner Kameraden nachempfinden zu können. Sie lieben es, Gärten und Parks anzulegen. Wunderbar. Kann ich nachempfinden. Aber sagen Sie mir doch bitteschön, was die Menschen dort zu suchen haben. Was haben Menschen dort zu suchen, die an den Bäumen das Bein heben oder die, die das auf andere Weise machen? Ich spüre da einen ungesunden Ästhetizismus. Das ist dasselbe, als wollte ich eine Mandeloperation durchführen und zur Erhöhung des Vergnügens darauf bestehen, daß der Patient in ein farbiges Tuch eingewickelt wird...«

»Sie sind von Natur aus ganz einfach etwas trocken veranlagt«, bemerkte der Gärtner, aber der Astrologe überhörte es.

»Oder Sie, zum Beispiel«, fuhr er fort. »Sie schießen dauernd mit ihren Bomben und Raketen herum, Sie berechnen Zielkorrekturen und spielen mit den Zielfernrohren. Aber ist es Ihnen nicht egal, ob in dieser Anlage Menschen sind oder nicht? Man sollte meinen, es wäre umgekehrt, Sie könnten an Ihre Kameraden denken, an mich zum Beispiel. Wunden vernähen!«, sagte er verträumt. »Sie können sich das nicht vorstellen, was das heißt, eine schöne, aufgerissene Wunde am Bauch zu nähen…«

»Schon wieder über die Menschen«, sagte Pu der Bär betrübt. »Das ist schon der siebte Abend, daß wir nur über sie sprechen. Es ist komisch, darüber zu sprechen, aber zwischen euch und den Menschen ist offenbar eine Beziehung entstanden, noch unbestimmt, aber schon recht fest. Die Natur dieser Beziehung liegt für mich völlig im Dunkeln, wenn ich einmal von Ihnen absehe, Doktor. Für Sie scheinen die Menschen ja eine notwendige Quelle des Genusses zu sein… Überhaupt kommt mir das alles idiotisch vor, und ich finde, daß es allmählich Zeit ist…«

»Aufhören!«, knurrte der Panzer. »Der Zeitpunkt ist noch nicht gekommen.«

»W-was?…« fragte Pu der Bär verständnislos.

»Der Zeitpunkt ist noch nicht gekommen, sage ich«, wiederholte der Panzer. »Manche sind natürlich unfähig zu bestimmen, ob der Zeitpunkt gekommen ist oder nicht, manche wiederum – ich werde hier keine Namen nennen – wissen nicht einmal, daß dieser Zeitpunkt kommen muß, gewisse Leute wiederum wissen ganz genau, daß der Zeitpunkt unausweichlich kommt, an dem man auf die Menschen, die sich innerhalb der Anlage befinden, schießen kann, und zwar nicht nur kann, sondern muß! Und wer nicht schießt, der ist ein Feind! Ein Verbrecher! Man muß ihn vernichten! Klar? Wiederholen!«

»Ich ahne etwas Ähnliches«, sagte der Astrologe mit unerwartet weicher Stimme. »Zerfetzte Wunden… Gasbrand… Radioaktive Verbrennungen dritten Grades…«

»Lauter Phantasiegebilde«, seufzte die Puppe Jeanne. »Ach, diese Sehnsucht! Diese Traurigkeit!«

»Wenn ihr schon mit dem Thema Mensch nicht aufhören könnt«, sagte Pu der Bär, »dann laßt uns doch die Natur dieser Beziehung klären. Versuchen wir mal logisch vorzugehen.«

»Eins von beiden«, sagte eine neue Stimme. Sie klang gemessen und gelangweilt. »Sofern die erwähnte Beziehung existiert, sind entweder sie oder wir dominant.«

»Unsinn«, sagte der Astrologe. »Was soll das ›oder‹? Natürlich sind wir es.«

»Was heißt das, ›dominant‹?«, fragte die Puppe Jeanne bekümmert.

»Im gegebenen Kontext bedeutet dominant prävalent«, erklärte die gelangweilte Stimme. »Und was die Fragestellung als solche angeht, so ist sie nicht unsinnig, sondern korrekt, sofern wir logisch vorgehen wollen.«

Eine Pause trat ein. Alle warteten offensichtlich auf die Fortsetzung. Schließlich hielt es Pu der Bär nicht länger aus und fragte: »Nun?«

»Mir ist nicht klar, ob Sie die Absicht haben, logisch vorzugehen«, sagte die gelangweilte Stimme.

»Doch, doch, das wollen wir«, lärmten die Maschinen los.

»In diesem Fall sind, sofern wir das Vorhandensein dieser Beziehung als Axiom betrachten, entweder sie für uns oder wir für sie da. Wenn sie für uns da sind und sie uns daran hindern, in Übereinstimmung mit den Gesetzen unserer Natur zu handeln, müssen sie wie ein gewöhnliches Hindernis beseitigt werden. Wenn wir für sie da sind und uns eine solche Lage der Dinge nicht befriedigt, dann müssen sie auch beseitigt werden, wie alles, was einen unbefriedigenden Zustand hervorruft. Das ist alles, was ich zum Kernpunkt des Gesprächs sagen kann.«

Kein Wort wurde mehr gesprochen. In den Behältern polterte, knarrte und klapperte es, als legten sich die riesigen Spielzeuge, ermattet von den Gesprächen, schlafen. Noch spürte man eine gewisse Verlegenheit. Es war wie in einer Gesellschaft von Leuten, die alle ihrer Zunge freien Lauf gelassen und, um möglichst geistreich zu wirken, weder Mutter noch Vater geschont hatten; jetzt fühlten plötzlich alle, daß sie in ihrem Geschwätz zu weit gegangen waren. »Feucht wird es hier«, schnarrte der Astrologe halblaut. »Ich habe es schon lange gespürt«, piepste die Puppe Jeanne. »Es ist so angenehm, die neuen Ziffern...« »Warum funktioniert meine Versorgung nicht?«, brummte Pu der Bär. »Gärtner, haben Sie keinen Reserveakkumulator mit 22 Volt übrig?« »Nichts habe ich«, ließ sich der Gärtner vernehmen. Dann knisterte es, als ob man Sperrholz auseinanderreißen wollte, Maschinenpfeifen ertönte, und in diesem Moment erblickte Pfeffer in dem engen Spalt über sich etwas Glänzendes. Dieses Etwas bewegte sich, und Pfeffer schien es, als spähte jemand zu ihm in das Dunkel zwischen den Behältern hinunter. Kalter Angstschweiß überlief ihn. Er erhob sich, schlich auf Zehenspitzen hinaus ins Mondlicht, gab sich einen Ruck und lief zum Weg. Er rannte aus Leibeskräften und es kam ihm vor, als blickten ihm zahllose seltsame, irre Augen nach und sähen, wie klein, erbärmlich und hilflos er auf dem offenen, ungeschützten Feld aussah. Sie würden lachen, daß sein Schatten so viel größer war als er selbst, und daß er in seinem Schrecken vergessen hatte, seine Schuhe anzuziehen, und Angst hatte, sie sich zu holen.

Er kam an einer Brücke vorbei, die über einen ausgetrockneten Graben führte, und sah bereits die ersten Häuschen der VERWALTUNG vor sich. Schon spürte er, wie ihm der Atem ausging, die nackten Zehen schmerzten unerträglich, und er wollte schon stehenbleiben, da hörte er auf einmal durch das Pfeifen seines Atems hindurch das Getrappel vieler Füße. Entsetzen ergriff ihn und er rannte mit letzter Kraft weiter, ohne den Boden unter sich zu spüren. Sein Körper war gefühllos geworden, sein Speichel dickflüssig und klebrig und er spuckte aus. Sein Denken hatte ausgesetzt. Der Mond rannte neben ihm über das Feld her, das Getrappel kam immer näher. Er wußte, daß es das Ende war. Jetzt hatte ihn das Getrappel eingeholt und eine riesige, weiße Gestalt, heiß wie ein dampfendes Pferd, tauchte neben ihm auf, verdeckte den Mond und stürmte vorbei; ihre langen, nackten Beine wirbelten in rasender Geschwindigkeit durch die Luft. Die Gestalt entfernte sich immer weiter, und Pfeffer sah nun, daß es ein Mensch im Fußballtrikot war. Er trug die Nummer vierzehn und hatte eine weiße Sporthose mit dunklem Streifen an. Pfeffer schauderte es. Das Getrappel hinter seinem Rücken war nicht verstummt. Man hörte Stöhnen und Schmerzensschreie. Sie laufen, dachte er hysterisch. Alle laufen sie! Es geht los! Und sie laufen, nur viel zu spät, viel zu spät!...

Schemenhaft tauchten nun neben ihm die Wohnhäuschen der Hauptstraße auf. Erstarrte Gesichter blickten ihn an. Pfeffer versuchte, mit der langbeinigen Nummer vierzehn Schritt zu halten, denn er wußte nicht, wohin er laufen sollte und wo die Rettung lag. Vielleicht hatten sie schon begonnen, Waffen auszugeben, und er wußte nicht wo. Und wieder stehe ich auf dem Abstellgleis, aber ich will nicht, ich darf jetzt nicht abseits stehen, weil die dort in den Kisten auf ihre Weise auch recht haben, trotzdem sind sie meine Feinde...

Er rannte in die Menge hinein, und die Menge teilte sich vor ihm. Vor seinen Augen tauchte eine kleine, quadratische Flagge mit Schachbrettmuster auf, beifällige Rufe wurden laut, und irgendein Bekannter lief neben ihm her und redete auf ihn ein: »Nicht stehenbleiben, nicht stehenbleiben...« Dann blieb er stehen. Er wurde sogleich umringt, und man warf ihm einen seidenen Umhang über die Schultern. Der Lautsprecher dröhnte: »Als zweiter kam Pfeffer aus der Gruppe für Wissenschaftliche Erhaltung durch das Ziel. Seine Zeit: Sieben Minuten und zwölf Komma drei Sekunden... Achtung! Der dritte nähert sich dem Ziel!«

Pfeffer erkannte in seinem Begleiter den Prokonsul. »Ein toller Bursche sind Sie, Pfeffer«, sagte er. »Das hätte ich nicht erwartet. Als man am Start Ihren Namen durchgab, lachte ich laut los. Jetzt aber sehe ich, daß man Sie unbedingt in die Basisgruppe aufnehmen muß. Ruhen Sie sich jetzt aus, morgen kommen Sie bitte um zwölf ins Stadion. Der Sturmstreifen muß überschritten werden. Ich lasse Sie hinter den Schlosserwerkstätten rein... Keine Widerrede, mit Kim werde ich das schon ausmachen.« Pfeffer blickte um sich. Rundherum sah er viele bekannte Gesichter und unbekannte mit Pappmasken. Nicht weit von ihm warf man den Langbeinigen, der als erster durchs Ziel gelaufen war, in die Luft und fing ihn wieder auf. Er flog empor bis zur Höhe des Mondes, kerzengerade wie ein Balken.

An die Brust preßte er einen großen, metallischen Pokal. Quer über die Straße hing ein Plakat mit der Aufschrift »Finish«. Unter dem Plakat stand Claudius Octavian Heymbacken. Er trug einen strengen, schwarzen Mantel und blickte auf die Stoppuhr. Auf seiner Armbinde stand »Hpt. Kampfrichter«. »Und wenn Sie in Wettkampfkleidung gelaufen wären«, brummte der Prokonsul, »dann könnte man Ihnen diese Zeit offiziell gutschreiben.« Pfeffer schob ihn mit dem Ellbogen zur Seite und schlich mit wankenden Knien durch die Menge.

»Lieber Sport treiben als zu Hause sitzen und vor Angst schwitzen«, war in der Menge zu hören. »Genau dasselbe habe ich gerade Heymbacken erzählt.« »Aber es geht hier nicht um die Angst. Da irren Sie sich. Man müßte etwas Ordnung in das Herumgerenne der Suchgruppen bringen. Wenn sie sowieso herumrennen, dann sollte wenigstens ein Nutzen davon sein...« »Und wer hat das ausgeheckt? Heymbacken! Der bringt seine Schäfchen ins Trockene. Da hat er ein Talent!...« »Trotzdem ist es unsinnig, daß sie in Unterhosen herumlaufen. Es ist eine Sache, in Unterhosen seine Pflicht zu erfüllen. Das ist ehrenhaft. Aber in Unterhosen Wettbewerbe durchzuführen, das ist meiner Ansicht nach ein typischer Organisationsfehler. Ich werde darüber berichten...«

Pfeffer zwängte sich durch die Menge und schleppte sich die überfüllte Straße entlang. Er mußte sich übergeben. Die Brust schmerzte, und er stellte sich vor, wie jene dort in den Kisten ihre metallenen Hälse recken und verwundert auf die Straße blicken würden, auf die Menschenmenge in Unterhosen und mit verbundenen Augen. Sie würden sich krampfhaft bemühen, die Verbindung zwischen sich selbst und dem Tun dieser Menschenmenge zu begreifen. Natürlich würden sie es nicht begreifen können, und das, was ihre Geduld noch am Leben erhielt, würde dahinschwinden.

In Kims Häuschen war es dunkel. Ein Säugling weinte.

Der Hoteleingang war mit Brettern vernagelt. Die Fenster waren dunkel. Drinnen ging jemand mit einer Blendlaterne herum. In den Fenstern des ersten Stocks bemerkte Pfeffer bleiche

Gesichter, die vorsichtig nach draußen lugten. Aus dem Eingang zur Bibliothek ragte ein endlos langes Kanonenrohr mit einer mächtigen Mündungsbremse hervor. Auf der gegenüberliegenden Straßenseite stand ein Schuppen in Flammen. Um den Brandherd bewegten sich Gestalten in Pappmasken und trugen Minensuchgeräte. Das Flackern der purpurfarbenen Flammen beleuchtete sie.

Pfeffer schlug die Richtung zum Park ein. In einer dunklen Gasse kam eine Frau auf ihn zu. Sie nahm ihn bei der Hand und zog ihn schweigend mit sich. Pfeffer wehrte sich nicht, ihm war alles gleich. Sie war ganz in schwarz, ihre Hand war warm und sanft, ihr weißes Gesicht leuchtete in der Dunkelheit. Alevtina, dachte Pfeffer. Sie konnte es abwarten, dachte er, ohne sich seiner auftauchenden unanständigen Gedanken zu schämen. Was ist schon dabei? Sie hat doch darauf gewartet. Ich weiß nicht, was sie an mir findet, aber ich war es und kein anderer, auf den sie gewartet hat...

Sie gingen ins Haus. Alevtina machte Licht und sagte:

»Ich warte hier schon lange auf dich.«

»Ich weiß«, sagte er.

»Und warum bist du immer vorbeigegangen?

Warum eigentlich, dachte er sich. Wahrscheinlich, weil mir alles gleich war.

»Mir war alles gleich«, sagte er.

»Schon gut, das ist jetzt unwichtig«, sagte sie. »Setz dich. Ich mache dir gleich was.«

Er setzte sich auf die Stuhlkante, stützte die Arme auf die Knie und schaute ihr zu, wie sie den schwarzen Schal vom Hals wikkelte und ihn an den Haken hängte. Sie war weiß, mollig und warm. Dann ging sie in die hinteren Räume. Dort begann ein Durchlauferhitzer zu summen. Einlaufendes Wasser plätscherte. Pfeffer spürte auf einmal, wie seine Füße zu schmerzen anfingen. Er zog ein Bein an und betrachtete die nackte Sohle. Die Zehenballen waren aufgerissen und voller Blut. Das Blut hatte sich mit Staub vermengt und war schwarz verkrustet. Er stellte sich vor, wie er die Beine ins heiße Wasser tauchen würde. Anfangs würde es sehr weh tun, dann würde der Schmerz vergehen und er würde langsam zur Ruhe kommen. Heute werde ich in der Wanne schlafen, dachte er. Soll sie nur kommen und heißes Wasser nachfüllen.

»Komm«, rief Alevtina.

Mühsam erhob er sich. Alle Knochen knirschten schmerzhaft. Er humpelte über den rotbraunen Teppich durch die Tür auf den Gang und dort über einen schwarzweißen Teppich in einen Seitengang, an dessen Ende die Tür zum Badezimmer weit offenstand. Geschäftig summte die blaue Flamme des Durchlauferhitzers, die Kacheln blitzten, und Alevtina stand über die Wanne gebeugt und schüttete irgendein Pulver ins Wasser. Während er seine schmutzstarrende Wäsche auszog, rührte sie das Wasser auf. Die Schaumdecke schwoll an, stieg über den Wannenrand und war weiß wie Schnee. Pfeffer tauchte ein in den Schaum, schloß die Augen vor Wonne und vor Schmerz, der in seinen Beinen tobte. Alevtina setzte sich an den Wannenrand und lächelte ihn zärtlich an. Sie war so lieb, so gastlich, und kein Wort von Ausweispapieren...

Sie wusch ihm den Kopf, er spuckte und prustete, und er fühlte, daß ihre Hände so kräftig und geschickt waren wie die seiner Mama. Sicher würde sie auch so gut kochen wie Mama. Dann fragte sie: »Soll ich dir den Rücken abreiben?« Er patschte mit der Hand gegen sein Ohr, um es von Wasser und Seife zu befreien und sagte: »Natürlich, ganz klar!« Sie schrubbte ihm den Rücken mit einem groben Bastwisch und drehte die Dusche an.

»Warte«, sagte er. »Ich möchte noch so liegen. Das Wasser lasse ich jetzt aus und nehme mir frisches. Und dann möchte ich ganz einfach so liegenbleiben. Setz dich zu mir. Bitte.«

Sie drehte die Dusche ab, ging hinaus und kam nach kurzer Zeit mit einem Hocker zurück.

»So ist es schön!«, sagte er. »Weißt du, ich habe mich hier noch nie so wohl gefühlt.«

»Siehst du«, sagte sie und lächelte. »Und du hast nie gewollt.«

»Woher hätte ich das alles wissen sollen?«

»Und warum mußt du alles unbedingt schon vorher wissen?

Du hättest einfach einen Versuch machen können. Was hast du denn verloren? Bist du verheiratet?«

»Ich weiß nicht«, sagte er. »Mir scheint, jetzt nicht.«

»Das habe ich mir gedacht. Du hast sie wahrscheinlich sehr geliebt. Wie war sie denn?«

»Wie sie war?... Sie hatte vor nichts Angst. Und sie hatte ein gutes Herz. Wir träumten zusammen vom Wald.«

»Von welchem Wald?«

»Was heißt hier, von welchem? Es gibt nur einen Wald.«

»Unseren, oder?«

»Er ist nicht der eure. Er ist für sich selbst. Aber vielleicht ist es wirklich der unsere. Nur kann man sich das schwer vorstellen.«

»Ich war nie im Wald«, sagte Alevtina. »Dort soll es schrecklich sein.«

»Das Unfaßbare ist immer schrecklich. Es wäre gut, das zu lernen, nämlich das Unfaßbare nicht zu fürchten. Dann wäre alles einfach.«

»Ich meine, man sollte aufhören zu phantasieren«, sagte sie. »Je weniger man sich auf der Welt zusammenphantasiert, desto weniger Unfaßbares wird es geben. Und du, Pfeffer, phantasierst die ganze Zeit.«

»Und der Wald?«, erinnerte er sie.

»Na und? Ich war nie dort, aber selbst wenn ich reinkäme, glaube ich nicht, daß ich den Kopf verlieren würde. Wo ein Wald ist, dort gibt es auch Pfade. Und wo Pfade sind, dort sind auch Menschen, und mit Menschen kann man sich immer verständigen.«

»Und wenn es keine Menschen sind?«

»Wenn es keine Menschen sind, so hat man dort nichts verloren. Man muß sich an die Menschen halten, die lassen einen nicht im Stich.«

»Nein«, sagte Pfeffer. »Das ist alles nicht so einfach. Gerade bei den Menschen fühle ich mich im Stich gelassen. Bei den Menschen kenne ich mich überhaupt nicht aus.«

»Oh Gott, wo kennst du dich denn zum Beispiel nicht aus?«

»Ich verstehe überhaupt nichts. Deswegen habe ich übrigens

angefangen, vom Wald zu träumen. Aber jetzt sehe ich, daß es im Wald auch nicht leichter ist.«

Sie schüttelte den Kopf.

»Was bist du denn noch für ein Kind«, sagte sie. »Wie kannst du das nicht begreifen, daß es auf der Welt außer Liebe, Essen und Stolz nichts gibt. Natürlich ist das alles unentwirrbar wie ein Knäuel. Aber wenn du an irgendeinem Faden ziehst, so kommst du unfehlbar zur Liebe, oder zur Macht oder zum Essen...«

»Nein«, sagte Pfeffer. »So will ich das nicht.«

»Liebster«, sagte sie leise. »Wer wird dich fragen, ob du willst oder nicht... Frage ich dich vielleicht? Pfeffer, wozu jagst du herum, was fehlt dir denn?«

»Im Augenblick fehlt mir überhaupt nichts mehr, glaube ich«, sagte Pfeffer. »Abhauen von hier sollte man und Archivar werden... oder Restaurator. Das sind meine ganzen Wünsche.«

Sie schüttelte wieder den Kopf.

»Wohl kaum. Bei dir ist das alles viel zu kompliziert. Du brauchst etwas Einfacheres.«

Er widersprach nicht und sie erhob sich.

»Da hast du ein Handtuch«, sagte sie. »Hier habe ich Wäsche hingelegt. Komm raus, dann trinken wir Tee. Du bekommst Himbeermarmelade dazu und kannst trinken, soviel du willst. Dann legst du dich schlafen.«

Pfeffer hatte bereits das Wasser ablaufen lassen. Er stand gerade da und trocknete sich mit einem riesigen, flauschigen Handtuch ab, als die Scheiben klirrten. In der Ferne ertönte ein dumpfer Schlag. Das Gerätemagazin fiel ihm ein. Und die dumme, hysterische Puppe Jeanne. Er rief:

»Was war das? Wo war das?«

»Das Maschinchen haben sie in die Luft gejagt«, hörte er Alevtina sagen. »Keine Angst.«

»Wo war das? Wo haben sie das gemacht? Im Magazin?«

Alevtina schwieg lange. Offenbar blickte sie zum Fenster hinaus. »Nein«, sagte sie schließlich. »Weshalb im Lager? Im Park war es... Dort raucht es noch... Und alle sind zusammengelaufen, alle...«

Kapitel 10
Pfeffer

Der Wald war nicht zu sehen. Dort unter dem Felsen, wo sich der Wald befand, lag eine dichte Wolkenbank, die den Himmel bis zum Horizont ausfüllte. Das alles erinnerte an ein verschneites Eisfeld. Da waren Eisschollen, Schneedünen, eisfreie Stellen und Spalten, die in bodenlose Tiefen führen mochten. Würde man vom Felsen hinunterspringen, so würden einen weder Erde, warme Sümpfe noch ausgebreitete Zweige auffangen, sondern hartes, in der Morgensonne glitzerndes Eis, das mit trockenem Schnee überstäubt war. Man würde dort liegenbleiben, flach, unbeweglich und schwarz auf dem sonnenbeschienenen Eis. Man mußte es aber nicht so sehen. Man konnte beim Hinunterblicken auch an eine alte, frisch gewaschene, weiße Decke denken, die über die Wipfel der Bäume geworfen war...

Pfeffer blickte suchend um sich, fand ein Steinchen, warf es aus einer Hand in die andere und dachte darüber nach, was für ein gutes Plätzchen an der Schlucht das hier trotz allem war. Es gab Steinchen, die VERWALTUNG war so gut wie nicht zu spüren, ringsum standen wilde, stachelige Büsche, versengtes Gras, das noch kein Fuß niedergedrückt hatte. Da war sogar ein kleiner Vogel, der zwitscherte. Nur nach rechts durfte man nicht schauen. Dort hing eine luxuriöse Latrine mit vier Öffnungen über der Schlucht. Ihre frischen Farben leuchteten in der Sonne höhnisch herüber. Sie war zwar ziemlich weit von Pfeffer entfernt, und wenn man wollte, konnte man sich einreden, daß es eine Gartenlaube oder irgendein wissenschaftlicher Pavillon war. Trotzdem wäre es besser gewesen, es hätte sie nicht gegeben.

Vielleicht war es wegen der neuen Latrine, die man in der unruhigen letzten Nacht aufgestellt hatte, daß sich der Wald mit Wolken bedeckte. Andererseits wohl kaum. Der Wald würde sich wegen so einer Kleinigkeit kaum bis zum Horizont einhüllen. Er hatte von Menschen schon Schlimmeres erlebt.

Auf jeden Fall, überlegte Pfeffer, kann ich jeden Morgen

hierher kommen. Ich werde das tun, was man mir sagt. Ich werde auf der lädierten Mercedes rechnen, ich werde Sturmstreifen überwinden, Schach mit dem Manager spielen und sogar versuchen, an Kefir Geschmack zu finden. Wahrscheinlich ist es gar nicht so schwer, wenn es die anderen schon geschafft haben. Abends (und für die Nacht) werde ich zu Alevtina gehen. Dort gibt es Himbeermarmelade, und ich kann in der Wanne des Direktors liegen. Das wäre eigentlich gar nicht so übel, dachte er, sich mit dem Handtuch des Direktors abzutrocknen, sich in den Bademantel des Direktors zu hüllen, seine Füße in den Wollsocken des Direktors zu wärmen. Zweimal im Monat werde ich zur Biostation fahren, um das Gehalt und die Prämien in Empfang zu nehmen, nicht in den Wald also, sondern zur Biostation, das heißt, nicht einmal zur Biostation, sondern zur Kasse. Und das keineswegs, um den Wald wiederzusehen oder gegen ihn in den Krieg zu ziehen, sondern wegen meines Gehalts und der Prämie. Und am Morgen, ganz früh am Morgen, werde ich hierher kommen und den Wald von der Ferne aus betrachten und Steinchen hineinwerfen.

Das Gestrüpp hinter Pfeffer bog sich knackend auseinander. Pfeffer blickte sich vorsichtig um, aber es war nicht der Direktor, sondern der nämliche Heymbacken. In den Händen hielt er eine dicke Mappe. Er blieb in einiger Entfernung stehen. Seine feuchten Augen musterten Pfeffer von oben bis unten. Ganz offensichtlich wußte er etwas, irgend etwas ganz Wichtiges, und diese ungewöhnliche, erregende Neuigkeit, von der kein Mensch auf dieser Welt außer ihm etwas wußte, hatte er hierher an die Schlucht gebracht, und es war klar, daß alles Vorherige bedeutungslos geworden war. Von jedem würde nun das Menschenmögliche verlangt werden.

»Guten Tag«, sagte er mit einer Verbeugung. Die Mappe hielt er gegen die Hüfte gepreßt. »Guten Morgen. Haben Sie sich erholt?«

»Guten Morgen«, sagte Pfeffer. »Danke.«

»Die Feuchtigkeit beträgt heute sechsundsiebzig Prozent«, verkündete Heymbacken, »die Temperatur siebzehn Grad. Es herrscht Windstille. Die Bewölkung ist null.« Er kam geräuschlos näher, wobei er die Hände an die Seitennähte hielt, neigte sich mit dem Oberkörper zu Pfeffer und fuhr fort: »Das Doppel-V beträgt heute sechzehn...«

»Was für ein Doppel-V?«, fragte Pfeffer und erhob sich.

»Die Anzahl der Flecken«, sagte Heymbacken schnell. Seine Augen huschten umher. »Auf der Sonne«, sagte er. »Auf der S-s-s...«. Er verstummte und blickte Pfeffer durchdringend ins Gesicht.

»Und wozu erzählen Sie mir das?«, fragte Pfeffer gereizt.

»Ich bitte um Verzeihung«, sagte Heymbacken schnell. »Es wird nicht mehr vorkommen. Also nur die Feuchtigkeit, die Bewölkung... Hm-m... Der Wind und... Auf die Angaben über den Gegenschein wollen Sie auch verzichten?«

»Hören Sie mal zu«, sagte Pfeffer finster. »Was wollen Sie von mir?«

Heymbacken trat zwei Schritte zurück und senkte den Kopf.

»Verzeihen Sie«, sagte er. »Vielleicht habe ich Sie gestört, aber da sind einige Papiere, und es ist sozusagen unbedingt... erforderlich... daß Sie persönlich...« Er streckte Pfeffer die Mappe wie ein leeres Tablett hin. »Erlauben Sie, daß ich Ihnen erkläre?«

»Wissen Sie was...«, sagte Pfeffer drohend.

»Ja, ja?«, sagte Heymbacken. Ohne die Mappe loszulassen, klopfte er hastig die Taschen ab, als suchte er einen Notizblock. Sein Gesicht lief blau an, wie bei großer Anstrengung.

Du Dummkopf, du Dummkopf, dachte Pfeffer. Er versuchte sich zu beherrschen. Was konnte man von ihm schon verlangen?

»Dumm ist das«, sagte er so gelassen wie möglich. »Verstehen Sie? Dumm und überhaupt nicht witzig.«

»Ja, ja«, sagte Heymbacken. Er hatte sich vorgebeugt, hielt die Mappe zwischen Ellbogen und Hüfte eingeklemmt und kritzelte wie rasend in seinem Block. »Eine Sekunde... Ja, ja?«

»Was schreiben Sie da?«, fragte Pfeffer.

Heymbacken schaute erschrocken zu ihm auf und las vor.

»Fünfzehnter Juni... Zeit: sieben Uhr fünfundvierzig... Ort: an der Schlucht...«

»Hören Sie zu«, sagte Pfeffer erregt. »Was zum Teufel wollen Sie von mir? Wozu schleichen Sie mir die ganze Zeit nach? Schluß damit, ich habe die Nase voll! (Heymbacken kritzelte weiter). Ihre Späße sind mir zu blöd. Sie haben keinen Grund, mir nachzuspionieren. Schämen sollten Sie sich, ein erwachsener Mensch wie Sie... Jetzt hören Sie schon zu schreiben auf, Sie Idiot! So ein Blödsinn! Machen Sie lieber Morgengymnastik oder waschen Sie sich. Schauen Sie sich doch mal an, wie Sie ausschauen! Pfui!«

Pfeffer befestigte die Riemen an seinen Sandalen. Seine Finger zitterten vor Wut.

»Wahrscheinlich stimmt es, was man über Sie sagt«, keuchte er, »daß Sie sich nämlich überall herumtreiben und alle Gespräche aufnotieren. Ich dachte immer, es wären einfach so dumme Späße von Ihnen... Ich wollte es nicht glauben, ich kann solche Sachen einfach nicht leiden. Aber Ihre Dreistigkeit geht schon zu weit...«

Er richtete sich auf und sah Heymbacken strammstehen. Die Tränen liefen ihm über die Wangen.

»Was ist denn heute mit Ihnen los«, fragte Pfeffer erschrokken.

»Ich kann nicht...«, schluchzte Heymbacken.

»Was können Sie nicht?«

»Gymnastik... Meine Leber... das Attest... und mich waschen...«

»Um Himmels willen«, sagte Pfeffer. »Wenn Sie es nicht können, dann brauchen Sie doch nicht, ich habe nur so dahergeredet... Aber weshalb schleichen Sie nun eigentlich hinter mir her? Verstehen Sie mich doch bei Gott, das ist doch unangenehm... Ich habe doch nichts gegen Sie, verstehen Sie doch...«

»Es wird nicht mehr vorkommen!«, rief Heymbacken begeistert aus. Die Tränen auf seinen Wangen trockneten augenblicklich. »Nie mehr!«

»Ach, scheren Sie sich doch...«, sagte Pfeffer erschöpft und ging durch die Büsche. Heymbacken trabte hinterher. Alter Hanswurst, dachte Pfeffer, verrückter...

»Außerordentlich dringend«, murmelte Heymbacken schwer atmend. »Nur die dringendste Notwendigkeit... Ihre persönliche Aufmerksamkeit...«

Pfeffer blickte zurück.

»Zum Teufel«, schrie er, »das ist ja mein Koffer. Geben Sie ihn her. Wo haben Sie den her?«

Heymbacken stellte den Koffer auf die Erde und wollte schon den Mund aufmachen, der vor Atemnot ganz schief war. Pfeffer wartete nicht ab, was er sagen würde, sondern langte nach dem Griff des Koffers. Heymbacken brachte kein Wort hervor und legte sich mit dem Bauch auf den Koffer.

»Geben Sie den Koffer her!«, sagte Pfeffer starr vor Wut.

»Auf keinen Fall!«, ächzte Heymbacken und rutschte mit den Knien im Kies. Die Mappe war ihm hinderlich. Er nahm sie zwischen die Zähne und umschlang den Koffer mit beiden Armen. Pfeffer zerrte mit aller Kraft und riß schließlich den Griff ab.

»Hören Sie mit diesem Unfug auf«, sagte er. »Und zwar sofort!«

Heymbacken schüttelte den Kopf und knurrte etwas. Pfeffer knöpfte sich den Kragen auf und blickte verstört um sich. Im Schatten einer nahen Eiche standen zwei Ingenieure mit Pappmasken. Als sie seinen Blick bemerkten, nahmen sie militärische Haltung ein und schlugen die Hacken zusammen. Pfeffer schaute gehetzt umher. Dann ging er eilig den Pfad entlang, der aus dem Park hinausführte. So viel habe ich schon erlebt, könnte man meinen, dachte er fieberhaft, aber sowas ist ja völlig... Die haben sich schon abgesprochen... Ich muß abhauen, weg von hier! Nur wie? Er ging zum Park hinaus und wollte schon den Weg zur Kantine einschlagen, aber da stand wieder Heymbacken, schmutzig und schreckenerregend. Den Koffer trug er auf der Schulter. Sein blaues Gesicht war naß, ob von Tränen, Wasser oder Schweiß war nicht zu entscheiden. Die Augen überzog ein weißlicher Film. Sie flackerten. Er hielt die

Mappe, die deutliche Spuren seiner Schneidezähne trug, fest an die Brust gepreßt.

»Bitte nicht in diese Richtung, wenn Sie erlauben...«, krächzte er. »Ich flehe Sie an... ins Büro... außerordentlich dringend... dabei noch Interessen der Subordination...«

Pfeffer wich zurück und lief die Hauptstraße entlang. Die Menschen auf den Gehsteigen standen wie versteinert. Sie hatten den Kopf zurückgeworfen, und ihre Augen standen aus den Höhlen. Ein entgegenkommender Lastwagen bremste laut quietschend und bohrte sich in einen Zeitungskiosk. Die Ladefläche spuckte Leute mit Spaten aus, die sich in zwei Reihen aufstellten. Ein Aufseher ging im Stechschritt vorbei, das Gewehr im Anschlag...

Zweimal versuchte Pfeffer, in eine Seitenstraße einzubiegen, und jedesmal stand Heymbacken vor ihm. Dieser vermochte nicht mehr zu sprechen, er brummte nur und gab andere unartikulierte Laute von sich. Seine Augen waren verdreht und flehten Pfeffer an. Nun lief Pfeffer auf das Verwaltungsgebäude zu. Kim, überlegte er fieberhaft, Kim wird das nicht erlauben... Oder sollte etwa auch Kim?... Ich sperre mich in der Toilette ein... die sollen nur versuchen... mit den Füßen werde ich treten... jetzt ist schon alles egal...

Er stürzte gerade in die Eingangshalle, da schmetterte ein großes Orchester einen Begrüßungsmarsch. Angespannte Gesichter tauchten auf, aufgerissene Augen, gewölbte Brustkästen... Heymbacken hatte Pfeffer eingeholt und jagte ihn über die Paradetreppe, über die himbeerfarbenen Teppiche, die von niemandem jemals betreten werden durften, durch unbekannte Säle mit doppelten Fensterreihen, an Aufsehern in ordengeschmückten Uniformen vorbei, über spiegelglattes, gewachstes Parkett, nach oben in den dritten Stock und weiter, eine Gemäldegalerie entlang und wieder nach oben, in den vierten Stock, an geschminkten Fräuleins vorbei, die starr wie Mannequins in einem prunkvollen, taghell erleuchteten Gang standen, auf eine riesige, lederbeschlagene Tür mit einem Schild »Direktor« zu. Es gab keinen Fluchtweg mehr.

Heymbacken holte ihn ein und schlüpfte unter seinem Ellbogen durch. Er sah fürchterlich aus, wie ein Epileptiker. Krächzend riß er die lederbeschlagene Tür auf und Pfeffer trat ein. Seine Füße versanken in einem ungeheuren Tigerfell, sein ganzes Wesen versank im würdevollen, Autorität atmenden Dämmerlicht der schweren, halb zugezogenen Vorhänge, im vornehmen Aroma teuren Tabaks, in watteweicher Stille, in der Ausgeglichenheit und Ruhe eines fremden Lebens.

»Guten Tag«, sagte er in den Raum hinein. Aber an dem riesigen Tisch saß niemand. Auch die gewaltigen Sessel waren leer. Niemand blickte ihm entgegen. Da war nur Selivan, der Märtyrer, dessen umfängliches Bild die ganze Seitenwand einnahm.

Heymbacken, der im Hintergrund verblieben war, ließ den Koffer auf den Boden poltern. Pfeffer zuckte zusammen und blickte um sich. Heymbacken stand wankend da und streckte ihm die Mappe wie ein leeres Tablett entgegen. Seine Augen waren glasig und erloschen. Gleich wird der Mensch sterben, ging es Pfeffer durch den Sinn. Aber Heymbacken starb nicht.

»Ungewöhnlich dringend...«, wisperte er und keuchte. »Ohne den Sichtvermerk des Direktors unmöglich... persönlich... ich hätte nie gewagt...«

»Von welchem Direktor?«, flüsterte Pfeffer. Ein schrecklicher Verdacht stieg langsam in ihm auf.

»Sie...«, wisperte Heymbacken. »Ohne Ihren Sichtvermerk... keineswegs...«

Pfeffer stützte sich auf die polierte Oberfläche des Tisches und bewegte sich um diesen herum auf den Sessel zu, der ihm am nächsten schien. Er ließ sich in die kühle, lederne Umarmung fallen und entdeckte links von sich eine Reihe verschiedenfarbiger Telefone. Rechts standen Bücher in goldbedrucktem Einband... Vor ihm befand sich ein gewaltiges Tintenfaß mit der Darstellung von Tannhäuser und Venus, darüber tauchten die weißen, flehenden Augen Heymbackens und die entgegengestreckte Mappe auf. Er preßte sich gegen die Armlehne und dachte: Ach so? Dreck seid ihr, Schweinehunde, Lakaien... so ist es doch? Ach, Gesindel, Liebediener, Kartonrüssel... Schon gut, meinetwegen...

»Schütteln Sie nicht die Mappe über dem Tisch«, sagte er schroff. »Geben Sie sie her.«

Im Kabinett entstand Bewegung. Schatten huschten, ein leichter Luftzug war zu spüren. Heymbacken stand auf einmal dicht hinter ihm. Die Mappe lag auf dem Tisch, öffnete sich wie von Zauberhand, Blätter aus vorzüglichem Papier tauchten auf, und Pfeffer las ein fettgedrucktes Wort: PROJEKT.

»Ich danke«, sagte er grob. »Sie können gehen.«

Und wieder ein leichter Luftzug, Schweißgeruch, der sofort wieder verschwand, und Heymbacken stand bereits an der Tür. Er wich weiter zurück, den Körper gebeugt, die Hände an der Hosennaht. Eine schreckliche, erbärmliche Gestalt, die zu allem fähig war.

»Einen Moment«, sagte Pfeffer. Heymbacken blieb wie erstarrt stehen. »Können Sie einen Menschen töten?«, fragte er.

Heymbacken reagierte ohne Zögern. Er zog eilfertig seinen kleinen Notizblock hervor und sagte:

»Ich höre.«

»Und Selbstmord verüben?«, fragte Pfeffer.

»Was?«, sagte Heymbacken.

»Gehen Sie. Ich lasse Sie dann rufen.«

Heymbacken verschwand. Pfeffer räusperte sich und wischte sich über die Wangen.

»Nehmen wir einmal an«, sagte er laut. »Und was weiter?«

Auf dem Tisch erblickte er einen Kalender, blätterte um und las die Notizen für den heutigen Tag. Die Handschrift des ehemaligen Direktors enttäuschte ihn. Die Buchstaben waren groß und deutlich wie bei einem Schönschreiblehrer.

»Grupp.leiter 9.30. Fußbeschau 10.30. Puder. Kefir-Zephir-Probe. Mechanisierung. Spule: Wer hat gestohlen? Vier Bulldozer!!!!

Zum Teufel mit den Bulldozern, dachte Pfeffer. Genug damit. Keine Bulldozer, keine Bagger, keine Sägemähdrescher zur Vernichtung... Man sollte gleichzeitig Trumpf kastrieren, aber das geht nicht. Schade... Und dann noch dieses Gerätemagazin. Ich werde es in die Luft jagen, entschied er. Er stellte sich die VERWALTUNG von oben vor und begriff, daß vieles in die Luft zu jagen wäre. Viel zuviel... Aber das kann auch ein Dummkopf, dachte er.

Er zog die mittlere Schublade des Schreibtisches heraus und erblickte Stöße von Papieren, stumpfe Bleistifte, zwei Zähnungsschlüssel für Philatelisten und zuoberst ein gewundenes, goldenes Schulterstück eines Generals. Es war nur eins da. Pfeffer suchte das zweite, wühlte mit der Hand in den Papieren, stach sich und fand den Schlüsselbund für den Safe. Der Safe selbst befand sich in der entfernten Ecke. Es war ein seltsamer Safe, denn er war als Geschirrschrank verkleidet. Pfeffer stand auf und ging quer durch das Zimmer zum Safe. Nach links und rechts schauend bemerkte er viele seltsame Dinge, die ihm vorher nicht aufgefallen waren.

Am Fenster lehnte ein Hockeyschläger, daneben eine Krücke und eine Fußprothese mit einem verrosteten Schlittschuh. In der Tiefe des Raums fand sich noch eine Tür. Davor war eine Schnur gespannt, an der eine schwarze Badehose und etliche Socken, darunter auch löchrige, hingen. An der Tür war ein schon nachgedunkeltes Metallschild mit ausgestanzter Inschrift »VIEH«. Auf dem Fensterbrett stand, halb vom schweren Vorhang verdeckt, ein kleines Aquarium; im klaren, durchsichtigen Wasser schwamm inmitten bunter Wasserpflanzen ein fetter, schwarzer Axolotl und bewegte gleichmäßig seine verästelten Kiemen. Hinter dem Selivanbild ragte ein prachtvoller Kapellmeisterstock mit Pferdeschwänzen hervor...

Pfeffer hantierte lange am Safe. Er probierte alle Schlüssel durch und konnte schließlich die schwere Panzertür öffnen. Die Innenseite der Tür war mit unanständigen Bildern aus Herrenzeitschriften beklebt. Der Safe selbst war fast leer. Pfeffer fand einen Kneifer, bei dem das linke Glas gesprungen war, eine zerknitterte Schirmmütze mit fremdartiger Kokarde und das Foto einer unbekannten Familie (der Vater lachend, die Mutter mit zusammengepreßten Lippen, zwei Jungen in Kadettenuniform). Dann war da eine Selbstladepistole, gut gereinigt und gepflegt, mit einer einzigen Patrone im Lauf, noch ein Schulterstück eines Generals und ein Eisernes Kreuz mit Eichenlaub. Im Safe war noch ein Stoß von Mappen, aber sie waren alle leer mit Ausnahme der untersten: dort befand sich der Entwurf einer Anordnung über die Erhebung einer Geldstrafe bei Kraftfahrer Trumpf wegen systematischen Fernbleibens vom Museum für Geschichte der VERWALTUNG.

»Gut so, geschieht ihm recht, diesem Lumpen«, murmelte Pfeffer. »Sieh mal einer an: er besucht das Museum nicht... Diese Angelegenheit muß ins Rollen gebracht werden.«

...Die ganze Zeit dieser Trumpf. Was für ein Unsinn! Er ist schließlich nicht der Nabel der Welt, oder? In gewissem Sinn natürlich schon... Kefiromane, widerlicher Wüstling, Nichtstuer, aber das sind ja alle Kraftfahrer... Nein, das muß aufhören – Kefir, Schach während der Arbeitszeit. Übrigens, was rechnet Kim eigentlich alles auf seiner kaputten Mercedes? Oder muß das so sein, irgendwelche stochastische Prozesse... Hör zu, du weißt ja herzlich wenig. Es arbeiten doch alle. Fast niemand drückt sich. Nachts wird gearbeitet. Alle sind beschäftigt, keiner hat Zeit. Den Anordnungen wird Folge geleistet, das weiß ich, das habe ich selbst gesehen. Es entsteht der Eindruck, als wäre alles in Ordnung. Die Wächter bewachen, die Kraftfahrer fahren, die Ingenieure bauen, die Wissenschaftler schreiben Artikel, die Kassierer zahlen Geld aus... Vielleicht existiert dieses ganze Karussell nur zu dem Zweck, damit alle arbeiten. So ist das nämlich: ein guter Mechaniker repariert ein Auto in zwei Stunden. Und dann? Was macht er die übrigen zweiundzwanzig Stunden? Und wenn dazu noch die Maschinen von erfahrenen Arbeitern bedient werden, die damit umzugehen verstehen? Da drängt sich doch eine Maßnahme von ganz allein auf. Den Mechaniker stecken wir zu den Köchen, die Köche wiederum zu den Arbeitern. Und damit ließen sich nicht nur die lumpigen zweiundzwanzig Stunden überbrücken, ganze zweiundzwanzig Jahre könnte man auf diese Weise ausfüllen. Nein, da steckt doch eine gewisse Logik drin. Alle würden arbeiten, ihrer Pflicht als Mensch Genüge tun, und nicht so wie irgendwelche Affen da... und sie würden sich in völlig neue Berufe einarbeiten... Aber im ganzen gesehen ist da keine Logik drin. Das ist ein wüstes Durcheinander, aber keine Logik... Oh Gott, ich stehe hier wie angenagelt und draußen besudelt man den Wald, rottet ihn aus und macht einen Park daraus. Ich muß bald was unternehmen. Jetzt bin ich für jeden Hektar verantwortlich, für jedes Tierchen, für jede Nixe, jetzt bin ich für alles verantwortlich...

Er kam in Bewegung, verschloß mit Mühe und Not den Safe, stürzte zum Tisch, schob die Mappe zur Seite und zog ein leeres Blatt Papier aus der Schublade... Aber hier sind doch Tausende von Leuten, kam ihm in den Sinn. Fest verankerte Traditionen, eingefahrene Beziehungen. Die werden mich doch auslachen... Heymbacken fiel ihm ein, verschwitzt und erbärmlich, dann sah er sich selbst im Wartezimmer des Direktors. Nein, lachen werden sie nicht. Weinen werden sie und sich bei diesem Herrn Ach... beklagen... Sie werden einander an die Gurgel gehen... Aber lachen werden sie nicht. Das ist das Schrecklichste daran, dachte er. Sie können nicht lachen, sie wissen nicht einmal, wozu und was das überhaupt ist. Und das sind Menschen, dachte er. Menschen und Menschlein und Leutchen. Eine Demokratie muß her, Meinungsfreiheit, Schimpffreiheit. Ich hole sie alle zusammen und sage ihnen: Schimpft mal und lacht... Ja, dann werden sie schimpfen, ausgiebig, erregt und hingebungsvoll, nachdem es ihnen befohlen worden ist. Sie werden über die schlechte Kefirversorgung und das miese Kantinenessen schimpfen; über den Hausmeister werden sie besonders herfallen, er solle sich mal die Straßen anschauen, die seien schon jahrelang nicht mehr gekehrt worden; Trumpf, den Kraftfahrer, werden sie beschimpfen, weil er systematisch der Sauna aus dem Wege geht. In den Pausen werden sie zur Latrine an der Schlucht laufen... Nein, das bringt mich durcheinander, dachte er. Da muß ich Ordnung reinbringen. Was habe ich jetzt alles unter mir?

Er begann, schnell und nicht sehr leserlich auf den Bogen zu schreiben. »Gruppe Waldvernichtung«, »Gruppe Walduntersuchung«, »Gruppe Bewaffneter Waldschutz«, »Gruppe Hilfe für die ortsansässige Waldbevölkerung«... Was noch? Ah ja! »Gruppe Technische Erschließung«. Und noch... »Gruppe Wissenschaftliche Erhaltung des Waldes«. Anscheinend alles. Also. Worin besteht ihre Tätigkeit? Seltsam, ich habe noch nie darüber nachgedacht, womit sie sich eigentlich beschäftigen. Noch mehr, mir ist noch nie in den Sinn gekommen herauszufinden, womit sich die VERWALTUNG beschäftigt. Wie kann man denn Vernichtung und Erhaltung des Waldes miteinander vereinbaren und noch dazu der ortsansässigen Bevölkerung helfen wollen?... Dann hätten wir also folgendes, dachte er. Erstens, keinerlei Vernichtungsaktionen. Die Vernichtung vernichten. Die technische Erschließung wohl auch. Oder sollen sie da oben meinetwegen arbeiten; unten haben sie auf jeden Fall nichts zu suchen. Sollen sie ihre Fahrzeuge auseinandernehmen, eine ordentliche Straße bauen oder diesen stinkenden Sumpf zuschütten... Was bleibt noch? Der bewaffnete Schutz. Mit irischen Wolfshunden. Na ja, ganz allgemein gesprochen... allgemein gesprochen muß der Wald geschützt werden. Nur... Er erinnerte sich an die Gesichter der ihm bekannten Wächter und nagte unschlüssig an seinen Lippen. Nun ja... Na gut, nehmen wir einmal an... Und wozu ist die VERWALTUNG da? Und wozu ich? Soll ich vielleicht die VERWALTUNG auflösen? Der Gedanke belustigte und erschreckte ihn zugleich. Das wäre was, dachte er. Ich kann es. Ich löse sie auf und Schluß. Ich habe keinen Richter über mir. Ich bin der Direktor, das Oberhaupt. Befehl ist Befehl!...

Plötzlich hörte er schwere Schritte. Irgendwo ganz nahe. Das Glas des Lüsters klirrte, an der Leine hüpften die getrockneten Socken. Pfeffer stand auf und schlich auf Zehenspitzen zur kleinen Tür. Dahinter ging jemand mit unregelmäßigen Schritten, so als ob er ständig stolperte. Sonst war nichts zu hören. Die kleine Tür hatte nicht einmal ein Schlüsselloch, durch das er hätte durchschauen können. Pfeffer drückte vorsichtig auf die Klinke, doch die Tür öffnete sich nicht. »Wer da?«, fragte er laut, die Lippen am Türspalt. Niemand gab Antwort, aber auch die Schritte verstummten nicht. Es war, als tappe dort ein Betrunkener, der über seine eigenen Beine stolpert. Pfeffer rüttelte nochmals an der Klinke und ging dann achselzuckend an seinen Platz zurück.

Ganz allgemein hatte die Macht ihre Vorteile, überlegte er. Natürlich werde ich die VERWALTUNG nicht auflösen, das wäre dumm, wozu soll ich eine arbeitsfähige, solide Organisation auflösen? Ich muß ihr nur eine andere Stoßrichtung geben, ich muß ihr eine echte Aufgabe geben. Ich muß dem Vordringen in den Wald Einhalt gebieten. Ich muß erreichen, daß er behutsam untersucht wird, daß man Kontakte knüpft, daß man von ihm lernt... Die begreifen ja nicht einmal, was das ist, der Wald. Was sollte der Wald denn schon sein?! Brennholz, nichts als Brennholz... Man muß die Leute soweit bringen, daß sie den Wald lieben, ihn achten, sein Leben leben... Tja, das ist ein Haufen Arbeit. So richtige, bedeutungsvolle Arbeit. Und Leute werden sich dafür schon finden – Kim, Stojan... Rita... Du lieber Himmel, warum nicht der Manager?... Alevtina... Schließlich und endlich ginge dieser Ach ja auch, diese komische Figur, vielleicht ein kluger Kopf, der sich nur mit Unsinn beschäftigt... Wir werden es ihnen schon zeigen, dachte er fröhlich. Wir werden es ihnen schon noch zeigen, zum Teufel! Gut. Und in welchem Zustand befinden sich die laufenden Angelegenheiten?

Er zog die Mappe zu sich her. Auf dem ersten Blatt stand folgendes zu lesen:

PROJEKT FÜR RICHTLINIEN ZUR HERSTELLUNG DER ORDNUNG

§ 1. Im Verlauf des vergangenen Jahres konnte die VERWALTUNG des Waldes ihre Arbeit wesentlich effektiver gestalten und erreichte Höchstleistungen auf allen Bereichen ihrer Tätigkeit. Viele Hunderte Hektar Waldterritorium wurden erschlossen, erforscht, vernichtet und bewaffnetem Schutz und wissenschaftlicher Erhaltung überantwortet. Unablässig wächst das Können von Spezialisten und gewöhnlichen Arbeitern. Die Organisation vervollkommnet sich, die unproduktiven Ausgaben vermindern sich, bürokratische und sonstige außerbetriebliche Hemmnisse werden abgebaut.

§ 2. Allerdings ist anzumerken, daß auch in Anbetracht der vollbrachten Leistungen die schädliche Wirkung des Zweiten Thermodynamischen Gesetzes ebenso wie die des Gesetzes der Großen Zahlen andauerte. Dadurch wurden die im allgemeinen hohen Leistungsziffern geringfügig gemindert. Unsere nächste Aufgabe wird es jetzt sein, diejenigen Zufallsmomente auszuschalten, die zu chaotischen Zuständen führen, den einheitlichen Rhythmus stören und einen Rückgang des Tempos bewirken.

§ 3. Im Zusammenhang mit obigen Ausführungen wird des weiteren vorgeschlagen, jegliche Erscheinungsformen von Zufällen als nicht gesetzmäßig und im Widerspruch zum Organisationsideal stehend zu werten. Die Verwicklung in Zufälle (Probabilität) soll als kriminelle Handlung oder, sofern selbige Verwicklung in Zufälle (Probabilität) keine schwerwiegenden Folgen nach sich zieht, als ernster Verstoß gegen die Disziplin in Arbeit und Produktion angesehen werden.

§ 4. Die Schuld des in Zufälle Verwickelten (Probabilität) wird durch die Art. 62, 64, 65 (m. Ausn. d. Pkt. S und O), 113 und 192, Pkt.K des Strafgesetzbuches oder die §§ 12, 15 und 97 des Verwaltungsgesetzbuches definiert und bemessen.

Anmerkung: Der tödliche Ausgang einer Verwicklung in Zufälle (Probabilität) stellt als solcher keine Rechtfertigung und keinen mildernden Umstand dar. Verurteilung bzw. Bestrafung erfolgen in einem solchen Fall posthum.

§ 5. Vorliegende Richtlinien wurden am... Tag... Monat... Jahr erlassen. Sie gelten nicht rückwirkend.

Unterschrift:
DIREKTOR DER VERWALTUNG (...)

Pfeffer fuhr sich mit der Zunge über seine trockenen Lippen und blätterte um. Das nächste Blatt enthielt eine Vorladung vor Gericht, bestimmt für den Mitarbeiter der Gruppe ›Wissenschaftliche Erhaltung‹, Ch. Tojti, ausgefertigt in Übereinstimmung mit den Richtlinien zur »Herstellung der Ordnung« wegen »böswilliger Mißachtung des Gesetzes der Großen Zahlen, bezeugt durch Rutschen auf dem Eis mit nachfolgender Verletzung des Sprunggelenks. Selbige kriminelle Verwicklung in Zufälle (Probabilität) fand am 11. März ds. J. statt. Es folgte der Vorschlag, den Mitarbeiter Ch. Tojti in allen Dokumenten künftig als Probabilist Ch. Tojti aufzuführen...

Mit klappernden Zähnen betrachtete Pfeffer das nächste Blatt. Auch dieses enthielt einen Befehl: die posthume Verhängung einer dienstlichen Strafe in Höhe von vier Monatslöhnen über den Hundeführer des ›Bewaffneten Schutzes‹, G. de Montmorancy, der sich »infolge von Nachlässigkeit von einer atmosphärischen Entladung (Blitz) treffen ließ«. Dann folgten Anmerkungen zum Urlaub, Ansuchen über eine einmalige Beihilfe wegen Verlustes des Familienvaters und ein Zettel mit Erläuterungen eines gewissen J. Lumbago hinsichtlich des Verschwindens irgendeiner Spule...

»Was zum Teufel soll das!«, sagte Pfeffer laut und las erneut das »Projekt für Richtlinien« durch. Er begann zu schwitzen. Das Projekt war auf Kreidepapier mit Goldschnitt gedruckt. Niemand ist da, mit dem ich mich besprechen könnte, dachte Pfeffer verzweifelt. Da gehe ich sang- und klanglos unter...

In diesem Moment ging die Tür auf, Alevtina kam herein und schob einen Servierwagen vor sich her. Sie war mit ausgesuchter Eleganz gekleidet. Ihr kunstvoll geschminktes Gesicht blickte streng und ernst.

»Ihr Frühstück«, sagte sie sanft.

»Schließen Sie die Tür und kommen Sie her«, sagte Pfeffer.

Sie schloß die Tür, gab dem Servierwagen einen Stoß, machte sich die Haare zurecht und ging zu Pfeffer.

»Nun, Liebling«, sagte sie lächend. »Bist du jetzt zufrieden?«

»Hör zu«, sagte Pfeffer. »Da ist irgendein Unsinn. Lies mal.«

Sie setzte sich zu ihm auf die Armlehne und legte den nackten Arm um seinen Hals. Mit dem rechten nahm sie die Richtlinien.

»Na ja, das kenne ich«, sagte sie. »Das ist alles richtig. Was gibt's denn? Soll ich dir etwa das Strafgesetzbuch bringen? Der frühere Direktor hatte auch keinen einzigen Artikel davon im Kopf.«

»Nein, warte doch«, sagte Pfeffer ungeduldig. »Was hat denn das Strafgesetzbuch damit zu tun? Hast du gelesen?«

»Nicht nur gelesen, sondern auch getippt. Und den Stil verbessert. Heymbacken kann doch nicht schreiben, und das Lesen hat er erst hier gelernt... Übrigens, Liebling«, sagte sie besorgt. »Heymbacken sitzt dort im Wartezimmer. Empfange ihn zur Frühstückszeit, das mag er. Er wird dir Butterbrote streichen...«

»Ich pfeife auf Heymbacken!«, sagte Pfeffer. »Erkläre mir doch, was ich...«

»Auf Heymbacken kann man nicht pfeifen«, widersprach Alevtina. »Ach, Liebling, du verstehst ja überhaupt noch nichts...« Sie drückte auf seine Nase wie auf eine Klingel. »Heymbacken hat zwei Notizblöcke. In den ersten trägt er ein, wer was gesagt hat – für den Direktor. In den anderen das, was der Direktor gesagt hat. Daran mußt du denken, Liebling, vergiß es nicht.«

»Warte noch«, sagte Pfeffer. »Ich muß etwas mit dir besprechen. Diesen Unsinn von Richtlinien werde ich nicht unterschreiben.«

»Was soll das heißen?«

»Wie ich es gesagt habe. Meine Hand sträubt sich dagegen.«

Alevtinas Gesicht wurde streng.

»Liebling«, sagte sie. »Sei nicht so verstockt. Unterschreibe. Das ist sehr dringend. Ich werde dir dann alles erklären, aber jetzt...«

»Was gibt es hier viel zu erklären?«, fragte Pfeffer.

»Nun, wenn du das einfach nicht verstehst, so muß man es dir erklären. Ich werde es dir also nachher erklären.«

»Nein, das mußt du gleich machen«, sagte Pfeffer. »Wenn du kannst«, fügte er hinzu. »Aber daran zweifle ich.«

»Ach du, mein Kleiner«, sagte Alevtina und küßte ihn auf die Stirn. Dann warf sie einen besorgten Blick auf die Uhr. »Schon recht, schon gut.« Sie ging zum Tisch und setzte sich auf ihre Hände. Ihre zusammengekniffenen Augen schauten über Pfeffer hinweg. Dann begann sie:

»Da ist die Tätigkeit der VERWALTUNG, auf der alles gründet. Diese Tätigkeit hat sich nicht heute und auch nicht gestern herausgebildet. Dieser Vektor geht in die Tiefe der Jahrhunderte zurück. Bis zum heutigen Tag verkörpert er sich in den bestehenden Erlassen und Richtlinien. Der Vektor führt jedoch auch in die ferne Zukunft. Welche konkrete Gestalt er hier annehmen wird, steht noch aus. Das ist ähnlich dem Bau einer Straße auf einer fertiggestellten Trasse. Dort, wo der Asphalt aufhört, steht der Nivellierer mit dem Rücken zum fertiggestellten Abschnitt und schaut in den Theodoliten. Dieser Nivellierer bist du. Die vorgestellte Linie, die längs der optischen Achse des Theodoliten verläuft, stellt den noch nicht konkretisierten administrativen Vektor dar. Von allen Leuten siehst nur du ihn, und du allein hast die Aufgabe, ihn zu konkretisieren. Verstehst du?«

»Nein«, sagte Pfeffer fest.

»Das macht nichts. Hör weiter... So wie die Straße nicht willkürlich nach links oder rechts einen Knick macht, sondern der optischen Achse deines Theodoliten folgen muß, so muß jede laufende Direktive sich als kontinuierliche Fortsetzung aller vorhergegangenen ausweisen... Schätzchen, Liebster, versuche nicht, das zu begreifen. Ich verstehe das alles ja selbst nicht, und das ist auch gut so, denn solche Versuche wecken nur Zweifel, Zweifel wiederum bewirken Stillstand, und Stillstand bedeutet das Ende jeglicher Verwaltungsarbeit, und folglich wird auch meine und deine und überhaupt... Das sind doch Binsenwahrheiten. Kein Tag ohne Richtlinie, und alles wird in bester Ordnung sein. Diese »Richtlinie zur Herstellung der Ordnung« steht doch nicht allein da. Sie knüpft an die vorausgegangene »Richtlinie über die Nicht-Verringerung« an, diese wiederum an den »Erlaß über die Nicht-Schwangerschaft«, dieser Erlaß wiederum ergibt sich logisch aus der »Vorschrift über die außerordentliche Reizbarkeit«, diese wiederum...«

»Zum Teufel«, sagte Pfeffer. »Zeig mir diese Vorschriften und Erlasse... Nein, zeig mir lieber den allerersten Erlaß, den in den Tiefen der Jahrhunderte.«

»Wozu brauchst du denn den?«

»Was heißt hier wozu? Du sagst, daß sie alle eine logische Folge bilden. Ich glaube das nicht!«

»Liebling«, sagte Alevtina. »Du wirst das alles noch sehen. Du wirst das alles mit deinen kurzsichtigen Äuglein lesen. Aber du mußt dir im Klaren darüber sein, daß vorgestern keine Richtlinie rauskam, gestern auch keine, wenn man von der lächerlichen Order über die Maschine, die da eingefangen werden mußte, absieht, noch dazu war es eine mündliche Order... Was glaubst du, wieviele Tage die VERWALTUNG ohne Richtlinien bestehen kann? Heute ist schon seit dem frühen Morgen ein Durcheinander. Irgendwelche Leute gehen herum und tauschen überall durchgebrannte Glühbirnen aus. Kannst du dir das vorstellen? Nein, Liebling, du kannst machen, was du willst, aber die Richtlinie muß unterschrieben werden. Ich meine es doch nur gut mit dir. Setz schnell deine Unterschrift drunter, mache eine Besprechung mit den Gruppenleitern, sag ihnen ein paar aufmunternde Worte, und dann werde ich dir alles bringen, was du nur wünscht. Du wirst lesen, studieren, dich in die Angelegenheit vertiefen... Obwohl es natürlich besser wäre, du tätest das nicht.«

Pfeffer nahm sein Gesicht in beide Hände und schüttelte den Kopf. Alevtina sprang behende vom Tisch, tauchte die Feder in den Schädel der Venus und schob Pfeffer die Stelle hin, wo er unterschreiben sollte.

»Nun schreib mal, Schätzchen, ganz schnell...«

Pfeffer nahm die Feder.

»Kann ich sie später wieder zurücknehmen?«, fragte er kläglich.

»Ja, Liebling, das kannst du«, sagte Alevtina, und Pfeffer wußte, daß sie log. Er warf die Feder von sich.

»Nein«, sagte er. »Nein und abermals nein. Ich werde das nicht unterschreiben. Zum Teufel, wozu soll ich diesen Unsinn unterschreiben, wenn es sicher Dutzende von vernünftigen und einleuchtenden Anordnungen, Verfügungen und Richtlinien gibt, die völlig unumgänglich, die lebensnotwendig in diesem Tollhaus sind...«

»Zum Beispiel?«, fragte Alevtina rasch.

»Um Himmelswillen... Alles, was du willst... Verdammt noch mal... Wenigstens...«

Alevtina holte sich einen Notizblock.

»Zunächst einmal... also wenigstens eine Order«, sagte Pfeffer giftig, »und zwar an die Mitarbeiter der Gruppe Vernichtung, sich in kürzester Frist selbst zu vernichten. Bitte schön! Bitte schön! Meinetwegen sollen sie sich die Schlucht hinunterstürzen... oder sich erschießen... Heute noch! Verantwortlich ist Heymbacken... Bei Gott, davon hätte man einen größeren Nutzen...«

»Einen Augenblick«, sagte Alevtina. »Das heißt Selbstmord mit Hilfe von Feuerwaffen verüben. Heute bis vierundzwanzig Uhr. Verantwortlicher – Heymbacken.« Sie klappte den Block zusammen und dachte nach. Pfeffer blickte sie verwundert an. »Warum nicht!«, sagte sie. »Recht so! Das ist sogar fortschrittlicher... Liebster. Verstehe: wenn dir eine Richtlinie nicht gefällt, dann laß sie. Aber gib eine andere dafür raus. Jetzt hast du mir also eine gegeben, und ich habe keine Forderungen mehr an dich...«

Sie sprang auf den Boden und lief geschäftig umher. Dann breitete sie Teller vor Pfeffer aus.

»Hier hast du Eierkuchen, hier ist Marmelade... Kaffee ist in der Thermosflasche. Verbrenn dir nicht den Mund, er ist heiß... Iß jetzt mal, ich werde schnell das Projekt entwerfen und bringe es dir in einer halben Stunde vorbei.«

»Warte«, sagte Pfeffer bestürzt. »Warte...«

»Du bist so gescheit«, sagte Alevtina zärtlich. »Ein Prachtkerl bist du. Nur den Heymbacken mußt du sanfter anfassen.«

»Warte«, sagte Pfeffer. »Lachst du vielleicht?«

Alevtina lief zur Tür, Pfeffer rannte ihr nach und rief: »Werde mir nicht verrückt!«, aber er erwischte sie nicht mehr. Alevtina verschwand, und dort, wo sie verschwunden war, tauchte wie ein Gespenst Heymbacken auf. Seine Frisur sah wie glattgeleckt aus. Er war sauber, hatte seine natürliche Farbe zurückgewonnen und war wie früher zu allem bereit.

»Das ist genial«, sagte er leise und schob Pfeffer zum Tisch. »Das ist glänzend. Das wird zweifellos in die Geschichte eingehen…«

Pfeffer wich vor ihm zurück wie vor einer riesigen Assel. Er stieß gegen den Tisch und Tannhäuser stürzte auf Venus.

Kapitel 11
Kandid

Er erwachte, öffnete die Augen und starrte an die niedrige, mit Wasserflecken übersäte Decke. Über die Decke gingen die Ameisen, von rechts nach links beladen, von links nach rechts unbeladen. Vor einem Monat war es umgekehrt gewesen, vor einem Monat war Nava. Sonst hatte sich nichts geändert. Übermorgen gehen wir weg, dachte er.

Am Tisch saß der Alte. In seinem Ohr bohrend, blickte er zu Kandid. Er war völlig abgemagert. Die Augen lagen tief in den Höhlen, im Mund war kein einziger Zahn mehr verblieben. Wahrscheinlich würde er bald sterben, dieser Alte.

»Was ist denn bloß los, Stummer«, sagte der Alte weinerlich, »bei dir ist nichts zum Essen; seit sie dir die Nava weggenommen haben, seitdem ist bei dir kein Essen mehr im Haus, weder morgens noch mittags, ich habe dir gesagt, geh nicht fort, es geht nicht. Warum bist du gegangen? Vom Hinker hast du dich beschwatzen lassen und bist weggegangen, aber woher soll der Hinker wissen, was geht und was nicht geht? Der Hinker versteht das nicht, und sein Vater war auch so begriffsstutzig, auch sein Großvater, und die ganzen Hinkers waren so, und so sind sie denn auch gestorben, und der Hinker wird auch sterben, da kommt er nicht drum rum... Aber vielleicht hast du doch was zum Essen, Stummer, vielleicht hast du es versteckt, heh? Viele machen es nämlich so... Wenn du also was versteckt hast, dann hol es schnell raus, ich möchte essen, ich bin aufs Essen angewiesen, das ganze Leben lang esse ich schon, ich bin schon dran gewöhnt... Deine Nava ist auch nicht mehr da, den Schwanz hat ein Baum erschlagen... Bei dem gab's immer viel zu essen, beim Schwanz! Drei Schüsseln auf einmal hab ich bei dem gegessen, nur war das Zeug bei dem nie durchgegoren, scheußlich war das, deswegen hat ihn wahrscheinlich auch ein Baum erschlagen... Ich habe ihm immer gesagt, es geht nicht, daß du so was ißt...«

Kandid stand auf und suchte an allen von Nava eingerichteten heimlichen Plätzen im Haus. Es war nichts zum Essen da. Er ging auf die Straße hinaus, bog nach links und begab sich zum Platz, wo auch Fausts Haus stand. Der Alte trottete hinterher, jammernd und ächzend. Vom Feld her drangen eintönig vereinzelte Rufe: »Frisch gesät, so ist's recht, einmal links, einmal rechts«. Im Wald erscholl das Echo. Jeden Morgen schien es Kandid jetzt, als sei der Wald näher herangerückt. In Wirklichkeit war es nicht so, und wenn es so gewesen wäre, dann hätte ein menschliches Auge dies kaum bemerkt. Auch die Zahl der Leichenmenschen im Wald war nicht größer geworden als früher, aber trotzdem schien es so, wahrscheinlich deshalb, weil Kandid jetzt genau wußte, wer sie waren, und auch deshalb, weil er sie haßte. Wenn aus dem Wald ein Leichenmensch heraustrat, so ertönten sofort die Rufe: »Stummer! Stummer!« Er ging dann dorthin und vernichtete den Leichenmenschen mit dem Skalpell, rasch, zuverlässig und mit grimmiger Genugtuung. Das ganze Dorf lief zusammen, um dem Schauspiel beizuwohnen. Wenn dann der schreckliche weiße Schlitz entlang des dampfenden Körpers auseinanderklaffte, stöhnten alle wie aus einem Munde und schlugen die Hände vors Gesicht. Die Kinder ärgerten Kandid längst nicht mehr. Sie hatten einen heiligen Schrecken vor ihm, und bei seinem Auftreten liefen sie auseinander und versteckten sich. Abends steckten die Leute die Köpfe zusammen und unterhielten sich flüsternd über das Skalpell. Aus der Haut der Leichenmenschen verfertigte man auf den Rat des schlauen Dorfältesten Tröge. Es waren gute Tröge, groß und fest...

Inmitten des Platzes stand Funker, bis zur Hüfte im Gras. Eine lila Wolke hüllte ihn ein. Er hatte die Handflächen gehoben, seine Augen waren glasig, und auf den Lippen stand Schaum. Um ihn herum drängten sich neugierige Kinder, schauten und hörten mit offenen Mündern zu. Von diesem Schauspiel konnten sie nie genug bekommen. Als jedoch Kandid stehenblieb, um zuzuhören, waren sie spurlos verschwunden.

»In die Schlacht treten neue...«, phantasierte Funker mit metallener Stimme. »Erfolgreiches Vorrücken... ausgedehnte Ruhegebiete... neue Abteilungen von Freundinnen... RUHE und VERSCHMELZUNG...«

Kandid ging weiter. Seit dem frühen Morgen war sein Kopf ungewöhnlich klar. Er fühlte, daß er denken konnte, und begann darüber nachzudenken, wer er war, dieser Funker, und wozu es ihn gab. Jetzt war es sinnvoll, darüber nachzudenken, denn jetzt wußte Kandid bereits einiges; manchmal schien es ihm sogar, daß er sehr viel wußte, wenn nicht alles. Jedes Dorf hatte seinen Funker, und wir haben auch einen, und auch Neusiedel, und der Alte prahlte damit, was für ein besonderer Funker in jenem Dorf war, das heute das Pilzdorf ist. Wahrscheinlich hat es Zeiten gegeben, als viele Leute wußten, was ERSCHLIESSUNG bedeutet, und verstanden, um welche Erfolge es geht, und wahrscheinlich waren *sie* damals daran interessiert, daß es viele wußten, oder sie bildeten sich ein, daran interessiert zu sein. Dann stellte sich heraus, daß man auch ohne diese Vielen auskommen konnte, daß diese ganzen Dörfer ein Fehler waren, daß die Männer alle nur Böcke waren... das war gewesen, als sie gelernt hatten, mit dem lila Nebel umzugehen, und als aus den lila Wolken die ersten Leichenmenschen hervorgekommen waren... und sich die ersten Dörfer auf dem Grund der ersten dreieckigen Seen befanden... und die ersten Abteilungen der Freundinnen aufgestellt wurden... Und die Funker blieben, und es blieb auch die Tradition, die sie nur deshalb nicht auslöschten, weil *sie* diese Tradition vergessen hatten. Die Tradition war unsinnig, so unsinnig wie dieser ganze Wald, wie all diese künstlichen Ungeheuer und Städte, von denen die Zerstörung ausging, und diese schauerlichen Amazonenweiber, Priesterinnen der Parthenogenese, diese grausamen, selbstzufriedenen Beherrscherinnen der Viren, diese Beherrscherinnen des Waldes, die vom dampfenden Wasser aufgedunsen waren... und diese gigantische Betriebsamkeit in den Dschungeln, all diese Großen Auflockerungen und Versumpfungen, dieses in seiner Widersinnigkeit und Grandiosität irrsinnige Unterfangen … Die Gedanken flossen frei, sogar irgendwie mechanisch. In diesem Monat hatten sie sich ihre gewohnten, ständigen Pfade gebahnt, und Kandid wußte im voraus, welche Gefühle bei ihm im nächsten Augenblick auftauchen würden. Bei uns im Dorf nennt man das ›denken‹. Gleich werden die Zweifel kommen … Ich habe doch nichts gesehen. Ich habe drei Waldzauberinnen gesehen. Aber wen trifft man nicht alles im Wald. Ich habe den Untergang eines seltsamen Dorfes erlebt, habe den Hügel gesehen, der wie eine Lebewesenfabrik war, und die grausige Bestrafung des Armfressers … Untergang, Fabrik, Bestrafung … Das sind aber meine Worte, meine Begriffe. Selbst für Nava war Untergang nicht Untergang, sondern ERSCHLIESSUNG … Aber ich weiß doch nicht, was ERSCHLIESSUNG ist. Ich fürchte mich davor, spüre Abscheu, und das alles nur, weil mir das fremd ist. Vielleicht darf man nicht von »grausamem und sinnlosem Einsatz des Waldes gegen die Menschen« sprechen, sondern von »geplantem, vorbildlich organisiertem, genauestens durchdachtem Vorstoß des Neuen gegen das Alte«, einem Vorstoß »des rechtzeitig herangereiften, krafterfüllten Neuen gegen das verfaulte, keinerlei Perspektiven aufweisende Alte« … Keine Pervertierung, sondern eine Revolution. Eine Gesetzmäßigkeit. Eine Gesetzmäßigkeit, die ich von außen mit dem voreingenommenen Blick des Fremden betrachte, der nichts versteht und deswegen, gerade deswegen sich einbildet, alles zu verstehen und beurteilen zu dürfen. Wie ein kleiner Junge, der auf den schlimmen Hahn böse ist, weil er auf der armen Henne so grausam herumtrampelt …

Er blickte zu Funker zurück. Funker saß im Gras. Er trug seine gewöhnliche, dümmliche Miene zur Schau, drehte den Kopf und versuchte herauszufinden, wo er war und was mit ihm los war. Ein lebender Rundfunkempfänger. Das heißt, es gibt auch lebende Rundfunksender … und lebende Mechanismen und lebende Maschinen wie zum Beispiel die Leichenmenschen … Und warum, warum weckt all dies, was so großartig ausgedacht und organisiert ist, in mir keinen Funken Sympathie, sondern nur Abscheu und Haß? …

Faust kam lautlos von hinten auf ihn zu und schlug ihn mit der Handfläche zwischen die Schulterblätter.

»Da steht er und glotzt, verdammt und Nasenhaar«, sagte er. »Da war auch mal einer, der immer glotzte, da drehte man ihm Arme und Beine ab, seitdem glotzt er nicht mehr. Wann gehen wir denn, Stummer? Willst du mich noch lange zum Narren halten? Die Alte ist in ein anderes Haus gegangen, verdammt und Nasenhaar, und ich übernachte schon zum dritten Mal beim Dorfältesten, und heute gehe ich wahrscheinlich zur Witwe von Schwanz zum Übernachten. Das Essen ist schon so verfault, daß es nicht mal dieser alte Sack fressen will; der windet sich und sagt: ›Alles verfault, das kann man nicht riechen und schon gar nicht essen‹, verdammt und Nasenhaar... Nur zu den Teufelsfelsen gehe ich nicht, Stummer, aber in die STADT gehe ich, da holen wir uns Weiber. Wenn wir unterwegs Diebe treffen, dann geben wir die Hälfte her, das ist nicht schade drum, verdammt und Nasenhaar, die andere Hälfte bringen wir ins Dorf, sollen sie hier leben, die schwimmen sowieso zwecklos rum; da war auch mal eine, die schwamm, bis man ihr eine auf die Nase gab, seitdem schwimmt sie nicht mehr und kann das Wasser auch nicht mehr sehen, verdammt und Nasenhaar... Hör zu, Stummer, hast du nicht doch gelogen mit deiner STADT und diesen Weibern? Vielleicht hast du das alles nur geträumt. Die Diebe haben dir Nava weggenommen, und vor lauter Kummer hast du das geträumt. Auch der Hinker glaubt es nicht; er meint, daß du das geträumt hast. Was soll das für eine STADT im See sein, verdammt und Nasenhaar, alle haben gesagt, daß sie auf dem Berg ist und nicht im See. Kann man vielleicht im See leben, verdammt und Nasenhaar? Da ersaufen wir doch alle, da ist doch Wasser, verdammt und Nasenhaar, ob da jetzt Weiber sind oder nicht, auch wegen Weibern gehe ich in kein Wasser, schwimmen kann ich ja nicht, wozu auch? Aber im Notfall kann ich ja auch am Ufer stehen, wenn du sie aus dem Wasser ziehst... Also, du steigst ins Wasser, verdammt und Nasenhaar, ich bleibe am Ufer, und dann schaffen wir das schnell...«

»Hast du schon einen Stock?«, fragte Kandid.

»Wo soll ich im Wald einen richtigen Stock hernehmen, verdammt und Nasenhaar«, entgegnete Faust, »Da muß man zum Sumpf gehen nach einem Stock. Aber da habe ich keine Zeit, ich passe auf das Essen auf, sonst frißt es mir der Alte weg, und was brauche ich einen Stock, wenn ich mich mit niemand schlagen will... Da war auch mal einer, der schlug sich, verdammt und Nasenhaar...«

»Gut«, sagte Kandid, »ich bringe dir einen Stock. Übermorgen gehen wir, vergiß es nicht.«

Er drehte sich um und ging zurück. Faust hatte sich nicht verändert. Niemand hatte sich verändert. Er mochte mit Engelszungen reden, aber sie begriffen nichts und glaubten anscheinend nichts.

...»Die Leichenmenschen können doch nicht tun, was Weiber von ihnen wollen, du lügst ja, Stummer, daß sich die Balken biegen. Die Weiber haben eine höllische Angst vor den Leichenmenschen, schau dir mal meine an, und dann kannst du weiterreden. Und daß da ein Dorf unter Wasser steht, das ist eben die ERSCHLIESSUNG, das weiß jeder auch ohne dich, und was deine Weiber damit zu tun haben, verstehe ich nicht... Und überhaupt warst du gar nicht in der STADT, Stummer, gib's zu, wir sind dir nicht böse, erzählen tust du wirklich spannend. Nur in der STADT warst du nicht, das wissen wir alle, denn wer einmal in der STADT war, der kommt nicht mehr zurück... Und deine Nava haben dir keine Weiber weggenommen, sondern die Diebe, unsere Diebe, die hiesigen. Gegen die Diebe könntest du nie antreten, Stummer, du bist zwar tapfer, das stimmt, und wie du die Leichenmenschen erledigst, da bekommt man ja die Angst, wenn man da zuschaut...«

Der Gedanke an einen bevorstehenden Untergang wollte nicht in ihre Köpfe. Der Untergang kam zu langsam auf sie zu und hatte schon vor zu langer Zeit eingesetzt. Wahrscheinlich lag es daran, daß man sich den Tod als augenblicklich, plötzlich, verbunden mit irgendeiner Katastrophe vorstellt. Aber sie konnten und wollten nicht verallgemeinern, konnten und wollten nicht über die Welt außerhalb ihres Dorfes nachdenken. Es gab das Dorf und es gab den Wald. Der Wald war stärker, aber der Wald *war immer* und *würde immer* stärker sein. Was hieß hier also Untergang? Was für ein Untergang? Das war ganz einfach das Leben. Wenn zum Beispiel einer von einem Baum erschlagen wird, ist das natürlich ein Untergang, aber hier mußte man einfach seinen Kopf behalten und die Dinge ins rechte Lot rücken... Irgendwann einmal werden sie alle aufgerüttelt. Wenn keine Frauen mehr übrig sind, wenn die Sümpfe dicht an die Häuser herangerückt sind, wenn inmitten der Straßen unterirdische Quellen aufbrechen und über den Dächern der lila Nebel hängt... Aber vielleicht wird sie auch das nicht zur Besinnung bringen. Vielleicht werden sie nur sagen: »Hier kann man nicht mehr leben, hier ist ERSCHLIESSUNG.« Und sie werden fortziehen und sich ein neues Dorf bauen...

Der Hinker saß auf der Schwelle, schüttete Gärstoff über junge Schwämme, die über Nacht gewachsen waren und wollte gerade frühstücken.

»Setz dich«, sagte er einladend. »Willst du essen? Ich habe gute Pilze.«

»Ja«, sagte Kandid und setzte sich daneben.

»Iß nur, iß nur«, sagte der Hinker. »Die Nava hast du nicht mehr, aber irgendwann wirst du dich schon ohne sie zurechtfinden... Ich habe gehört, du willst wieder weg. Wer hat mir denn das gesagt?... Ach ja, du hast es mir selber gesagt, daß du gehst. Warum kannst du denn nicht zu Hause sitzen? Du könntest schön zu Hause sitzen und hättest es gut... Gehst du ins Schilfdorf oder zu den Ameisenhaufen? Ins Schilfdorf würde ich mitgehen. Da würden wir jetzt auf der Straße nach rechts gehen, kämen dann am offenen Wald vorbei, da würden wir gleich Pilze sammeln, Gärstoff würden wir auch mitnehmen, dann könnten wir dort auch gleich essen; dort gibt es gute Pilze, im Dorf wachsen solche nicht, auch sonstwo nicht, und hier kannst du essen, und es sind doch zu wenig... Und nach dem Essen würden wir aus dem Wald rausgehen, am Brotsumpf vorbei, dort könnten wir wieder essen, gutes Gras wächst dort, ganz süß, da wunderst du dich nur, da ist Sumpf und Dreck, und so ein Gras wächst da... Und dann natürlich der Sonne nach, drei Tage würden wir gehen, dann wären wir schon im Schilfdorf...«

»Wir gehen zu den Teufelsfelsen«, erinnerte ihn Kandid geduldig. »Übermorgen gehen wir. Faust geht auch.«

Der Hinker wiegte zweifelnd den Kopf.

»Zu den Teufelsfelsen...«, wiederholte er. »Nun, Stummer, zu den Teufelsfelsen kommen wir nicht durch, das geht nicht. Weißt du überhaupt, wo die sind, die Teufelsfelsen? Vielleicht gibt es sie gar nicht, und man sagt nur so, Felsen, Teufel... Also zu den Teufelsfelsen gehe ich nicht, an die glaube ich nicht. In die STADT zum Beispiel, oder noch besser zu den Ameisenhaufen, das ist hier gleich in der Nähe, gar nicht weit... Hör zu, Stummer, gehen wir doch zu den Ameisenhaufen. Auch Faust geht... Seit ich mir mein Bein kaputtgemacht habe, war ich nicht mehr bei den Ameisenhaufen. Nava hat mich immer gebeten, gehen wir zu den Ameisenhaufen, Hinker... Siehst du, sie hatte Lust, die Höhlung zu suchen, wo das mit dem Bein passiert ist... Ich sagte ihr, ich weiß doch nicht mehr, wo diese Höhlung ist, und überhaupt gibt es vielleicht die Ameisenhaufen gar nicht mehr, ich war schon lange nicht mehr dort...«

Kandid kaute Pilze und betrachtete den Hinker. Der Hinker sprach und sprach, sprach über das Pilzdorf, sprach über die Ameisenhaufen... Sein Blick war gesenkt und nur manchmal schaute er zu Kandid. Ein tüchtiger Mann bist du, Hinker, und ein guter auch, ein großer Redner, und der Dorfälteste hört auf deine Meinung, auch Faust, und der Alte hat eine Heidenangst vor dir, und nicht von ungefähr warst du der beste Freund und Begleiter des berühmten Gekränkten Dulders, eines suchenden und ruhelosen Menschen, der nichts fand und irgendwo im Wald starb... Schlimm ist nur eine Sache: du willst mich nicht in den Wald lassen, Hinker, dir tut es leid um mich armen Kerl. Der Wald ist ein gefährlicher Ort, ein tödlicher, viele sind hingegangen und wenige zurückgekehrt, und wenn sie zurückgekehrt sind, dann völlig verschreckt und bisweilen auch verkrüppelt... der eine mit gebrochenem Bein, jeder mit was anderem... Schlau gehst du vor, Hinker, einmal stellst du dich halb verrückt, ein andermal tust du so, als hieltest du den Stummen für halb verrückt; in Wirklichkeit bist du fest davon überzeugt: wenn es dem Stummen einmal gelungen ist zurückzukommen, nachdem er das Mädchen verloren hatte, dann kommt so ein Wunder kein zweites Mal...

»Hör zu, Hinker«, sagte Kandid. »Paß gut auf. Sag, was du willst, denk was du willst, aber um eines bitte ich dich. Laß mich nicht im Stich, geh mit mir in den Wald. Ich brauche dich sehr im Wald, Hinker. Übermorgen gehen wir, und ich möchte sehr, daß du mit uns gehst. Verstehst du?«

Hinker blickte Kandid an. Seine verblichenen Augen waren undurchdringlich.

»Wieso«, sagte er, »ich verstehe dich vollkommen. Wir gehen zusammen. Von hier aus gesehen biegen wir nach links, kommen bis zum Feld, an den zwei Steinen vorbei, da ist dann schon der Pfad. Diesen Pfad erkennt man sofort, da sind so viele Feldsteine, daß du dir die Beine brichst... Aber iß noch Pilze, Stummer, iß, die sind gut... Auf diesem Pfad gehen wir also bis zum Pilzdorf, davon habe ich dir bestimmt schon erzählt; es ist ganz verlassen, überall wachsen Pilze, aber nicht solche, wie die da zum Beispiel, sondern widerliche. Wir essen sie nicht, man wird krank davon und kann sterben. In diesem Dorf werden wir uns nicht aufhalten, sondern gehen gleich weiter und kommen etwas später zum Dorf der Wirrköpfe, dort machen sie die Töpfe aus Erde, geschickt sind die! Das passierte, als das blaue Gras durchs Dorf wuchs. Und nichts geschah, nicht mal krank wurden sie, und die Töpfe machten sie von da an aus Erde... Bei denen werden wir uns auch nicht aufhalten, das wäre zwecklos, sich dort aufzuhalten, sondern wir gehen gleich rechts weiter, und da sind wir schon am Lehmfeld.«

Vielleicht sollte ich dich doch nicht mitnehmen, dachte Kandid. Du warst schon dort, der Wald hat dich schon in seinen Klauen gehabt, und wer weiß, vielleicht hast du dich schon auf der Erde gewälzt und vor Schmerz und Schrecken geschrien, und über dir hing ein junges Mädchen, biß sich auf die prachtvollen Lippen und spreizte die kindlichen Hände. Ich weiß nicht, ich weiß nicht. Aber gehen muß ich. Wenigstens zwei sollte ich mir schnappen, oder wenigstens eine, alles herausfinden, mir völlige Klarheit verschaffen... Und dann? Verdammte, unglückliche Verdammte... Vielleicht eher glückliche Verdammte, denn sie wissen nicht, daß sie verdammt sind, daß die Mächtigen ihrer Welt sie lediglich als schmutzige Horde von Gewalttätern betrachten, daß die Mächtigen schon mit Wolken gesteuerter Viren, mit Roboterkolonnen, mit Mauern von Wald auf sie zielen, daß für sie bereits alles vorbestimmt ist, und was das Furchtbarste ist, daß die historische Wahrheit hier im Wald nicht auf ihrer Seite ist. Sie sind Überbleibsel, die durch objektive Gesetze zum Untergang verurteilt sind, und ihnen zu helfen bedeutet, sich gegen den Fortschritt zu stellen, den Fortschritt auf irgendeinem winzigen Frontabschnitt aufzuhalten. Aber das interessiert mich nicht, dachte Kandid. Was geht mich ihr Fortschritt an, das ist nicht mein Fortschritt, ich nenne ihn Fortschritt auch nur deswegen, weil es kein passenderes Wort gibt... Hier entscheidet nicht der Kopf. Hier entscheidet das Herz. Gesetzmäßigkeiten sind nicht schlecht oder gut, sie stehen außerhalb der Moral. Aber ich stehe doch nicht außerhalb der Moral! Wenn mich die Freundinnen aufgelesen hätten, mich geheilt und liebevoll behandelt hätten, mich als einen der ihren aufgenommen und sich meiner erbarmt hätten... dann hätte ich mich wahrscheinlich ohne weiteres und ganz selbstverständlich auf die Seite dieses Fortschritts gestellt, und der Hinker und all diese Dörfer wären für mich ein ärgerliches Überbleibsel, mit dem man sich schon viel zu lange abgegeben hat... Aber vielleicht auch nicht, vielleicht wäre es gar nicht leicht und einfach gewesen, ich vertrage es nicht, wenn man Menschen als Tiere betrachtet. Aber vielleicht ist das alles eine Sache der Terminologie. Wenn ich mir die Sprache der Frauen angeeignet hätte, würde sich alles anders anhören: Feinde des Fortschritts... feiste, stumpfsinnige Nichtsnutze... Ideale... Hehre Ziele... Naturgesetze... Und im Namen all dessen wird die halbe Bevölkerung ausgelöscht! Nein, das ist nichts für mich. In keiner Sprache. Es kümmert mich nicht, daß der Hinker nur ein Steinchen zwischen den Mühlsteinen ihres Fortschritts ist. Ich werde alles machen, damit dieses Steinchen die Mühlsteine aufhält. Und wenn es mir nicht gelingt, mich zur Biostation durchzuschlagen, wahrscheinlich schaffe ich das nicht, dann werde ich alles tun, um diese Mühlsteine zum Stehen zu bringen. Sollte es mir übrigens gelingen, mich zur Biostation durchzuschlagen... Hm. Seltsam, mir ist das früher nie in den Sinn gekommen, die VERWALTUNG von außen zu betrachten. Und dem Hinker würde es nie in den Sinn kommen, den Wald von außen zu betrachten. Und wohl ebensowenig diesen Freundinnen. Und das ist doch so ein spannender Anblick: die VERWALTUNG, Blick von oben. Gut, darüber denke ich später nach.

»Also, abgemacht«, sagte er. »Übermorgen gehen wir.«

»Klar«, antwortete der Hinker ohne Zögern. »Von mir aus gleich nach links...

Vom Feld her erscholl plötzlich Lärm. Frauen kreischten. Viele Stimmen riefen im Chor:

»Stummer! Heh, Stummer!«

Der Hinker zuckte zusammen.

»Anscheinend Leichenmenschen!«, sagte er und erhob sich eilig. »Komm, Stummer, steh auf. Ich möchte zuschauen.«

Kandid stand auf, zog das Skalpell aus dem Hemd und schritt zum Dorf hinaus.

Darko Suvin
Nachwort

I. Die Entwicklung der erzählenden Prosa der Brüder Strugatzki

Die Brüder Strugatzki, die ihre Erzählungen fast immer gemeinsam geschrieben haben[1], sind unzweifelhaft die besten und wichtigsten jener sowjetischen SF-Autoren, die nach dem durchschlagenden Erfolg von Jefremows *Das Mädchen aus dem All* in den Jahren 1957-1958[2] zu veröffentlichen begannen. Der 1925 geborene Arkadi war Japanologe und Anglist, der im Institut für Technische Information und später im Staatsverlag in Moskau beschäftigt war, ehe er freier Schriftsteller wurde; er starb 1991 in Moskau. Der 1933 geborene Boris war Mathematiker, Fachmann für Datenverarbeitung an der Sternwarte Pulkowo bei Leningrad, hat aber schon seit langem seine naturwissenschaftliche Tätigkeit zugunsten der Schriftstellerei aufgegeben. Fast alle ihre Werke sind ins Deutsche, viele ins Englische und in andere Sprachen übersetzt worden. Auch an Literatur über Arkadi und Boris Strugatzki mangelt es inzwischen nicht, ich erinnere hier nur an den von Franz Rottensteiner herausgegebenen, ausschließlich den Brüdern Strugatzki gewidmeten SF-Almanach *Polaris 10* (Frankfurt/Main: Suhrkamp Verlag 1986), der außer einer Reihe von kürzeren Geschichten der beiden auch zahlreiche Aufsätze zu ihrem Werk und eine deutsche Bibliographie enthält, die allerdings nicht mehr auf dem neuesten Stand ist. Um dem deutschen Leser einen Überblick zu liefern, der es ihm gestattet, jene Werke, die in verschiedenen Entwicklungsphasen der Brüder Strugatzki entstanden, richtig einzuordnen (und ein solcher Überblick ist meiner Meinung nach zum Verständnis des vorliegenden Werkes unentbehrlich), führe ich zunächst ihre Buchveröffentlichungen an; ein bis zum Veröffentlichungszeitpunkt vollständiges Verzeichnis ihrer Werke und der verfügbaren Übersetzungen ins Englische und Französische findet man (innerhalb der durch das Erscheinungsdatum gegebenen Grenzen) in meinen in den Fußnoten 2 und 3 angeführten Arbeiten. Folgende Reihenfolge wird eingehalten: *Russischer Titel* in buchstäblicher Transkription (deutscher Titel, Erscheinungsort, Verlag und Erscheinungsjahr der deutschen Erstausgabe und der allfälligen späteren Ausgaben, die jedoch nicht vollständig angeführt sind, jedoch werden zumindest die lieferbaren Ausgaben erwähnt). Meine Zusammenstellung versucht, die chronologische Reihenfolge der tatsächlichen Entstehung möglichst genau zu datieren, sie weicht in einigen Fällen von der Reihenfolge des Erscheinens ab.

1 *Strana bagrovyč tuč* (deutsch: *Atomvulkan Golkonda*, Berlin: Kultur und Fortschritt 1961, zuletzt München: Heyne 1974). Moskau: Detgiz 1959.

2 *Šest' spiček* (Sechs Streichhölzer). Moskau: Detgiz 1960.

3 *Put' na Amal'teiju* (»Der Weg zur Amalthea«; die Titelgeschichte erschien deutsch z. B. in der Anthologie *Der Weg zur Amalthea*. Sowjetische phantastische Erzählungen, Moskau: Verlag Mir; Berlin: Verlag Das Neue Berlin 1979 [Gemeinschaftsproduktion]).

4 *Vozvraščenje. (Polden'. 22-i vek)* (Heimkehr: Mittag, 22. Jahrhundert). Moskau: Detgiz 1962, überarbeitet und auf 20 Erzählungen erweitert als *Polden', XXII vek (Vozvraščenje)* (deutsch [Auswahlband]: *Mittag, 22. Jahrhundert*, Berlin: Verlag Das Neue Berlin 1977; Frankfurt/Main: Suhrkamp Verlag 1994). Moskau: Detskaja literatura 1967.

5 *Stažery* (deutsch: *Praktikanten*, Auswahlband, in Vorbereitung im Aufbau-Verlag, Berlin). Moskau: Mol. gvardija 1962.

6 *Popytka k begstvu* (deutsch: *Fluchtversuch*, in der gleichnamigen Anthologie, hg. von Hannelore Menke, Berlin: Verlag Volk und Welt 1976; als Einzelveröffentlichung Frankfurt/Main: Suhrkamp Verlag 1983) in der Anthologie *Fantastika 1962 god*, Moskau: Mol. gvardija 1962. Erster Nachdruck in einem Band mit Nr. 9.

7 *Dalekaja Raduga* (deutsch: *Der ferne Regenbogen*. Berlin:

Verlag Das Neue Berlin 1971, Frankfurt/Main: Suhrkamp Verlag 1983), in der Anthologie *Novaja signal'naja*, Moskau: Znanie 1963. Erster Nachdruck in einem Band mit Nr. 8.

8 *Trudno byt' bogom* (deutsch: *Es ist nicht leicht, ein Gott zu sein*. Hamburg und Düsseldorf: Marion von Schröder Verlag 1971; Taschenbuchausgaben bei Heyne und Ullstein. Andere Übersetzung: *Ein Gott zu sein ist schwer*. Berlin: Volk und Welt 1975) in ihrem *Dalekaja Raduga*. Moskau: Mol. gvardija 1964.

9 *Čiščnye vešči veka* (deutsch: *Die gierigen Dinge des Jahrhunderts*, Berlin: Volk und Welt 1981; Frankfurt/Main: Suhrkamp Verlag 1982). Moskau: Mol. gvardija 1965.

10 *Ponedel'nik nacinaetsja v subbotu* (deutsch: *Montag beginnt am Samstag*, Frankfurt/Main: Insel Verlag 1974; Frankfurt/Main: Suhrkamp Verlag 1982; andere Übersetzung: *Montag fängt am Samstag an*, Berlin: Volk und Welt 1990). Moskau: Detskaja literatura 1965.

11 *Ulitka na sklone* (deutsch: *Die Schnecke am Hang* – siehe weiter im Text.) Der »Kandid«-Teil erschien in der Anthologie *Ellinskij sekret*, Leningrad: Lenizdat 1966; der »Pfeffer«-Teil in der Zeitschrift *Bajkal*, Nr. 1 und 2/1968. Das Buch erschien 1972 in der Estnischen SSR, der »Pfeffer«-Teil für sich erschien in *Ulitka na sklone – Skazka o trojke*. Frankfurt/Main: Possev 1972. Die erste deutsche Ausgabe erschien 1978 im Suhrkamp Verlag.

12 *Vtoroe našestvie marsian* (deutsch als »Die zweite Invasion auf der Erde« in dem Band *Die zweite Invasion auf der Erde*, Frankfurt/Main: Insel Verlag 1973; nachgedruckt als *Die zweite Invasion der Marsianer* in dem gleichnamigen Band, Frankfurt/Main: Suhrkamp 1984), in ihrem *Stažery – Vtoroe našestvie marsian*. Moskau: Mol. gvardija, 1968.

13 *Gadkie lebedi* (deutsch: *Die häßlichen Schwäne*, zuerst München: Heyne Verlag 1982; jetzt Frankfurt/Main: Suhrkamp Verlag 1986). Frankfurt/Main: Possev 1972. Erschien

in der Sowjetunion erst als Teil des *Chromaja sud'ba*, Buchausgabe 1989 (deutsch: *Das lahme Schicksal*).

14 *Skazka o trojke* (deutsch: „Das Märchen von der Trojka« bzw. »Das Märchen vom Triumvirat« bzw. *Troika*. Zuerst in *Die zweite Invasion auf der Erde*, Frankfurt/Main: Insel Verlag 1973; Frankfurt/Main: Suhrkamp Verlag 1984), Zeitschrift *Angara*, Nr. 4 und 5 (1968). Vollständige Fassung in *Smena*, Nr. 11-14/1987. Eine vollständige deutsche Übersetzung erschien zuerst in dem Band *Montag fängt am Samstag an*, Berlin: Volk und Welt 1990 (»Das Märchen vom Triumvirat«) und separat als *Troika* (Frankfurt/Main: Suhrkamp Verlag 1993).

15 *Obitaemyj ostrov* (deutsch: *Die bewohnte Insel*. Hamburg und Düsseldorf: Marion von Schröder Verlag 1972) Moskau: Detskaja literatura 1971. Die erste deutsche Übersetzung folgt dem russischen Zeitschriftenabdruck in *Neva*, Nr. 4-5/1969. Eine vollständige Übertragung nach der Buchausgabe erschien 1988 beim Verlag Das Neue Berlin und 1992 im Suhrkamp Verlag.

16 *Otel' »U pogibšego al'pinista«* (deutsch: *Hotel zum verunglückten Bergsteiger*, Berlin: Volk und Welt 1975; Kassel: Edition Wunschmaschine 1988), Zeitschrift *Junost'*, Nr. 9-11/1970.

17 *Malyš* (deutsch: *Die dritte Zivilisation*. Berlin: Verlag Das Neue Berlin 1975; Frankfurt/Main: Suhrkamp Verlag 1993) in *Avrora*, Nr. 8-11/1971, erste Buchausgabe in dem Strugatzki-Band *Polden'... – Malyš*. Leningrad: Detskaja literatura 1976.

18 *Piknik na obočine* (deutsch: *Picknick am Wegesrand*, Berlin: Das Neue Berlin 1977; Frankfurt/Main: Suhrkamp Verlag 1981), Zeitschrift *Avrora*, Nr. 7-10/1972.

19 *Grad obretčennyj* (deutsch: *Stadt der Verdammten*, Berlin: Ullstein 1993), zuerst in der Zeitschrift *Neva*, Nr. 9-10/1988, 2-3/1989, Buchausgabe Leningrad: Čudošestvennaja lit. 1989.

20 *Paren' iz preispodnej* (deutsch: *Der Junge aus der Hölle*,

Berlin: Verlag Das Neue Berlin (mit *Mittag, 22. Jahrhundert*) 1989; Frankfurt/Main: Suhrkamp Verlag 1990). Zuerst in *Avrora*, Nr. 11-12/1974, dann in der Anthologie *Nezrimyj most'*. Leningrad: Detskaja literatura 1976.

21 *Za milliard let do konca sveta* (deutsch: *Eine Milliarde Jahre vor dem Weltuntergang*, Berlin: Volk und Welt 1980; Frankfurt/Main: Suhrkamp Verlag 1986), in der Zeitschrift *Znanie-sila*, Nr. 9-12/1976 und 1/1977.

22 *Žuk v muravejnike* (deutsch: *Ein Käfer im Ameisenhaufen*, Bielefeld: Übergrenzen Verlag 1983; Frankfurt/Main: Suhrkamp Verlag 1985), in der Zeitschrift *Znanie-sila*, Nr. 9-12/1979 und 1-6/1980.

23 *Volny gasjat veter* (deutsch: *Die Wellen ersticken den Wind*, Berlin: Verlag Das Neue Berlin 1988; Frankfurt/Main: Suhrkamp Verlag 1988), in der Zeitschrift *Znanie-sila*, Nr. 6-12/1985 und 1-3/1986.

24 *Chromaja sud'ba* (deutsch: *Das lahme Schicksal*, Berlin: Das Neue Berlin 1990; Frankfurt/Main: Suhrkamp Verlag 1991), in der Zeitschrift *Neva*, Nr. 8-9/1986, Buchausgabe Leningrad: Sovetskij pisatel' 1989; enthält als Binnenroman *Gadkie lebedi* (deutsch: *Die häßlichen Schwäne*).

25 *Otjagoščennye Zlom ili Sorok let sput'ja* (deutsch: *Die Last des Bösen*, Berlin: Limes Verlag 1991), in der Zeitschrift *Junost'*, Nr. 6-7/1988, Buchausgabe Moskau: Prometej 1989.

Der erste Zyklus oder die erste Phase der Brüder Strugatzki besteht aus einer interplanetarischen Trilogie (die Nummern 1, 3 und 5) mit einer gleichbleibenden Gruppe von Helden und einigen in 2, 3 und 4 gesammelten dazugehörigen Kurzgeschichten, die alle zwischen 1959 und 1962 erschienen. Mit Ausnahme einiger weniger früher Erzählungen bildet diese Phase das System einer »Zukunftsgeschichte«, wie man es ähnlich von einer Anzahl amerikanischer SF-Autoren kennt, z. B. Heinlein und Asimov. Es ist eine keineswegs durchgehend systematische Folge von Romanen und Erzählungen mit zum Teil gleichen Charakteren und Schauplätzen, die sich zeitlich vom Ende des zwanzigsten Jahrhunderts bis zum 22. Jahrhundert erstrecken und in realistischer Manier das Leben auf einer vorwiegend kommunistischen (klassenlosen) Erde und zwischenmenschliche Beziehungen bei der Erforschung der Planeten des Sonnensystems und einiger naher Sterne schildern. Jefremows monolithische Führerfiguren und Riesenvorhaben sind bei den Strugatzkis durch junge Forscher und Wissenschaftler ersetzt, die in ihren alltäglichen Pionieraufgaben romantische Erfüllung finden. Selbst die frühen Helden der Strugatzkis, die eine für diese Autoren beständige utopische Haltung absoluter ethischer Anteilnahme und persönlicher Ehrenhaftigkeit einnehmen, sind zuweilen melancholisch oder eitel, abgespannt oder launisch – also weit lebensnaher als die sonstigen Papiermaché- oder Steinfiguren der meisten sowjetischen SF. Im Verein mit den lebendig beschriebenen und abwechslungsreichen Milieus, dem sicheren Sinn fürs Detail und einer abenteuerlichen Handlung, die auf eine ethische Entscheidung hinsteuerte, sicherte das den Brüdern Strugatzki einen Platz in der vordersten Reihe der sowjetischen SF. Von guter, abenteuerlicher SF für ein jugendliches Publikum gingen sie rasch zu einer ergiebigeren Form über, in der die Ebene des Abenteuers nur als Vehikel für die Erforschung und zum Verständnis sozialphilosophischer Probleme dient.

Dieser erste Strugatzki-Zyklus ist noch immer ziemlich idyllisch. Von einigen gelegentlichen egoistischen und kapitalistischen Resten abgesehen, spielen sich die Auseinandersetzungen »zwischen den Guten und den Besseren« (wie sie es ausdrückten) ab, d. h. innerhalb eines absoluten und allgemeingültigen ethischen Systems. Was an grundlegenden Konflikten verbleibt, ist daher allein das epische Abenteuer des Menschen, der der Natur als »kollektiver Robinson« (Kagarlizki) gegenübersteht und sie erobert. Und doch dringt gegen Ende des Zyklus – in »Praktikanten« und einigen Erzählungen wie »Wanderer und Reisende«, »Das Rätsel des Hinterfußes« und »Die Begegnung« – ein zweideutiges Element des Zweifels und der Dunkelheit in diese etwas aseptisch glänzenden Zukunftsaussichten ein. Einige Helden sterben oder ziehen sich zurück, und einige »kehren heim« von kosmischen Ausflügen zur Erde und ihren Problemen. Obwohl die Zukunft noch immer als der goldene verbleibende Moment des »Mittags« ausgemalt wird, sickert die historische Zeit mit ihren Rätseln, Schmerzen und Möglichkeiten der Rückentwicklung doch allmählich ein, indem die Schatten der nachmittäglichen Erfahrung länger werden. Dieses Abenteuermodell ist gespickt mit Zitaten neoromantischer Dichter wie R. L. Stevenson und Bagritzky. In der zweiten Phase konzentriert sich die gereifte Erfahrung einer komplexeren und schmerzlicheren Welt auf die »räuberischen Dinge unseres Zeitalters« – um mit dem Titel eines ihrer Romane zu sprechen; ein Titel, der treffend den bedeutendsten dichterischen Darstellungen der Verhältnisse in einer solchen Welt entlehnt ist, die es in Rußland gibt, nämlich Vosnessenskis *Oza*.

Diese Dialektik von Unschuld und Erfahrung, von utopischer Ethik und historischen Hindernissen auf dem Weg zu ihrer Verwirklichung liefert von nun an die hauptsächliche Spannung und das Pathos im Werk der Strugatzkis. In ihrer zweiten Phase, die aus den Romanen und langen Erzählungen der Jahre 1962 bis 1965 besteht, sind sie auf der Suche nach der geeigneten Form für eine derartige Dialektik. Die düsteren Perspektiven einer Geschichte, in der Sklaverei mit hochentwickelter Technologie einhergeht, zeigen sich in *Fluchtversuch*, wenn auch nur als Ausnahme (ein rückständiger Planet) im utopischen Universum der ersten Phase. In diesem Werk nehmen die Strugatzkis zu ihrer neuen Richtung noch immer eine Verteidigungsstellung ein. Selbst stilistisch liegt dieser Roman zwischen dem sorgfältigen Realismus des extrapolativ-utopischen Zyklus und der neuen Parabelform, so daß er sich wie ein erster Entwurf für *Es ist nicht leicht, ein Gott zu sein* liest. Der Held – ein Flüchtling aus einem Nazi-Konzentrationslager – und die paradoxe Gesellschaft werden noch weniger begründet als Mark Twains Yankee zu Camelot. Dessen ungeachtet führt die Erzählung den ersten voll ausgebildeten Konflikt zwischen utopischer Unschuld und der Erfahrung des 20. Jahrhunderts ein, und sie bedient sich dazu des wirkungsvollen Kunstgriffs eines Helden, der in einer Sackgasse der Geschichte gefangen ist.

Die ersten beiden Meisterwerke der Strugatzkis sind die lange Erzählung *Der ferne Regenbogen* und der Roman *Es ist nicht leicht, ein Gott zu sein*. In beiden macht die Extrapolation einem scharf fokussierten analogischen oder parabolischen Modell reifer SF Platz, in beiden wird die utopische Ethik der Bewährungsprobe anti-utopischer Finsternis unterworfen, einer unmenschlichen und, wie es scheint, unwiderstehlichen Welle der Vernichtung. Auf dem kleinen Planeten Regenbogen zeigt sich das als eine physisch greifbare, schwarze Welle, die die gesamte fröhliche Gemeinschaft experimentierender Schöpfer zerstört. Beinahe alle überlebenden Helden des ersten Zyklus kommen hier um; nur die Kinder (und der geheimnisvolle, unsterbliche Menschenroboter Kamil, der vielleicht eine kassandragleiche einsame und ohnmächtige Vernunft personifiziert) werden gerettet, damit sie die unstillbare menschliche Hoffnung und den Wissensdurst fortführen. Die von den heiteren Forschern entfesselten Urgewalten, die sie hinterrücks vernichten, machen an sich als Erzählung Sinn, es handelt sich hier aber auch eindeutig um eine Parabel über den Preis historischen Wissens und Fortschritts.

Der Aufeinanderprall von militantem Spießbürgertum, Dummheit und sozialpsychologischer Entropie mit der utopischen Idee der Kommune wird in *Es ist nicht leicht, ein Gott zu sein* mittels einer überaus gelungenen Domestizierung des historischen Romans in der Art der Bücher Scotts oder Dumas' ohne »kosmische« Verkleidungen gesehen, unmittelbar im Rahmen der Geschichte – was weitaus ergiebigere und subtilere Ergebnisse liefert. Der Held gehört zu einer Handvoll von Gesandten, die das Institut für Experimentalgeschichte einer klassenlosen Erde auf einen feudalen Planeten geschickt hat. Seine Tarnung als eingeborener Adliger ist vollkommen, seine strikten Direktiven lauten, sich auf die Beobachtung zu beschränken, ohne sich einzumischen, und seine Ausbildung ermöglicht es ihm, sich in die bestehende Lebensweise – eine Mischung aus dem Europa und dem Japan des Mittelalters – in allen Einzelheiten anzupassen, von der Sprache bis zur Hygiene, von seiner Weltanschauung abgesehen. Die futurologische »Parteilinie« des Instituts, die »Basistheorie des Feudalismus«, die für den Planeten einen langsamen, gradlinigen Fortschritt prognostiziert, erweist sich jedoch als falsch. Der Gegensatz zwischen Ethik und Geschichte entlädt sich explosiv, als sich der Held mit einem Rückfall in die organisierte Bildungsfeindlichkeit konfrontiert sieht, der zum Tod und zur Ausrottung aller Dichter, Wissenschaftler, Ärzte und anderer Träger menschlicher Werte und menschlicher Kultur im Königreich Arkanar führt und der in der Ermordung seiner Freundin gipfelt. Wie im *Fernen Regenbogen* wird das Problem der Konfrontation mit einer unvorhergesehenen, unheilvollen Wendung der Geschichte aufgestellt, veranschaulicht (in diesem Fall durch die lebendige Darstellung der Sitten, Legenden und Lebensweisen in Arkanar, aber auch durch die Psychologie des gequälten Helden) und dann realistischerweise offengelassen.

Daher kann man *Es ist nicht leicht, ein Gott zu sein* als Erziehungsroman bezeichnen, bei dem der Leser der Held ist, der zusammen mit dem Protagonisten die Natur des schmerzhaften Konflikts zwischen utopischen menschlichen Werten – für die Strugatzkis immer der ruhende Polarstern – und dem schrecklichen empirischen Druck von Massenegoismus und dem Ausgeliefertsein an Konformismus und kleinliche Leidenschaften erfährt. Unter einem solchen Druck verfällt die Mehrzahl der Menschen in religiösen Fanatismus, begeht Massenmorde oder stumpft völlig ab. Die sich daraus ergebende Lage erinnert an die schlimmsten Züge des Stalinismus (eine »Ärzteverschwörung«, Schauprozesse mit Schuldbekenntnissen, Geschichtsfälschung zur höheren Ehre des Herrschers) und des Nazismus (Schutzstaffeln und Pogrome, die Nacht der langen Messer). Der Geist des Aufruhrs – er zeigt sich etwa in dem Rebellenführer Arata – stirbt nicht aus, aber er muß gegen die allgegenwärtige historische Trägheit ankämpfen. Die Einmischung von draußen kann ein Volk nicht befreien, ohne zur Entstehung einer neuen aufgeklärten Diktatur zu führen; die »Götter« von der Erde sind sowohl ethisch zum Handeln verpflichtet wie historisch zur Untätigkeit verurteilt. Der wahre Feind befindet sich in der Brust eines jeden Menschen: Sklaverei und Vernunft, eine engstirnige Klassenpsychologie und die axiologische Wirklichkeit einer klassenlosen Zukunft machen den Kampf, in einer Spielart der Dostojewskischen Großinquisitor-Situation, noch immer unter sich aus. Das reife Werk der Strugatzkis bewahrt sich die utopische Abscheu vor den »schrecklichen Geistern der Vergangenheit« und den Glauben an die Notwendigkeit einer vermenschlichten Zukunft, zugleich aber ist es nachdrücklich der Niederlagen eingedenk, die die Menschheit seit dem Höhepunkt des Utopismus in den frühen zwanziger Jahren erlitten hat. Von da an nimmt ihr Werk einen Platz unter den scharfsinnigsten Einsichten der SF – von Wells und London bis zu Dick und Le Guin – in die Gefahren sozialer Rückentwicklung ein: es ist eine Warnung ohne platte Antworten, ein Zeugnis, und »eine zornige Schmähschrift gegen Tyrannei, Gewalt, Gleichgültigkeit und jenes satte Kleinbürgertum, das zum Steigbügelhalter für die Diktatur wird« (wie es der sowjetische Kritiker Rewitsch treffend ausdrückte). Mehr noch, es ist eine wesentliche Darstellung des tragischen utopischen Aktivismus und ähnelt in mancher Weise den ethisch-historiosophischen Visionen der besten Leistungen eines Hemingway oder von Dichtern wie Brecht (der Zwiespalt des Helden in diesem Roman ist dem in *Die Maßnahme* gar nicht so unähnlich), Okudschawa oder Vosnessenski. Es überrascht kaum, daß dieser Roman in der damaligen UdSSR zum beliebtesten Werk der SF geworden ist.

In *Die gierigen Dinge des Jahrhunderts* gibt es eine Rückkehr zum antizipatorischen Universum des ersten Zyklus, mit dem es den Helden gemein hat, einen sowjetischen Kosmonauten, der UN-Geheimagent geworden ist. Seine Aufgabe besteht darin, im »Land der Narren«, einem reichen, entmilitarisierten kapitalistischen Staat in einer vom Sozialismus beherrschten Welt, einem bösen neuen Einfluß auf die Spur zu kommen; es stellt sich heraus, daß es sich um die süchtig machende Reizung der Lustzentren des Gehirns handelt, die im Zuge der gesellschaftlichen Demoralisierung entstanden ist und sie weiter fördert. Die Geschichte ist ein halbherziger Versuch einer präziseren irdischen Lokalisierung der Auseinandersetzung mit historischen Sackgassen, aber der Fokus ist unscharf. Das Land der Narren ist ein Mittelding zwischen den Vereinigten Staaten, wie man sie aus Hemingway, Raymond Chandler und den Gangsterfilmen kennt, nur auf den letzten Stand gebracht, und einem Phantasieland der Folklore. Obwohl kraftvoll und spannend, ist der Roman für eine präzise soziopolitische Kritik zu wenig konkret – worauf einige sowjetische Kritiker flugs hingewiesen haben –, während er für ein parabolisches Modell eines Wohlfahrtsstaates zu wenig allgemeingültig ist. *Es ist nicht leicht, ein Gott zu sein* bleibt daher, in seiner klaren und historisch lebendigen, jedoch hinreichend verfremdeten Lokalisierung, in seiner Verschmelzung von Problemen des Mittelalters mit denen des 20. und 21. Jahrhunderts, öffentlichen und privaten Anliegen, das gelungenste Modell des beispielhaften Werks der Strugatzkis bis 1965.

Da die offene Kritik einer der Heimat näherliegenden Situation als jene »Tausende Jahre und Tausende von Parseks von der Erde entfernt« (neben anderen gesellschaftlichen Folgen) den Verzicht auf das SF-Genre und seine Leser bedeutet haben würde, entschieden sich die Strugatzkis für den zweiten möglichen Weg – eine dem Volksmärchen ähnliche Parabelform mit zunehmend satirischen Obertönen. Zum Unterschied von ihrem bisherigen Werk, das durch zunehmende Präzision und Bezugsweite eines einzigen Modells gekennzeichnet ist, ist ihre dritte Phase, die aus den ziemlich formlosen und grotesken langen Erzählungen Nr. 10-13 besteht, durch eine Vielfalt von Versuchen, formalen Manövern und das Ansprechen der verschiedensten Leserschriften – von der Jugend bis zum anspruchsvollen Intellektuellen – charakterisiert.

Ein Zeichen formaler Meisterschaft, das mit einer gewissen gesellschaftlichen Ratlosigkeit verknüpft ist, erkennt man an dem sich ändernden Helden der Strugatzkis. In dieser Phase verkörpert er den bevorzugten Standpunkt. In der Regel steht er, wie Voltaires Candide, für einen naiven Blick auf eine zunehmend entfremdete und zerrissene Welt, aber zusätzlich ist er mit dem dem zwanzigsten Jahrhundert eigentümlichen Problem belastet, wie er sich aus den Ereignissen in einer Massengesellschaft mit monopolisierten Informationskanälen einen Reim machen soll. Das führt zur Beklemmung, wie in *Die Schnecke am Hang*, oder zu aktivistischen Reaktionen, wie in *Die bewohnte Insel*, oder zur Verschmelzung beider, wie im *Märchen von der Trojka*. In *Die zweite Invasion der Marsianer* jedoch ist der Held, da er so unbeleckt ist wie Candide, auch in seiner konformistischen Ignoranz glücklich. Diese marsianische Invasion bedarf keiner Wellsschen Hitzestrahler und Kampfgase zur Vergiftung einer Nation, sondern bloß örtlicher Verräter, wirtschaftlicher Korruption und allgemeiner Desinformation. Wie es sich für ein eindimensionales Zeitalter gehört, ist das Unglück gedämpft, und daher um so überzeugender und schrecklicher. Die ganze Geschichte ist eine tour de force entlarvender kleinbürgerlicher Ausdrucksweisen und Erwartungen, der beinahe unmerklichen Nuancen, die den Abhang des Verrätertums hinabführen. Es ist »eine Groteske nicht des Stils, sondern des Blickpunktes« (Britikov). Stilistisch ist diese Novelle *Es ist nicht leicht, ein Gott zu sein* und dem Kandid-Teil der *Schnecke am Hang* ebenbürtig, als die homogenste Leistung der Strugatzkis.

Zeigt sich in *Die zweite Invasion der Marsianer* der Geist Voltaires oder Swifts, so ist das Bangen der beiden Helden in *Die Schnecke am Hang* (von denen einer Kandid heißt) vorwiegend kafkaesk. Das visionäre Universum dieses Romans, das auf einen phantastischen Sumpfwald reduziert ist, wird im zweiten Teil dieser Einführung ausführlicher erörtert.

Die Zentralstelle in der dritten Phase der Strugatzkis gebührt vielleicht dem »Priwalow«-Zyklus: den Romanen *Montag beginnt am Samstag* und dem *Märchen von der Trojka*. Im Kleid eines modernisierten Volksmärchens verkörpern sie die dieser

Phase zugrunde liegende Atmosphäre – menschliche Beziehungen, die durch das Fehlen linearer Logik und linearen Sinns völlig ausgehöhlt worden sind. Die modernen Wissenschaften wie die modernen gesellschaftlichen Verhältnisse sind der uneingeweihten Mehrheit der Bevölkerung so fremd und so entfremdet, als seien sie weiße und schwarze Magie. Umgekehrt kann man die Formen des im Volke verbreiteten Zaubermärchens als Vorläufer der zeitgenössischen »Quantenalchemie« auffassen und beliebig damit vermischen. In der Tat haben die altvertrauten Gestalten – eine knauserige Baba Yaga, ein an Sklerose leidender, sprechender Kater, ein engstirniger Hecht, der »Drei Wünsche« erfüllt – nur Nebenrollen, gut für ein bißchen Spaß, beiläufige Kritik und zur Erzeugung einer gewissen Stimmung – verglichen mit dem entfremdeten Grauen wissenschaftlicher Quacksalberei und bürokratischer Machtfülle. *Montag beginnt am Samstag* befaßt sich in erster Linie mit Anwendung und scharlatanhaftem Mißbrauch der Wissenschaft. Das wird anhand der Laufbahn des Janus Newstrujew, des Direktors des Naturwissenschaftlichen Instituts für Zauberei, skizziert, das die Probleme des menschlichen Glücks untersucht und in dessen Märchenländern beide Bücher spielen. Newstrujew hat sich in den Wissenschaftler U-Janus und den Beamten A-Janus aufgespalten, der verkehrt in der Zeit lebt. Die Scharlatanerie ist jedoch in Ambrosij Ambruasowitsch Vybegallo personifiziert, einem halbgebildeten Karrieremenschen, der die Erzeugung eines glücklichen Universalkonsumenten plant und der in einer Mischung von schlechtem Französisch und demagogischem Bürokratenjargon radebrecht. Sein Homunkulus, das Modell völliger Zufriedenheit, kann gerade noch vernichtet werden, ehe es das ganze Universum verschlingt. Die Vielseitigkeit des Romans reicht von solch einer Vision »Der Schlaf der Vernunft gebiert Ungeheuer« à la Goya bis zur liebevollen Rückkehr zu den Wurzeln russischer und anderer Volksmärchen (das Institut ist passenderweise im legendären russischen Norden angesiedelt). Die lockere pikareske Form – die »Ideen-Abenteuer« des naiven Helden – läßt sich für Seitenhiebe gegen alles heranziehen, was den Autoren nur ins Konzept paßt. So ist denn auch ein Abschnitt, in dem Priwalow eine Zeitmaschine zur Reise durch die »Idealzeiten« erprobt, eine Verulkung der SF von den Utopien und *Die Zeitmaschine* eine über technische Vorwegnahmen und die sowjetische kosmische SF (mit beachtlicher Selbstironie) bis zur westlichen SF hinter einer »eisernen Mauer«, die das Universum der humanistischen Phantasie vom Universum der Furcht vor der Zukunft trennt, in dem blutige Kriege mit Robotern, Außerirdischen, Viren usw. tonangebend sind.

Das Märchen von der Trojka bzw. *Troika* ist schwärzer und konzentriert sich auf ein bürokratisches Triumvirat – ursprünglich eine Kommission zur Überprüfung der Kanalisation –, das in einem Land voll unerklärlicher gesellschaftlicher und natürlicher Erscheinungen die Macht an sich gerissen hat. Diese Erscheinungen werden sodann »rationalisiert«, indem sie mißbraucht oder für nicht vorhanden erklärt werden. Professor Vybegallo fungiert als ihr wissenschaftlicher Konsulent, und ihre Macht rührt hauptsächlich vom »Großen Runden Siegel« her. Von ihren Vorurteilen, ihrem militaristischen Auftreten und dem unter ihnen herrschenden mörderischen Machtkampf – kurzum, ihrem ins »wissenschaftlich-administrative« gewandelten stalinistischen Gehabe – wird dem Leser ein brillant und ausführlich gezeichnetes Bild vermittelt. Ihre halbgebildete Ausdrucksweise, ihre versteinerten, pseudodemokratischen Parolen, ihre total unangebrachten Sprüche und Redensarten werden mit einem so ausgelassenen schwarzen Humor gezeichnet, daß dies das spaßigste Werk der SF ist, das ich kenne. Diese Kritik einer degenerierten Machtsituation läßt sich – wie die Episode mit dem Außerirdischen schlagend beweist – auf die ganze gegenwärtige Menschheit anwenden, die psychologisch auf den Kontakt mit einer utopischen Zukunft überhaupt nicht vorbereitet ist. In der Tat kenne ich keine scharfsinnigere Darstellung der wahren Notwendigkeiten, die zur Machtbildung von Eliten führen, als die Rede des Vorsitzenden der Troika bei der Verhandlung gegen den Außerirdischen (als er unter dem

Einfluß eines Apparates steht, der seine innersten Motive an die Oberfläche bringt). Obwohl von uneinheitlicher literarischer Qualität, ist dies möglicherweise das gewichtigste Experiment der Strugatzkis.

Die Werke, die erstmals nach 1968 veröffentlicht wurden – ab Nr. 14 in meiner Liste – werden hier nicht erörtert, damit mehr Raum für *Die Schnecke am Hang* bleibt. Auf jeden Fall scheinen sie eine weitere Phase in ihrem zunehmend weitgespannten und heterogenen Werk zu bilden – entfremdet und düster, aber doch in Form eines jugendlichen Heldentums.

2. Zu »Die Schnecke am Hang«

Alles bisher Gesagte kann als der größere Zusammenhang dienen für eine Erläuterung der etwas rätselhaften *Schnecke am Hang*. Ich habe nicht vor, hier all die Rätsel zu erforschen, von denen der Text in bester SF-Manier voll ist – das sei dem Leser als Teil des Lesevergnügens überlassen. Ich bin auch der Meinung, daß einige dieser Rätsel absichtlich doppelsinnig angelegt sind und nicht auf eindeutige oder simplizistische Weise »dechiffriert« werden können. Ich möchte einfach andeuten, wie man den Text zunächst etwa auffassen könnte.

Der Roman besteht aus zwei Geschichten, die von Perec (Pfeffer) und Kandid handeln. Die beiden Handlungsstränge scheinen nur lose miteinander verbunden zu sein, aber die kompositorische Verschränkung (Kapitel 1, 3, 5, 6, 9 und 10 handeln von Pfeffer, 2, 4, 7, 8 und 11 von Kandid) drückt in Wahrheit einen tieferen Zusammenhang ihrer Schicksale und Haltungen aus. Pfeffer und Kandid weisen viele Ähnlichkeiten auf: beide sind Intellektuelle, geduldet oder sogar herablassend akzeptiert, aber als Außenseiter in alptraumhafte Machtverhältnisse geworfen, die sich ihrer Kontrolle entziehen; für beide ist das Denken – d. h. das Verständnis der Geschehnisse im Licht ihrer humanistischen, ethischen und historiosophischen Prinzipien – »kein Vergnügen, sondern eine Pflicht« (1. Kapitel). Die beiden haben »Sehnsucht nach dem Verstehen« oder ein »Wissensweh« (6. Kapitel) – ein russisches Idiom, das die Strugatzkis sehr schön nach dem Muster »Heimweh« gebildet haben. Die Weltanschauung von Kandid wie Pfeffer kann man daher als »emotionalen Materialismus« (5. Kapitel) bezeichnen. Als Wissenschaftler sind sie Materialisten, aber die schmerzhafte informative Undurchdringlichkeit ihrer Umwelt hat bewirkt, daß sie auf eine persönlich empfundene Ethik anstatt auf eine dialektische Übersicht bauen müssen. Daher sehnen sich beide, vom Verständnis abgesehen, nach einem Mindestmaß menschlicher Anständigkeit: »Für den Anfang ganz einfach nur Menschen, die sauber sind, rasiert, aufmerksam und gastfreundlich. Sie brauchen keine hochfliegenden Gedanken zu haben. Sie brauchen nicht glänzend talentiert zu sein.«

Wie wir jedoch im Verlauf des Romans entdecken, bestehen zwischen Pfeffer und Kandid ebenso bedeutsame Unterschiede. Kandid sieht sich der zentralen Neuheit und der seltsamen Erfahrung dieses Textes, dem Walde, direkt gegenübergestellt, während dies im Falle Pfeffers auf indirekte Art geschieht, durch die Walduntersuchungs- und -verwertungsbehörde (die Verwaltung). Wesentlicher noch ist, daß auch ihre Reaktionen – die am Anfang und über weite Strecken weitgehend identisch sind – schließlich so radikal auseinandergehen, daß ihr Endverhalten diametral entgegengesetzt ist. Sowohl in bezug auf die anderen menschlichen Charaktere als auch auf die allesbeherrschende und unbeeinflußbare Gegenwart des Waldes und der Verwaltung stehen Pfeffer und Kandid schließlich für die zwei Pole des Dilemmas (wie es der Text versteht), dem sich der heutige Intellektuelle gegenübersieht: *Anpassung* oder *Ablehnung*. Im Verhältnis zu anderen Menschen – vielleicht könnte man, im Gegensatz zu den einsamen intellektuellen Helden, genausogut sagen im Verhältnis zum Volk – zeigt Pfeffer von Anfang an eine weitaus stärkere gefühlsmäßige Abscheu, der alles Geschlechtliche als das Tierische im Menschen gilt (am Schluß bedauert er, daß er den Fahrer Trumpf nicht kastrieren lassen kann). Ironischerweise ist Pfeffer derjenige, der schließlich der Verlockung der als Selbstzweck existierenden Machtstruktur unterliegt, die durch das als Tannhäuser-Venus gestaltete Tintenfaß symbolisiert wird, und zwar trotz der traurigen Warnung in Leuchtschrift: »Kein Ausgang« (5. Kapitel). Im Gegensatz dazu lebt Kandid – obwohl ebenso, wenn nicht noch mehr hilflos und intellektuell isoliert – unter den primitiveren Dorfbewohnern als seltsames und exzentrisches Mitglied ihrer Dorfgemeinschaft, zu Beginn voller Herablassung als »Dorftrottel« behandelt, aber schließlich als ein leicht verrückter »Heiliger Narr« und unübertroffener Vernichter der »Leichenmenschen« verehrt. Obwohl seine Heirat mit Nava (die häufig als »Mädchen« im Sinne eines ziemlich jungen Menschen bezeichnet wird) möglicherweise nur symbolischer Natur und nicht von Dauer ist, sind selbst eine solche doppelsinnige Heirat und eine solche Bezeichnung präzise Symbole für Kandids wertvolle Teilnahme am Dorfleben. Und trotz aller ländlichen Trägheit – die sich im Kandid-Teil mit seinen uralten Volksbildern und -sprüchen so schön in der Sprache der Strugatzkis ausdrückt, die selbst zu so aufreizenden Wiederholungen und zur selben Monotonie neigt wie das Leben, von dem es einen Eindruck vermittelt – bekommt man nach meinem Dafürhalten einen klaren Eindruck von der moralischen Überlegenheit der Gemeinschaft dieser primitiven, ländlichen Bevölkerung über den egoistischen, urbanisierten Konformismus der Verwaltungsbeamten. Dieser mag eine *Erklärung* für Pfeffers Abscheu sein, aber in einem Buch, das so sehr mit ethischen Werturteilen befrachtet ist, *rechtfertigt* es sie nicht. Sie ist in der Tat ein logisches Zwischenstadium auf dem Abstieg zur Macht, der ironischerweise durch seine Vernichtung der Vernichter, die vom Hauptvernichter überwacht werden soll, markiert ist. Parallel zu Kandids Ärger und selbst Wut über die »träge Lebensweise ... einer Pflanze« (4. Kapitel) im Dorf verläuft seine Gewöhnung an die schwere und manchmal erdrückende, aber ebenso erstaunlich fruchtbare Bildwelt der Pflanzen; Pfeffers Abscheu vor dem Verwaltungsbürokratismus hat jedoch eine subtile Implikation einer hysterischen Aufspaltung seiner Mitglieder in Tiere einerseits und Maschinen andererseits im Gefolge. Ich halte somit die »Maschinenepisode« des 9. Kapitels für eine Parabel von Intellektuellen, die dem militärisch-industriellen Komplex botmäßig gemacht worden sind: durch ihn frustriert, sogar von physischer Vernichtung bedroht, wenn sie sich ihm zu entziehen suchen, werden sie von innen her zu wissenschaftlicher oder ästhetischer Zustimmung (»Pu der Bär« und der Gärtner), zu militaristischer Angriffslust (der Panzer) oder Hysterie (die Puppe) korrumpiert. Erscheint diese Lesart akzeptabel, so läßt sich diese anscheinend überflüssige Episode zwanglos in die Pfeffer-Geschichte einfügen. Im Gegensatz dazu sieht sich Kandid nach dem Absprung aus dem Hubschrauber nur biokybernetischen, wenn man will »organischen« Novitäten, nicht aber anorganischen Maschinen gegenüber. Die matriarchalische Zivilisation der Amazonen-Mädchen *podrugi* (ein anderer, beinahe unübersetzbarer russischer Begriff, wortwörtlich bedeutet er so etwas wie Gefährtinnen oder »Freundinnen«) mit ihren »Morasten« und »Schrecken« ist natürlich kaum weniger rücksichtslos als die patriarchalische Waldverwaltung, aber Kandids Leidensgefährten haben sich ungeachtet aller Tölpelhaftigkeit mehr Menschenwürde bewahrt als die Beamten der Verwaltung; ihre Sünde ist eher eine Sünde gegen die »Sehnsucht nach dem Wissen« als eine Sünde gegen andere Menschen. Und es wird ganz deutlich, daß selbst diese Sünde zum Großteil auf den Mangel an Information und die beinahe physiologische Unmöglichkeit einer jeglichen Verallgemeinerung seitens einer sozialen Gruppe zurückzuführen ist, die der Geschichte und der Kunst (ja selbst eines Schöpfungsmythos) beraubt und unbekannten zerstörerischen Kräften ausgesetzt ist. Für die Beamten der Behörde gelten keine solchen Entschuldigungen, sie sündigen selbst mindestens soviel, als gegen sie gesündigt wird: unter ihnen gibt es keine Märtyrer wie Zorn. Obwohl auch sie durch die Macht unterdrückt werden, haben sie doch daran teil – die Dorfbewohner nicht.

Wie steht es jedoch mit den zwei gigantischen und erdrückenden Kollektiven, dem Wald und der Verwaltung? Die Verwaltung ist ein einfacherer Fall: eine kafkaeske Bürokratie, deren Gesichtslosigkeit erschreckt, da sie sich sozusagen aus jedermann zusammensetzt: sie wirkt auf, durch und vermittels ihrer Opfer, von denen Pfeffer selbst eines ist; sie ist ein »Vektor«, der in die »Tiefe der Jahrhunderte« zurückgeht (10. Kapitel), trefflich symbolisiert durch Trumpfs Tätowierungen: »Was uns umbringt« und »Nur vorwärts«. Sie ist zu »allem fähig« – »Glauben, Unglauben, Gleichgültigkeit – nur nicht zum Verstehen« (13. Kapitel); in diesem Sinne ist die Bürokratie der moralische Gegenpol zu den intellektuellen Helden. Es gibt sie nur wegen des Waldes, aber auch nur für seine Ausrottung und Ausbeutung; weiter versagt sie völlig, nicht nur vor dem Wald, sondern auch vor den relativ ohnmächtigen Dorfbewohnern (der »ortsansässigen Bevölkerung«). Neben der ineffizienten Biostation, einer Brutstätte für Karrieren, Kleinlichkeiten, »Gehältern und Zulagen« anstatt von Wissen, kommt die Verwaltung mit dem Wald nur durch die neue »luxuriöse Latrine mit vier Öffnungen« (10. Kapitel) in Berührung, ein drastisch deutliches Bild. Zum kafkaesken Zwielicht – der Großteil der Pfeffer-Fabel spielt sich bei völliger Dunkelheit oder in der Dämmerung ab – kommt in den Vorzimmern des Direktors Carrollscher Nonsense, während die »Dechiffrierung« der Telephongespräche der schärferen Swiftschen Satire gegen Tribnia nacheifert. Die philiströse Pseudoutopie des Überflusses und des Müßigganges – die an die schwächsten Bücher von Wells und andere optimistische Prognosen einschließlich philiströser Pseudomarxisten erinnert: »... Stadien, Schwimmbecken, hängende Gärten, Biergaststätten und Imbißstuben aus Kristall! Stiegen zum Himmel! Schöngewachsene, gelenkige Frauen mit dunkler, geschmeidiger Haut! ... Autos, Gleitfahrzeuge, Luftschiffe ... Diskussionen, Unterricht im Schlaf, Stereokino ...« (5. Kapitel) – verstärkt nur die Düsternis. Sie verdichtet sich praktisch zur Undurchdringlichkeit, als Alevtinas These von der historischen Kontinuität der bürokratischen Behörde von Pfeffer bestätigt wird, dem es offensichtlich beim besten Willen nicht gelingt, etwas zu finden, was Wells als demokratischen »Sozialempfänger« für die Verwaltung bezeichnet haben würde: »Schimpft mal und lacht... Ja, dann werden sie schimpfen, ausgiebig, erregt und hingebungsvoll, nachdem es ihnen befohlen worden ist... In den Pausen werden sie zur Latrine an der Schlucht laufen...« (10. Kapitel)

Der Wald ist weitaus komplexer, er ist das vielfältigste Symbol im Roman. Wie in einer Geschichte von Le Guin ist er das Wort für diese Welt. Pfeffer ist zu weit von ihm entfernt und sieht viel zu wenig; Kandid ist ihm zu nah und sieht viel zu viel; ein solches Fehlen von Information wie eine solche Überschwemmung mit Information verwandelt den Wald in einen Farbklecks; einen schwarz-weißen zerebralen für Pfeffer und einen in Farben mit Tönen und Gerüchen für Kandid. Aber selbst dieser kann, nach drei Jahren Leben im Wald, bloß hautdünn in die *Bedeutung* seiner halberspähten »unerfreulichen Geheimnisse und schrecklichen Rätsel« eindringen, in den lila Nebel seines fremden Überreichtums: wenn Pfeffers Blick durch die Verwaltung verstellt wird, so der Kandids durch die Fremdartigkeit des Waldes selbst, den er vor lauter Erscheinungen nicht sieht.

Diese ungelöste Undurchdringlichkeit macht es unmöglich, wie ich bereits andeutungsweise gesagt habe, den Wald als allegorische Verkörperung eines speziellen Wesens zu »dechiffrieren«. Doch ist er für die Helden klarerweise eindeutig von größter Bedeutung: der Wald ist Pfeffers romantischer Traum und Kandids realistisches Dasein; Pfeffer sehnt sich verzweifelt danach, hineinzugelangen, und Kandid danach, hinauszugelangen. Keinem gelingt es, doch bleibt der Wald für beide das zentrale Faszinosum ihrer Existenz, eine quälende Haßliebe (für Pfeffer verblaßt sie nur, als er in der Verwaltung aufgeht und seine Abscheu vor dem fremdartigen Wald vom Glauben an seine bürokratische Verantwortung für ihn abgelöst wird, der – wie sein Entschluß für die Vernichtung erkennen läßt – nicht zu wesentlichen Veränderungen führen wird). Der geheimnisvolle Wald steht folglich für eine umfassende, fremdartige Wahrheit und einen ebensolchen Wert (was für Intellektuelle dasselbe ist), die den modern denkenden Menschen umgeben. Soziologisch gesehen steht er vielleicht für die Gesellschaft; anthropologisch für das Volk; politisch für den Staat. Ich glaube jedoch, daß letztlich keine derartigen Klassifikationen seiner Vielfalt und seinem Bedeutungsreichtum gerecht werden können, obwohl sie sich natürlich an bestimmten Stellen des Textes bis zu einem gewissen Grad anwenden lassen. Schließlich scheint der Wald der Strugatzkis, unter Subsumierung aller solchen partiellen Erklärungen, beinahe ontologisch das Leben im allgemeinen zu sein, jene viskose Dauer und Existenz, für die das Russische den kräftigen Begriff »byt« kennt. Nichtsdestoweniger gilt, daß die Mächte im Wald in mancher Hinsicht auch der bedrohlichen »Mystik« (1. Kapitel) der Verwaltung ähneln – selbst die Ausdrucksweisen der jeweiligen Machthaber sind voneinander nicht allzu verschieden. Das eindrucksvolle Novum des Waldes ist letzten Endes unmenschlich; wovon auch immer sich die Amazonen in der Vergangenheit herentwickelt haben, sie sind eine parthenogenetische »höhere« Art. Das letzte Wort legen die Autoren Kandid in den Mund: »Was geht mich ihr Fortschritt an, das ist nicht mein Fortschritt, ich nenne ihn Fortschritt auch nur deswegen, weil es kein passenderes Wort gibt . . .« (11. Kapitel)

Es muß hier erwähnt werden, daß der schwarze Humor dieses Romans, und im besonderen die groteske Satire auf die Verwaltung, einige Kritiker dazu verleitet hat, sie einfach als antiutopische Kritik der sowjetischen Gesellschaft aufzufassen. Falls man meinem Gedankengang bisher gefolgt ist, ist das eine reduktionistische Simplifizierung. Anstatt weiterer Argumente führe ich hier den sowjetischen Kritiker Lebedew an:

»›Dieses Werk, das phantastischer Roman genannt wird, ist nichts anderes als eine Schmähschrift auf unsere Wirklichkeit . . .‹ schreibt W. Alexandrow in der Zeitung *Pravda Burjatii* (eine sibirische Lokalzeitung, D. S.). Auf welcher Grundlage erfolgt denn diese Annahme, nach welchen charakteristischen Zügen vereint W. Alexandrow die phantastische Realität der Strugatzkis mit der von ihm bezeichneten Realität? Nach diesen: ›Die phantastische Gesellschaft, die A. und B. Strugatzki in dem Roman *Die Schnecke am Hang* zeigen‹, schreibt W. Alexandrow, ›ist ein Konglomerat von Menschen, die im Chaos leben, in Unordnung, die mit ziellosen, niemandem nützenden Arbeiten beschäftigt sind, die dumme Gesetze und Direktiven befolgen. Hier herrscht Angst, Mißtrauen, Speichelleckerei und Bürokratismus.‹

Sieh einer an! Eine wahrhaft phantastische Aberration! Alle diese Erscheinungen und Merkmale sind demzufolge jenes ›Typische‹, das dann sofort das Recht gibt, jede Phantastik, die ähnliche Elemente enthält, als einen ›Abklatsch‹ unserer Wirklichkeit zu betrachten? Wahrlich, feine Vorstellungen von unserer Wirklichkeit hat der Genosse W. Alexandrow . . .«

Und Lebedew schließt: »Aber die Bestätigung des Traums von einer herrlichen Zukunft, des romantischen Strebens nach vorn und empor findet ihre notwendige Ergänzung in der Entlarvung von Tendenzen, die den Anspruch auf historische Rechtmäßigkeit und einen romantischen Nimbus erheben, aber unvereinbar sind mit den Idealen des wissenschaftlichen Kommunismus.«[3] Ohne Zweifel wird sich jeder Leser seine eigene Meinung bilden, je nach politischer Einstellung, welche Länder Bürokratien, chaotische Zustände und dumme Gesetze aufweisen. Ich persönlich neige zu der Ansicht, daß sie alle leider nicht das Privileg irgendeines Landes oder einer bestimmten Gesellschaftsform sind. Die Trägheit ungeheuerlicher Machtstrukturen, die Notwendigkeit für den Intellektuellen und für jeden Menschen, sich zwischen der Identifikation mit ihnen und der Opposition zu ihnen zu entscheiden, ist ein Problem für die ganze Erde und für unsere Zeit. Es ist daher bedauerlich, daß dieser Roman in der Sowjetunion vollständig nur auf Estnisch veröffentlicht wurde, und es ist zu hoffen, daß die Relevanz, die westliche Leser darin entdecken mögen, gegen die Alexandrows und (sowohl westliche wie östliche) Kritiker und Verleger dieses Schlages sprechen wird. Denn genaugenommen ist der Wald kein politisches, sondern ein ethisches und kognitives Symbol. Die Autoren haben sich selbst so ausgedrückt:

»Der Wald ist als Symbol für das Unbekannte und Fremde aufzufassen, als notgedrungen simplifiziertes Symbol für all das, was zur Zeit der Menschheit infolge unseres lückenhaften wissenschaftlichen, philosophischen und soziologischen Wissens noch verborgen ist.«

Dies alles hat natürlich nicht zu bedeuten, daß man keine berechtigten Zweifel am Roman hegen, keine Fragen an ihn stellen oder nicht sogar völlig anderer Meinung über ihn sein könnte. Die Ethik der Helden der Strugatzkis ist – wie gewöhnlich – meiner Meinung nach eine untadelige utopisch-sozialistische Ethik. Ihr Protest gegen den Verlust der Harmonie zwischen den Zielen und den Mitteln läßt jedoch, auch wenn er richtig postuliert, daß eine unethische Politik sich selbst ad absurdum führt, einer intelligenten, d. h. ethischen Politik wenig Raum. Ist nicht die Unterweisung »eines zukünftigen Erbauers von Sonnenstädten in der Konstruktion von Befestigungsanlagen« (3. Kapitel) zweifellos immer unangenehm, aber vielleicht zuweilen unvermeidlich? Etwa angesichts einer Welt, die durch den Inhalt des Safes des Direktors im 10. Kapitel symbolisiert wird – eine Pistole, »ein Schulterstück eines Generals und ein Eisernes Kreuz mit Eichenlaub«? In so einem Fall läßt sich wahrscheinlich die klassische revolutionäre und russische Frage »Was tun?« nicht rein ethisch lösen. Die Strugatzkis selbst haben zur gleichen Zeit, als sie den Roman schrieben, eine Aussage gemacht, die fast auf ein Glaubensbekenntnis hinausläuft. Sie sprechen von der SF »als der Literatur, die sich mit der Ethik und der Verantwortung des Wissenschaftlers befaßt ... damit, wie jene, in deren Händen die Verwirklichung der höchsten Errungenschaften menschlichen Wissens liegt, denken und welche Einstellung sie zu ihrer Tätigkeit haben ... Jeder Wissenschaftler muß ein revolutionärer Humanist sein, oder das Trägheitsmoment der Geschichte wird ihn als einen jener verantwortungslosen Schurken abstempeln, die die Welt der Vernichtung ausliefern«.[4] Von ihrem eigenen Standpunkt aus ist vielleicht Kandids endgültiger Gegensatz zwischen Kopf und Herz – utopische sozialistische Ethik und Erkenntnis von

Welt und Geschichte – in diesem Fall keine brauchbare Antwort.

Im Gegenteil, Kandids schließliche Erkenntnis, daß es notwendig ist, die Behörde und den Wald »von außen« zu sehen, trifft genau ins Schwarze. Denn das ist der klassische Blick der SF wie auch der jeder wissenschaftlichen Verfremdung – der weit offene Blickwinkel von »Es ist nicht notwendigerweise so«, der den Anfang aller Weisheit bildet –, einer Weisheit, der unsere Welt mit ihren geringfügig anderen Behörden und Wäldern verzweifelt bedarf. Die zahlreichen Anwendungsmöglichkeiten einer solchen Perspektive machen diesen schwermütigen, aber ungebrochenen, schwierigen, sich trotzdem lohnenden Roman zu einem der interessantesten Werke der Brüder Strugatzki und der modernen SF. Alle Meinungsunterschiede, die es über diesen oder jenen Aspekt ihrer Vision geben mag, werden durch den Humor und die Bedeutung des Romans als Ganzes mehr als aufgewogen. Er ist eine legitime Fortsetzung der Gogolschen und Schtschedrinschen Ader in der russischen Literatur und der großen sowjetischen Tradition von Ilf-Petrow oder Olescha, an der Grenzlinie von SF und Satire wie in Majakowskis Spätstücken. Die Strugatzkis verschmelzen diese Überlieferung mit den von Swift, Kafka, Lem und der englischen phantastischen Literatur (Lewis Carroll etwa) gelieferten Anregungen, und damit bieten sie dem Leser ein brillantes Wortkunstwerk – eine Mimikry des Jargons der Bürokraten und der Gelehrten, der Ausdrucksweise der Spießer und der Fanatiker, Ironie und Parodie, Umgangssprache und Neologismen. So betreiben sie ihre Polemik auf der höchsten literarischen Ebene und machen unwohnlich, was sie die »unbändigen Banalitäten« des Genres nannten.

(Deutsch von Franz Rottensteiner)

Anmerkungen

1 Im letzten Jahrzehnt vor seinem Tod hat aber Arkadi Strugatzki unter dem Pseudonym S. Jaroslawzew einige von ihm allein verfaßte Erzählungen veröffentlicht. Eine davon, »Aus dem Leben des Nikita Woronzew«, erschien in der von Franz Rottensteiner herausgegebenen Anthologie *Phantastische Zeiten* (Frankfurt/Main: Suhrkamp Verlag 1986).

2 Zu diesem Durchbruch und zur ganzen vorhergehenden Entwicklung der russischen SF siehe meine Essays »Die utopische Tradition der russischen Science Fiction« in: Franz Rottensteiner (Hg.), *Polaris 2* (Frankfurt/Main: Insel Verlag 1974); »Ein Abriß der sowjetischen Science Fiction«, in: Eike Barmeyer (Hg.), *Science Fiction* (München: Fink 1972 – UTB), und meine Bibliographie *Russian Science Fiction 1956-1974* (Elizabethtown NY: Dragon Press 1976).

3 Deutsch in: Franz Rottensteiner (Hg.), *Polaris 3* (Frankfurt/Main: Insel Verlag 1975). Zur Diskussion um die Strugatzkis siehe meine in Fußnote 1 angeführte Bibliographie aus dem Jahre 1976 und meinen Artikel »Criticism of the Strugatskii Brothers' Work«, *Canadian-American Slavic Studies*, Nr. 2 (Sommer 1972), der ungefähr 100 kritische Beiträge anführt.

4 Rezension von Sewer Gansowski, siehe meine Bibliographie aus Fußnote 1, S. 44.

Phantastische Bibliothek in den suhrkamp taschenbüchern

»Phantastische Bibliothek« – das ist Verzauberung der Phantasie, keine Betäubung der Sinne, sondern Öffnen der Augen als Blick über den nächsten Horizont ins Hypothetisch-Virtuelle. Das Zukünftige verbindet sich mit dem Zeitlosen, rationales Kalkül steht neben poetischer Vision, denkbare Wirklichkeit und analytischer Blick in menschliche Abgründe neben Wunsch- und Alptraum. Anregend und unterhaltsam ist es immer.

Bädekerl: Die Frau der Träume. PhB 273. st 1829
Ballard: Die Betoninsel. PhB 283. st 1953
– Die Dürre. PhB 116. st 975
– Hallo Amerika! PhB 95. st 895
– Hochhaus. PhB 288. st 1559
– Das Katastrophengebiet. PhB 103. st 924
– Kristallwelt. PhB 75. st 818
– Der vierdimensionale Alptraum. PhB 127. st 1014
Bergengruen: Der Basilisk. PhB 205. st 1499
– Das Gesetz des Atum. PhB 196. st 1441
Bester: Aller Glanz der Sterne. PhB 278. st 1955
– Die Hölle ist ewig. PhB 293. st 2517
Bioy Casares: Die fremde Dienerin. PhB 113. st 962
– Morels Erfindung. PhB 106. st 939
Blackwood: Das leere Haus. PhB 12. st 30
– Rächendes Feuer. PhB 301. st 2227
– Der Tanz in den Tod. PhB 83. st 848
Blaß sei mein Gesicht. PhB 267. st 1799
Boye: Kallocain. PhB 303. st 2260
Braun / Braun: Der Irrtum des großen Zauberers. PhB 74. st 807
– Professor Mittelzwercks Geschöpfe. PhB 269. st 1813
Buzzati: Die Maschine des Aldo Christofari. PhB 157. st 1175
Čapek: Das Absolutum oder Die Gottesfabrik. PhB 84. st 1712
Carroll: Ein Kind am Himmel. PhB 286. st 1969
– Das Land des Lachens. PhB 170. st 1954
– Die panische Hand. PhB 233. st 1635
– Das Tal der Träume. PhB 197. st 1442
Derleth: Auf Cthulhus Spur. PhB 211. st 1526
Lord Dunsany: Das Fenster zur anderen Welt. PhB 161. st 1189
Eliade: Die drei Grazien. PhB 302. st 2234
– Fräulein Christine. PhB 289. st 1518
Die Ermordung des Drachen. PhB 203. st 1481
Franke: Der Atem der Sonne. PhB 174. st 1265
– Der Elfenbeinturm. PhB 279. st 1926
– Endzeit. PhB 150. st 1153
– Das Gedankennetz. PhB 266. st 1792

252/1/7.93

Phantastische Bibliothek in den suhrkamp taschenbüchern

Franke: Die Glasfalle. PhB 295. st 2169
– Der grüne Komet. PhB 231. st 1628
– Schule für Übermenschen. PhB 58. st 730
– Sirius Transit. PhB 30. st 535
– Tod eines Unsterblichen. PhB 69. st 772
– Transpluto. PhB 82. st 841
– Ypsilon minus. PhB 3. st 358
– Zarathustra kehrt zurück. PhB 9. st 410
– Zentrum der Milchstraße. PhB 244. st 1695
– Zone Null. PhB 35. st 585
Grin: Wogengleiter. PhB 274. st 1830
Der Insektenmann. PhB 240. st 1666
Irwin: Der arabische Nachtmahr. PhB 304. st 2266
Ist Gott ein Taoist? Und andere Rätsel. PhB 162. st 1214
James: Dreizehn Geistergeschichten. PhB 247. st 1705
Kellermann: Der Tunnel. PhB 179. st 1283
Künstliche Menschen. PhB 308. st 2293
Lem: Also sprach GOLEM. PhB 175. st 1266
– Altruizin und andere kybernetische Beglückungen. PhB 163. st 1215
– Die Astronauten. PhB 16. st 441
– Frieden auf Erden. PhB 220. st 1574
– Imaginäre Größe. PhB 47 . st 658
– Irrläufer. PhB 285. st 1890
– Die Jagd. PhB 18. st 302
– Das Katastrophenprinzip. PhB 125. st 999
– Lokaltermin. PhB 200. st 1455
– Mehr phantastische Erzählungen des Stanisław Lem. PhB 232. st 1636
– Memoiren, gefunden in der Badewanne. PhB 25. st 508
– Der Mensch vom Mars. PhB 291. st 2145
– Eine Minute der Menschheit. PhB 110. st 955
– Mondnacht. PhB 57. st 729
– Nacht und Schimmel. PhB 1. st 356
– Phantastik und Futurologie I. PhB 122. st 996
– Die phantastischen Erzählungen. PhB 210. st 1525
– Die Ratte im Labyrinth. PhB 73. st 806
– Robotermärchen. PhB 85. st 856
– Der Schnupfen. PhB 33. st 570
– Sterntagebücher. PhB 20. st 459
– Die Stimme des Herrn. PhB 97. st 907
– Terminus und andere Geschichten des Piloten Pirx. PhB 61. st 740
– Die Untersuchung. PhB 14. st 435
– Vom Nutzen des Drachen. PhB 297. st 2199
– Waffensysteme des 21. Jahrhunderts. PhB 124. st 998
– Wie die Welt noch einmal davonkam. PhB 158. st 1181

252/2/7.93

Phantastische Bibliothek
in den suhrkamp taschenbüchern

Lovecraft: Azathoth. PhB 230. st 1627
– Cthulhu. PhB 19. st 29
– Das Ding auf der Schwelle. PhB 2. st 357
– Der Fall Charles Dexter Ward. PhB 8. st 391
– Das Grauen im Museum. PhB 136. st 1067
– In der Gruft und andere makabre Erzählungen. PhB 71. st 779
– Die Katzen von Ulthar. PhB 43. st 625
– Lovecraft-Lesebuch. PhB 184. st 1306
– Der Schatten aus der Zeit. PhB 281. st 1939
– Stadt ohne Namen. PhB 52. st 694
– Die Traumsuche nach dem unbekannten Kadath. PhB 287. st 1556
Lovecraft / Derleth: Die dunkle Brüderschaft. PhB 173. st 1256
– Das Grauen an der Schwelle. PhB 307. st 2287
Der Einsiedler von Providence. PhB 290. st 1626
Morselli: Licht am Ende des Tunnels. PhB 298. st 2207
Pakleppa: Die Himmelsjäger. PhB 299. st 2214
Phantastische Aussichten. PhB 160. st 1188
Phantastische Welten. PhB 137. st 1068
Quiroga: Geschichten von Liebe, Irrsinn und Tod. PhB 248. st 1711
Ray: Malpertuis. PhB 165. st 1223
Der Riß am Himmel. PhB 296. st 2175
Rubiãõ: Der Feuerwerker Zacharias. PhB 292. st 2151
Schefner: Bescheidene Genies. PhB 246. st 1704
Die Sirene. PhB 253. st 1688
Smith: Herren im All. PhB 280. st 1932
Springer: Leonardos Dilemma. PhB 271. st 1821
Strugatzki / Strugatzki: Die bewohnte Insel. PhB 282. st 1946
– Die dritte Zivilisation. PhB 294. st 2163
– Der ferne Regenbogen. PhB 111. st 956
– Fluchtversuch. PhB 89. st 872
– Die gierigen Dinge des Jahrhunderts. PhB 79. st 827
– Die häßlichen Schwäne. PhB 177. st 1275
– Der Junge aus der Hölle. PhB 238. st 1658
– Eine Milliarde Jahre vor dem Weltuntergang. PhB 186. st 1338
– Mittag. 22. Jahrhundert. PhB 305. st 2272
– Montag beginnt am Samstag. PhB 72. st 780
– Picknick am Wegesrand. PhB 49. st 670
– Troika. PhB 300. st 2221
– Die Wellen ersticken den Wind. PhB 206. st 1598
– Die zweite Invasion der Marsianer. PhB 139. st 1081

252/3/7.93

Phantastische Bibliothek in den suhrkamp taschenbüchern

Turner: Sommer im Treibhaus. PhB 272. st 1822

Von den Vampiren und Menschensaugern. PhB 306. st 2281

Wharton: Gespenstergeschichten. PhB 268. st 1806

Wyndham: Kuckuckskinder. PhB 277. st 1893

Zondergeld: Lexikon der phantastischen Literatur. PhB 91. st 880

252/4/7.93

suhrkamp taschenbücher materialien

Herbert Achternbusch. Herausgegeben von Jörg Drews. Mit Fotografien. stm. st 2015

Apokalypse. Weltuntergangsvisionen in der Literatur des 20. Jahrhunderts. Herausgegeben von Gunter E. Grimm, Werner Faulstich und Peter Kuon. stm. st 2067

Baudelaires ›Blumen des Bösen‹. Herausgegeben von Hartmut Engelhardt und Dieter Mettler. stm. st 2070

Samuel Beckett. Herausgegeben von Hartmut Engelhardt. stm. st 2044

Thomas Bernhard. Werkgeschichte. Herausgegeben von Jens Dittmar. stm. st 2002

Arbeitsbuch Thomas Brasch. Herausgegeben von Margarete Häßel und Richard Weber. stm. st 2076

Brasilianische Literatur. Herausgegeben von Michi Strausfeld. stm. st 2024

Brechts ›Antigone‹. Herausgegeben von Werner Hecht. stm. st 2075

Brechts ›Aufhaltsamer Aufstieg des Arturo Ui‹. Herausgegeben von Raimund Gerz. stm. st 2029

Brechts ›Dreigroschenoper‹. Herausgegeben von Werner Hecht. stm. st 2056

Brechts ›Gewehre der Frau Carrar‹. Herausgegeben von Klaus Bohnen. stm. st 2017

Brechts ›Guter Mensch von Sezuan‹. Herausgegeben von Jan Knopf. stm. st 2021

Brechts ›Heilige Johanna der Schlachthöfe‹. Herausgegeben von Jan Knopf. stm. st 2049

Brechts ›Herr Puntila und sein Knecht Matti‹. Herausgegeben von Hans Peter Neureuter. stm. st 2064

Brechts ›Kaukasischer Kreidekreis‹. Herausgegeben von Werner Hecht. stm. st 2054

Brechts ›Leben des Galilei‹. Herausgegeben von Werner Hecht. stm. st 2001

Brechts ›Mann ist Mann‹. Herausgegeben von Carl Wege. stm. st 2023

Brechts ›Mutter Courage und ihre Kinder‹. Herausgegeben von Klaus-Detlef Müller. stm. st 2016

Brechts Romane. Herausgegeben von Wolfgang Jeske. stm. st 2042

Brechts ›Tage der Commune‹. Herausgegeben von Wolf Siegert. stm. st 2031

Brechts Theaterarbeit. Seine Inszenierung des ›Kaukasischen Kreidekreises‹ 1954. Herausgegeben von Werner Hecht. stm. st 2062

Brechts Theorie des Theaters. Herausgegeben von Werner Hecht. stm. st 2074

251/1/4.92

251/2/4.92